별
이
되
다

별이 되다 ◆ 1

바람꽃잎 장편소설

초판 1쇄 찍은 날 2017년 9월 5일
초판 1쇄 펴낸 날 2017년 10월 16일

지은이 바람꽃잎
펴낸이 서경석

총괄팀장 최하나 **| 편집책임** 김경민
편집 이선근 신보라 이종식
디자인 신현아

펴낸곳 도서출판 청어람
등록번호 제387-1999-000006호
등록일자 1999. 5. 31
어람번호 제8-0098호

주소 경기도 부천시 부일로 483번길 40 서경B/D 3F (우) 14640
전화 032-656-4452 **| 팩스** 032-656-4453
http://www.chungeoram.com **| E-mail** chungeorambook@daum.net

ISBN 979-11-04-91441-6 04810
ISBN 979-11-04-91440-9 (SET)

별이 되다 · 1

바람꽃잎 장편소설

도서출판 청어람

◆◆◆

PROLOG

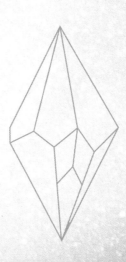

태초에 [신]은 자신이 창조한 세상에 여러 생명체를 만들어 노닐게 하였다.

　개중에 유독 자신의 모습을 닮은 인간을 사랑하였다. 그들이 뛰어난 지능과 독보적인 능력을 지니고, 짧지 않은 시간 동안 각각의 세계를 지배하고 다양한 문화와 사회를 만들어가는 모습이 기특했기 때문이다.

　그러던 어느 날 [신]은 문득 인간이 어디까지 발전하고 어떠한 방식으로 차원과 세계를 바꿔 나갈 것인지 궁금해졌다. 그래서 자신의 피와 살점에서 탄생한 12명의 자식에게 명을 내렸다.

　인간을 도와 그들이 어디까지 나아갈지 지켜보아라.

　아버지의 뜻을 헤아린 12명의 자식은 각각의 차원과 세계들을 돌아다니며 인간에게 여러 지식과 정보들을 가르쳤다. 동시에 그들의 욕망을 자극해 수많은 갈등을 부추겼다.

그러나 유독 한 명만이 그 일에 회의를 품고 있었다. 그는 아버지 [신]의 명으로 인간들에게 예술을 가르쳤지만, 그것이 과연 무슨 의미가 있을지 의심스러웠다.

"인간들은 미개하고 무식하면서 욕심만 가득합니다. 그들에게 예술은 분에 넘치는 사치일 뿐입니다."

"하지만 아들아, 처음부터 완성형인 너희들과 달리 인간들은 점점 진화해 나가는 생명체이다. 보잘것없는 그들에게 조금의 길만 보여준다면 어떻게 발전해 나갈지 너는 궁금하지 않으냐."

"궁금하지 않습니다. 그래 봤자 인간은 미천하며 어리석을 뿐더러 발전이란 걸 모르는 종족입니다."

그러니까 아직 미미한 그들의 수준을 더욱 발전시켜 주라는 게 [신]의 명령이었지만, 아름다움과 추상적인 기예를 사랑하는 아들은 인간의 미개함과 추함에 치를 떨 뿐이었다. 설득하고 달래도 보고 엄하게 꾸중하였지만, 그의 마음은 부동이었다.

하여 결국엔 [신]의 노여움을 사고 말았다.

"그래, 너의 뜻이 그러하다면 네가 그렇게나 업신여기는 인간들의 세계에서 어떤 권능과 신력도 없이 천 번의 인생을 살아보아라. 네가 그렇게나 경멸하는 인간이 되어보고 그들 속에서 너 자신이 그들과 다름을 증명해 보아라. 내 자식으로서의 기억도 없으며, 그에 맞는 힘도 없는 네가 인간들 세상에서 무언가를 해낸다면 너의 뜻을 인정해 주겠다."

그리하여 [신]은 아들을 인간들의 세상으로 내쳤다. 1,000번의 생을 살아가면서 무언가를 느끼기 바라며 말이다. 하지만 평소 아들의 성정을 잘 알고 있던 [신]은 큰 기대를 걸지 않았다. 저대로 두면 아들은 아무것도 얻지 못하고 시간만 허비할 게 분명했다.

"인간의 몸으로 겪는 천 번의 삶이래도 그 아이에겐 그저 유희와 같으니……."

[신]이 대책을 간구하는 사이.

예술을 총 관장하던 오라버니를 대신해 쌍둥이 여동생들이 그의 소임을 이어갔다. 하지만 그녀들은 이내 제 소임이 아닌 일에 흥미를 잃고 점점 예술에 소홀해지기 시작했다.

하여 인간들은 어느 순간부터 스스로 예술을 배우고 깨쳐 나가야만 했다.

어느 날 갑자기

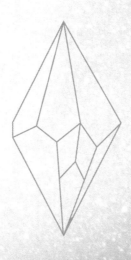

하루아침에 사람이 달라졌다. 인성이 바뀌었거나 외모가 확 달라졌다는 게 아니다.

　제대한 지 이제 2개월이 된 23살의 채우진은 어느 날 아침에 일어나 보니 전생을 모두 기억하게 되었다. 그것도 999번의 전생들을 말이다. 아무런 변화 없이 아침을 맞는다면 그게 오히려 이상한 일이었다.

　그의 전생들은 9개의 차원을 넘나들며 성별과 신분의 구별 없이 다양한 삶을 살았다.

　인간으로만 태어났던 건 아니었다. 인류형 이종족에서부터 동물까지. 그렇다고 기억의 혼돈과 잔재로 혼란스럽다거나, 정체성이 흔들리는 건 아니었다. 이상할 정도로 그는 지금의 자신과 전생을 냉정하게 분리하고 있었다.

물론 이 기적과도 같은 놀라운 일이 무섭지 않다면 거짓말일 것이다. 아침에 눈을 뜬 지 몇 시간이 지났어도 아직 손이 떨리고 마음이 진정되지 않았다. 이 순간이 꿈이 아닌지 몇 번이나 볼을 꼬집어보기도 했다.

다리가 하도 후들거려서 침대에서 내려올 때는 걷기가 어려워 거의 기다시피 했다. 하지만 몸의 반응과는 별개로 시간이 지날수록 그의 이성과 머리는 점점 냉정해지고 차분해졌다.

현재 그의 상태를 표현하자면 체계적으로 정리된 999개의 동영상이 들어 있는 폴더가 뇌의 한 부분을 차지하고 있는 셈이었다.

숫자가 많아서 그렇지, 동영상들의 내용을 고스란히 모두 기억한다고 그로 인해 용량의 과부하가 생기지는 않았다. 몇 번째 전생을 떠올리면 동영상을 재생하는 것처럼 쭉 기억할 수 있었다. 처음엔 당황했지만 갈수록 드라마나 영화와는 다르게 이것들이 자신의 전생이라는 확신이 들었다.

드라마나 영화 등, 타인의 삶을 담은 동영상을 본다고 해서 그게 자신의 것이 되지는 않는다. 외국영화를 본다고 하루아침에 외국어를 할 수 있는 게 아닌 것처럼 말이다.

하지만 전생은 달랐다. 떠올리고 기억하는 것만으로도 그 나라 말을 읽고 말하고 쓸 수가 있었다. 생전 다뤄본 적 없는 악기의 사용법을 알고, 배워본 적 없는 그림 실력이 부쩍 늘었다.

"이건 뭐, 천 번째 인생을 살게 된 기념 이벤트인 건가."

설레면서도 무섭고 어리바리한 상황에서 채우진은 엉뚱한 생각이 들었다. 혹 천 번의 인생을 살게 되면 다른 사람도 모두 자신과 같은 경험을 하게 되는지 말이다. 자신에게 생긴 일이 남에게도 일어나지 말라는 법은 없지 않은가.

"남이야 그러든지 말든지."

시범 삼아서 연습장에다가 그림을 그려보던 채우진은 연필을 내려놓고 벌러덩 다시 침대 위에 누웠다.

"이래서 내가 그렇게나 연예인이 되고 싶어 했나?"

전생의 기억들을 돌아보며 채우진은 결국 피식 웃고 말았다. 그가 살았던 대부분의 삶이 예인(藝人)이었기 때문이다.

고귀하거나 부유한 신분으로 태어났을 때는 가문의 반대로 뜻을 이루지 못했지만, 그럴 때는 예술을 사랑하고 지원하는 후견인의 삶을 살았다. 그리고 그런 경우를 제외한 그의 삶은 노래하거나 그림을 그리고, 극에 올라 연기를 하고 글을 썼다.

"하지만 유독 지구에서만은 생전에 빛을 본 적이 거의 없었네."

다른 차원에서는 그럭저럭 성공한 예인으로서 삶을 누리며 생을 마감한 적이 종종 있었다. 그런데 이상하게도 지구에서만은 그러지 못했다.

물론 그의 전생이었던 인물 중에 현재 이름만 말하면 유치원생들조차 알 정도로 유명한 이들이 제법 있었다. 그러나 그들도 살아생전에는 지독한 가난에 시달리고 주변의 멸시를 받으며, 시대의 인정을 받지 못했다.

모두가 당시 시대보다 앞서가고 전위적이라는 이유로 제대로 된 평가를 받지 못했다. 대부분 그가 죽고 나거나, 시간이 흐른 후에야 인정을 받을 수 있었다.

"그럼 뭐 해! 이미 죽고 난 후인걸. 죽어서 인정받아 봤자······."

당연히 죽고 나서도 인정은커녕 세월의 흐름 속에 그냥 묻힌 예인들이 더 많았다. 이름조차 남기지 못한 채우진의 많은 전생 역시 그랬고 말이다. 사실 이름을 남긴 것보다 그렇지 못한 경우가 훨씬 더 많았고 그의 전생들은 항상 미련과 미망에 사로잡혀 살았다.

"오히려 예인이 아닌 경우에는 잘나갔었는데."

예인이 아닌 경우, 귀족이거나 상인 혹은 그 밖에 여러 직업들을 가졌을 때는 오히려 언제나 성공하고 인정을 받았다. 이쯤 되면 이상한 오기가 생기게 마련이었다. 내가 그렇게나 노력했는데 왜 날 몰라주나 하는. 물론 죽은 후에 알아주는 것은 의미가 없었다.

"천 번째 사는 건데 이번만은 조금 달랐으면 좋겠다. 그럼 이번 생의 목표는 적어도 살아 있을 때 유명해지자인가?"

아마도 그래서 자신이 999번의 전생을 기억하게 된 게 아닐까 채우진은 추측했다. 영혼이 품은 염원이 이런 기적을 만들어냈다고 말이다.

오죽이나 억울했으면 그랬을까 하고 스스로 자기 어깨를 다독여 주기도 했다. 다행히 오래전부터 그의 인생 목표가 연예인으로 성공하는 것이었으니, 삶의 목적이 크게 달라질 것은 없었다.

채우진이 이번 생의 목표를 다시 확인하고 다짐한 후에 방을 나서서 처음 맞이한 것은, 여동생의 잔소리였다.

"아무리 일요일이라지만 이제야 일어나면 어떡해! 엄마는 아까 출근했고 나도 친구들하고 스터디 때문에 나가봐야 하니까 점심은 오빠가 챙겨 먹어. 냉장고에 계란말이 해둔 거 있으니까 잊지 말고. 오빠, 처음 제대했을 때는 일요일에도 새벽에 일어나 찬물로 목욕하더니 군기가 빠졌어!"

전생을 기억한다고 해서 당장 채우진의 삶에 뭔가 달라지는 건 없었다. 그는 여전히 미래가 불안한, 전역한 휴학생일 뿐이었다.

"일어나긴 아까 아침에 일어났었어. 할 게 있어서 방에서 안 나왔던 거지. 나도 오후엔 과외가 있어서. 그러고 보니 너 스터디 말고 나한테 과외 받을래? 너한텐 특별히 과외비는 안 받으마."

18살 때부터 기획사 연습생으로 있었으면서도 우진은 최고의 명문대인 한국대에 들어갔다. 외가를 닮아 타고난 머리가 좋은 덕분이었다. 그래서 기획사에서 방출되고, 군대에서 제대한 후에도 쉽게 고액의 과외를 할 수가 있었다.

스스로 학비와 용돈을 벌기 위해 시작한 과외지만, 친구들과 스터디를 한다는 동생의 말에 자신이 그동안 너무나 무심했다는 걸 깨달았다.

"베~! 나도 엄마 닮아서 오빠만큼 공부 잘하거든요. 스터디는 친구들하고 놀려는 합법적인 핑계 중에 하나니까 신경 쓰지 마시고. 나 과외 해줄 시간에 한 건이라도 더해서 돈이나 많이 벌어오세용~ 오라버니~!"

혀를 쭉 내밀며 발랄하게 나가는 여동생을 바라보며 채우진은 씁쓸하게 웃었다. 군대까지 다녀온 23살이라면 이제 어엿이

한 집안의 가장이라고 나서도 될 처지였다.

하지만 현실은 18살 때부터 연습생 생활을 했던 연예인 지망생. 데뷔조에 들어가 멤버들과 함께 숙소에서 생활했지만, 막판에 뒤집혀서 끝내 소속사에서 방출당하고도 꿈을 포기하지 못하는 청년에 불과했다.

지금 채우진이 내세울 수 있는 건 명문대의 대학생이란 것 하나뿐이었다.

가족관계는 어머니 슬하에 그와 여동생이 전부였다. 어머니는 법조인 집안에서 금지옥엽으로 자라다 대학교를 졸업하자마자 결혼해, 채우진과 채우희를 낳았다. 그러나 남편의 외도를 더는 참지 못하고 12년 전에 이혼하고 말았다.

여동생과 겨우 3개월밖에 차이가 나지 않는 여자아이를 데리고 집안으로 쳐들어온 여자가 원인이었다. 아이를 호적에 올려달라는 아버지의 여자는 천연덕스러웠고, 모든 일의 근원인 아버지는 뻔뻔하기 그지없었다.

그도 그럴 게, 모두 알게 되었으니 밖에서 낳은 딸을 자식으로 올리겠다던 아버지는 굉장히 당당했다. 그에 더해 당신 여자까지도 어머니가 그대로 받아들이라고 통고했다. 어머니가 알게 되어도 그 여자와는 헤어질 수 없었던 거다. 소위 그들은 사랑이라는 걸 했던 모양이다.

자신들의 애틋한 사연과 애정을 자랑하며 절대 헤어질 수 없으니 너희들이 이해하라던 아버지.

그리고 이혼을 결심한 어머니는 친정에서까지 버림받고 말았다. 외조부가 절대 당신 가문에 이혼은 없다고 못을 박았기 때문이다. 그런데도 정녕 하겠다면 인연을 끊자던 외조부의 모습은 채우진으로선 처음으로 목격한 차가움이었고 외면이었다.

과연 그분이 그토록 자신을 사랑해 주던 외조부가 맞나 싶을 정도로 낯설고 무서웠다. 그 후로 그분은 물론 외가 친척 누구도 다시 만나지 못했다. 워낙 유명하고 유능한 분들이라 가끔 뉴스 같은 곳에 나오지만, 그럴 때면 의식적으로 화면을 돌리고 말았다.

가끔은 자신들을 버린 아버지보다 외조부가 더 미운 모순된 마음이 들어서 심란할 만큼 상처가 컸다.

알량한 위자료 몇 푼에 양육비도 없이 어린 두 아이와 세상 밖으로 나온 어머니의 삶은 넉넉지 못했다. 철없는 아들은 연예인이 되겠다며 그 여린 가슴에 몇 번이나 상처를 주었는지 모른다. 점점 어머니가 직장에서 능력을 인정받으며 가정 살림이 여유로워졌지만, 채우진이 이를 위해 한 일은 하나도 없었다.

"전생을 기억하면 뭐 하냐. 당장에 도움되는 게 하나도 없는데. 거기에다가 이곳은 무공은 물론 마법도 안 되는 세상이잖아."

우진의 전생 중에 무공의 고수였거나 마법사였던 삶들이 제법 있었다. 그에 대한 이론과 지식을 모두 가지고 있음에도, 이곳 지구에서는 아무것도 써먹을 수가 없었다.

무공은 평행 우주와 같은 또 다른 지구에서나 가능했다. 그곳에선 내공을 쌓으면 요즘 유행하는 무협소설에서처럼 하늘을 날 수 있었고, 음공을 익혀 노래로 사람을 죽일 수도 있는 세계였다.

모든 게 지구와 똑같으면서도 마나와 같은 기가 충만하고 그것을 이용할 줄 아는 곳이었다. 체계적인 마법 이론은 없는 세계였지만, 만약 그곳이라면 지식을 바탕으로 마법의 구현이 가능했을 것이다.

　하지만 이곳은 아니었다. 아까 시험 삼아서 채우진은 자신이 알고 있는 가장 안전하고 훌륭한 고위의 내공심법을 시전해 보았지만, 어림도 없었다. 기(氣)라는 게 전혀 없는 건 아니지만 다른 평행 우주의 지구에 비하면 우스울 정도였다. 그저 사람과 자연에 필요한 기본적인 수준 그 이상도 이하도 아니었다.

　평행 우주라지만 차원을 이루는 구조 자체와 원리가 아예 다른 세상이었다.

　자연 좋고 기가 많이 모여 있다는 곳, 가령 아마존이나 아프리카 같은 곳들을 찾아다니며 평생을 수양한다면 아마도 3에서 4성 정도까지는 어찌어찌 성과를 볼 수 있겠지만, 그뿐이다. 이건 한때 무존(武尊)이라고 불리었던 그의 전생을 걸고 확신할 수 있었다.

　"그래도 건강에는 좋으니까 일단 계속해 보기는 하자."

　내공을 쌓기는 어렵지만, 꾸준히 하다 보면 경맥이 넓어지고 단련이 되어 몸을 강건하게 만들어준다. 사실 그 정도만 해도 이곳 지구에서는 누구도 넘볼 수 없는 체력과 힘을 가질 수 있었다. 물론 당연하게도 당장엔 아무런 도움도 되지 않는 지식일 뿐이었다.

　지금은 냉장고에 들어 있는 계란말이의 가치만도 못했다.

뜻밖의 전화가 온 것은 채우진이 과외를 끝내고 귀가하던 때였다.

―채우진 씨 전화 맞습니까?

"네, 맞는데 누구십니까?"

저장되지 않은 번호로 전화 온 상대는 어떤 의미로든 늘 조심스러웠다.

―기억할지 모르겠네요. 'Death hill'의 김상진입니다.

"김상, 아! 'Death hill'의 캐스팅 디렉터셨죠?"

'Death hill'은 우진이 제대하기 전, 마지막 휴가를 나와서 무작정 본 오디션에서 배역을 따낸 영화였다. 물론 조연이라고 말하기에도 부끄러울 정도로 겨우 두 신밖에 나오지 않는 단역이었지만, 우진으로선 처음으로 연기에 발을 들이민 시작이었다. 그마저도 한 달 전에 촬영을 끝내서 더는 일이 없었다.

"혹시 그때 찍은 게 잘못되기라도 했습니까?"

―아니요. 필름에 관한 것은 내 담당이 아니라 모르지만 다행히 잘 진행되고 있는 거로 압니다. 오늘 전화한 것은, 우진 씨 내일 시간 됩니까? 정확히는 한 삼 일 정도 빼야 하는데…….

김상진의 어조에서 느낌이 팍 왔다. 이런 건 무조건 잡아야 하므로 있던 스케줄이라도 비워야 한다. 다행히 갓 제대한 휴학생에게 남는 건 시간뿐이었다.

"삼 일이요? 다행히 중요한 스케줄은 없어서 조정할 수 있는

데 무슨 일입니까?"

급하고 아쉬운데도 너무 없어 보이면 안 되었기에 목소리는 애써 차분하고 여유로웠다. 한가하지는 않지만, 조정 못 할 스케줄은 아니기에 우선 이야기나 듣자는 담담함이 흘러나왔다.

—'Death hill' 감독님과 작가님이 이번에 시퀀스를 수정했거든요. 저번 우진 씨와 작업했던 게 두 분 맘에 들었던 모양입니다. 우진 씨 신이 몇 개 추가되어서 이렇게 연락드린 겁니다.

'Death hill'의 문승권 감독은 원래가 촬영 중에 갑자기 대본을 무작정 고치는 것으로 유명했다. 그래서 이렇게 촬영 전날에 부랴부랴 배우를 섭외하는 일이 많아서 캐스팅 디렉터들의 원성을 사는 인물이기도 했다. 그 말은 우진처럼 뜻밖의 기회를 잡는 이들이 많다는 이야기이기도 했다.

김상진으로부터 일정과 장소에 대한 소소한 이야기를 전해 듣고 전화를 끊은 우진은 만세를 부르며 인도를 뛰어다녔다. 미친놈 보듯 슬슬 피하는 시선에도 지금 이 순간만큼은 하늘을 날 듯 기뻤다. 999번의 전생을 기억하는 것과는 비교도 할 수 없는 행운이 찾아온 것이다.

영화 'Death hill'은 아버지의 사채에 시달리던 여주인공이 살인 현장을 목격하면서 용의자로 몰리며 인생이 고달파지는 내용이었다.

경찰과 살인자에 이어 사채업자에게까지 쫓기는 그녀를 유일하게 믿어주는 남자 주인공인 기자. 그렇게 역경과 모험을 헤치고 결국엔 해피 엔딩을 맺는 그들의 이야기 속에서, 우진이 맡은 역은 '사채업자 A'다.

보나시씨 배역 이름조차 없는 단역이었다. 아버지의 노름빚이 사채가 되면서 시작하는 여주인공의 불행을 이끄는 나쁜 놈. 정확히 말하면 사채업자 사장님 밑에서 일하면서 수금하러 다니는 조무래기 중에 하나였다. 그런데 이놈이 은근히 여주인공을 좋아했다.

수금한다는 목적으로 찾아와 물건을 부수고 협박하면서 성희롱하고, 이자 대신 한 번 자자고 조르고, 나중에 업소에 팔아넘기면 제가 첫 번째 손님이라고 동료들한테 미리 침 발라놓는 등 끈적끈적하게 달라붙는 놈이었다.

"그러니까 그 끈적끈적한 눈빛이 좋으셨단다."

수정된 시퀀스의 전체 내용을 설명하면서 조연출은 우진의 배역에도 약간의 변화가 있음을 강조했다.

"원래는 쫓기던 여주가 사채업자에게 잡혀서 통나무가 되기 직전에 남주한테 구조되는 건데, 여기서 A가 끼어들어 남주 대신 구해주는 거야. 그 끈적끈적 눈빛으로. 원래 A가 단순히 끈적끈적한 성희롱범이었다면, 이제는 거기에 조금의 광기와 그보다 더한 순애가 플러스되는 거야. 오케이?"

"그러니까 관건은 끈적끈적하게 하라는 건가요?"

"거기에 한 스푼의 광기와 두 스푼의 순애도 있어야만 해."

바뀐 시퀀스의 쪽대본을 넘겨주는 조감독의 얼굴에 장난기가 넘쳤다. 문 감독과 오랜 세월 십여 편이 넘는 영화를 함께해온 조감독은 이제 이런 일쯤은 아무렇지도 않다는 표정이었다.

대중에겐 문승권 감독이 촬영 직전에 즉흥적으로 대본을

바뀌 일을 꼬이게 하는 것으로 유명하지만, 실상은 그게 아니기 때문이었다.

투자자들의 입맛에 따라 결정된 주인공들이 마음에 들지 않을 적마다 꼭 이런 식이었다. 부분 부분 수정된 내용으로 주인공들의 러닝타임을 줄여 버리는 게, 뒤에 숨은 진실이었다.

갑자기 치고 들어가 일을 저질러서 투자자나 배우들에게 대응할 기회를 주지 않기 위해 즉흥적이라고 포장할 뿐이다. 실은 며칠을 두고 주요 스태프와 의논이 끝나면 준비까지 완벽하게 해둔 상황에서 저지르는 문 감독의 '기행' 일 뿐이었다.

무엇보다 이런 식으로 바뀐 내용이 더 좋거나, 나중에 반응이 뜨거운 경우가 많아서 결국엔 투자자들도 투덜거릴망정 긴 말은 하지 않았다. 우등생의 이탈 행위는 성적이 유지되는 순간까지는 어느 정도 눈감아 주듯이 말이다. 누가 뭐라 해도 문 감독은 대한민국에서 내로라하는 흥행 감독 중의 하나였다.

"대사는 별로 없으니 외우는 건 일도 아니지?"

한 달 전 촬영에서 제법 긴 대사를 바로 외워서 연기하던 걸 기억하는지, 조연출은 우진의 기억력에 대해서는 걱정하지 않았다.

"네."

"음……! 옷도 날티 나게 잘 입었고 머리는 저번보다 더 자랐나?"

제대한 지 두 달 된 머리카락은 여전히 짧았지만, 저번 촬영분과 비교하면 조금 자란 것도 같았다. 조연출의 지적에 비주얼 디렉터가 고개를 저었다.

"이 정도는 괜찮아요. 어차피 영화상으로도 시간이 흘렀으니까 지언스리울 것 같네요. 순애가 필요하다면 너무 짧아노 분위기 안 나죠. 피지컬이 좋으니 이 정도는 문제없어요."

피지컬뿐인가, 외모마저 남주인공보다 더 빛난다며 좋아하는 비주얼 디렉터의 호쾌한 웃음에 조연출은 혀를 찼다.

"쟤는 잘생긴 남자 구경하는 맛에 이 바닥을 못 떠날 거야."

"꽃도 보고 돈도 벌고 얼마나 좋아요. 채우진 씨는 키도 크고 잘생겨서 전에도 눈이 즐거웠는데 이렇게 또 보니까 정말 좋다. 이번에 잘해봐요. 우리 이 바닥에서 오래오래 자주 보자고요."

문 감독의 즉흥적인 변덕이 만들어낸 '바뀐 쪽대본'으로 뜬 배우들이 제법 많았다. 짧지만 임팩트 있는 출연은 1분이라도 세상에 이름을 알리기 충분하기 때문이다.

그걸 이 자리에 있는 이들은 모두 알고 있었다. 그러기에 한 달 전에 우진을 바라보던 시선과 오늘의 그것은 미묘하게 달랐다.

남자 주인공을 뺀 자리에 이미 촬영이 끝난 배우를 다시 불러들였다면 그에게서 무언가 가능성을 보았다는 의미였다. 이걸 살리지 못한다면 줘도 못 먹는 놈 취급을 받아도 할 말이 없었다.

쪽대본을 받아 든 우진은 대사가 별로 없는 신의 대본을 읽고 또 읽었다. 대사는 적어도, 돌아가는 분위기와 A의 성격을 파악하기 위해서는 내용 전체를 이해해야만 했다. 시간이 많지 않았기에 메이크업을 받자마자 우진은 바로 현장에 투입됐다.

◆　　　◆◆◆　　　◆

사채업자 사장은 파르르 떨리는 얼굴로 A에게 화를 냈다.

"그러니까 그년이 어디로 도망갔는지 정말 모른단 말이지?"

"네."

"모르는 거야, 모른 척하는 거야?"

"……!"

"네가 그년 좋아하는 거 사무실에서 모르는 놈이 있는 줄 알아!"

말이 끝남과 동시에 가벼운 스테인리스 재떨이가 A의 얼굴을 향해 날아왔다. 재떨이를 고스란히 맞은 A의 눈빛이 날리는 회색 가루 사이로 번들거렸지만, 그는 이내 비릿하게 웃으며 대답했다.

"그야 쌔끈하게 생겼으니 넘어뜨리고 싶어서 그랬죠. 사장님은 예쁜 것들 보며 안 그러십니까."

아는 사람들끼리 왜 그러냐는 시선으로 바라보자 그제야 사장의 표정이 풀린다.

"경찰들한테 잡히기 전에 찾아서 끌고 와. 그년이 실제 살인을 했든 안 했든 상관은 없는데 본전은 찾아야지."

본전은 이미 이자만으로도 충분히 뽑고도 남았지만 그건 사채업자들에겐 의미가 없었다.

"잡아서 업소로 넘길까요?"

"미쳤냐! 그년 얼굴이 전국 방방곡곡에 뿌려졌는데 무슨 수로? 얼굴 갈아엎으려면 그 돈이 또 얼마야. 현상금이라도 많으면 그거 받고 표창장이라도 받지. 겨우 삼천을 어디에다가 붙여. 그냥 공장에다가 넘겨."

"공장이라면."

"알잖아!"

잔인하게 웃는 사장을 마주 보며 A 역시 웃었다. 감정 하나 묻어나지 않는 A의 눈빛은 조금의 흔들림조차 없다.

하지만 사장실을 나와 돌아서서 문을 닫는 A의 눈은 광기로 번들거렸다. 설핏 어이없다는 웃음이 입에 걸렸다.

"공장? 공장 좋아하네."

누구 마음대로. A의 표정이 조용히 그렇게 말하고 있었다.

"컷!"

감독의 사인에 그제야 우진의 어깨에서 힘이 풀렸다. NG 없이 끝난 신에 감독을 비롯한 스태프의 면면에 만족감이 보였다. 갑자기 불려 나와 준비 없이 진행된 촬영임에도 우진의 연기는 기대보다 좋았다. 특히 A의 눈에 시린 독기와 광기가 참으로 마음에 들었다.

"쟤가 저렇게 눈빛이 좋았었나?"

"원래 나쁘지는 않았죠. 저래 봬도 오디션 보고 제대로 뽑은 배우 아닙니까."

사채업자 A라는 배역은 원래가 비중 없는 단역이라 사실 오디션까지 볼 게 아니었다. 다만 투자자들의 압력 때문에 뽑은 남자 주인공이 마음에 안 들어서 그런 자잘한 배역들까지 보란 듯이 오디션을 본 것이었다.

이 영화에서 낙하산은 너 하나뿐이란 걸 보여주고 싶은 나름의 시위였다. 거기에 괜찮은 배우가 얻어걸리면 오늘처럼 써먹을 계획도 포함된 나름의 포석이었다.

채우진은 186㎝의 장신에다가 요즘 말하는 통하는 얼굴이었다. 잘생겼는데 느끼하거나 선이 굵다기보다는 부드러우면서 아름답다는 표현이 맞는 외모였다. 그런데도 이목구비가 뚜렷해서 메이크업을 어떻게 하느냐에 따라 선 굵은 연기도 가능해 보이는 마스크였다.

언뜻 보면 귀공자 타입이라 이런 날티 나는 양아치 사채업자 역할을 잘할 수 있을까 걱정했는데, 기우를 비웃듯 무리 없이 배역을 소화해 내는 연기력마저 지니고 있었다.

"뜨겠죠?"

조용히 가라앉은 목소리로 떠보는 카메라 감독의 질문에 문 감독은 피식 웃기만 했다. 이 바닥에 오래 뒹굴다 보면 촉이 오는 경우가 많다. 대부분이 맞아떨어지지만, 예외란 어디에나 존재했다.

배우로서 훌륭한 피지컬과 외모에 더해, 연기력까지 갖췄어도 뜨지 못하는 건 결국 그들에게 허락되지 않는 운명 때문이다.

아니, 하늘의 별이 되는 건 혼자만의 노력과 운 따위와는 다른 문제다. 대중과 운명의 신에게 선택받은 자만이 누릴 수 있는 자리가 바로 스타다. 그것은 일개 개인의 촉만으로 단정할 수 없는 수준의 문제였다.

"눈빛은 좋네."

"그러니까 눈빛은 예전에도 좋았다니까요."

"너 쟤한테 뭐 받아먹었냐? 왜 못 띄워서 안달이야."

"작업 한두 번 하나요. 무명 때 좋은 인상 남겨서 나중에 은혜 갚은 제비 되라고 조르려고 그럽니다."

무명이라고 무시하고 함부로 하는 것들은 하수들의 수다. 물론 전망 없는 이들에게까지 신경 쓸 만큼 넉넉한 인심은 아니지만, 적어도 자기 라인이라 생각하면 의리는 지켜야 하는 법이었다.

아무리 정글 같은 연예계라도 법도를 지켜야 오래간다. 뜰만 하다 싶으면 무명 때부터 좋은 인연을 이어가야 나중을 위해서 좋다.

"그러다 또 뒤통수 맞으랴."

"아, 씹! 안 좋은 기억이 떠오르려고 그러네."

"너부터가 의도를 가지고 접근하면서 상대가 진심이기를 바라선 안 되지."

컷 사인 후에 은밀하게 이야기를 나누는 문 감독과 카메라 감독 때문에 배우들은 풀리려는 긴장을 다시 잡아야만 했다.

한 번에 가는 줄 알았는데 어디가 마음에 안 드나, 그럼 어딜 고쳐야 하나, 복잡하게 머리를 굴리는 배우들의 사정도 모른 채 카메라 감독과 대화 후 고개를 든 문 감독은 멀뚱멀뚱한 표정으로 말했다.

"왜들 그러고 있어. 다음 신으로 넘어가지 않고."

이로써 다른 이들은 몰라도 오늘 우진의 촬영은 끝났다. 중요한 신들은 내일로 몰려 있었기에 대본을 잡아 든 우진은 조용히 촬영장을 나왔다. 서두른 것치고 오늘 일정은 사실 별거 없었다.

　철거가 예정된 건물을 통째로 빌려서 방은 여럿 있지만 모두 사용 중이었다. 물어물어 아래층에 있는 배우 휴게실을 찾아가니 이미 자리를 잡은 이들이 있었다.

　사채업자1, 사채업자2, 사채업자3. 다행히 저번 촬영에 함께했던 이들이라 낯설지 않았다. 사채업자2가 먼저 우진을 알아보고 알은척을 했다.

　"오오~ A 왔는감!"

　"안녕하세요. 형님들은 계속 촬영 있으셨나 봐요."

　"우리야 뭐 그렇지. 오늘은 경찰, 내일은 사채업자, 모레는 지나가는 행인1. 촬영은 잘 끝났고?"

　"오늘은 무사히 끝났는데 문제는 내일이죠."

　내일 신은 액션 난투극이라 벌써 걱정이었다. 우진의 상황을 아는 사채업자1은 끌끌 웃으며 앉으라는 듯 옆자리를 툭툭 쳤다. 원래는 사무실로 사용했을 법한 휴게실은 제법 커서 남자 넷이 자리를 잡고 앉아도 휑했다. 한쪽에 깔린 매트를 보니 취침도 이곳에서 해결하는 듯했다.

　"A도 오늘 여기서 잘 거냐?"

　"내일 새벽부터 액션 맞춰야 한다니까 가능하면요. 제 자리도 있을까요?"

　"밤만 되면 여기저기서 매트와 이불 나오니까 자는 건 걱정 없을 거다. 문 감독이 스태프나 단역들 처우는 제법 신경 써줘서 함께 작업하긴 참 좋아."

　사채업자1의 말에 우진도 고개를 끄떡였다. 연예계에 겨우 한 발 들이민 우진도 알 정도로 문 감독은 까다로운 연출가 중에서도 성격 좋기로 유명한 이였다. 처음 한 영화 작업이 문 감독의 작품인 것은 굉장히 운이 좋은 시작이었다.

"내일 액션이라면 우리하고 같이 하겠네."

"네, 제가 형님들한테 두들겨 맞을 예정이랍니다. 제발 살살 때려주세요."

"그런데 왜 계속 저희보고 형님, 형님 하십니까! 영화에선 A가 저희 형님이지 말입니다."

"그러면 조금이라도 덜 맞을까 해서요."

사채업자3의 장난스러운 대꾸에 우진은 부러 엄살을 피웠고, 세 남자는 주먹을 쥐어 보이고는 내일을 기대하라며 웃었다.

"그래도 A는 분량이 늘어서 좋겠어. 제대로 된 대사도 많고. 우린 쪽대본도 없이 그저 매일매일 다른 분장 하고 화면 뒤쪽 채우기가 바쁜데."

문 감독의 즉흥적인 대본 수정은 유명하지만, 그 행운을 잡아본 적 없는 단역배우의 처지에선 우진이 부럽기도 하고 제 처지가 씁쓸하기도 했다.

"그래서 일단 잘생기고 봐야 해."

"잘생기기만 했냐? 키도 크잖아. 그리고 접때 보니까 연기도 제법 하데."

"하긴 A가 박민과 비교해도 전혀 밀리는 게 없긴 하네. 걔 액션신 있을 때마다 찡찡거리는 거 듣기 싫었는데 내일은 그거 안 들어서 일단 좋다."

"듣자니까, 대본 수정한 것도 액션신이 있을 때마다 박민이 하도 툴툴거려서 남주 빼고 A를 대신 넣은 거라더라."

남자 주인공인 박민에 대한 불만은 감독뿐만 아니라 다른 배우들에게도 자자했다. 얼굴로 먹고사는 배우가 액션신을 찍을 때 조심하는 건 이해가 간다. 하지만 무술 감독의 지휘 아래 몇 합을 미리 맞춰보고 서로 조심해서 찍는 걸, 자기 혼자서 유난을 떨며 몸을 사리니 상대하는 처지에선 짜증이 날 수밖에 없었다.

자연 NG도 많이 나고 그에 따라 박민의 불만과 투정 역시 길어졌으니 서러운 것은 조연이나 단역들이었다.

"그거 저보고 내일 찡찡거리지 말라고 먼저 판 까시는 거죠?"

"요게 눈치는 빨라."

불만은 많아도 단역들로선 남자 주인공, 정확히는 유명 배우의 뒤 담화를 계속할 수는 없어서 대화는 웃음으로 대충 마무리 지었다.

"이왕 하는 거 내일 잘하고. 저기 냉장고에 마스크팩들 있으니까 저녁에 하고 푹 자라. 화장이 잘 받아야 화면에 때깔이 곱게 나지."

우진의 행운이 부러운 것은 현실이지만 질투는 하지 않았다. 이미 이 바닥에 잔뼈가 굵어진 그들은 자신을 찾아오지 않는 행운을 원망하지 않았다. 대신 언젠가 찾아올 행운을 위해 최선을 다할 뿐이다.

그러기 위해선 영화가 잘 나와야 자신들에게도 기회가 있다는 걸 잘 알고 있었다. 주인공은 물론 조연, 단역 누구라도 잘 나와 화제가 되면 영화의 성공에 도움이 된다. 단역이라도 실패한 영화보단 성공한 영화가 필모그래피를 빛내주는 게 단연 좋았다.

그래서 일단 외모만으로는 합격점인 우진이 화면에 잘 나오고, 더불어 연기도 잘할 수 있도록 세 사람은 여러모로 신경을 써주었다. 그 배려에 우진은 조용히 한쪽에서 내일 찍을 신을 연구할 수 있었다.

거창하게 연구라고 했지만 사실은 사채업자 A를 이해하는 과정이었다.

A의 캐릭터를 보자면 뻔뻔하고 즉흥적이면서 자기만 아는 이기주의자였다. 이런 사람의 사랑이란, 광기 어리고 제 욕심부터 채우고 보는지라 극단적일 수밖에 없었다. 그런데 순애라니. 우진은 도저히 A라는 사람의 순애를 어떻게 표현해야 할지 몰랐다.

우진도 사랑이란 걸 해본 적은 있었다.

아이돌 연습생으로 있을 때는 연애 금지가 있기도 했고, 나이가 어려 공부하랴 연습하랴 그럴 여유가 없었다. 그러다 데뷔조의 멤버들과 불화가 있을 즘에 대학 동기와 연애를 시작하게 되었다.

연애 금지에 대한 반항심과 지칠 대로 지친 황량한 상태에서, 자신이 좋다고 고백해 오는 여리고 어여쁜 여자애의 손을 내칠 수가 없었다. 연애하면서 하는 처음을 모두 그녀와 했었다.

그때는 잠시나마 세상이 아름다웠고 말로는 형용할 수 없이 기쁘고 설레던 나날의 연속이었다. 그녀를 통해 '사랑'이란 게 무언지 처음으로 알았다. 그녀를 위해 죽을 수는 없었지만 함께 살아가고픈 욕심이 생겼었다.

그녀라면 영원히 함께할 수 있다는 믿음이 생길 찰나, 거창하게 차였다.

소속사에서 방출당하자 우진은 그녀를 생각하며 연예인의 꿈을 접었다. 겨우 21살의 나이에 미래를 운운하는 건 우스울지 몰라도 그녀를 위해서 연예인이 아닌 다른 길로 성공하자고 결심한 것이다. 스스로에 대한 믿음이 있었기에 어느 정도 자신도 있었다. 하지만 그녀는 아니었던 거다.

이혼한 홀어머니와 여동생이 있는 넉넉지 못한 살림과 아직 군대도 가지 않은 대학생에게서 어떤 미래도 보이지 않았던 것 같다. 그래서 매달리기도 참 많이 했다. 새벽에 술 마시고 '자니?' 라는 문자만 안 보내봤지, 해볼 건 다 했었다.

막말로 아직 어린데 연애는 할 수 있는 거 아니냐고 따지기도 했다. 사귀다 사귀다, 결혼할 상대가 아니면 그때 헤어지면 되지 않으냐고 울기까지 했다. 그때 그녀가 뭐라고 했더라.

"넌 연애가 뭐라고 생각하니?"
"내가 지금 하는 거."
"아니, 그건 사랑이고. 내가 묻는 건 연애를 말하는 거야."

다행히도 그녀는 우진의 마음마저 부정하지는 않았다. 그래서 그녀의 말들이 더욱더 쓰디쓰게 느껴졌는지 모르겠다.

"네 말대로 우리는 아직 어리고 젊어. 사랑하는 사람과 연애,

그거 좋지. 하지만 지금 우리의 연애는 너무 구질구질하잖아. 난 내일을 걱정하고 미래를 설계하는 그런 꿈보다는 지금의 찬란하고 아름다운 젊음 그대로를 느끼고 싶어. 지갑 속사정을 따지며 밥을 먹는 게 싫고, 내일을 걱정하며 손잡고 길거리를 걷는 데 지쳤어. 이젠 너와 키스하는데도 더는 심장이 떨리지 않아. 난 그저 내 또래들이 하는 연애를 하고 싶었을 뿐이야."

건조한 눈빛으로 지쳤다고 이야기하는 그녀에게, 아직도 나는 너를 보는 것만으로도 설레고 손을 잡으면 심장이 터질 것 같다고 말할 수가 없었다. 너를 안을 때마다 손끝 발끝까지 퍼지는 그 행복감을 표현할 단어는 이 세상에 없다는 말 따위를 할 수가 없었다.

우진이 아는 사랑은 그랬다.

비록 해피 엔딩은 아니지만, 그녀의 말마따나 구질구질할지언정 분명 그때는 행복했었다. 그녀가 숨 쉬고 내뱉는 숨결조차 달콤해서 이 세상에 태어난 것이 고맙고 행복하던 시절이었다.

과연 A도 그런 심정을 느낄까.

대답하자면 아니었다.

A에겐 가지고 쟁취하고 정복하지 않으면 아무런 의미가 없다. 그게 비록 목숨을 바쳐서라도 살리고자 하는 상대라 할지라도 말이다. 아니, 오히려 자신이 죽고 나면 너무도 잘 살아갈 상대를 알기에 차라리 제 손으로 여자를 죽이고 그 시체라도 가지는 게 A의 방식이다. 대신 죽는 것 따위 절대 A의 방식이 아니었다.

그게 우진이 생각하는 A다. 여기에서 우진의 고민이 시작됐다.

내일 우진, 아니, A는 여자 주인공인 '아라'를 구하다가 대신 죽어야 한다. 그런데 이 수긍할 수 없는 감정으로 어떻게 그 죽음을 연기할지 감이 오지 않았다.

새벽 5시부터 일어나야 했기에 이른 시간에 자리에 누워 잠을 청했다. 하지만 정리되지 않은 생각들로 인해 머릿속은 점점 맑아지기만 했다.

'그러고 보면 내 초창기 전생들은 무던히도 사람들을 싫어했었지.'

사랑에 대한 감정들을 생각하다가 어느 순간부터 전생들을 떠올리기 시작한 우진이었다.

최초의 삶부터 우진은 진심으로 인간들을 혐오하고 증오했다. 가족들도 예외는 아니라서 그의 인생은 쓸쓸하다 못해 비참하기까지 했다. 꽤 많은 삶을 거치는 와중에도 그런 현상은 변할 줄을 몰랐다. 그러다가 457번째 삶에서 그의 영혼이 최초로 사랑에 빠지는 사건이 일어났다.

이전 삶에서 평생 누군가를 사랑하기는커녕 좋아해 본 적도 없었던 그였다. 그랬던 그가 모든 삶을 통틀어서 최초로 한 여인을 사랑하게 된 것이다.

결말부터 말하자면 끔찍한 비극이었다. 자신이 누군가를, 인간을 사랑한 것에 대해 이해할 수도, 그렇다고 인정할 수도 없었던 그는 결국 그녀를 제 손으로 죽이고 자살하고 말았다.

끝까지 사랑을 인정하지 않던 그는 증오라는 이름으로 자신의 감정을 포장하고 위장했다. 그리고 사랑했던 이가 사라져 버린 세상에서 무너져 버리고 말았다. 더는 감정을 숨길 대상이 없었기에 후폭풍은 감당하기 어려울 정도로 컸고 끝없는 자기혐오에 시달리게 됐다. 하지만 그 감정도 A와 비교하자면 조금 달랐다.

A는 자신의 감정을 분명히 자각하고 있는 상태였고 자신이 무얼 원하는지 극명하게 알고 있다. 죽이고 자멸하는 게 아니라, 죽이고 조금은 씁쓸할지언정 계속 살아갈 녀석이 무슨 심정으로 대신 죽는 것을 선택하게 된 걸까.

우진은 빠르게 나머지 전생들을 훑었다. 한번 사랑에 대한 감정을 느낀 후로 그의 전생들은 조금씩 조금씩 인간에게 애정을 느끼기 시작했다. 그리고 어느 순간부터는 자신의 가족을 당연하게도, 사랑하게 되었다.

그렇게 한참을 투자한 후에야 우진은 A와 비슷한 감정을 가진 전생을 하나 찾을 수가 있었다.

평생을 음악만 알던 인생이었다. 가족에 대한 기본적인 애정과 의무감을 가지고는 있었지만 그뿐. 그에게 가장 중요한 것은 음악뿐이었다. 하지만 귀족의 신분으로 태어난 그는 자신의 꿈을 이룰 수가 없었다. 그래서 더욱 비틀어지고 오만해졌다.

그러던 그의 생에 어느 날 나타난 여인. 중년의 나이에 부유한 삶과 안정된 가정 속에서 나름 만족하던 그에게 햇살처럼 빛나던 아름다운 젊은 여인은 뮤즈였으며 환상이었다.

오로지 가지고 싶다는 욕망밖에 없는 감정의 회오리들은 그가 음악에 미쳤을 때 느끼던 그것과 똑같았다. 당시에 그는 음악이고 가정이고 모두 버리더라도 그녀를 가지고 싶어 했다. 그럴 수 없다면 죽여서라도 누구에게도 빼앗기고 싶지 않은 지독한 소유욕이었다.

그런 그녀의 약혼 소식에 그는 거의 반쯤 미쳤고 결국엔 그녀의 약혼자를 죽였다. 그녀와 닿는 누구도 용납하지 못해 살인은 계속되었고 어느 순간 그녀는 혼자 고립되어 갔다. 당시그에게는 이 모두를 이룰 만한 재력과 권력이 있었다. 그 결과는 꽤 만족스러웠다.

불행한 여인, 가까운 모든 이가 의문의 죽음을 당하는 재수없는 여자. 그녀는 결국 유일하게 자신을 사랑해 주는 그를 선택할 수밖에 없었다. 그건 강요된 결정이었으며 유일한 도피였기에 그녀의 사랑에는 진심이 깃들지 않았다. 육신의 소유는사랑의 결말이 아니다. 사랑에 미친 이기주의자는 그것에 만족할 수가 없었다.

어느 날 그는 독약을 마신 채로 그녀의 앞에서 죽어갔다.

이것 봐, 너를 유일하게 사랑하던 나마저도 네 앞에서 죽었어. 너는 이토록 불행을 몰고 오는 사람이고, 이후로 나만큼 너를 사랑해 줄 이는 절대 나타나지 않을 거야. 이로써 너는 너를 사랑해 줄 유일무이한 존재를 잃어버렸어.

사랑을 온전히 가질 수 없다면 자신이 없는 세상에서 평생그녀가 불행하길 바랐다. 만약 미래에 누군가를 진심으로 사랑하게 되더라도 이날을 기억하며 스스로 자멸하고 포기하길 바란 것이다.

혹여 자신이 없는 세상에서 그녀가 행복할 수 있다는 쓰라린 상상이 그의 마지막을 붙잡긴 했지만, 결국은 포기할 수가 없었다. 끝내 자신을 사랑하지 않는 그녀를 상처 주고 망가뜨릴 수 있다는 즐거움을 말이다.

이것이 그 이기주의자의 순애(殉愛)였다.

'아아… 이거 정말 내 전생 맞아?'

어쩌면 이토록 잔인하고 생명을 가볍게 여기는지. 아마도 첫 생에서부터 그의 내면에 계속 깃들어 있던 인간 혐오증이 그만큼 강하게 남아 있었기에 가능했을지 모른다. 스스로 이해가 되지 않는 인간에 대한 미움과 혐오는 그를 괴물로 만들었다.

지금의 우진으로선 도저히 이해되지 않는 감정의 낭비와 광기들이었지만, 어차피 전생 아닌가. 너무 연연해하지 말자고 고개를 저은 우진은 전생을 토대로 A의 감정을 다시 돌아보았다.

비슷한 듯 아닌 듯하지만, A의 심정을 얼추 이해하자면 속된 말로 그는 '아라'에게 엿을 먹인 거다.

A는 절대 그녀가 자신을 사랑할 일이 없다는 걸 안다. 그래서 여태껏 그녀의 몸만이라도 원했던 거다. 이 때문에 하루라도 빨리 그녀가 빚에 못 이겨 업소로 끌려가길 바랐다. 그렇게라도 해서 그녀를 소유하고 싶어 했다. 그녀의 감정을 배제한 자신의 사랑을 위해서.

그런데 그녀가 죽을 수도 있다. 아니, 죽게 되었다. 이젠 아무것도 가질 수가 없게 되었는데 무얼 할까. 어떻게 할까 아무리 생각해도 결론이 나지 않는다. 그냥 포기하고 잊어버리면 되는데 아무래도 그게 잘될 것 같지 않았다.

그것이 A의 순애에서 비롯한 망설임이었다.

'아라'가 없는 세상은 재미가 없을 것 같은데 그녀라면 자신이 없어도 잘살 것 같아서 미치게 싫다. 그렇다면 그녀가 행복하지 못하게 만들어야만 한다. 나를 사랑하지 않는 그녀에게 주는 벌로 남은 평생을 불행과 악몽에 시달리면서 나를 잊지 못하게 만들자.

어차피 아라가 없는 세상은 행복할 것 같지 않으니 내가 없는 세상에서 그녀는 지옥을 살게 하자. 그게 아마도 A가 아라 대신 죽음을 선택한 이유가 아닌가 싶었다.

A의 감정에 이입된 우진의 입가에 서늘한 미소가 어렸다. 상상하는 것만으로 미치게 가슴 두근거리는 설렘이었다. A의 사랑에도 가슴 떨리는 두근거림이 존재했다.

◆　　　◆◆◆　　　◆

거의 잠을 자지 못한 상태임에도 우진의 정신은 맑았고 심장은 기분 좋은 두근거림으로 '아라'를 그리고 있었다. 그래서 새벽부터 이어진 액션 리허설에도 컨디션은 최고였다.

"아라와 도주할 노선은 잘 기억해 두고. 이때 뒤에서 A의 머리를 몽둥이로 내려치면서 난투가 시작된다. A는 영리한 놈이라서 몸을 효율적으로 쓸 줄 아는 캐릭터야. 무식하게 휘두르고 보는 스타일이 절대 아니라는 말이지."

날카로운 얼굴 생김새만큼 어투마저 딱딱한 무술 감독의 시범을 따라 하며 우진은 걱정했던 것보다 쉽다는 느낌을 받았다.

전생 중, 무가에서 태어나 타고난 무골로 무존(武尊)이 되어 무림을 지배했던 기억에 도움을 받은 것이다. 당시의 경험이 없었다면 이렇듯 한 번에 무술 감독의 액션 시범을 따라 하기는 어려웠을 거다.

물론 기억이 있다고 해서 몸이 절로 따라주는 건 아니었다. 우진은 연습생 시절에 아이돌로 데뷔하기 위해 매일 죽도록 반복하던 춤 연습으로 몸을 어떻게 써야 하는지 알고 있었다. 전역한 후에도 틈만 나면 몸을 풀고 춤 연습을 게을리하지 않은 덕분이기도 했다.

유연한 신체와 머릿속 지식이 만나, 액션 감독의 지시를 무리없이 따를 수 있었고 그것이 제법 그럴싸한 그림을 만들어냈다.

우진은 의도치 않게 전생의 기억들에 고마움을 느꼈다. A의 감정을 이해할 수 있게 된 것도 전생 덕분이고 지금의 액션 리허설에도 적잖게 도움을 받고 있었다. 우진이 춤 연습으로 몸이 유연하다고는 하지만, 액션은 또 다른 분야인데 무리가 느껴지지 않았다.

문제는 A의 투박하지 않은 싸움 실력을 표현하는 데, 춤으로 단련된 몸과 무존의 기억이 합쳐져서 필요 이상의 '우아한 실력'을 내뿜게 되었다는 점이었다.

"이건……."

잠시 할 말을 잃은 무술 감독은 잠시만 기다려 보라며 자리를 뜨더니 이내 조연출과 몇 명의 액션 배우들을 데리고 왔다.

"A! 아까 했던 거 다시 한번 보여줘 봐. 그리고 너희들은 같이 합 좀 맞춰주고."

지시에 따라 치고받는 난투를 재연하는 우진을 바라보던 조연출의 눈이 점점 커졌다. 외모와 연기력만 보고 급하게 데려왔기에 액션에 대해선 크게 기대하지 않았다. 남자 주인공인 박민이 광고 촬영으로 해외에 나가 있는 동안, 서둘러 찍고 끝내야 할 시퀀스라 연습할 시간도 제대로 줄 수가 없었다.

대충 흉내만 그럴싸하게 내면 연출로 어떻게든 무마할 생각이었는데 그야말로 어리석은 오만이었다.

"사채업자 조무래기 솜씨치고는 너무 우아하지 않습니까?"

"그러게 말이야. 군더더기도 없고 깔끔하면서 마치 춤을 추듯 날아다니는 게… 아름답네."

"어떻게 할까요? 저거 고쳐서 원래의 A로 만들어 쓸까요, 아니면……."

"고쳐? 뭐하러 고쳐! 저거 저대로만 찍어도 명장면 하나 나올 수 있는데 뭐하러!"

세상에 무슨 이런 미친 소리가 다 있냐는 표정으로 눈을 부라리는 조연출을 보며 무술 감독은 피식 웃었다. 내용의 개연성도 중요하지만, 영화라 함은 역시 눈요기를 포기할 수 없는 법이다. 굳이 명작을 고쳐서 모작을 만들 필요는 없다는 말에 내심 안심이 되기도 했다.

"그럼 저대로 갑니다."

"당연히 그래야지! 암!"

이로써 사채업자 A는 무림에 은거 중인 고수로 변모하게 된 건 아니지만, 하여튼 단순한 조무래기 수준은 아닌 것으로 내용을 약간 수정할 필요가 생기고 말았다. 조금 귀찮은 일이기는 해도 즐거운 수고가 될 터였다.

"흐흐흐, 박민 따위 저 멀리 날려 버리는 거야!"

박민에게 불만이 많던 조연출의 흥분 어린 중얼거림에 무술 감독이 난감한 표정을 지었다. 그래도 그건 아니지 않으냐고 반박하려다가 결국 그만두었다.

어차피 그놈은 글렀다는 걸 무술 감독 역시 알고 있음에다. 사실 이대로 가다간 이 영화는 아무리 잘해봐야 중박이다. 여자 주인공이 분투하고, 훌륭한 스태프와 완벽한 시나리오가 있어도 남자 주인공 하나가 모두 말아먹고 있었다. 그걸 정작 박민 본인만 모르고 있었다.

한류 스타라지만 연기도 못하는 게, 제 몸 사리느라 액션도 밋밋하고 매력마저 없었다. 영화는 드라마와 다른 매력으로 관객을 끌어오는데 박민은 그걸 몰랐다.

드라마로 한류 스타가 된 그는 그때 얻은 이미지에서 벗어나는 걸 두려워했다. 그게 영화에는 독이 된다는 걸 알고 있는지는 모르겠지만, 혹여 알고 있더라도 박민은 바뀔 의사 자체가 없어 보였다.

특단의 조치가 필요한 상황에서 날아든 동아줄을 굳이 마다할 이유는 없지 싶었다.

곧이어 문 감독까지 가세하면서 A와 아라의 도주 신이 대폭 수정되었다. 정확히는 대화도 거의 없던 짧은 액션신의 내용이 상세해지면서 길게 늘어난 것이다. 가미된 대사에 우진의 의견이 들어간 건 문 감독의 우발적인 질문 덕분이었다.

"A라면 이 순간 뭐라고 했을 것 같아?"

여유 없이 진행되는 촬영에 급작스러운 내용 수정과 대사 첨부에 어려움을 느낀 건지, 우진의 캐릭터 분석력을 떠보기 위해서인지는 몰라도 문 감독은 우진에게 의견을 물었다. 다행히도 잠을 설치면서 A의 심리를 연구하고 이해한 우진으로선 너무도 쉬운 대답이었다.

그렇게 수정된 대본으로 새로 콘티를 짜는 데만도 무려 4시간을 고스란히 소비하고 말았다. 박민의 촬영장 합류가 내일모레인 점을 고려하면 그들에겐 남아 있는 시간이 얼마 되지 않았다.

"자자, NG 없이 갑시다! 우리에겐 시간이 없다는 거, 잘 알지?"

박민 물 먹이기 작전으로 대동단결한 배우들과 스태프들이 두 주먹을 불끈 쥐며 전의를 다지는 순간이었다.

"레디 액션!"

감독의 큐 사인이 떨어지자 촬영장은 영화 속 세상으로 바뀌었다.

◆　◆◆◆　◆

어두운 지하 창고 안으로 들어간 A의 시선이 뒤로 손이 묶인 채 쓰러져 있는 아라의 몸을 훑는다. 카메라가 그녀의 발끝에서부터 서서히 올라가더니 가슴골이 보이도록 풀어 헤쳐진 셔츠 사이로 잠시 머물다, 지저분해진 얼굴에 고정된다.

"우리 아라는 여전히 예쁘네."

양아치 특유의 값싼 멘트에, 도망 다니느라 지칠 대로 지친 상태에서 결국 사채업자들에게 붙잡힌 아라의 눈에 혐오가 스쳤다. 그녀의 반응에 A는 그럴 줄 알았다는 듯 피식 웃었다.

"그런데 어쩌다가 이런 거야. 예쁜 얼굴에 흉 지면 안 되는 거 몰라?"

"손 치워, 이 개새끼야."

"길바닥 좀 몇 번 굴렀다고 대번에 입까지 거칠어지면 안 되지. 우리 아라는 그런 아가씨 아니었잖아, 응?"

목소리는 자상하기 그지없는데 얼굴에 난 상처를 쓰다듬는 A의 표정은 잔인하게 일그러졌고 손길은 거칠었다. A의 손가락이 쓰다듬고 지나가자 아라의 상처가 벌어지며 피가 흘렀다.

"윽……."

"아파? 그러게 왜 그런 일을 저질러서 일을 귀찮게 만들어."

"내가 아니야! 난 정말 안 죽였다고!"

"무죄 주장은 죽어서 염라대왕 앞에서 하시고. 우리는 그 전에 해야 할 일이 따로 있잖아, 안 그래?"

엄지에 묻은 피를 혀로 핥는 A의 눈이 끈적끈적하게 번들거리자 아라는 몸을 흠칫거리며 뒤로 물러났다. 하지만 등 뒤로 손이 묶인 채라 몸짓만 흉내 낼 뿐 가소로운 반항에 불과했다.

"걱정하지 마. 죽기 전에 즐거운 추억 하나쯤은 만들어야 너도 덜 억울할 거 아냐."

아라를 억지로 일으켜 세운 A는 두 팔로 그녀를 안아 들었다. 싫다고 몸부림을 치자 A가 으르렁거리며 이를 갈았다.

"그렇지 않아도 무거운데 계속 움직이면 그냥 바닥에 내던진다. 나야 네 손발 어디가 부러져 나가든, 의식이 있든 없든 상관없다는 거 알지? 하긴 의식 없이 시체처럼 가만히 있으면 재미는 좀 없겠다."

"나쁜 새끼. 넌 정말 나쁜 개새끼야!"

"그걸 이제 알았어? 멍청하네."

킥킥거리며 아라를 안고 창고를 나오자 밖에서 기다리고 있던 부하들이 웃음을 쪼개며 말한다.

"형님, 좋은 시간 보내십시오."

"곧 사장님이 찾으실 텐데 그냥 안에서 해결하시지……."

곧 '공장'으로 보내질 아라를 데리고 나가는 A의 의도를 모르는 부하들은 없었다. 다만 남은 시간이 모호하다는 점을 지적했다.

"아아, 그래도 낭만이 있지. 첫날밤은 붉은 장미와 와인, 몰라?"

물론 그런 것 따위는 없지만, 지하 창고 바닥은 너무하다는 투로 대답하자 부하들도 수긍하는 듯 길을 터줬다. A가 아라를 데리고 간 곳은 2층에 있는 그의 사무실이었다.

"컷!"

A와 아라의 대면 신이 의외의 케미를 만들어냈다. 이전에 두 사람이 함께 촬영한 전적이 있긴 하지만, 그때는 지금처럼 묘한 긴장감과 설렘을 만들어내지는 못했었다.

당시에는 그저 끈덕지게 집적거리는 사채업자와 이도 저도 못하는 순진한 아가씨, 그 이상의 흥미는 불러일으키지 못했는데 오늘은 둘 사이에 묘한 기류가 형성되었다. 보는 이들이 괜히 부끄러워지는, 야하고 설레는 포인트가 생긴 것이다.

보통 이런 장면에선 보는 이들이 분노하거나 거부감이 들어야 하는 게 정상이다. 그런데 두 배우는 오히려 뒤에 있을 무언가를 기대하게 만드는 연기를 보여줬다. 그만큼 A를 연기하는 우진이 퇴폐적인 섹시함을 풍기면서 분위기를 주도하고 있었다.

"좋았어! 다음 신도 이렇게 끈적끈적하게 가자고!"

문 감독의 OK 사인에 스태프들의 입에서 피식 웃음이 새어 나왔다.

어제와 오늘 가장 많이 들은 단어가 되어버린 '끈적끈적'을 듣자마자, 우진은 알게 모르게 긴장하던 마음이 한결 가벼워진 걸 느꼈다. 잘하고 있는 건지 불안하던 마음 대신에 자신감이 들어차고 있었다. 감독님의 반응으로 말로만 듣던 끈적거림이 어떤 느낌인지 대충 감을 잡으면서 연기의 틀을 잡아갈 수 있었다.

잠깐의 휴식 시간 동안 우진은 이를 닦고 열심히 가글을 했다. 다음 신을 위한 준비였다.

이만하면 되었다 싶을 때, 아라 역을 맡은 강희주의 매니저가 그에게 다가와 슬며시 사탕 하나를 내밀었다. 향이 짙은 민트 맛 사탕이었다. 강희주의 매니저는 모르겠지만, 우진이 끔찍하게도 싫어하는 맛이었다. 그래도 매너를 위해 우진은 이를 악물고 사탕을 깨물어 먹었다.

촬영이 시작되고, 품에 안은 아라가 거칠게 숨을 내쉴 때마다 그녀에게서 코를 자극하는 민트 향이 풍겼다. 그래서 소파에다 아라를 내던질 때 조금 감정이 섞이고 말았지만, 다행히 촬영은 계속 진행되었다.

◆　　◆◆◆　　◆

"너 정말 성가셔."

턱 밑의 상처에서 계속 흐르는 피를 보며 A는 책상 서랍에서 상처 밴드를 하나 찾아왔다. 소매로 쓱 피를 닦아내고 진지하게 상처에 밴드를 붙여주는 A 때문에 아라는 어처구니가 없었다.

"지금 뭐 하는 짓이야!"

"상처 치료?"

"하, 병 주고 약 주는 것도 아니고."

"뭔가 착각하는 것 같은데 난 너한테 병 준 적 없다. 사채 쓴 것도 네 애비고, 살인에 연루돼서 도망치는 것도 결국엔 모두 너 때문에 생긴 일이잖아. 원망하려면 네 거지 같은 운명을 탓해야지, 안 그래?"

A의 말은 진실이라 가슴에 비수를 꽂는 듯 더욱 아팠다. 반박할 말을 찾지 못한 아라가 저도 모르게 흐르는 눈물이 창피해 고개를 숙였다. 하지만 그녀의 턱을 붙잡아 강제로 들어 올린 A는 비릿하게 웃으며 말했다.

"넌 참 우는 얼굴도 예쁘단 말이야. 사람 곤란하게 말이지."

배려 없는 거친 손길로 아라의 눈물을 닦아준 A는 거의 입술이 닿을 거리만큼 얼굴을 가까이 들이밀었다. 그의 의도를 눈치챈 아라가 고개를 돌리려고 했지만, A의 우악스러운 손이 턱을 붙잡으며 그걸 막았다.

"입 벌려."

"……."

악마의 속삭임처럼 고요하지만 배려 없이 난폭한 요구에 아라는 이를 앙다물며 저항했다. 이내 그녀의 목을 감아쥔 A의 손아귀 힘이 가해지면서 엄청난 고통이 그녀를 덮쳤다.

"아악!"

비명이 새어 나오는 입술 사이로 비집고 들어오는 A의 거침없는 침입은 폭력과도 같았다. 배려도, 따스함도, 달콤함도 없는 오로지 빼앗기 위한 키스에 굴복하는 건 쾌락이 아닌 공포와 아픔 때문이었다.

"NG!"

오늘 촬영 중에 처음으로 울리는 NG 소리에 우진은 멍한 시선으로 감독을 바라봤다. 신인답게 자신이 무얼 잘못했나부터 떠올리는 그를 내버려 두고, 문 감독은 강희주에게 쓴소리를 했다.

"아라! 너 지금 어떤 표정인지 여기 와서 한번 봐라."

강희주를 손짓으로 불러 방금 막 찍은 화면을 돌려서 보여 주는 문 감독의 표정이 딱딱했다. 화면 속에서 공포와 아픔으로 A에게 거부감을 느껴야 하는 아라의 표정이, 순간 황홀한 표정으로 변해 눈이 사르륵 감기는 게 포착되었다.

"어머!"

군이 더는 길게 말할 필요가 없었다. 베테랑 배우답게 강희주는 자신의 문제점을 깨닫고 부끄러움을 느끼고 있었다.

붉게 타오르는 얼굴을 감싸며 감정을 정리한 강희주는 다시 아라가 되어 촬영을 재기했다. 하지만 문제를 인식한다고 해서 그걸 고치는 것은 아무리 베테랑 배우라도 어려운 모양이었다.

"아아, 그냥 키스신을 빼지요?"

계속된 NG에 스태프 하나가 힘 빠지는 목소리로 의견을 제기했지만 바로 묵살당했다.

"저 좋은 그림을 왜 빼! 누구 좋으라고."

원래는 남주인 박민과 해야 했을 키스신이 A로 바뀌었다. 그런데 그게 오히려 분위기가 사니 미칠 지경인 거다.

분명 폭력적이고 거부감이 들어야 할 장면이다. 그런데 잡아먹을 듯 덮치는 A의 키스는 보는 것만으로도 살 떨리게 섹시했으며 본능을 자극했다. 감정이입에 실패하고 어느 순간 우진과의 키스에 빠져 버리는 강희주를 보면, 보이는 것만 섹시한 게 아니라 실제 키스 역시 잘한다는 걸 알 수 있었다.

부러운 새끼. 스태프 하나가 우울하게 중얼거렸다. NG 때문이래도 아름다운 여배우와 수차례 키스하는 게 부러운 것인지, 그녀로부터 저런 표정을 끌어낼 만큼 훌륭한 키스 실력을 갖춘 게 부러운지는 말하는 본인도 몰랐다.

"그러다가 우리 19금 받는 거 아닌지 몰라."

고작 키스신이라고 하기엔 웬만한 베드신보다 더 야하다는 게 현장에 있는 스태프들의 의견이었다. 작은 중얼거림이었지만, 그걸 들은 문 감독은 코웃음을 치며 당당하게 선언했다.

"어차피 우리 전체가는 못 받아. 포기해, 포기하면 편해져!"

원래 기획부터 전체 관람가는 포기하고 시작한 영화였다. 배경 자체가 사회의 어두운 바닥을 훑고 지나가는 내용이라 기대도 하지 않았다. 다만 관건은 몇 등급을 받는가였다.

"이왕 하는 거 아라의 셔츠 좀 더 풀어 헤치고, A는 손이 너무 매너가 넘쳐! A답게 끈적끈적하게 주물럭거리란 말이다."

무언가를 만지듯 주물거리는 시늉을 해 보이며 문 감독이 음흉하게 웃었다. 몸소 포기란 이런 거라고 실천해 보이는 감독을 본받아 스태프들도 일사불란하게 움직였다.

립스틱이 번진 강희주의 화장을 고쳐주고 아슬아슬하게 속살이 보이던 셔츠를 더 풀어 헤쳐 어깨선이 거의 드러나게 했다. 눈앞에 보이는 아찔한 광경에 당황한 우진의 눈동자가 크게 흔들리자, 강희주가 웃으며 처음으로 그에게 말을 걸었다.

"A, 아니, 우진 씨라고 했지."

32살인 강희주는 자연스럽게 우진에게 말을 놓았다.

"아, 네."

"나 이전에 찍은 영화를 줄줄이 두 개나 말아먹었어. 그게 무슨 뜻인지 알아?"

"……."

"예전에 아무리 잘나갔어도 영화 두세 편 말아먹으면, 특히 그게 서른이 넘은 여배우의 경우라면 몸값이 훅 떨어져. 나 이번엔 정말 성공해야 해. 그러니까 망설이지 말고 A답게 함부로 아라를 다뤄. 맨가슴 만져도 좋으니까."

진지한 고백에 우진은 순간 어찌 반응해야 할지 몰라 순진하게 눈을 끔벅였다. 조금 전까지 잡아먹을 듯 격정적인 키스를 해오던 사내와는 너무 딴판이라 강희주는 허탈하게 웃고 말았다.

"후배님이 너무 키스를 잘해서 내가 조금 당황했지만 걱정하지 마. 이젠 헤매지 않을 테니까."

새삼 몰려드는 절실함이 강희주에게 현실을 자각하게 해주었다. 사실 남자 주인공도 아닌, 한 달 전에 겨우 연기를 시작한 생짜 신인과의 키스신을 처음엔 수락하기 어려웠다. 요즘 자신이 하락세라서 무시하나 잠시 고민도 했었다.

그런데도 용납한 것은 남주인 박민의 기존 연기가 너무 실망스러웠고 그 결과로 파생될 실패가 두려워서였다.

독단적이라 할 수 있는 문 감독의 갑작스러운 대본 수정과 그로 인한 쪽대본 촬영은 이미 영화계에선 유명했다. 그러나 무엇보다 그 결과물이 항상 대성공이라는 점이 더욱더 주목받았다. 또한, 성공적인 결과물의 과정이 드라마틱하기에 사람들 입에 오르내리며 늘 화제가 되었다.

그래서 문 감독과는 처음 작업하는 강희주로선 못 미더워도 일단은 믿고 따라가 보자 한 건데 이게 웬걸, 채우진은 그가 남자 주인공이 아닌 게 아쉬울 정도로 기대 이상의 결과를 보여주고 있었다.

한 달 전 촬영에선 처음치곤 연기를 잘한다고 여겼지만, 이런 압도적인 분위기를 내뿜지는 않았었다. 그사이에 무슨 일이 있었는지는 몰라도 채우진은 '진짜 연기자'가 되어 그녀 앞에 나타났다.

이런 분위기는 흡사 경력 4~50년은 족히 되는 대선배들에게서나 느껴지는 무게감이었다.

노회한 연기자는 작은 동작 하나에도 의미를 부여하며 배역을 가지고 노는데 지금의 채우진이 그랬다.

깊은 시선과 나른하게 웃는 미소가 섹시하면서 야비한 A. 그는 모든 말과 행동으로 아라를 진심으로 사랑하고 있다는 걸 보여주고 있었다.

아라를 벽에다가 밀치면서도 손으로 그녀의 머리가 부딪치지 않게 받쳐주는 작은 동작. 턱을 잡고 강압적으로 행동하면서 손을 물릴 때는 슬며시 아픈 부분을 손끝으로 쓰다듬기도 했다. 헝클어진 아라의 머리칼을 무의식중에 손가락으로 쓸어 넘겨주는 작은 행동들은 받는 처지에선 마음을 살랑거리게 했다.

그러기에 그가 하는 행위에 거부감이 생기지 않았다. 한 여자를 사랑하는 남자의 구애로 보는 이들이 수긍하게끔 설득하고 있었기에, 오히려 설레기까지 했다. 그리고 어느 순간 아라를 연기하는 강희주마저 설득당하고 만 것이었다.

이에 질 수 없다는 호승심이 순간 들었다. 경력이나 경험으로 봐도 절대 꿀릴 게 없는 자신이 연기에서 밀리고 있다는 생각에 강희주의 눈빛이 달라졌다.

세상 사람 모두가 A에게 빠져도 아라만은 그를 거부해야만 했다.

강희주의 단호한 각오는 이어지는 촬영에서 드러났다. A의 폭력과도 같은 거친 키스에 아라는 확실히 두려워하고 밀려오는 혐오감에 몸서리쳤다. 이러다간 잡아먹힐 것 같은 공포감을 느낀 아라가 A의 혀를 깨물면서, 그들의 숨 막히던 키스신이 드디어 끝이 났다.

◆　　　◆◆◆　　　◆

"퉤, 되게 아프네."

입안에 고인 피를 뱉어내는 A는 거친 말과 다르게 만족감이 깃든 얼굴로 주머니에서 잭나이프를 꺼냈다. 손끝에서 뱅글뱅글 멋들어지게 돌아가던 잭나이프가 멈추는 순간, 경쾌한 소리를 내며 칼날 하나가 모습을 드러냈다.

스치기만 해도 도려질 것 같은 예기가 흐르는 칼날이 아라의 눈가에서부터 천천히 아래로 내려와 쇄골 주변을 맴돌았다.

"어디를 찌르면 사람이 죽는지 너는 알아?"

"……."

"나는 아주 잘 알고 있거든."

야비한 눈빛이 번들거리는 순간, A는 의외롭게도 조금 전과는 딴판으로 부드럽고 달콤하게 다시 입을 맞췄다. 칼날의 위협에 두려움을 느낀 아라는 어떤 의미에선 무방비했고 그런 그녀에게 키스하는 건 아까보다 더욱 쉬운 일이었다.

하지만 그녀에게는 보이지 않는 A의 눈빛은 지금까지와는 비교도 할 수 없을 정도로 차갑고 냉정했다. 달콤한 듯 보이는 키스는 차가운 짐승의 속내를 감추기 위한 위장술에 불과했다.

"너는 평생 오늘 내 피 맛을 기억해야 할 거야."

깨물려서 피가 흐르는 혀로 키스했으니 아라의 입가에도 피가 물었다.

키스를 끝내고 다정한 손짓으로 피를 닦아주는 A의 뜻 모를 소리에 아라는 멍하니 그를 바라보았다. 어느새 그의 손에는 끊어진 밧줄이 흔들리고 있었다. 두 번째로 키스하면서 등 뒤로 아라의 손을 결박한 밧줄을 잭나이프로 끊은 것이다.

"무슨……."

채 말을 잇기도 전에 A는 거칠게 아라를 창가로 데리고 가서 창문을 열었다.

"보이지? 저 건너편 건물에 있는 외부 비상계단. 저기로 뛰어넘어 가."

난개발로 다닥다닥 붙어 있는 건물과 건물 사이는 사람 두세 명이 겨우 지나갈 공간밖에 되지 않았다. 요령 있게 잘 뛰어내리면 건너편 건물로 도주할 수 있을 정도였지만, 그건 A 같은 사람에게나 가능한 이야기였다.

"저기까지 어떻게 뛰어내려, 난 못 해!"

아라가 고개를 도리도리 젓는 사이에 잠겨 있던 사무실 문이 갑자기 철컥거리며 돌려졌다.

"형님! 사장님께서 찾으십니다."

조금은 더 시간이 있는 줄 알았는데 A의 예상보다 사장이 먼저 움직였다. 미간을 설핏 찡그렸지만, 이내 웃으며 능청스럽게 투덜거렸다.

"너희는 노크도 모르냐?"

"흐흐흐, 우리 사이에 노크는 뭐랍니까. 어서 문이나 여세요. 사장님이 오늘 내로 처리해야 한다고 서두르라고 하셨습니다."

음흉한 웃음소리는 일부러 노크하지 않았음을 노골적으로 드러냈다. 사장의 재촉과 더불어 좋은 구경거리를 놓쳤다는 아쉬움인지 문밖의 부하는 필요 이상으로 손잡이를 흔들어댔다.

"어떻게 할래? 난 지금 저 문을 당장 열어도 상관없어."

연신 철컥거리는 문을 보다 A를 쳐다본 아라의 시선이 창밖으로 향했지만, 선뜻 용기가 나지 않은 모양이었다. 선택은 뻔한데도 머뭇거리는 아라를 보고 조용히 혀를 찬 A는 창틀을 손으로 짚었다.

훌쩍 창을 넘는 A의 몸짓이 가벼웠다. 그리고 건너편 건물의 비상계단으로 너무도 쉽게 넘어가 버렸다. 그러고선 아라를 향해 두 팔을 벌렸다. 말없이 보이는 일련의 행동에 아라는 아랫입술을 지그시 깨물며 창틀로 올라갔다.

이쯤 되자 뭔가 이상한 낌새를 느낀 부하들이 발로 문을 차 부수기 시작했다. 문짝이 날아가는 동시에 아라의 몸이 훌쩍 날아올랐고, 간발의 차이로 A는 그녀를 두 손으로 잡아 품으로 끌어 올렸다.

이제부터 건물을 빠져나온 두 사람의 도주가 시작되었다.

◆　　◆◆◆　　◆

재개발로 철거를 앞둔 동네에서 찍는 영화는 공간의 사용에 여유로움이 많았다. 건물과 건물 사이를 헤집고 도망가는 신이나, 세트장 촬영이 필요하면 언제라도 비어 있는 건물의 내부를 치워 작업하면 되기 때문이다. 문제는 시간이었다.

골목 사이사이로 도망치는 장면을 찍고 나니 어느새 어둑하니 해가 져 있었다. 이제부터는 골목에서 한때 부하였던 사채업자들과 A가 난투를 벌이는 장면을 찍을 차례였다. 세트장은 창고를 개조한 옆 건물 내부에다 미리 준비해 놓아서 바로 작업이 가능했다.

"오늘, 밤새야 하는 건 모두 알고 있지?"

박민이 돌아오기 전까지 이번 '사채업자 시퀀스'는 모두 끝내야만 했다. 조연출의 비장한 각오 같은 질문에 옆에 있던 스태프 하나가 피곤함에 절은 음색으로 물었다.

"박민은 광고 촬영으로 피곤할 텐데 그냥 한 며칠 푹 쉬라고 하면 안 되나요?"

"말했지, 말했다고! 그런데 비행기에서 내리자마자 바로 여기로 올 거란다."

"그 인… 아니, 우리 남주께선 평소엔 그렇게 무사안일주의더니 왜 이럴 때는 필요 없이 부지런을 떤답니까?"

"감독님 스타일 유명하잖아. 뭔가 싸한 게 불안한 모양이야. 꼴에 제 분량 줄어드는 건 참을 수가 없다는 거지. 대놓고 물어보진 못하고 서두르는 거야."

배우들에게 분량 확보는 생존의 문제요, 전쟁과도 같았다. 애초에 문 감독의 스타일을 알고 있으면서 광고 때문에 전쟁터를 이탈했다면 그에 대한 대가도 따름을 각오했어야만 했다. 스케줄을 조정 못 한 미숙한 매니지먼트가 동료라는 것 역시 무기를 잘못 고른 병사의 탓이다.

"모두가 제 운이지."

무술 감독의 지휘하에 액션 배우들과 리허설 중인 A, 아니, 채우진처럼 갑자기 찾아온 행운을 붙잡는 것도 운이다. 어쩌면 박민이 운이 없는 게 아니라 채우진의 운이 그보다 더 컸을지도 몰랐다.

몇몇은 채우진이 출중한 외모와 뛰어난 연기력을 갖췄기에 찾아온 기회를 놓치지 않고 붙잡을 수 있었다고 말한다. 하지만 행운이 없었다면 이런 기회조차 없는 게 또한 인생사다.

액션 추격신은 만약의 경우를 대비해 철저히 연습한 후에야 본격적인 촬영에 들어갔다.

◆　　◆◆◆　　◆

두세 명이 겨우 지날 수 있는 좁은 골목길을 구현한 세트장에서 A는 아라에게 혼자 도망가라고 등을 떠밀었다.

이미 첫 번째 싸움에서 아랫배를 찔린 상태라 계속 도망치기엔 무리였고 이러다간 둘 다 잡힐 거라는 걸 알기 때문이다. 희생정신이라기보단, 여기까지 왔는데 하나라도 살지 못한다면 그야말로 개죽음이라 생각해서다.

"나한테 왜 이렇게까지 하는 거죠?"

도망치기에도 바쁜 와중에 꼭 이런 식으로 민폐를 끼치는 캐릭터가 있다. 보는 이들은 답답하겠지만, 표정 연기만으론 알 수 없는 배역의 현재 심리를 이런 식으로나마 풀어줘야 할 필요가 있었다. 이야기를 풀어나가는 방법이라 어쩔 수 없는 장면이기도 했다.

"살려야 하니까."

"그러니까 왜?"

"시발, 어차피 내 대답 알면서 뭘 꼬치꼬치 캐묻는데!"

답정너가 원하는 걸 그대로 대답해 줄 A가 아니었다. 대신 A는 피가 범벅인 손으로 아라의 뒤통수를 잡아 거칠게 키스했다.

세 번째 키스신. 예상치 못한 A와 아라의 케미로 인해 점점 늘어난 키스가 벌써 세 번째였다. 이로써 A는 아무것도 아닌 사채업자 단역에서 서브 남자 주인공으로 신분 상승을 하게 되었다.

전체 출연 시간만으로 따지면 서브라고 부르기엔 모호하지만, 문 감독의 주장에 따르면 중요한 것은 시간이 아니라 내용이다.

"네가 진짜 살인을 했는지 안 했는지는 난 몰라. 하지만 오늘! 넌 날 죽였어. 너 때문에 죽는 거니까 네가 죽인 거지. 그러니깐 넌 천국에 못 가. 살인자를 받아줄 천국은 어디에도 없으니까. 그러니까 우리 지옥에서 다시 만나자."

충격받은 얼굴과 크게 흔들리는 동공을 바라보는 A의 눈이 부드럽게 미소 지었다. 이보다 더 달콤한 작별 인사는 없을 것이다. 무너지고 망가져서 평생 고통받길 바라는 마음에 A는 다음 말을 이었다.

"혹시나 죽을 때까지 내 얼굴 안 봐서 좋다고 안심하지는 마. 악령이 돼서 네 곁에 머물 테니까. 매일 밤 악몽 속에서 만날 테니 넌 아무리 발버둥 쳐도 나한테서 못 벗어나. 설마 이게 우리의 이별이라고 착각하는 건 아니지?"

피 묻은 엄지로 아라의 눈 밑을 지그시 쓰다듬으며 A는 나른하게 웃었다. 상상만으로도 기뻐 죽겠다는 그에게서 두어 발짝 뒤로 물러난 아라의 눈에서 눈물이 떨어졌다.

"당신은 끝까지……."

"끝까지 나랑 있다, 오늘 함께 지옥에 가고 싶지 않으면 서둘러야 할 거다."

골목 저쪽에서 쫓아오는 발소리가 들렸다. 그제야 번뜩 정신을 차린 아라가 아랫입술을 지그시 깨물며 A를 쳐다보다 뒷걸음질을 쳤다. 한 걸음, 두 걸음, 결국에는 뒤돌아 도망가는 아라를 바라보는 A의 뒤로 한때 그의 부하였던 이들이 다가왔다.

"계집애, 뒤 한 번 돌아보지 않네."

독한 년. 나지막이 읊조리는 A의 목소리가 저녁 밤 스산한 공기를 타고 좁은 골목길 사이에 휘파람처럼 퍼졌다.

"우리 빨리 끝내자."

뒤쫓아온 십여 명의 부하들에게 어서 덤비라고 손짓을 보내는 A의 얼굴에 오늘 처음으로 밝은 미소가 떠올랐다.

"오늘 밤부터 찾아가려면 나도 꽤 바쁘거든."

악령이 되어 찾아가겠다는 말은 은유적인 표현이거나 누군가의 죄책감을 덜어주기 위한 거짓말이 아닌, 진심이었다. 헤어진 지 몇십 초도 되지 않았는데 벌써 보고 싶었다.

난투라지만 좁은 골목길에서 한 번에 A를 상대할 수 있는 건 겨우 두 명뿐이었다. 길을 막고 있는 A를 지나야만 통과할 수 있는 골목길은 대로로 나가기 위한 유일한 지름길이라 다른 수가 없었다.

아랫배에서 흐르는 피가 점점 A의 상체를 붉게 물들이고 그의 몸짓은 처음과는 다르게 매우 느려졌지만, 그의 얼굴은 여전히 밝게 웃고 있었다.

옆에서 치고 들어오는 부하의 팔을 붙잡아 뒤로 꺾고 또 다른 한 명의 배를 발로 차면서, 팔을 꺾어버린 부하를 무리에게 던졌다. 뒤로 쓰러지듯 물러난 부하들의 위로 올라가 누군가가 쥐고 있던 각목을 빼앗았다. 검 대신 각목을 휘두르는 A의 몸짓은 마치 무협 세계에나 있음직한 무사 같았다.

제가 사랑한 여자를 괴롭힐 희망에 악령이 되기로 한 남자라고는 상상도 못 할 정도로 아름다운 몸짓이었다. 이쯤 되면, 한 여자를 지키기 위한 고결한 행동 뒤에 숨어 있는 사갈 같은 마음은 그리 중요한 것이 아니게 된다.

어느 순간부터 때리는 것보다 맞는 게 더 많아지면서 A의 몸은 점점 무너져 내렸다. 무릎을 꿇고 서서히 옆으로 쓰러지는 A를 스치고 지나가는 이는 겨우 4명뿐이었다.

바닥에 얼굴이 닿는 A의 시선에 이미 죽었거나 의식을 잃고 쓰러진 부하들이 보였지만, 그것에 어떠한 감흥도 생기지 않았다. 부하, 동료라지만 어차피 언제라도 서로의 등에 칼을 꽂을 수 있는 게 저들과 자신의 관계였다.

언젠가 이렇게 길거리에서 죽을 줄 알았기에 제·죽음도 큰 감흥 없이 다가왔다. 슬프거나 무서운 건 하나 없이 그저 매일 저녁에 잠을 자듯 무심한 기분이었다.

단지 이 와중에도 떠오르는 얼굴 하나 때문에 심란할 뿐이다.

"너는… 내 이름을, 알기나 할까……."

모르겠지. 알려준 적도 없으니까. 그래, 그렇게 그 여자에게 하나의 짐을 또 얹혀준 거다. 그 착한 여자는 이렇게 또 하나의 죄책감을 느낌으로써 점점 더 괴로워할 거다. 그렇게 평생을 황폐하게 살기를 바라며 A는 편안히 숨을 거두었다. 미소 띤 눈을 감지 못한 채로.

◆　◆◆◆　◆

컷 사인을 기다리며 그렇게 죽은 채로 한참을 있었던 것 같다. 손끝 하나 움직이지 않고 무언가를 생각하던 의식마저 그만둔 채로 정말 죽은 것처럼. 그래서 비로소 컷 사인이 나왔음에도 우진은 A의 죽음에서 벗어나지 못했다.

"A, 넌 아직 죽을 때가 아니야!"

문 감독의 우렁찬 외침에 순간 벼락을 맞은 듯 우진은 파르르 몸을 떨며 일어났다. 그제야 흐릿한 시야에 사람들이 보이기 시작했다.

한쪽에선 훌쩍거리며 울고 있는 이들이 있는가 하면, 무언가에 홀린 것처럼 입을 벌리고 멍하니 있는 이들까지. 뭔가 고요하면서 울적한 분위기에 싸인 세트장에서 문 감독만이 홀로 눈을 반짝이고 있었다.

"아직 야외촬영 신이 몇 개 남아 있는 거 알지?"

"아, 네!"

아라가 사채업자들에게 잡히기 전에 그녀를 찾는 신과 그녀를 찾았음에도 일부러 놓아주는 신이 아직 남아 있었다. 야외촬영이라 내일, 아니, 오늘 몰아서 찍을 계획이었다.

"그러니깐 이젠 A의 죽음에서 벗어나 다시 아라를 쫓는 냉혹한 A가 되어야지. 지금 시각이 새벽 3시니까 몇 시간 푹 자 둬. 진화야, 여기 와서 우리 우진이 피부 관리 좀 해주라. 좀 있다 햇빛 아래에서 찍을 건데 피부가 뽀송뽀송해야지!"

문 감독에게서 처음으로 듣는 자신의 이름에, 그것도 앞에 붙은 대명사에 놀라 멍하니 있는 틈에 어느새 다가온 메이크업 아티스트가 그를 붙잡아 끌었다.

"걱정하지 마세요, 감독님! 제가 이 피폐해진 피부를 갓 태어난 아기 피부로 만들어놓을 테니까요."

피와 멍으로 분장한 우진의 피폐한 얼굴은 곧바로 전문가에 의해 깨끗하게 지워지기 시작했다.

"오늘 드디어 하이라이트 부분 나왔네요."

카메라 감독이 방금 찍은 신을 돌려보며 흐뭇하게 웃었다. 원래 하이라이트로 꼽았던 부분이 박민으로 인해 감흥 없는 신으로 전락해 버린 지 오래였다. 예고편으로도 못 쓰겠다고 울부짖던 게 엊그제 같은데 드디어 오늘 같은 날이 왔다.

"이제 우리 영화는 예고편이 다인 영화가 아니야!"

자신의 인생 필모그래피에 낙인처럼 찍힐 실패작으로 여겼던 'Death hill'에 서서히 광명이 비치기 시작했다.

"박민 걔는 언제 온다고?"

문 감독의 질문에 옆에 있던 조연출이 우울하게 대답했다.

"내일 오전이요."

"하아……."

어제오늘이 마치 꿈만 같았다. 오랜만에 현장 분위기도 좋고, 무엇보다 다시 찍고 싶은 신도 생겼는데 오늘 일정만 해도 너무 빠듯했다. 하루만, 단 하루만 더 시간이 주어진다면.

"감독님!"

한 손에 조연출의 폰을 쥐고 나타난 스태프 하나가 굉장히 들뜬 목소리로 문 감독을 찾았다.

촬영 중에는 폰을 현장에 두지 않는다. 하지만 급한 연락이 올 경우가 종종 있어 폰을 한데 모아 스태프들이 돌아가면서 따로 관리하고 있었다. 다른 것은 몰라도 영화 관계자들의 전화가 오면 꼭 받아서 연락을 전해야 하기 때문이다.

마침 오늘 폰 담당자가 조연출에게 온 전화를 받은 것이다. 무리한 촬영 일정으로 내내 퀭하던 그의 눈이 이상스레 반짝반짝 빛나고 있었다.

"결항이랍니다."

"뭐가?"

"박민이 탈 비행기요! 안개로 결항이라는데 그곳 일기예보에 의하면 안개경보가 하루는 넘게 갈 거랍니다. 결항과 연착의 향연으로 귀국이 이틀 정도 늦어질 수 있다고 방금 매니저한테 전화 왔어요."

"이틀?"

"네! 적어도 이틀이요!"

스태프의 말에 순간 문 감독의 얼굴이 야릇하게 꿈틀거렸다. 처음엔 스태프의 말을 이해하지 못하다가 점점 그게 무얼 의미하는지 깨달은 것이다.

앉아 있던 의자에서 벌떡 일어난 문 감독은 주위를 두리번거리며 돌아보았다. 세트장 한쪽 구석에 이제는 분장을 지우고 얼굴에 마스크팩을 쓴 채우진이 긴 안락의자에 거의 눕다시피 앉아 있었다.

채우진을 찾자마자 달려간 문 감독은 그의 두 손을 붙잡으며 소리쳤다.

"우진아! 우리 전에 찍었던 거 다시 찍자!"

"네?"

얼굴의 마스크팩을 거둬내며 우진은 눈을 끔벅였다. 짧은 사이에 깜박 잠이 들었던 우진은 지금 감독이 무슨 소릴 하는지 순간 이해하지 못했다.

"한 달 전에 찍었던 거 말이다. 그거 다시 찍자고! 그때의 A는 지금과는 달리 좀 미숙하고 풋풋한 맛이 났었잖니. 그건 우리의 A가 아니야. 좀 더 끈적끈적하고, 좀 더 미치고, 좀 더 순애적인 그런 게 우리 A잖아!"

사실 문 감독은 이것 때문에 오늘 종일 우울했었다. 우진이 새로 재현하는 A를 찍으면 찍을수록 전에 찍었던 게 아쉽고 너무 부족해 보이는 것이다.

머릿속에서 새로운 대사들을 써 내려가고 다른 구도의 콘티들이 만들어지면서 울고 싶기까지 했다. 완벽한 배우와 대본이 있는데 왜 찍지를 못하냐며 쉬는 시간마다 혼자서 울분을 토했더랬다. 그런데 하늘이란 게 정말 존재하는지 그의 소원을 이런 식으로 들어줄 줄이야.

"저 감독님."

"그래, 키스신도 하나 더 넣고 광기에 미치기 일보 직전인 사랑꾼을 완벽하게 다시 찍는 거야!"

"저……."

"아라도 분명 찬성할 테니까 그건 걱정하지 않아도 돼!"

"그게 아니라……."

"우리 스태프들도 완벽하게 준비가 되어 있으니까 넌 그냥 카메라 앞에만 서면 돼!"

만난 후에 처음이라 할 수 있을 정도로 많은 말을 토해내는 문 감독에게 우진이 눈치를 보며 어색하게 웃었다.

"왜? 무슨 할 말이라도 있어?"

"그게……."

"그래, 할 말이 있으면 허심탄회하게 뭐든 말해봐."

나는 관대하도다 모드로 우진의 두 손을 꼭 잡은 채 너그러이 웃고 있는 문 감독에게 힘입어, 우진은 용기 내어 말했다.

"저 내일 오후에 과외 알바 있는데요."

"……."

우진의 조금은 밝은 목소리에 세트장은 순간 정적에 휩싸였다. 저 너머 원념에 가까운 눈빛을 발사하는 이들까지 갈 것도 없었다. 바로 눈앞에 있는 절망 어린 시선을 버티지 못한 우진은 조용히 한숨을 내쉬며 그들에게 영혼의 안식을 주었다.

"이번 주는 못 한다고 연락할… 생각이었습니다."

드디어 평화가 찾아오는 순간이었다.

우울한 배우?

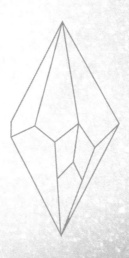

　4월 초반인데도 벌써 더워지는 날씨에 우진은 셔츠의 소매를 걷어 올렸다. 아이스 아메리카노의 얼음 하나를 입에 넣는 그의 얼굴에 설핏 미소가 어렸다.

　우진이 'Death hill'의 촬영을 끝낸 지는 얼추 한 달이 지났다. 영화 자체는 일주일 전에야 끝났다 들었다. 폭풍처럼 몰아쳤던 6일 동안의 촬영분이 어떻게 편집될지는 모르겠지만, 당시 분위기를 봐선 결과는 좋을 듯싶었다.

　특히나 어제 직접 문 감독과 통화한 결과 확신할 수 있었다. 투자자의 압력으로 남자 주인공을 마음대로 고를 수 없었다는 하소연 뒤로, 계약에 의하면 편집권은 완벽하게 보장받았기에 아무 걱정하지 말라는 통쾌한 웃음소리가 아직도 쟁쟁한 탓이다.

우진의 촬영이 끝나고, 돌아온 박민에 의해 현장 분위기는 엉망이었다고 한다. 그도 그럴 게, 시퀀스 하나가 완전히 날아 갔으니 분량에 목을 매는 배우로선 가만히 있을 수만은 없었을 게다.

그러나 한창 영화 촬영 중 광고 때문에 현장을 이탈한 데다 결항으로 딜레이까지 됐으니 제작진 측에서도 할 말은 많았다.

다행이라면 다행일까. 그 일로 박민은 위기의식을 느꼈는지 기존에 구태의연하던 태도를 버리고 제법 열심히 촬영에 임했 다고 한다.

"그래 봤자 연기가 하루 이틀에 갑자기 느나!"

여전히 박민에 대해 불만이 많던 문 감독의 하소연을 길게 듣고 난 후에야 전화를 끊을 수가 있었다. 반면 하루 이틀 사 이에 갑자기 연기가 늘었던 우진으로선 통화 내내 얼굴이 붉게 타오르는 것을 막을 수가 없었다.

연기를 못하던 편은 아니었지만 우진은 자기 자신을 잘 알고 있었다. 썩 괜찮은 연기력을 가지고 있다고 해도 신인의 설익은 연기란 어색하고 비릿할 수밖에 없었다. 아무리 연기력으로 인 정받은 스타라 해도 그의 첫 연기를 찾아보면 태반이 특유의 촌스럽고 밋밋한 연기에 웃을 수밖에 없듯이 말이다.

우진의 첫 연기 역시 그 범주에서 크게 벗어나지 못했었다. 그마저도 남자 주인공인 박민보다 나았기에 기회를 잡은 것이 지 우진이 빼어나서가 아니었다. 처음부터 완벽했다면 한 번 찍었던 것들을 다시 찍을 필요는 없었을 거다.

갑작스러운 연기력의 폭등은 전생을 기억하게 된 것이 계기였다.

수천 번을 살고 죽어갔던 전생의 삶들이 그에게 깊이와 이해를 주었다. 전생은 수많은 영화와 책으로는 충족되지 않은 경험을 직접 겪은 효과를 만들어냈다. 덕분에 타인의 삶을 풀어나가는 데 감정이입이 월등히 쉬워질 수밖에 없었다.

그래서 지난 한 달 동안, 우진은 지난 전생들을 돌아보며 나름 연구를 했다. 분명 영혼은 자신이 맞을진대 전생의 그는 제각각의 성격과 재능을 가진 사람들이었다. 아마도 부모에게서 받은 유전자와 교육과 환경에 크게 영향을 받은 듯했다.

지금의 우진이 전생의 자신과는 전혀 다른 성격과 인품을 가진 것을 보면 분명했다. 비슷한 점도 있고 도저히 이해되지 않는 행동을 했던 전생을 돌아보며 공감하거나 실망하면서, 우진은 많은 것을 배웠다.

그리고 또한 많은 것을 얻을 수가 있었다.

먼저는 언어였다. 원래 영어와 중국어 정도는 어느 정도 할 수 있었지만, 전생을 기억함으로써 수많은 언어를 할 수 있게 되었다. 물론 전생인 만큼 언어들이 어느 정도 고어(古語)가 되어 현대와는 많은 부분이 다르다는 문제점이 있었다. 하지만 일단 언어의 체계를 알기에 공부하다 보면 자연스럽게 해결이 되었다.

어디까지 추측이지만, 워낙에 타고난 머리가 좋은 데다가 전생을 기억함으로써 이해의 폭과 지식이 확대된 것 같았다. 덕분에 전보다 사용하게 된 뇌의 용량이 늘어난 듯했다. 예전과는 비교도 할 수 없이 좋아진 머리는 우진에게 많은 가능성을 가져다주었다.

뛰어난 머리와 함께 찾아온 것이 바로 악기에 대한 재능이었다. 전생에 음악가였던 적이 많아서 피아노와 바이올린은 물론 웬만한 현악기와 관악기는 다룰 수 있는 지식과 테크닉을 가지게 되었다.

당연하게도, 그렇다고 해서 악기들을 갑자기 능숙하게 다룰 수 있게 된 건 아니었다. 어릴 때 피아노를 배웠다고 해서 몇십 년 만에 다시 친다고 그때의 실력이 나오는 건 아닌 것처럼 말이다.

그러나 현대에 나온 디지털 악기를 제외한 대부분을 다룰 수 있는 지식과 테크닉을 지닌 것만도 기본은 갖춘 셈이었다. 그리고 머릿속에 담긴 악보들로 인해 더는 악기에 대한 두려움이 없었다.

악기를 구하기 힘들어서 다른 건 시도하지 못했지만, 일단 피아노로 실험한 결과는 성공적이었다.

전생의 실력에는 발끝에도 못 미치지만, 당시는 천재적인 피아니스트였다는 걸 고려하면 비교하는 것 자체가 억울했다. 다만 여태 한 번도 피아노란 걸 배운 적 없던 우진에게 전공이 피아노냐는 질문을 하는 사람들이 있는 걸 보면, 결과는 나쁘지 않은 듯했다.

이 밖에도 그의 전생 중에 인류형 종족인 드워프였던 적도 있었기에 손재주가 늘어난 것은 당연했다. 원래도 손재주가 나쁜 편은 아니었는데 이제는 집 안의 물건을 뚝딱뚝딱 쉽게 고치고 만들어냈다. 옆에서 구경하던 어머니와 동생이 신기해하며 좋아하는 모습에 으쓱해져서 이느 순간, 집에 그의 손을 거치지 않은 물건이 없게 되었다.

몸도 매우 건강해졌다. 무존이었을 당시에 익혔던 오균심법을 매일 열심히 수련한 덕분이었다. 물론 예상한 대로 한 달이 지나도 내공은 티끌만큼도 쌓이지 않았다. 그래도 경맥과 기혈이 튼튼해지고 몸속의 독소와 노폐물을 밖으로 배출하는 효능이 있었다.

과거 중국에서 태어났을 당시에 이곳 지구에도 소림사나 무당파 같은 게 있긴 있었다. 그러나 무협소설에 나오는 것 같은 절대적인 무예는 없었다. 그저 단순한 무인들 집단이거나 수련을 쌓으며 무술을 배우는 수도자의 의미가 컸을 뿐이다.

물론 그들이 일반인이나 군인들과 비교하면 월등한 능력의 무인(武人)이었다는 점은 부인할 수 없었다. 단지 평행 우주에 있는 다른 지구에서의 무인들과는 비교 불가인 게 주지의 사실일 뿐이었다. 그래서인지 이곳 지구에서는 제대로 된 내공심법이 없었다.

그러나 제대로 된 내공심법과 무공의 지식을 가진 채로, 우진은 열심히 기 체조를 하고 있었다. 이 방법이야말로 이곳 지구에서 현재까지 남아 있는 심법과 무공들과는 현격히 다른 진짜배기였다.

그리고 간결하고 부작용이 없게 손을 본 내공심법을 어머니와 여동생에게 가르쳐 주었다. 군대에서 선임에게 배운 거라고 가르쳐 줬는데 의외로 반응이 좋았다. 평소 운동을 즐기지 않던 어머니는 집에서 간단하게 할 수 있는 기 체조를 반겼고, 고등학생인 동생은 하고 나면 머리가 가볍고 맑아진다면서 열심히 했다.

이렇게 전생으로 인해 얻게 된 능력들을 점검하고 훈련하다 보니, 한 달이란 시간이 눈 깜박할 사이에 지나가고 말았다.

자신에게 왜 이런 일이 일어났는가 하는 의문 때문에 불안하고 혼란스러운 것을 제외하면 일단은 나쁠 게 없는 상황이었다. 999번의 삶들에 대한 기억이 서로 엉켜, 혹여 정신 불안을 일으키지 않을까 한 걱정이 무색하게도 그에게는 아무런 대미지가 없었다.

철저하게 전생의 인격들을 자신과는 별개의 것으로 분리를 시켰기 때문이었다. 그들의 기억과 지식은 받아들이되 본체인 채우진은 그들과 다른 인격의 소유자란 개념을 강하게 지켰다. 이건 채우진 본인이 생각하기에도 놀라운 결과였다.

"999번 정도 살면 영혼이 저절로 강해지나."

영혼도 담금질할 수 있어서 생을 거듭할수록 강인해지는 게 아닌가 우진은 추측했다. 그렇지 않고서야 999번의 생을 기억하는데도 이렇게 아무렇지 않을 리가 없었다.

다만 재미있는 건 있었다. 전혀 다른 차원에서 각기 여러 종족으로 태어나 다른 외모와 신분, 그리고 성격까지 달랐던 모든 전생과 현생을 통틀어 유일하게 변하지 않았던 게 하나 있다는 것이었다.

그것은 그가 지독히도 예술을 사랑했다는 점이다.

◆　◆◆◆　◆

"저 남자 연예인이지?"

"음… 연예인 같은데 본 적은 없는 얼굴이다?"

우진이 앉은 카페 한쪽에서 그를 두고 나누는 대화들이었다. 카페에 들어서는 순간 눈에 확 들어오는 남자는 분명 일반인과는 다른 종족이었다.

"얼굴에서 빛이 나온다는 말이 저런 거구나."

"저 피부 좀 봐봐. 무슨 남자 피부가 저렇게 하얗고 모공 하나 없데?"

"연예인이라면 화장한 거 아냐? 연예인들이 하는 화장은 우리하고는 다르잖아."

"본 적 없는 얼굴인데 정말 연예인이야? 그리고 아무리 봐도 화장한 거 같지는 않다."

연예인이네 아니네, 메이크업을 했다 안 했다, 우진을 두고 사람들은 속살거렸고 혹시나 한 몇몇은 몰래 사진을 찍기도 했다.

"야, 몰래 찍으면 어떡해. 고소당하면 어떻게 하려고."

"연예인 맞다니까. 신인이거나 모델이라서 지금 우리가 모르는 거뿐이야. 나중에 유명해지면 이 사진 올려야지."

창가에 있는 자리에 다리를 꼬고 우수에 젖은 듯 나른하게 앉아 있는 우진의 모습은 한 폭의 그림이었다. 적절하게 쏟아지는 햇빛 속에서 우진이 고개를 살짝 움직일 적마다, 사람들은 그에게서 빛 가루가 휘날리는 듯한 환상을 보았다.

"채우진 씨?"

"네, 제가 채우진 맞습니다. 안녕하세요."

카페에 앉아 지난 한 달을 돌아보던 우진은 오늘 만나기로 한 김상진의 부름에 자리에서 일어나 인사했다.

"오오, 몇 개월 만에 보는데 얼굴이 많이 좋아졌네요."

캐스팅 디렉터 김상진이 우진과 얼굴을 마주하는 건 'Death hill'의 오디션 이후로 오늘이 처음이었다. 당시 군인이었던 우진은 짧은 머리칼에 피부가 햇볕에 타서 얼굴이 살짝 거칠었었다. 그런데 몇 개월 사이에 신수가 훤해진 채우진의 모습에 김상진은 자못 만족스러운 반응을 보였다.

반면 오늘의 만남은 김상진이 먼저 제의한 터라 우진은 잔뜩 긴장한 상태였다.

"왜 그렇게 바싹 긴장했어요? 편하게 앉아요. 그러니까 처음 봤을 때가 생각나네. 그때가 아마 제대하기 전이였죠? 그래도 이젠 군대 물도 빠지고 제법 사회인 같네요."

마지막 휴가 때 보았던 오디션에서 사채업자 A로 낙점된 가장 큰 이유가 바싹 깎은 머리와 일반인과는 다른 긴장감을 지니고 있어서였다. 이젠 어느 정도 군기가 빠져서 일반인 태를 갖췄다 싶은데 긴장하면 몸이 뻣뻣해지며 자세부터 나왔다.

"제 입장이 아무래도 지금 이 자리가 긴장될 수밖에 없는 처지라서요."

"하긴 신인이란 게 그렇죠. 그런데 어쩌죠. 먼저 우진 씨한테 사과부터 하고 제대로 된 대화를 나눠야 할 것 같네요."

먼저 만나자는 제안에 내심 기대를 품고 이 자리에 온 우진은 김상진이 사과부터 언급하자 실망감을 느꼈다. 하지만 의연하게 감정을 숨긴 채로 무슨 뜻이냐는 의문만 내비쳤다.

"그게 무슨 말씀이십니까?"

"내가 우진 씨를 곤란하게 만들었거든요. 나중에 날 욕해도 할 말 없는 처지입니다. 우선 이 시나리오부터 한번 읽어볼래요?"

캐스팅 관련이 아닌가 보다 하고 실망하고 있는데 의외롭게 김상진이 내민 것은 영화 대본이었다.

"글루밍 데이(Glooming day)?"

"네, 제목만큼이나 우울한 시나리오죠. 일단은 대충 훑어보세요."

대놓고 우울한 표정을 짓고 있는 김상진을 힐끔 보며 우진은 빠르게 대본을 훑어보았다.

김상진의 말과는 다르게 대본은 밝고 푸르른 젊은 청춘들의 사랑 이야기였다. 20대 대학생들의 설익은 사랑을, 여자 주인 공을 짝사랑하는 조교의 관찰자 시점으로 바라보는 이야기였다. 그래서 조금 우울할지 몰라도 내용 자체는 싱그럽기 그지없었다. 다만.

"심심하네요."

"사실대로 말하면 재미가 없죠. 요즘 트렌드와는 맞지 않아서 영화화하긴 글러 먹은 건데… 어느 작자가!"

말할수록 감정이 격해지자 김상진은 감정을 다스리기 위해 손을 가슴에 얹고 눈을 감았다. 심호흡을 몇 번 내쉬고 나서야 애써 평정심을 찾은 그는 다시 말을 이었다.

"내가 오늘 채우진 씨를 보자고 한 것은 이 시나리오의 조연으로 캐스팅하기 위해섭니다."

"조연이라면 설마 조교로 나오는 '차현승'입니까?"

심심한 내용인 만큼 워낙에 캐릭터가 적어서 대번에 누굴 말하는지 알 수가 있었다.

"네, 그래서 죄송하다고 말한 겁니다. 이렇게 망할 게 분명한 영화에 캐스팅해서 필모그래피를 망치게 해서요."

"제가 거절하면 되는 거 아닙니까?"

급해도 아무거나 먹다간 탈이 나게 마련이다. 아무리 신인이라고 해도 김상진의 말대로 망할 게 분명한 영화를 굳이 할 정도로 절박하지는 않았다.

"아니요. 채우진 씨는 거절할 수 없습니다."

의외로 단호한 김상진의 말에 우진의 미간이 찌푸려졌다. 신인이라고 이런 식으로 상대의 의사를 무시해도 된다고 생각하나 싶어 순간 어이가 없었다.

"아아, 오해는 하지 마세요. 나도 이 영화는 망작이라고 생각해서 관여하고 싶지 않았는데… 나도 어쩔 수가 없습니다. 이건 해야만 해요."

한숨을 내쉬며 이걸 어떻게 설명해야 할지 모르겠다고 망설이던 김상진은 우울한 표정으로 사정을 설명하기 시작했다.

"이 영화는 G&C 엔터의 대표님이 기획, 제작, 배포까지 직접 명령한 작품입니다. 이런 망필 나는 시나리오를 왜냐고요? 그거야 최 대표님의 취향이거든요!"

대기업 계열사인 G&C 엔터는 막대한 자본과 인프라로 영화의 투자에서부터 기획과 제작, 배급까지 관여하고 있었다. 규모만으로도 국내 영화계에 최고의 영향력을 끼치는 회사였다.

"그분이 50대임에도 불구하고 소녀 감성이 아주 상당하십니다. 그래서 꼭 몇 년에 한 번씩 이런 일을 저지르시죠. 자신의 취향에 맞는 내용에, 당신의 미의식에 맞는 미남 미녀들을 주인공으로 해서 만든 순정 로맨스 영화를 꼭 만들어야 해요. 여기서 거절은 없습니다. 거절했다가 몇 년간 재야에 묻힌 감독과 배우들이 제법 있습니다. 길게 말하지 않아도 무슨 뜻인지 알겠죠?"

G&C 엔터의 최원희 대표라면 재벌가에서 태어나 같은 재벌인 G&C의 상속자와 결혼한 후, 시댁의 경영에까지 참여하는 여장부로 유명했다.

반면 부족한 것 없는 환경에서 태어나 자라고, 정략결혼임에도 불구하고 만족스러운 결혼 생활을 영위하는 등 그야말로 삶의 어려움을 알지 못하는 유리 화원의 화초와도 같은 존재이기도 했다.

그래서 무언가를 포기해야 할 상황이라거나, 누군가가 자기 뜻에 반하는 행동을 하는 걸 이해하지 못하고 참지 못했다. 그로 인해 얻은 게 '최고 마녀'란 별명인데 의외로 그녀는 이 별칭을 꽤 마음에 들어한다는 후문이었다.

"일종의 취미 생활입니다. 그 취미를 위해 몇백 억을 투자하더라도 꼭 자신이 원하는 감독에, 스태프에 배우들을 써야 합니다. 우리 같은 서민들이 생각하는 취미와는 그 규모 자체부터가 다른 거죠."

그제야 우진은 G&C 엔터에서 몇 년에 한 번씩 순정 로맨스 영화를 찍어내고 있다는 걸 떠올렸다. 매번 처참한 흥행 실패를 겪으면서도 시장의 다양성을 위한다고 꿋꿋하게 만들어내는 영화는, 감독과 배우의 무덤으로 유명했다.

한숨짓는 김상진의 얼굴에서 해탈이 느껴졌다. 이미 큰 물살을 한번 겪은 듯한 그에게 우진은 물었다.

"남녀 주인공은 이미 캐스팅이 끝났나 봅니다."

"네. 참 힘들었지요! 후후."

평생 들을 욕은 이미 다 들었다며 허허롭게 웃기까지 했다.

"그런데 정말 억울합니다. 내가 캐스팅 디렉터라고 하지만 결국은 위에서, 그분 말입니다! 최고 마녀 그분이요. 그분이 이미 정한 배우들에게 통보한 것뿐입니다. 이번에는 당신들이 걸렸다고. 그런데 원망은 제 몫인 거죠."

"그럼 저도 그분이 고른 겁니까? 절 어디서 보고요?"

김상진의 말에 의하면 결국 자신도 최원희 대표의 눈에 들어서 선택당했다는 건데, 그러기 전에 채우진이란 사람을 어떻게 알았는지가 궁금했다.

"그게 고르긴 했지만……."

내내 청산유수로 말을 뿜어내던 김상진이 우진의 시선을 피하며 말을 얼버무렸다. 그에 우진의 눈초리가 점점 날카로워지자 결국 김상진은 두 손을 들어 보이며 자초지종을 밝혔다.

"제작진이나 주인공 캐스팅은 과정이야 어쨌든 순조롭게 이뤄졌습니다. 높은 분께서 콕 찍었는데 마다할 처지가 아니니까요. 그런데 유독 '차현승'만은 찾지 못했습니다. 그분 말에 의하면 절대적으로 지적이고 잘생겨야만 한다는 겁니다. 여주인공을 짝사랑하는 역이고, 그의 시점으로 남녀 주인공을 관찰하기 때문에 자칫 잘못하면 스토커 내지 찌질이 오타쿠로 오해를 살 수 있기 때문이죠."

김상진은 목이 말랐는지 양해를 구하고 우진이 마시다 만 아메리카노를 마셨다. 그가 주문한 음료가 아직 나오지 않았기 때문이다.

"후보로 제시한 배우들이 모두 고배를 마시고 급기야는 내 능력까지 의심하는 거 아니겠습니까? 그러다가 채우진 씨가 기억난 겁니다. 정직하게 말하면 문 감독님과 통화하다가 워낙에 감독님이 우진 씨 칭찬을 하시기에 일부러 부탁해서 편집된 영상을 받아 보았습니다."

김상진은 의미심장한 표정으로 우진을 보며 물었다.

"어땠을 것 같습니까?"

"대답이야, 제가 이 자리에 있는 거로 알 것 같습니다."

문승권 감독님. 우진은 고마우면서 원망 어린 복잡한 심정으로 문 감독의 이름을 마음속으로 외쳤다.

"네, 유레카였습니다. 그리고 이 대답은 내가 아닌 최 대표님 입에서 나온 말입니다. 더불어 꼭 당신 아들을 쏙 닮았다며 매우 흐뭇해하셨습니다."

"제가 아드님을 닮아서 친숙해 보였나 보죠?"

좋은 게 좋은 거란 생각에 우진이 심드렁하게 대답하자 김상진이 모호한 표정으로 웃었다.

"그분의 아드님은 부친을 빼닮았지요."

"그런가요?"

"모르십니까?"

"알아야 합니까?"

"G&C 그룹의 총괄 회장님이잖습니까."

"아, 제가 경제계 인물에 대해서는 잘 몰라서요."

순간 얼굴을 붉히는 우진을 보며 김상진은 하긴 요즘 젊은 사람들은 잘 모르더라고 말하며 웃었다.

"G&C 그룹의 총괄 회장님은 두꺼비상으로 유명합니다. 키도 작고 배도 나왔죠. 그리고 최 대표님의 아드님들은 부친을 빼닮았고요."

"두꺼비상이라 함은……."

"우리가 모두 다 아는 그 두꺼비 맞습니다."

우진은 이 말을 어떻게 이해해야 할지 몰라 잠시 눈만 끔벅였다. 할 수만 있다면 당장에라도 거울을 찾아 얼굴을 비춰보고 싶을 뿐이었다. 자신의 외모에 대해서는 늘 무감각한 우진이였기에 무슨 말을 들어도 늘 그러려니 했는데, 두꺼비상은 아무래도 충격이었다.

"그런데 최 대표님이 당신 아들을 닮았다고 말한 배우는 모두 떴습니다."

"……?"

"의외롭게도 최 대표님은 부군을 엄청 좋아하십니다. 당신 인생에 최고의 미남이라고요. 그러면서 우리나라 최고의 미남이라 불리는 연예인들은 모두가 당신 아들과 닮았다고 자랑을 하십니다."

차마 양심은 있었는지 남편과 닮았다는 말은 못 하고 대신 아들을 끌어와 비교했다. 그러나 최 대표의 관점에서 그 말은 곧 최고의 찬사였다.

"콩깍지가 아직 안 벗겨진 거죠. 분명 보는 눈은 높은데 취향은 최악인 경우 말입니다. 순정 로맨스 같은, 그놈의 순정, 빌어먹을 순정 같은 로맨스를 포기하지 못하는 그 취향은 최악이어도 객관적인 평가 기준만큼은 누구보다도 높으신 분이죠."

그런 분에게 당신은 칭찬받은 거라고 말하고 싶으면서도 김상진은 차마 하지를 못했다. 그래 봤자 최고 마녀에겐 두꺼비를 닮은 자신의 남편과 아들이 최고의 미남인데, 취향 나쁜 여자에게 칭찬을 들어봤자 좋을 리가 있나.

"그러니까 결국은 저를 추천하신 분이……."

누구를 닮았던, 지금 우진에게 중요한 것은 최 대표에게 자신을 추천한 사람이 누구인가였다.

"문 감독님이시죠. 나는 그분께 추천을 받아 후보군에 넣은 것이고, 그들 중에서 우진 씨를 뽑은 것은 최 대표님이지 내가 아닙니다."

"문 감독님이 직접 추천을 하셨다고요?"

"추천은… 아니고 칭찬을 많이 하셨지요. 무슨 역을 맡아도 무리 없이 잘해낼 거라고. 이 좁은 바닥에서 그 정도면 충분히 훌륭한 추천입니다."

밑장 빼기의 달인인 김상진은 뻔뻔하게 자신을 변호하면서 우진에게 씩 웃어 보였다. 문 감독이 그에게 우진을 칭찬한 건 이러라고 그랬던 게 아닐 텐데 말이다.

"마녀의 저주에 걸린 이상 이 작품에서 벗어날 재간은 우진 씨에게 없습니다. 하지만 그에 대한 보답은 반드시 있을 겁니다. 여태껏 그랬던 다른 희생자들처럼."

지금까지 흥행 참패를 당한 G&C표 순정 로맨스 영화의 관계자들은 모두 다음 작품에 대한 확실한 보장을 받았다. 그것을 성공시키느냐 마느냐는 각자의 능력과 운에 따른 문제였지만, 적어도 투자나 캐스팅에서는 그들이 원하는 대로 G&C가 확실하게 밀어주었다.

그런데도 이 프로젝트를 거부하려는 이유는 두고두고 흑역사를 만들고 싶지 않아서였다. 최고 마녀에게 남녀 주인공으로 간택받은 이들은 이미 배우로서는 네임드의 정점에 서 있는 경우가 많았다.

그들로선 굳이 이런 영화를 찍을 이유가 없었다. 오히려 오그라드는 내용의 망작을 찍음으로써 국밥 이미지만 덧씌워질 가능성이 컸다. 예로 G&C의 순정 로맨스 영화를 찍고 슬럼프가 와서 그 후로 국밥 배우라는 별명이 생겨 버린 배우도 있었다.

우진은 한숨을 내쉬며 고개를 끄덕였다. 도망갈 수 없다면 아예 돌아서서 마주 보는 게 나았다.

망할 거라는 걸 알고 시작하기에 부담감도 적고 망칠 이미지도 없으니 무서울 것도 없었다. 이런 영화를 찍었다는 게 알려지는 것도 작품 활동을 하다 운이 좋아 유명해지면 생길 일이다. 그때야 필모그래피에 거론될 것이고, 동영상이 떠돌면 조금은 창피하겠지만 그야말로 나중 일이다.

그리고 'Glooming day'는 남녀 주인공들에 한한 이야기였다. 어차피 당장은 국밥이고 슬럼프고 조연인 우진에게는 해당 사항이 없었다. 워낙에 내용이 심심하고 재미없어서 남녀 주인공들에게도 관심이 가지 않을 영화이기 때문이었다.

굳이 조연에게, 그것도 영화 러닝타임 내내 대사 한마디 없는 배역을 주목할 이는 없을 터였다.

그저 한여름의 열기처럼 타오르는 한 쌍의 연인을 부러워하고 질투하는 우울한 한 남자의 관찰 일기는, 그래서 푸르른 열기를 담은 내용임에도 불구하고 'Glooming day'라는 제목을 가질 수밖에 없었다.

다만 걱정이라면 이 우울한 남자의 젊은 열정, 그리고 동경과 사랑의 질투를 대사 한마디 없이 그저 동작과 표정만으로 어찌 표현할 수 있을까였다.

영화는 망한다 해도, 배우의 연기와 캐릭터는 시대를 넘어 남아 있게 된다. 배우에게 중요한 것은 그것이었다.

◆　　◆◆◆　　◆

"오빠 찍었다는 영화는 언제 개봉해?"

동생의 질문에 우진은 어깨를 움츠렸다. 최대한 숨기고 싶었으나 촬영 때문에 며칠을 외박까지 했으니 가족이 모를 수가 없었다.

아이돌 연습생에 이어 이제는 배우를 하겠다고 나서는 게 낯부끄럽기도 하고 면목이 서지 않았지만, 그것 때문에 비밀로 하고 싶은 건 아니었다. 가족이 몰랐으면 하는 이유는 그의 배역이 사채업자에, 무자비하게 나쁜 성희롱범이기 때문이었다.

"그냥 관심 꺼."

영화는 7월 초반에 개봉하지만 우진은 숨길 수 있다면 최대한 오래 숨기고 싶었다. 무엇보다 강희주와의 키스신을 생각하면 절대 가족에게 보여주고 싶지 않았다. 분명 영화 장르는 액션인데, 찍은 것은 에로물 같은 느낌적인 느낌이 들었다.

"왜?"

"미성년자는 관람 불가다."

아직 편집이 끝나지 않아 등급도 나오지 않았다. 그런데도 우진은 무조건 지르고 보았다. 끝까지 숨길 수는 없을 테니 먼저 포석부터 깔아두었다.

"헉! 오빠 대체 뭘 찍은 거야? 설마 인생 포기하고 막 가기로 한 건 아니지?"

"너나 막 가지 마세요. 오늘 저녁은 카레니까 여기 감자 껍질이나 깎으셔."

우희는 오빠가 건네주는 바구니를 받아 자리를 잡고 얌전히 감자를 깎기 시작했다. 그러나 좀체 심란한 표정을 지우지 못하던 우희는 깎던 감자를 내려놓고 결국 외쳤다.

"오라방! 아무리 급해도 그런 건 찍는 게 아니야. 남자는 함부로 몸을 굴리는 게 아니라고 했어!"

"잔인해서 19금이거든! 그리고 난 단역이라서 나와도 쪼금만 나오니까 그냥 관심 끊어, 미성년자 씨! 야, 껍질을 너무 두껍게 깎았잖아!"

"그럼 그렇다고 진작 말했어야지! 심란해 죽겠는데 내가 껍질에 신경 썼겠어?"

소리를 칵 지른 우희는 감자 껍질을 조용히 살펴보더니 칼로 껍질에 붙은 알맹이를 살살 노려냈다. 그 모습이 어이없어 피식 웃던 우진은 동생 앞에 자리 잡고 앉아 카레에 넣을 당근을 깍둑썰기했다.

"오빠야."

"왜?"

"내가 나중에 돈 많이 벌어서 오빠 영화든 노래든 다 시켜줄 테니까 이상한 짓은 하지 마라."

"어느 세월에?"

"인생 길어. 느긋이 기다리다 보면 때가 오겠지."

그날을 기다리다가 젊은 날은 다 가겠다고 생각한 우진은 설핏 웃었다.

"그러기 전에 내가 네 학비 버느라 허리가 휠 것 같은 예감이 드는 건 무얼까."

"헉! 왠지 그럴 것 같아서 나도 불안해."

"야야, 이럴 땐 오빠, 걱정 마요. 학비는 내가 벌게요, 라고 말해야 하는 기 아니냐?"

어처구니가 없어 따지는 우진에게 우희는 윗니가 환히 보이는 웃음을 지으면서 이런 '오빠 찬스'를 누가 놓치겠냐며 혀를 쏙 내밀었다. 하지만 말은 그렇게 해도 내심은 다른 것을 걱정하고 있었는지, 은근하게 묻는 투가 제법 진지했다.

"이제 고2밖에 안 된 내 학비 걱정하기 전에 오빠는 2학기 등록금은 준비했어? 복학은 할 거지?"

단역이라도 영화 촬영이다 뭐다, 연예계에 한 발 들이미는 우진을 보니 그의 학업이 걱정되었다.

우진과 우희의 어머니는 웬만해선 자식들이 하고자 하는 일에 대해선 반대하거나 간섭하지는 않았다. 그러나 대학교만은 절대로 졸업해야 한다는 전제 조건을 내걸었다. 우희가 그럴 리는 없으니 이 조건은 전적으로 우진에게 하는 경고였다.

그것은 외도한 남편과 이혼 후에 친정에서까지 의절을 당한 어머니에겐 최후의 자존심이었다. 그 마음을 이해하기에 우진과 우희 남매는 어느 상황에서도 최선을 다해 공부해 왔고 아직은 좋은 결과를 내고 있었다.

"과외 알바와 이번에 출연료 받은 것까지 합치면 학비 걱정은 없으니까 맘 놓으세요."

"오빠 단역이라면서. 단역 출연료 뻔한 거 내가 모를 줄 알아?"

나름대로 인터넷 검색을 해본 우희는 콧방귀를 뀌었다.

"아, 전에 찍었던 것도 있고 이번에 영화 하나 또 계약했거든."

'Death hill'은 처음 계약 당시엔 단역이라 겨우 50만 원을 받은 게 다였다. 나중에 추가 촬영을 하면서 200만 원을 받았는데 그것은 문 감독이 개인적으로 챙겨준 것이었다. 계획에 없던 재촬영으로 제작비가 늘어난 바람에 출연료를 따로 내주기에는 예산이 빠듯했던 거다.

우진은 신인이 블록버스터 영화에 출연할 수 있다면 무언들 못하겠냐 싶어서 출연료에 대한 기대는 애초에 하지도 않았다. 그런데 문 감독이 고맙게도 사비로 추가 촬영에 대한 출연료를 따로 챙겨준 것이다.

반면 'Glooming day'의 경우는 신인에게는 파격적인 출연료를 주었다. 그것도 계약과 동시에 바로 입금까지 된 것을 보면 캐스팅 때문에 어지간히 고생했음을 짐작할 수 있었다. 이런 관계로 우진은 일단 학비는 걱정할 필요가 없게 되었다.

"오빠 또 영화 찍어? 이번에도 혹시……."

"이번 것은 전체 관람가가 확실한데 어차피 망해."

"아직 찍지도 않은 영화를 두고 재수 없게 왜 망한다고 해?"

"아니야, 이건 확실하게 망해. 어차피 우린 안 될 거야."

우는 시늉을 하며 두 손으로 얼굴을 가리고 흑흑거리다가 우진은 정말 울고 말았다. 우희와 대화하면서 어느새 당근 손질을 다 끝내고 양파를 썰고 있었기 때문이다. 양파를 썬 손으로 눈을 비볐으니.

"바보 아니야?"

한심해하는 동생에게 반박도 못 하는 우진의 한쪽 눈에서 눈물이 주르륵 흘러내렸다. 눈은 매워서 아프고 자존심에 상처 입은 마음은 그것보다 더 아팠다.

"이서 눈 씻고 거울이나 봐. 오빠 눈 정말 빨개."

"거울이라……."

요즘 이상하게 거울 보기가 무서워진 우진은 우울한 먹구름을 머리에 띄우며 화장실로 향했다.

배우가 아름답다는 것은

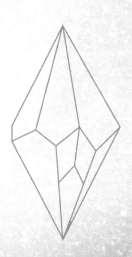

'Glooming day'의 크랭크인 날은 화창하고 푸르렀지만, 분위기만은 한없이 우울하고 암울했다.

남자 주인공인 '박지혁' 역을 맡은 권성민과 여자 주인공인 '나미연' 역의 송재희가 만들어낸 무성의함 때문이었다. 두 사람은 20대의 나이에도 연기력을 갖춘 실력파 배우로 유명한 이들이었다.

소속사를 통해 들어오는 영화와 드라마 대본이 쌓이고 쌓여 쓰러질 정도인 그들이 이 영화를 자진해서 선택했을 리는 만무했다. 그들은 어차피 망할 거, 대충 찍고 빨리 끝내자는 심산을 숨기지 않았다.

"그렇게 연기하려면 너희들 그냥 가라."

하지만 최이건 감독은 달랐다. 원하지 않는 작품에 억지로 참여하게 되었어도 자신의 이름을 내걸고 만드는 작품이었다. 격에 맞지 않는 작품을 세상에 내보일 정도로 그는 수치를 모르는 인물이 아니었다.

"너희 둘 대본 리딩할 때부터 건성인 건 알았지만 카메라 돌아가는데도 이럴 줄은 몰랐다. 책임은 내가 질 테니까 권성민, 송재희, 너희 둘은 촬영장 밖으로 나가. 너희 같은 게 무슨 배우야! 개지랄하고 있네."

서른 중반의 젊은 감독은 지적인 이미지의 미남이었다. 배우를 해도 될 정도로 준수한 외모와 어울리지 않게, 최 감독의 독설은 막힘이 없었다.

크랭크인 전에 있었던 두 번의 대본 리딩 때는 배우들에게 개입하지 않고 느긋하게 지켜만 보던 그였다. 마음껏 하고 싶은 대로 연기해 보라고 웃던 미소는 송재희가 얼굴을 붉힐 정도로 근사하기까지 했다.

해외 유학파인 그가 연출한 작품은 지금까지 딱 두 편이었다. 그러나 두 작품 모두 오백만 관객을 돌파한 수작들이었다. 해마다 천만을 찍는 영화가 몇 편씩 나오는 시대에 오백만이면 중박 아니냐는 말이 나올 만하지만, 중요한 것은 작품의 장르였다.

최이건 감독의 데뷔작은 어느 사찰에 살고 있던 노스님과 어린 동자승의 이야기를 다룬 다큐멘터리였다.

죽음을 준비하는 노스님은 혼자 남을 어린 동자승에게 세상을 가르쳐 줘야만 하는 처지였다. 해맑은 동자승은 수도하는 종교인이라기보다는 아직은 그저 어린애에 불과했다. 그런데도 이야기는 슬프기보다 덤덤하고 아름다웠다.

두 번째 작품은 한 어머니와 아들의 사연을 그린 가족 영화였다.

내용은 미혼모로 아이를 낳은 여인이 과거를 숨기고 결혼한 후, 세월이 흘러 입양 보냈던 아이가 그녀를 찾아오면서 시작된다. 줄거리만으론 자칫 막장 드라마가 예상되지만, 내용은 버림받은 아이의 상처와 아이를 버릴 수밖에 없었던 여자의 아픔에 관한 이야기였다.

누구에게도 상처 주고 싶지 않아서 결국 자신이 당신 아들이라는 말조차 꺼내지 못하고 다시 떠나는 아들. 자신이 낳고 버린 아들이라는 걸 알면서도 결국 등을 돌리는 어머니. 복수나 후회 같은 내용 없이 잔잔하게 흐르는 내용은 보는 이로 하여금 알 수 없는 아픔을 가슴에 아로새기게 하였다.

절대 흥행 공식과는 거리가 먼 내용을 가지고 오백만이 넘었다는 건, 그만큼 스토리를 풀어가는 최이건의 연출이 뛰어났다는 방증이었다. 무엇보다 그의 재능을 높이 사는 이유는 아름다운 영상미와 절제미 돋는 편집 능력이었다.

'Glooming day'의 감독으로 최이건이 뽑힐 수밖에 없는 이력이었다.

하지만 크랭크인 전만 해도 별 의욕 없어 보이는 그로 인해 우진의 열정 역시 꺾인 지 진작이었다. 다른 배우들처럼 그도 대충 묻어가자 싶었는데 감독의 불호령에 순간 아차 싶었다.

무작정 연예인이 되고 싶어서 연기하는 게 아니었다. 노래만큼이나 연기하는 게 좋았다. 캐릭터를 분석하고, 글로 써진 대사들을 자신이 생각하는 방향대로 연기하고 표현하는 게 재밌고 흥분됐다. 새로운 세상의 한 축을 만들어낸다는 게 신이라도 되는 기분이었다.

그런데 연기를 시작한 지 얼마나 됐다고 그 열망을 스스로 망각하고 훼손하려 했으니 절로 낯이 붉어졌다.

"여기서 저것들처럼 연기하려던 것들 있으면, 지금 기회 줄 때 나가!"

차가운 최 감독의 경고가 이번엔 우진에게 와닿았다. 비록 대사는 없어도 남녀 주인공을 제외하고 가장 많은 신을 찍어야 하는 우진이었다. 주인공 못지않은 존재감과 중요성이 있는 '차현승'을 제대로 연기하지 못하면 너도 아웃이라는 감독의 눈빛을 받자마자, 우진은 열심히 고개를 저었다.

게슴츠레한 시선이 오랫동안 우진에게 머물다가 다른 이들에게로 옮겨졌다. 운이 좋게도 아직 차현승이 나오는 신은 촬영 전이라 우진은 변명 없이 기회를 부여받을 수 있었다.

"저, 감독님, 진정하시고."

일이 커지자 스태프들과 주인공들의 매니저들까지 합세해서 최 감독을 이해시키기에 바빴다.

"우리 재희가 절대 그런 애가 아닌데, 아직 배역에 적응하지 못해서 그런 것뿐이니 이해해 주세요."

"성민이는 오늘 새벽까지 예능 프로 녹화가 있던 바람에 피곤해서 저러는 겁니다. 절대 성의가 없는 게 아닙니다."

우진은 3주 전에야 계약했지만 다른 주인공들은 이미 2개월 전에 계약이 끝난 상태였다. 캐릭터 분석할 시간이 없었다는 건 말이 안 된다.

　그리고 권성민은 새벽 1시에 촬영이 끝났고 지금은 오전 10시였다. 1시간 전에야 현장에 나타난 권성민보다는 6시부터 촬영장을 찾은 우진이 피곤하다면 더했겠지만, 이런 자세한 사항들은 이 사태에선 그리 중요하지 않았다.

　어차피 이 멤버 그대로 영화를 찍어야 한다는 건 변함이 없었다. 이곳에 있는 누구도 최고 결정권을 가지고 있지 못했다. 최고 마녀가 만족할 더 나은 선택을 내보이지 않는 이상, 월권은 무리라는 것도 안다.

　하지만 이 중에서 최고의 권력자를 찾으려면 아무래도 감독일 수밖에 없었다.

　일단 그는 최고 마녀의 전폭적인 지지를 받으며 불편함 없이 영화를 찍을 수 있도록 많은 권한을 위임받았다. 그게 주인공을 바꿀 수 있는 권력까지는 아니더라도 협박 정도는 가능했다.

　더욱이 배우가 연기를 못해서 감독이 메가폰을 던지고 촬영이 연기됐다면 불리한 쪽이야 뻔했다. 권력의 추는 이미 한쪽으로 치우쳐졌고 배우들은 속내야 어쨌든 최 감독에게 고개를 숙일 수밖에 없었다.

　"내가 당신들에게 마음대로 해도 좋다고 말한 것은 당신들의 배역에 대한 해석을 전적으로 믿고 따르겠다는 의미였지, 아무렇게나 연기하란 뜻은 아니었어."

　어느 정도 화를 식힌 최 감독은 불같이 화를 내던 모습은 온데간데없이 사라지고 예의 그 지적인 미소를 흘리며 말했다. 연기자는 저 사람이 해야겠다는 생각은 우진만 하는 게 아닌지, 주위의 대부분이 뜨악한 표정이 되었다.

"나는 여러분이 풀어내는 이야기를 가장 아름답게 보여줄 수 있도록 최선을 다할 거야. 그러니 여러분은 자신들이 표현할 수 있는 가장 아름다운 연기를 해 보이도록. 알겠나? 그런 의미에서 두 시간의 여유를 줄 테니, 자기 배역에 대해 깊이 있게 연구한 후에 다시 이 자리로 돌아와."

최 감독은 자신 없으면 아예 돌아오지 말라는 소리를 아름다운 미소와 함께 아무렇지도 않게 내뱉었다. 나중에야 알게 되었지만 그는 지독할 정도로 심미주의자였다. 영화 속 아름다운 영상미가 괜히 나온 게 아니었던 것이다.

그런 최 감독이 배우에게 요구하는 것은 오로지 하나. 아름다운 배우가 돼라.

더불어 외모의 미추와 상관없이 상황에 맞는 가장 적절하고 완벽한 연기가 곧 배우의 아름다움이라고 설명했다. 어떤 의미에선 최이건 같은 심미주의자가 화면을 망치는 연기 따위를 용납할 리가 없었다.

최이건 감독이 주는 2시간의 유예에 배우들은 황망히 자리를 떴다. 남녀 주인공을 맡은 둘은 서로 눈치를 보다가 각자 다른 곳으로 갔다. 젊은 청춘 남녀라 자칫 스캔들을 의식하는 듯 둘은 애써 상대를 외면하기에 바빴다.

그 와중에 어디로 가야 하나 잠시 고민하던 우진은 학과실로 꾸며놓은 세트장을 둘러보았다. 우진이 가장 많이 촬영해야 할 장소이며 '차현승'의 공간이라 할 수 있는 곳이었다.

다른 곳보다 여기서 '차현승'에 대해 생각하는 게 가장 최적일 것 같았다. 우진은 의자를 끌어와 앉으며 멍하니 창밖을 내다보았다.

모델하우스 하나를 통째로 빌려 사용하고 있는 세트장은 최대표의 대폭적인 지원을 증명하듯 잘 꾸며져 있었다. 화려하고 고급스러워서가 아니라, 정밀하고 현실감 넘치는 준비는 무작정 비싼 세트보다 오히려 돈이 들어가게 마련이었다. 세트장을 살펴보면 조사를 많이 했다는 것과 스태프들의 노고가 느껴졌다. 이런 곳에서 배우들이 건성으로 연기하려고 했으니 최이건 감독이 화를 냈던 게 이해가 됐다.

모델하우스지만 학과실로 꾸며놓은 곳은 창문이 있었다. 아마도 건설사 직원들이 사무실로 사용했던 곳인 듯싶었다. 저 창문에서 차현승은 자주 박지혁과 나미연을 내려다본다. 창밖 너머로 5월의 찬가를 부르듯 푸르른 잎사귀가 무성한 나무들과 잘 꾸며진 화단이 보였다.

저곳을 지나는 연인들을 보며 차현승은 무슨 생각을 할까.

대본을 읽고 우진이 느낀 것은 동경과 자격지심이었다.

박지혁은 재벌가 아들이었다. 후계자는 아니지만, 재벌가의 아들이 사랑하는 나미연은 그냥 우리네 평범한 가정에서 태어나 자란 아가씨였다. 무엇이 두 사람 사이를 이끌었는지 몰라도 그들은 불타는 사랑을 하였고 이를 지켜보는 차현승은 차마 자신의 마음을 고백하지 못했다.

박지혁은 차현승이 밀어내고 말고 할 인물이 아니었다. 그와 자신을 비교하며 한없이 열등감에 시달리던 차현승은 자괴감에 괴로워했다. 그래서 박지혁을 앞에 두고 나미연에게 차마 자신의 감정을 고백하지 못했다. 어차피 거절당할 거라는 걸 알았기 때문이다.

신분 차이가 나는 사랑 이야기와 그들을 동경하면서 여주를 짝사랑하는 서브남의 존재는 너무 뻔한 클리셰였다.

게다가 남주를 부각하기 위한 장치에 불과한 서브남은 어떻게 해도 빛날 수가 없었다. 그게 차현승의 태생적 한계였다.

차현승의 심리는 이해하지만 보이는 그대로 연기하기엔 왠지 마음이 움직이지 않았다. 애잔하고 우울한 분위기를 풍기며 한 쌍의 연인을 바라보는 시선이라니, 생각만 해도 소름이 끼쳤다. 무엇보다 대본대로라면 영화는 너무 뻔한 분위기로 흘러 버린다.

로맨틱 코미디도 그렇지만 특히 순정 로맨스의 경우, 우리나라는 대개가 무리한 감정의 흐름에 의존해 억지스러운 감동과 아픔을 관객에게 강요하는 경향이 있었다. 'Glooming day'도 그 범주에서 크게 벗어나지 않아, 차현승은 이루지 못한 사랑에 몸부림치고 아파해야 한다.

무엇도 하지 않고 그저 바라보기만 한 주제에 아파하고 혼자 버림받았다 좌절하는 꼴은 아무리 생각해도 정말 아니었다. 끝까지 우울하게 찌질거리는 차현승을 보고 관객에게 당신들도 그처럼 우울해하라 강요하는 듯 느껴졌다.

당신들도 저 아름다운 한 쌍의 연인을 부러워하고 안타까워하라며 감정이입 대상을 차현승으로 전시해 놓은 듯했다. 우진이 생각하는 이 영화의 패착은 바로 차현승이란 존재였다.

작가의 의도와 다르게 관객에게 차현승은 감정을 이입하기보단 그저 찌질한 스토커로 인지할 가능성이 큰 캐릭터였다.

혼자만의 감정에 젖어 있는 그는 공감하기도 어렵고 동정하기엔 더욱 어려운 인물이었다. 그렇다고 광기 어린 짝사랑을 그리자니 자칫 'Death hill'의 A와 이미지가 겹칠 수가 있었다. 아니, 무엇보다 그렇게 되면 장르가 공포 스릴러물이 될 수가 있었다. 대사 하나 없는 차현승은 여러모로 표현하기 곤란했다.

그래서 영화를 계약하고 대본을 받은 후에 우진은 내내 차현승을 생각하고 그를 연구했다. 그 결과 작가의 의도를 최대한 살리면서 나름 새로운 '차현승'을 도출할 수 있었다. 그러나 대본 리딩 당시의 분위기에 실망한 나머지 자신이 창조한 차현승은 버리고 그냥 대본대로 갈 생각이었다.

"어쩌면 가능할지도."

조금 전 최 감독의 말을 떠올린 우진은 자리에서 일어나 그를 찾아갔다. 스태프에게 물어 찾아간 곳에서 우아하게 차를 마시고 있는 최이건을 발견한 우진은 처음의 기세와는 다르게 조금 머뭇거렸다.

우진이 기존에 알고 있는 감독이라 해봐야 문승권 감독 하나뿐이었다. 후덕한 외모만큼이나 촬영 내내, 좋게 말하면 편하고 사실대로 말하면 후줄근한 차림새였던 문 감독과 최이건 감독은 장르부터 달랐다.

최 감독은 말끔한 슈트 차림에 한 치의 느슨함 없이 꽉 맨 넥타이까지 흐트러짐을 찾을 수가 없었다. 당장 임원 회의에 나가도 무리가 없어 보이는 모습에 선뜻 다가가 말을 걸기가 자못 어려웠다.

"무슨 일?"

"의논할 게 있는데 시간 되십니까?"

최 감독과는 개인적으로 대화해 본 적이 없어서 우진은 저도 모르게 눈치를 보게 되었다.

"차현승에 관한 의논이라면 언제나 가능하지."

걱정과는 다르게 최 감독은 선뜻 오른손으로 테이블 건너편의 앞자리를 가리켰다. 우진이 자리에 앉을 때까지 가만히 지켜만 보던 최 감독은 팔짱을 끼며 느긋이 소파에 등을 기댔다.

"채우진 씨는 연기가 이번이 두 번째라고 했지?"

먼저 질문을 던진 이는 최 감독이었다. 원래 캐스팅 전에 감독과의 면담이나 테스트가 있어야 했는데 그런 게 모두 생략된 상태라, 사실 서로에 대한 정보 자체가 부족했다.

"네."

"미안한데 어떤 거였지? 내가 잘 몰라서 말이야."

"아직 개봉하지 않았습니다. 7월 초반에 개봉한다고 들었는데 정확한 건 아직 잘 모르겠습니다."

"조연?"

"처음엔 단역이었는데 나중에 추가 촬영을 해서 편집 후 분량은 어떻게 나올지 잘 모르겠습니다."

연달아 계속 잘 모르겠다는 말을 한 우진은 머쓱해서 머리를 긁적였다. 특히 자기가 단역인지 조연인지도 모르는 상태가 조금은 웃겼다.

그래도 말을 하다 보니 우진은 자신이 확실히 운이 좋았다는 걸 새삼 깨달았다. 처음 찍은 게 단역인데 두 번째 영화에서 바로 비중 있는 조연을 맡았다는 건, 영화의 흥망을 떠나서 행운임이 분명하다.

"7월이라. 우리 촬영이 다 끝난 후에야 개봉이군. 알겠지만 우리 영화는 한 달이면 충분할 거야."

액션이 있는 것도 아니고 대학생들 사랑놀이에 현란한 기법이 필요한 것도 아니라, 무리 없이 진행된다면 한 달이면 순조롭게 끝날 내용이었다.

영화 러닝타임도 고작 100분이었다. 그래서 개봉도 8월 중후반에 잡은 것으로 안다. 한여름의 뜨거웠던 사랑 이야기를 보면서 무더위에 속 터져 죽으라는 건 아니지만, 적어도 흥행 참패에 대한 핑곗거리 하나는 챙긴 셈이다.

"7월 초와 8월 중후반이면, 잘하면 겹칠 수도 있겠군. 하지만 주인공이 아니니 그 정도는 괜찮을 거고."

개봉이 7월 초라는 말에 최이건은 우진이 찍은 영화가 블록버스터라는 걸 직감할 수 있었다. 만약 그 영화가 흥행한다면 상영 기간이 늘어나면서 채우진이 촬영한 두 영화가 시기상으로 겹칠 가능성이 컸다.

그렇다면 영화 홍보사에서 'Glooming day'의 개봉 일정을 조절할 수도 있었다. 그러나 주인공도 아니고 단역 혹은 조연이라면 큰 문제는 없을 듯싶어서 최 감독은 고개를 끄덕였다.

"우진 씨에 대한 자료가 전혀 없어서 찾아보려고 했는데 아깝게 됐군. 그럼 최 대표님 기대대로 외모만 밀고 나가면 되는 건가? 마침 대사도 없고 다행이네."

"외모라니, 뭘 믿고요?"

사람들에게 잘생겼다는 말은 자주 들었지만 우진은 좀체 그걸 자각할 수가 없었다. 자신과 가장 많이 닮은 우희를 봐도 동생이라 귀엽지 딱히 예쁘다는 느낌은 들지 않기 때문이다. 그래서 잘생겼다는 소리를 입바른 칭찬, 아니면 예의상 해주는 덕담만으로 받아들이고 있었다. 키 좀 크고 피부가 깨끗하면 그냥 다 잘생겨 보이는 것처럼 말이다.

그래서 외모로 밀고 나가자는 말에 당황할 수밖에 없었다. 대체 뭘 믿고 외모로 밀고 나가나. 순간 흥행 참패의 또 다른 핑계로 자신을 캐스팅한 게 아닌가 싶은 의심이 들 정도였다.

"그거야 자네 외모를 믿는 거지."

"그러다 영화 망합니다."

"우리 영화는 이미 망했어."

감독이 저리 당당하게 말해 버리니 어깨가 축 처졌다. 나도 알고 너도 알지만 그걸 입 밖으로 꺼내지 못하는 건, 그래도 혹시나 하는 희망에 매달리고 싶어서였다.

"흥행 면에선 말이지. 요즘 같은 세상에 이런 쌍팔년도 영화를 누가 돈 주고 보겠나. 다만 어디에 내놔도 부끄럽지 않은 영화를 만들자는 게 내 목표야. 흥행에 실패하고 재미가 없다고 해서 꼭 영화 자체가 엉망이란 법은 없잖아. 그런 걸 내 이름 걸고 만들 수야 없지, 쪽팔리게."

고급스러운 양복을 입고 우아하게 앉아 있는 최 감독 입에서 어울리지 않는 속어가 거침없이 나왔다. 하지만 그마저도 기품 있어 보여 우진은 당황스러웠다. 저 남자는 그냥 영화배우 해도 될 외모를 가지고선 너무도 영화감독 같아 조금 멋있게 보였다.

"그런 의미에서, 우진 씨가 그리려는 차현승은 어떤 모습이지?"

최 감독은 이런 때 우진이 자신을 찾아온 이유를 어느 정도 가늠할 수 있었다.

"감독님께 차현승은 어떤 남자입니까?"

"열등감에 빠진 우울한 찌질이."

동정심조차 없는 단호한 평가지만 우진의 생각도 크게 다르지 않아 그는 고개를 끄덕였다. 그리고 영화를 볼 대다수의 관객 역시 그렇게 생각할 터였다.

"그런 차현승을 다른 모습으로 그려도 될까요?"

"못 할 건 또 뭐 있나. 분명 내가 말했잖아. 마음대로 연기해보라고. 다만 '잘' 연기해야만 해. 안 그럼 아까 그것들처럼 욕 좀 먹겠지. 그게 어디 사랑에 빠진 연인들이야. 그것들은 사랑도 안 해봤대?"

혀를 차는 최 감독은 생각도 하기 싫은지 손을 휘휘 내젓다 우진에게 물었다.

"우진 씨가 그리려는 차현승은 어떤 모습이지?"

"제가 생각하는 차현승은 조금 더 밝고 적극적인 인물입니다. 그런데 제목이 글루밍 데이라……."

제목부터가 'Glooming'이 들어가서 걱정이었다. 밝고 활기찬 풋풋한 연인들 사이에 유일하게 우울해야 하는 차현승이 밝아지면 오류가 생긴다.

"어차피 이 연인들 헤어지잖아. 현실에 수긍하고, 가장 안 좋은 방법으로 각각 제 갈 길 가는 것 자체가 우울한 거 아닌 가. 주인공이 새드 엔딩인데 조연의 우울함 따위가 무슨 상관 인가."

"아! 아……."

할 말을 잃은 우진이 순간 얼굴을 붉히며 고개를 돌렸다. 아 이들은 세상의 중심이 자신인 줄 안다고 한다. 그리고 신인인 우진은 조연인 자신이 영화의 중심이라 순간 착각한 것이다. 자신만이 영화의 우울함을 책임져야 한다는 부담감과 의무감 에 정작 주인공의 결말에는 신경을 쓰지 못한 거였다.

붉어진 얼굴을 두 손으로 감싸며 고개를 들지 못하는 우진 을 보며 최 감독은 기분 좋게 웃고 말았다. 이런 신인다움이 나 쁘지 않았다. 적어도 극의 중심에 차현승을 놓고 진지하게 고 민했을 그 태도만큼은 마음에 든 것이다.

"그러고 보니 자네, 대사가 한마디도 없는데 대본 리딩 때마 다 나와서 진지하게 참여했었지."

남녀 주인공인 두 사람은 당시 차현승은 안중에도 두지 않 고 자기들끼리 연기 합을 맞추기에 바빴다. 그런데도 우진은 반짝반짝 빛나는 눈으로 두 주인공을 바라봤다. 이미 스타 인 두 사람의 연기를 기대하는 듯도 하고, 그들이 그려 나갈 사 랑이 어떤 모습일지 궁금해 미치겠다는 얼굴이었다. 거기에 추 한 질투나 열등감은 없었다.

"그때 주인공들을 바라보던 자네 눈빛 나쁘지 않았어. 그런 눈빛의 차현승이라면 나는 OK야. 악보 하나를 두고도 여러 해석으로 연주할 수 있듯 대본 역시 마찬가지 아닌가. 같은 대사라도 어떻게 발음하고 어디에 강약을 주고, 어떤 표정이냐에 따라 분위기는 싹 달라지지. 다만 차현승에게는 자신의 감정을 표현할 대사가 한마디조차 없다는 게 문제지만."

어느 정도 붉은 기가 가신 우진은 맑고 곧은 시선으로 최 감독과 눈을 맞췄다. 그 눈을 바라보며 최 감독은 짓궂은 표정을 지어 보였다.

"대사도 없이 어떻게 차현승의 바뀐 이미지를 표현할 수 있을까, 우리 채우진 배우님은?"

이른 점심을 먹고 최 감독이 내준 2시간의 유예를 모두 사용한 배우와 스태프들은 자못 진지한 태도로 촬영에 다시 임했다. 권성민과 송재희 역시 2시간을 그냥 허비한 것이 아닌지 아까와는 전혀 다른 태도로 역할에 젖어 들었다.

◆　　◆◆◆　　◆

박지혁과 나미연을 제외하고 아무도 없는 학과실에서, 두 사람은 테이블을 사이에 두고 마주 앉아서 장난을 치고 있었다. 별 이야기도 아닌데 웃고, 손가락을 마주 잡고 흔들다가 눈이 마주치면 허리를 쭉 내밀어 가볍게 버드 키스를 하는 연인들에게서 풋풋한 향기가 났다.

처음의 감흥 없던 연기에 비하면 많이 좋아진 그들은 제법 연인다워 보였고 보는 이들을 간지럽게 만들었다. 한순간에 변하는 분위기가, 이름값 하는 배우들은 무언가 다르다는 것을 스스로 입증하고 있었다.

"앗! 현승 선배, 언제 왔어요?"

학과실 문을 열고 선뜻 들어오지 못해 머뭇거리고 있는 차현승을 먼저 발견한 이는 나미연이었다. 손까지 흔들며 그를 반기는 나미연의 머리를 들고 있던 책으로 가볍게 툭 친 차현승은 벽에 붙은 시계를 쳐다봤다.

"우리 지금 땡땡이 중이에요."

"선배, 그냥 한 번만 봐주세요."

2학년 전공 수업을 제치고 온 곳이 고작 학과실이란 게 한심해서 차현승은 어린 연인들을 보며 헛웃음을 쳤다.

"그… 게 선배가 타준 커피가 먹고 싶어서, 내내 기다렸단 말이에요!"

진실은 둘만 조용히 있고 싶어 선택한 곳이 학과실이라는 것이었지만, 굳이 그런 말은 필요 없을 것이었다. 여기에 그 사실을 모르는 이는 하나도 없었다. 사랑스러운 여인의 거짓말은 누구에게는 재치 있는 변명이었고, 다른 누군가에는 떨리는 농담이었다.

들고 있던 책과 자료들을 책상 위에 올려놓은 차현승은 군말 없이 나미연에게 커피를 타주었다. 종이컵에다 커피 믹스를 넣고 정수기에서 뜨거운 물을 내려 티스푼으로 휘휘 저은 후 내밀자 박지혁의 표정이 파삭 구겨졌다.

"미연아, 그런 걸 어떻게 먹어."

인스턴트커피를, 그것도 종이컵에다 마신다는 건 상상도 못

해본 도련님은 차현승에게서 종이컵을 빼앗으려 했다. 그러나 나미연이 조금 더 빨랐다.

"잘 마시겠습니다. 앗, 뜨거!"

종이컵을 두 손으로 잡아 재빨리 마시려던 나미연은 그만 뜨거운 커피 물에 입을 데고 말았다. 박지혁은 놀라 그러게 이런 걸 왜 마시냐며 두 손으로 나미연의 얼굴을 감싸고 입술을 살폈다. 아픈 입술에 호호 입김을 불어주다가 눈이 마주친 두 사람은 빙그레 웃으며 저들만의 세상으로 날아갔다.

그들 옆에 차현승이 있다는 건 이미 잊힌 지 오래다.

의자에 앉아 턱을 괴고 두 사람을 바라보는 차현승의 시선이 곧았다. 한 치의 어둠이나 우울함 없이 맑았던 시선이 서서히 아쉬움으로 변한 것은 두 사람이 그에게 인사를 하고 학과실을 나간 후다.

이제 홀로 남은 그는 자리에서 일어나 나미연이 마시려다 못한 커피를 조심스레 잡았다. 그는 종이컵에 묻은 나미연의 희미한 립스틱 자국을 엄지로 조심스럽게 문지르며 창가로 갔다.

유리창에 살짝 한쪽 어깨를 기댄 차현승은 종이컵을 입가에 가져갔다.

원래 대본에는 나미연의 립스틱이 묻은 부분에 제 입을 갖다 대는 차현승이었지만, 우진은 그렇게 하지 않았다. 잠시 머뭇거리며 그 부분을 손가락으로 쓰다듬다가 이내 반대편 쪽에 입술을 대고 커피를 마셨다. 희미한 립스틱 자국을 보는 그의 눈빛은 그저 다정할 뿐이다.

햇빛이 좋은 날이었다.

유리창으로 쏟아지는 햇빛에 눈을 반쯤 감으며 마시는 커피가 향기로웠다. 이미 그보다 더 향기로운 존재에 취해 버린 남자에게 세상은 매우 아름다웠다.

"컷!"

NG 없이 진행된 촬영에 최 감독은 어떠한 멘트도 하지 않았다. 칭찬도 비판도 없이 자연스럽게 다음 신을 준비하게 했다. 그것만으로도 우진은 충분했다. 저 자존심 강한 감독이 제 작품을 망치는 짓을 내버려 둘 리가 없으니, 일단은 우진의 연기가 통과라는 뜻이다.

"음, 그런데 차현승의 캐릭터가 좀 변한 것 같은데요."

이의를 제기한 것은 의외롭게도 권성민이었다.

화면 밖으로 나온 후에도 자리를 지키며 우진을 지켜보던 그는 자기 생각과는 다르게 전개되는 연기를 보고 이맛살을 찌푸렸다. 부서지는 햇살 아래 서 있는 차현승의 모습이 예상보다 아련하고 아름다운 장면을 연출한 것이 이유다.

"알아. 그래서?"

"네?"

"분명 처음에 내가 마음대로 연기해도 좋다고 말하지 않았나. 설마 그게 주인공 두 사람에게만 해당한 말이라고 생각하는 건 아니겠지? 게다가 우진 씨는 이미 내게 허락까지 받았어. 그럼 된 거 아닌가."

자유는 누구에게나 보장된다고 덧붙이며 웃는 최 감독에게 권성민은 심각하게 말했다.

"그럼 영화의 분위기 자체가 변하지 않습니까. 최 대표님이 원하는 영화는 그런 게 이닐 덴데요."

"최 대표님이 원하는 게 무슨 영환데?"

"그야 글루밍 데이의 대본 그대로겠죠."

그래서 최 감독의 조언에도 두 주인공은 대본 그대로 캐릭터를 연기했다. 오만하지만 세상 물정 모르는 도련님과 오지랖 넓은 사랑스러운 아가씨.

자신들이 이 영화에 출연하게 된 원인이자 권력의 갑인 G&C 대표를 만족시키려면 그게 최선이라 여겼다. 그런데 갑자기 조연이 분위기를 전환하니 반가울 리가 없다.

"맞아, 하지만 100% 정답은 아니지. 최 대표님이 글루밍 데이에서 가장 마음에 들어 하는 것은 사랑스러운 연인들과 그들의 가슴 아픈 이별이야. 그리고 가장 고민했던 것이 바로 차현승이란 존재였고."

최 대표가 이번 영화를 준비하면서 내건 절대 기준은 주인공을 비롯한 조연 배우까지 무조건 20대여야만 하며, 사랑스럽고 아름다워야만 한다는 것이었다. 내용도 내용이지만, 비주얼에 중점을 뒀다는 의미다.

그런데 순정 로맨스를 좋아하는 소녀 감성을 지닌 이에게 차현승이란 캐릭터는 뭐라 말하기 모호한 존재였다.

여자 주인공을 짝사랑하는 서브 남주의 존재는 가슴 떨리는 긴장과 환상을 만들어낸다. 하지만 여주를 지켜주는 것도 아닌, 그저 바라보기만 하는 차현승이란 남자는 소녀의 감성을 무시하는 캐릭터이기도 했다.

대신 여자 주인공의 사랑을 지켜보는 시선이 은근히 관음증을 자극했다. 짝사랑하는 여자가 다른 남자와 하는 사랑을 바라봐야만 하는 차현승의 아픔이 타인에게는 관능적인 관음을 불러일으켰다. 이 부분이 밋밋한 영화에서 유일하게 자극적인 요소라 절대 뺄 수가 없었다.

다만 대본대로라면 차현승이란 캐릭터가 너무 우울하고 열등감에 젖어 있어서 매력이 없다는 게 문제였다.

그래서 굳이 잘생긴 배우를 찾았다. 얼굴이라도 잘나야지 차현승이란 인물에게서 흐르는 마이너스적인 불쾌함을 극복할 수 있을 거라 여겼기 때문이다. 물론 채우진이 연기한 것처럼 대본을 수정할 수는 있었다. 조금은 밝고 올곧으며 처연한 짝사랑을 하는 차현승으로.

하지만 차현승에겐 대사가 없었다.

대사가 없이 과연 표정만으로 연기할 수 있는 20대의 미남 배우가 얼마나 있을까. 우울하고 슬픔에 젖은 짝사랑을 표현하기보다, 밝은 미소 속에서 감정을 숨긴 채로 아슬아슬한 절제를 보이는 연기가 더 어려운 법이다.

굳이 따진다면 못 찾을 건 없지만, 그만한 조건이라면 웬만한 커리어를 쌓은 배우로는 부족하다. 그들에게 주연이 아닌 이런 배역을 맡긴다는 건 실례였다. 아무리 최 대표라도 그건 무리였다. 아니, 정확히는 나중을 위해 아끼는 거다. 딱히 출연시킨다면 조연이 아닌 주연으로 보고 싶었기에, 다음 작품을 위해 그들을 캐스팅하는 걸 참았다.

즉, 아름다우며 처연하면서 절대 찌질하지 않는 차현승을 가장 바라는 이는 그 누구도 아닌 최 대표였던 거다. 이를 간단하게 설명하던 최 감독은 두 사람의 대화를 듣고 어찌할지 몰라 바싹 얼어 있는 채우진을 손가락으로 가리키며 물었다.

"이제 처음이라 뭐라 단정할 수는 없지만, 저 차현승은 화면 속에서 나쁘지 않았어. 권성민 씨도 그렇게 생각하지?"

기습적인 질문에 권성민은 무의식적으로 바로 답하고 말았다.

"네, 나쁘지는 않았습니다."

"그렇다네, 우진 씨."

"감사합니다."

고개를 꾸벅 숙이며 인사까지 하는 우진 때문에 권성민은 입맛을 다실 수밖에 없었다. 한마디 더하고 싶은 것을 애써 참으며 그는 다음 세트장으로 발걸음을 옮겼다.

'아, 이게 아닌 것 같은데.'

권성민이 정말로 불만이었던 것은 차현승의 변화된 캐릭터 때문이 아니라, 너무 반짝거리던 우진의 아우라 때문이었다. 창가에 기대 고작 종이컵을 들고 커피를 마시던 '차현승'의 마음이 햇살의 부스러기처럼 반짝거리며 보는 이로 하여금 설레게 하였다.

그건 같은 남자인 권성민도 다르지 않았다. 그뿐만 아니라 현장에 있던 스태프들마저 순간 정신을 놓고 채우진을 바라봤다. 연륜이 많은 건 아니지만, 현장 분위기만으로도 권성민은 알 수 있었다.

이런 건 좀 위험하다는 걸.

첫날이라 촬영은 늦게까지 이어지지 않고 오후쯤에 빠르게 마무리되었다.

보통은 회식을 한다든지 단체 결속을 위한 무언가를 하겠지만, 고상한 최이건은 한국식의 회식 문화를 끔찍이 싫어했다. 개인주의를 선호하는 그로선 무리 지어 어울리는 것에 대한 반감마저 있어서 촬영이 끝나는 대로 바로 퇴근해 버렸다.

감독부터 이러니 나머지 스태프들은 말할 것도 없었다. 영화의 핵심 인물인 주인공들과 우진 역시 별다를 게 없었다. 주인공들은 자칫하면 스캔들이 날 것을 우려해 촬영이 끝나자마자 매니저를 동행하고 각자 사라져 버렸다.

조심스러운 그들의 행보가 지나치다 싶지만 그럴 수밖에 없는 이유가 있었다. 영화든 드라마든 찍을 때마다 상대 여주인공과 스캔들을 터뜨린 권성민 때문이었다.

진실이야 어쨌든 결국엔 해프닝으로 결론 나긴 했지만, 그만큼 여배우들과 가까이 지냈던 건 사실이었다. 그래서 송재희 측 소속사에선 미리 그녀에게 단단히 지시를 내린 상태였고 권성민도 이번만은 조심하기 위해 노력 중이었다.

주인공 둘이 이렇듯 서로 데면데면한 바람에 촬영을 위해 모인 인원들도 자연스럽게 해산하고 말았다. 어차피 앞으로의 일정을 생각하면 쉴 수 있을 때 쉬는 게 좋아서 모두 은근히 반기는 분위기였다.

우진은 서울 외곽에 있는 세트장에서 환승을 하며 집까지 가는 데 2시간이 조금 안 되게 소요했다. 정류장에 내리니 벌써 9시가 넘어서 발걸음을 서둘렀다. 그런데 익숙한 길목에서 저 멀리 낯익은 뒷모습이 보였다.

장을 보고 왔는지 이것저것 가득 든 마트 봉투를 한 손에 들고 가는 여인은 바로 우진의 어머니였다. 긴 다리로 단숨에 달려간 우진은 어머니 손에서 마트 봉투를 잡아 대신 들었다.

"까악, 누구… 우진이구나! 얘는, 기척 좀 하고 오지. 깜짝 놀랐잖니."

갑자기 다가와 마트 봉투를 빼앗는 건장한 남자에 놀라 비명을 지르다 아들인 것을 알고, 박은수는 안심하면서도 짐짓 화를 냈다.

"미안. 뒤에서 오는데 어머니가 보여서 무작정 달려오다 보니. 놀랐어요?"

"정말 놀랬어. 아직도 심장이 두근두근 뛴다."

"그런데 여자가 비명을 지르는데도 내다보는 사람 하나 없네."

버스 정류장에서 집까지 10여 분을 걸어야 하는 주택가 골목길은 곳곳에 전등이 있어 어둡지는 않지만, 무척이나 한적했다. 우범지대가 아니라 사람들이 경계심이 없는 건지 무슨 일이 일어나도 상관없다는 무관심인지, 한밤의 비명에도 골목은 조용했다.

우진은 새삼 저녁 늦게 귀가하는 어머니가 걱정되었다.

"비명이래 봤자 조금 지른 것 가지고 무슨. 우리만 해도 집안에 있으면 바깥 소리 같은 거 별로 신경 쓰지 않잖니. 거의 들리지도 않고."

"하긴, 남 말할 처지는 아니네요."

주택 2층에서 전세로 사는 우진 가족만 해도 바깥에서 무슨 일이 일어나는지 모를 때가 많았다. 며칠 전에 옆집에서 부부 싸움으로 경찰까지 왔다는데도 나중에야 전해 들을 정도였다.

"그래도 괜히 걱정되네. 어머니 요즘 계속 늦게 귀가하는 것 같은데 괜찮겠어요?"

"우리가 이 동네에서 십여 년을 살았는데 새삼 무슨 걱정이야. 그런데 넌 오늘부터 촬영이라면서 이 시간에 집에 와도 괜찮은 거야?"

저번에 외박한 것을 두고 촬영이 시작되면 무조건 집에 들어오기 힘들다고 생각하시는 듯했다. 당분간 얼굴 보기 힘들겠다고 여겼는데 이리 보니 좋다면서 어머니는 즐거워하셨다.

"오늘은 첫날이라 대충 분위기만 점검하는 수준에서 일찍 끝냈어요. 내일부턴 일정이 빡빡할 테니 각오하래요. 그래도 다행히 제작진이 촬영장 근처에 모텔 하나를 통째로 빌려서 사용하기로 했대요. 촬영장 오가기 힘든 사람은 그곳에서 지내도 된다고 해서 나도 내일 짐 싸서 들어가려고요."

주인공들이야 매니저들이 자가용으로 매일 데려다주고 하니 상관없겠지만, 우진은 오늘만 해도 새벽부터 촬영장을 찾아가기 위해 어쩔 수 없이 택시를 탈 수밖에 없었다.

오늘은 일정이 빨리 끝나서 괜찮았지만, 새벽까지 촬영이 있는 날은 대책이 없었다. 그뿐 아니라 촬영과 촬영 사이에 몇 시간의 공백이 생기면 오가는 시간이 애매하다. 차라리 촬영장 근처에 단기로 방을 하나 얻을까 고민했는데 해결책이 바로 옆에 있었다.

현장 스태프가 단역배우들에게 모텔을 얻었으니 그곳에서

지내도 된다는 이야기를 들은 것이다. 염치 불구하고 자신도 살짝 발을 들이미니 의외로 흔쾌히 승낙을 받았다. 게다가 우진은 비중 있는 조연이라 1인실 하나를 혼자 쓰게 되었다.

"그럼 촬영 내내 얼굴도 못 보는 거야?"

"글쎄, 나도 이렇게 장기간 찍는 건 처음이라서……."

몇 년의 연습생 경험이 있어서 가요계라면 모를까, 영화판에 대해서는 사실 우진도 아는 게 없었다. 우연히 보게 된 오디션으로 시작해서 지금 여기까지 오게 되었기에 물정 모르는 것은 실상 어머니와 비슷했다.

"연예인 꼭 해야겠니? 너라면 뭘 해도 성공할 아이인데."

반대하지 않는다고 꼭 승낙한 건 아니었다. 엄한 집안에서 곱게 자라기만 했던 박은수는 공부 잘하는 아들이 굳이 연예인을 해야 하는지 이해가 가지 않았다.

"엄마, 내가 하고 싶은 일이에요."

"너 진짜! 꼭 이럴 때만 엄마래!"

부모의 이혼으로 너무 어린 나이에 철이 들어버린 우진은 중학교 때부터 어머니란 호칭을 사용했다. 하지만 영악하게도 자기가 불리하거나 애교가 필요할 때면 꼭 엄마라고 불렀다. 아들이 어렸을 때부터 사용하지 않게 된 호칭으로 어쩌다 불리게 되면 약해져 버리는 모친의 성정을 잘 알기 때문이었다.

"내 아들이지만 정말 약았어."

"우리 집안에 약은 사람 하나쯤은 있어야죠."

"우희에 비하면 넌 아직 새 발의 피야. 어쩌다가 자식들이 모두 다… 어휴, 내가 너희 키울 때 뭘 잘못했나 싶다."

"엄마는 우리 잘 키워줬으니까 그런 걱정 마요."

왼손으로 어머니의 오른손을 꼭 잡아 흔들면서 우진은 곧은 시선으로 웃었다. 경제적인 어려움은 있었을지언정 정서적인 빈곤을 느껴본 적은 없었다. 어머니가 어머니라서, 여동생이 우희라서, 참 좋았던 나날이었고 행복한 지금이다.

"우진아, 너 외삼촌 만나볼래?"

뜻밖의 말에 우진은 순간 걸음을 멈췄다. 어머니가 이혼 후에 외가와는 의절한 걸로 아는데 뜬금없이 외삼촌이란 말에 적잖이 놀라고 말았다.

"너희 외할아버지 때문에 자주는 아니래도 네 외삼촌하고는 계속 연락했었어. 도움도 제법 받고. 지금 우리 사는 집 전세금도 많이 보태줬고."

지금 집은 원래 월세였다. 그러다 집주인이 아들 신혼집 마련을 위해 목돈이 필요하다면서 전세로 돌렸다. 목돈이 필요한 만큼 당시 불렀던 전세금이 꽤 되었는데 어머니는 선뜻 계약을 했었다. 그때는 모아둔 돈이 있나 보다며 안심하고 지나갔었는데 아니었던 거다.

"이젠 너도 많이 컸고 집안에 조언해 줄 어른이 없어서 고민했는데 외삼촌이 한번 만나보자고 그러더라. 제대한 것도 축하할 겸."

최근 본격적으로 우진이 연예계에 들어서자 어머니 나름으로 걱정이 많았을 것이다. 아무래도 저번 소속사와의 일도 있고 하니 법적인 문제 등을 자연스럽게 의논하다, 우진과의 만남으로 흘러간 모양이다.

"아니요. 다음에요. 다음엔 제가 외삼촌께 근사하게 식사 내접하겠다고 전해주세요."

놀라운 만큼, 말할 수 없이 외삼촌이 고마웠다. 전세금을 대줘서 고마운 게 아니었다. 외할아버지의 분노에도 불구하고 어머니와 연락을 끊지 않고 계속 지내왔다는 점이 감사했다. 완전한 단절이 아닌, 어머니에게도 기댈 수 있던 곳이 하나쯤은 있었다는 게 안심이 되었다.

하지만 외할아버지만큼이나 고지식하고 완고한 외삼촌을 만나봤자 무슨 이야기를 들을지 뻔했다. 어머니가 그렇듯 외삼촌 역시 우진의 연예계 진출을 못마땅해할 것이다. 능력이 없다면 모를까, 머리가 되니 사법시험을 보라고 종용할 터였다.

"그러고 보니 이연이 형하고 희연이는 사시 봤겠네요."

"응, 둘 다 합격해서 이연이는 작년에 검사 임관 받고, 희연이는 올해부터 연수원 다닌다더라."

사촌인 이연이 형과 동갑인 희연이가 사법시험에 합격했다는 말에 우진은 고개를 끄덕였다. 그럴 만한 능력과 환경이 되었기에 당연한 결과였다. 다만 어머니에게는 미안한 마음에 어색하게 웃으면서 잘됐다는 덕담만 했다.

어머니는 우진이 사법시험을 보기를 바랐다. 외할아버지부터 외삼촌까지 모두 법조인이었기에 당연히 그랬으면 하는 희망이 따른 것이다.

"미안해할 것 없다. 넌 이미 포기했고 우희한테 희망을 걸어야지. 걔가 은근히 그쪽에 관심이 많거든."

"그래요?"

"자기라도 엄마 뜻 이뤄줘야지 오빠가 자기 하고 싶은 일을 할 수 있다나."

우희가 그런 생각을 했다는 것에 우진은 순간 말을 잃고 당황했다. 눈동자가 흔들리는 아들을 보며 박은수는 시원하게 웃으며 말했다.

"아직도 우희 모르니? 자기가 하기 싫으면 누가 뭐라 해도 절대 안 해. 그렇게 말해서 나나 너한테 부담감 줘서 이득 챙기려는 거지. 걔가 한때 존경했던 사람이 네 외삼촌일 정도로 그쪽에 관심도 많으면서, 말은 꼭 그렇게 하지. 하여튼 여시야."

너무도 맞는 말이라 우진은 저도 모르게 고개를 끄덕였다. 순간이나마 우희에게 가졌던 죄책감을 탈탈 털어버린 우진은, 순간 등 뒤에서 느껴지는 어두운 아우라에 흠칫했다.

"여시라 죄송하네요."

학원을 마치고 귀가 중이던 우희는 골목길에서 만난 어머니와 오빠의 대화를 듣고 음침한 기운과 어두운 마음을 서서히 내뿜었다.

"나 삐뚤어질 거야!"

입을 삐죽이며 일부러 어머니와 우진 사이를 비집고 뚫고 나간 우희는 빠른 걸음으로 앞서 나갔다.

"쟤는 걸핏하면 삐뚤어질 거래."

"사춘기잖아요."

"사춘기 아니거든!"

우희는 자신은 질풍노도를 이미 보내고 감성보단 이성이 행동을 좌우하는 지식인이라고 자부했다. 그래서 우진의 한마디에 소리를 꽥 내질렀다.

"거 좀 조용히 합시다!"

우렁찬 우희의 외침을 들은 어느 집의 누군가가 짜증 어린 고함을 냈다. 더불어 온 동네에 개 짖는 소리가 울려 퍼졌다. 우희가 부끄러움에 얼굴을 붉히는 사이, 어머니는 비명에 이렇게 바로 반응을 보이니 우리 동네는 안전하다고 우진에게 농을 했다.

따뜻한 봄날의 저녁은 바람마저 어디에선가 꽃향기를 품고 날아와 포근했다. 향기로운 바람을 맞으며 달빛 아래 귀가하는 세 사람의 그림자가 골목길을 가득 채웠다.

◆　　◆◆◆　　◆

"NG!"

최 감독의 날카로운 외침에 촬영장 분위기는 차가운 밀물이 들어왔다가 나간 듯 서늘하고 축축 늘어졌다.

촬영을 시작한 지 일주일이 지난 시점에 갑자기 권성민이 연기하는 '박지혁'의 캐릭터가 무너져 버린 것이다. 한 장면을 두고 NG만 벌써 스무 번이 넘었다. 게다가 오늘은 야외촬영에 비 오는 날을 연출하기 위해 살수차까지 준비했다. 당연히 살수차가 뿌리는 물을 맞으며 연기하는 권성민과 우진의 컨디션이 좋을 리가 없었다.

"권성민, 너는 나와 이야기 좀 하자."

최 감독이 조용히 권성민을 데리고 현장을 뜨자 우진은 자신의 이름이 적힌 의자에 가서 앉았다.

스태프가 담요와 수건을 건네주자 고맙다고 인사하는데 저절로 한숨이 흘러나왔다. 다행히 신에서 우산을 쓰고 있었기에 몸까지 젖은 건 아니었다. 다만 오랜 시간 NG가 반복되다 보니 춥고 옷도 많이 젖은 상태였다.

최 감독을 따라나서는 권성민의 어깨에도 담요가 걸쳐져 있었다. 메이크업을 했는데도 입술이 푸르게 변한 게 보였다. 거울을 안 봐도 그와 크게 다르지 않으리라 생각한 우진은 수건으로 조심스럽게 얼굴을 닦았다.

"오늘따라 성민 씨가 조금 헤매네요."

젖은 우진의 머리를 말려주던 메이크업 아티스트가 고개를 갸웃거렸다. 스물여덟의 권성민은 젊지만, 연기력은 제법 괜찮은 배우였다. 이렇게 한 장면을 두고 계속 NG를 낼 배우가 아니었다.

하지만 권성민이 어제부터 뭔가 삐거덕거린다고 느꼈던 우진은 오늘의 일이 오히려 당연하게 느껴졌다. 어제의 촬영을 떠올리며 우진은 손으로 뒷덜미를 문질렀다.

대학 축제를 앞두고 박지혁과 나미연이 두 손 가득 짐을 들고 걸어가다 걸음을 멈추던 신이었다. 운동화 끈이 풀려서 신발이 헐떡거렸기 때문이다. 짐을 내려놓고 운동화 끈을 묶어줄 생각을, 도련님 박지혁은 하지 못했다. 애초에 그의 머릿속에는 운동화 끈을 묶는 방법조차 없었다.

서로 마주 보고 '어떡해'만 연발하는 바보 커플에게 다가간 차현승은 한숨을 내쉬었다. 그리고 한쪽 무릎을 꿇고 나미연의 운동화 끈을 묶어줬다. 박지혁은 연인의 운동화를 다른 남자가 묶어주는 것에 불쾌감을 느끼기보단 오히려 당연하게 여겼다. 사람을 부리는 게 익숙한 그에게 이 정도는 질투할 여지가 전혀 없는 일이었다.

하지만 나미연의 운동화 끈 하나에 닿는 것만으로도 설레고 심장의 고동을 감추지 못하는 차현승에게는 이는 번뇌의 순간이었다. 카메라는 잘게 떨리는 차현승의 손가락이 몇 번이나 미끄러지며 운동화 끈을 놓치는 걸 크게 잡았다.

잘 묶어지지 않는 운동화 끈에 더욱 당황한 차현승의 눈동자가 크게 흔들리며 아예 시선을 옆으로 돌려 버렸다. 그러던 그의 눈에 잡힌 것이 서로 입을 맞추는 두 사람의 그림자였다.

이 철없는 연인은 조교가 허리를 숙여 운동화 끈을 묶어주는 사이를 참지 못했고, 몰래 한 입맞춤이 매우 낭만적이라 여겼다.

원래대로라면 차현승은 여기서 충격을 받아 이를 지그시 깨물며 눈을 질끈 감아야 했다. 그리고 아무것도 보지 못한 것처럼 무표정한 얼굴로 서둘러 자리를 뜬다. 가까이 다가가지 못하고 멀리서 두 사람을 노려보며 주먹은 꽉 쥔 채 야속해하는 것으로 차현승의 열등감을 표현했다.

마치 배신당하고 상처받은 것처럼. 자기가 뭐라고, 멀쩡히 저희끼리 사랑하는 연인들을 노려보면서 말이다.

우진은 이런 머저리 같은 캐릭터를 그대로 표현하지 않아도 되는 현실에 감사했다.

우진이 그리는 차현승은 땅바닥에 비치는 연인의 그림자를 보고 당혹함을 느끼지만, 눈을 감지도 고개를 돌리지도 않았다. 순간 눈빛이 서늘해지기는 했으나 곧 스스로 자신의 질투가 어이없음을 느끼고 고개를 저었다.

맑아진 시선은 이내 부러움으로 변했다. 음습한 질투나 못난 자신에 대한 열등감이 아닌 순수한 동경을 담은 질투였다.

박지혁이 잘생기고 대단한 집안의 아들이라서 감히 나미연에게 고백하지 못하는 게 아니라, 나미연이 박지혁을 너무나 사랑하기에 자신이 그 틈으로 들어갈 수 없음을 아는 올곧은 시선이었다.

나미연의 운동화 끈이 다시는 풀리지 않게 잘 묶어준 다음, 차현승은 자리에서 일어나 그녀가 들고 있던 짐을 빼앗았다. 대본에는 없던 애드리브라 나미연이나 박지혁의 놀라는 표정이 매우 리얼했다.

차현승이 짐을 들고 자리를 뜨자 제일 먼저 정신을 차린 것은 나미연이었다. 그녀는 차현승을 부르며 그의 뒤를 쫓았다.

멀리서 서로 사랑하는 연인을 바라보며 추하게 일그러지는 대신, 차현승은 사랑하는 여인이 자신의 뒤를 쫓도록 만든 것이다. 뒤에서 쫓아오는 나미연의 인기척을 느끼며 차현승은 애처롭게 웃었다.

겨우 이 정도가 최선이라는 걸 아는 그는, 눈살이 찌푸려지는 건 뜨거운 햇살 때문이라고 자위하듯 눈을 감으며 고개를 숙였다.

대학 축제 신이 끝났을 때만 해도 분위기는 나쁘지 않았다. 의논하지 않은 애드리브는 정말 충동적으로 저지른 짓이라 그에 대한 사과는 분명히 했다. 다행히 최 감독은 이런 식의 접근도 괜찮았냐며 무난하게 넘겼다. 문제는 권성민이 촬영한 영상을 프리뷰 모니터로 다시 돌려본 직후였다.

삽시에 얼굴이 일그러지던 그는 무엇이 마음에 들지 않았는지 재촬영을 요구했지만 받아들여지지 않았다.

"우리 제작비가 널널한 건 맞지만 그렇다고 완벽하게 찍은 신까지 다시 촬영할 만큼은 아니야."

점심으로 단호박을 먹었는지 권성민의 요구를 단호하게 끊어버린 감독은 가차 없이 다음 촬영을 진행해 버렸다. 분명 그때부터였다. 권성민에게서 불편한 심기가 흘러나온 것은. 어쩌다 우진이 NG를 내는 경우엔 바로 싫은 소리가 날아오고 인상이 좋지 않았다.

우진이 영화 촬영에 관한 지식이 없어 감독이나 주위 스태프에게 무언가를 물을 때면 매번 '이래서 신인들하고는 일하기 어려워'라는 핀잔을 던졌다.

정확한 이유는 알 수 없으나 권성민이 자신을 탐탁지 않아 한다는 게 느껴졌다.

혼자 하는 작업이 아니라서 고루고루 모두와 친해질 수 있도록 최선을 다해 노력하고 있지만, 주인공들에겐 선뜻 다가가기 어려웠다. 스타에게 섣불리 친근하게 군다거나 친해지려 노력하는 게 오해를 살 수 있기 때문이다. 그들이 먼저 다가오지 않는 이상, 먼저 다가갈 수 없는 게 우진 같은 신인의 처지였다.

그런데 싫어하는 게 훤히 보이는 지금은 아예 말조차 쉽게 걸 수가 없었다.

"어렵네."

새로 세팅한 머리카락을 헝클어뜨릴 수 없는 우진은 대신 손가락을 곰지락거리며 복잡한 속내를 가다듬었다. 과거의 안 좋았던 기억이 기습적으로 몰려와 무력감이 들었기 때문이다.

연습생 시절, 데뷔조에 들어가 함께 팀을 이룬 멤버들과 함께 숙소 생활을 한 적이 있었다. 분명 사이가 좋던 친구들이었고 문제가 없었다. 그런데 어느 순간부터 리더였던 형을 중심으로 우진을 왕따시키기 시작했다.

나중엔 비아냥거림은 아무것도 아닌 수준이 되었고 얼굴을 제외한 보이지 않는 곳을 집단으로 두들겨 맞기까지 했다.

그걸 계기로 음반 녹음까지 함께했는데도 우진은 팀에서 제외되고 말았다. 그를 제외한 팀이 마침내 데뷔했을 때는 억울하기보단 오히려 다행이다 싶을 정도로 그들과의 불화가 심했다. 지금도 그룹이나 소속사에 대한 미련은 한 톨만큼도 남아 있지 않았다.

그런 경험 때문인지 지금 같은 분위기가 불편하면서도 또 익숙하고, 상처가 되지 않았다. 친했던 친구들에게도 배신당하고 상처받았는데, 아무것도 아닌 타인이 주는 적의는 불편하더라도 마음의 상처를 건드리지 못했다.

이내 평상심을 찾은 우진은 두 눈을 꼭 감으며 의자에 등을 기댔다. 어쩌면 이런 날 서린 경계가 마냥 나쁜 게 아닐지도 모른다. 한쪽의 일방적인 짝사랑이라 해도 한 여자를 사이에 둔

두 남자의 감정이 호의적이라면 그게 더 이상할 거다.

우진은 아직 현실에서의 감정을 완전히 단절시킨 상태로 연기하는 노련함이 부족했다. 그러니 이런 게 다행일지도 모른다. 그렇게 생각하니 마음이 편안해지기 시작했다.

권성민을 따로 불러낸 최 감독은 자리에 앉자마자 양해도 구하지 않고 담배부터 꺼내 물었다. 권성민이 골초라는 걸 알기에 갑 채로 권해보았지만, 그는 거절하고 대신 상의에서 제 것을 꺼내 피웠다.

"박지혁이 차현승에게 질투를 보이는 캐릭터는 분명 아닌데, 왜 그래?"

길게 돌려 말하는 법이 없는 최 감독은 직설적으로 권성민에게 물었다.

오늘 촬영분은 나미연이 아파서 며칠 동안 수업에 빠지자 차현승이 참지 못하고 그녀가 자취하는 원룸을 찾아가면서 시작한다. 그곳에서 차현승은 박지혁에게 자신의 감정을 들키고 만다.

그러나 철없고 해맑은 박지혁은 질투라는 걸 알지 못한다. 자신과는 비교도 되지 않는 하찮은 조교 따위를 의식할 필요를 느끼지 못하는 거다.

차 선배, 미연이 좋아했어요? 하긴 우리 미연이가 많이 사랑스럽긴 하죠.

이 대사에는 자기 연인에 대한 자부심과 차현승에 대한 동정심이 깃들어야 한다. 어차피 너는 넘보지도 못할 여자를 왜 사랑하느냐는 이해할 수 없는 궁금증도 담아서. 그런데 오늘 권성민은 이 대사에 질투와 짜증, 그리고 경멸까지 담아 차현승에게 쏟아내려고 했다.

"자기 여자를 좋아하는 놈을 어느 미친놈이 그냥 둡니까."

"그 미친놈이 바로 박지혁이잖아. 화원에서 자란 최고급 화초에게 다른 꽃들은 그저 잡초에 불과해. 잡초를 질투하는 화초라니 이상하잖아?"

"화초가 아닌, 남자라는 동물이니까 그러는 거겠죠."

권성민은 권성민대로 자기 연기에 계속 NG를 주는 최 감독에게 불만이 많았는지 목소리에 감정을 담아 토로했다.

"분명 감독님은 우리에게 하고 싶은 대로 연기하라고 전에 말했잖습니까. 그런데 차현승은 되고 왜 나는 안 됩니까? 지금 차현승은 대본과는 완전히 다른 인물이 돼서 분위기를 주도하는데 나는 그럼 안 됩니까? 왜 내 연기에만 태클을 거는데요!"

"그러려면 처음부터 캐릭터를 그렇게 잡아갔어야지!"

이게 어디서 뜬금없이 화풀이냐는 표정으로 최 감독은 같이 맞받아쳤다.

"지금 네가 하는 게 무슨 짓인지 알아? 캐릭터 붕괴다! 근본도 없는 어디서 갑자기 튀어나온 박지혁을 누가 이해해 줘? 내가 분명히 말했지, 자기가 연기할 캐릭터에 대해 깊이 있게 연구하고 연기하라고. 게다가 오늘 신이야말로 박지혁이란 인물을 가장 잘 표현한 장면인 거 몰라?"

타인에 대한 배려나 이해심 같은 게 없는 박지혁은 무심하고 철없는 행동으로 차현승에게 상처를 주면서도, 그게 타인에게 상처인 줄도 모르는 인물이다. 언제나 밝고 사랑스러운 그는 그래서 잔인하다.

"그러니까요! 이대로 가면 내가 악역이 되겠는데 그럼 가만히 있습니까?"

권성민의 고민은 바로 이것이었다. 주인공인 자신이 어느 순간부터 악역으로 느껴지는 그 괴리감이 견딜 수 없는 거다.

오늘만 해도 원래대로 했다면 차현승은 비 오는 날 기분 나쁘게 나미연의 집 앞으로 서성이다 박지혁과 만난다. 특유의 천진함으로 웃으며 넘어가는 박지혁에게 열등감을 느낀 차현승은 더욱더 어둡게 침잠해지는 모습을 보여야만 했다.

그러나 차현승의 분위기가 바뀜으로써 박지혁은 어린애의 잔인함이 더욱더 부각되고, 차현승은 날로 애틋하고 아련해지고 있었다.

"그거야 네가 연기를 못해서 그렇지."

"뭐라고요?"

최 감독의 퉁한 반응에 권성민은 어이없어 헛웃음을 쳤다. 대단한 명연기까지는 아니래도 어디 가서 연기 못한단 소린 들어보지 못한 그였다.

"네가 이런 반응을 보인 거 어제 모니터로 촬영분을 확인한 후부터잖아. 영상으로 재생해서 보니까 어때? 네가 연기한 박지혁이 얄밉고 철없어서 한 대 쥐어박고 싶었지?"

최 감독의 지적이 사실이라 권성민은 입을 꾹 다물고 눈을 부라렸다. 박지혁이 철없는 인물이기는 해도 얄미운 성정은 아니었다. 그런데 권성민이 연기한 그는 언젠가부터 그런 모습이었다.

"그래서 내가 몇 번을 NG를 주고 지적했는데도 너 그동안 내 말 안 들었잖아. 그래서 네가 연기하는 박지혁이 그런 인물인가 보다 하고 넘어가기로 한 거다. 그런데 이제 와서 네 두 눈으로 확인하니까 아차 싶지? 그런데 어떡하나, 이미 늦었는걸. 지금까지 찍은 거 너 때문에 다 뒤집어? 결론부터 말하면 난 싫다."

최 감독이 지적하지 않은 게 아니었다. NG를 내보고 영상을 보여주면서 얘가 조금 얄밉지 않으냐고 며칠 전에도 분명 말했었다. 하지만 권성민은 그걸 인정하지 않았다. 얄미운 게 아니라 철없는 것뿐이라며 자긴 제대로 연기한 게 옳다고 무시했다.

그러다 어제 차현승과 한 프레임 안에 잡힌 것을 보고야 깨달았다. 순수한 것과 애절함 모두를 차현승에게 빼앗기고 박지혁은 점점 비호감의 철없는 도련님으로 전락하고 있다는 걸 말이다.

"박지혁은 애절함은 없어도 순수하고 저돌적인 인물이야. 그것만 잘 표현해도 악역으로 보일 일은 절대 없어. 어차피 차현승은 짝사랑하는 방관자라 그의 애틋함이 주인공들의 사랑에 아무런 영향을 끼치지 못해. 너흰 주인공 두 사람의 사랑만 그리면 되는 거야, 철없고 아름다운 20대의 순수한 사랑 말이야. 그런데 너는 너희들 사랑에 차현승을 끼워 넣으려고 하고 있어! 아무리 그래도 그건 아니지."

사실대로 말하면 권성민이 연기를 못하는 것도 있지만, 그가 차현승의 감정에 말려들어 가는 경향도 없지 않았다.

박지혁에게 차현승은 안중에도 없는 인물인데, 정작 박지혁을 연기하는 권성민은 계속 차현승을 의식하고 있으니 문제었다.

　차현승은 방관자적 관찰자 시점으로 두 사람을 바라보는 인물로 끝나야 한다. 차현승이 아무리 나미연을 사랑한다고 해서 그의 감정에 주인공들의 감정이 흔들려서는 안 된다는 말이다. 그런데 권성민이 그를 무대의 중앙으로 끌어들이려 하고 있었다.

　"얄밉든 철이 없든, 박지혁은 차현승에게 질투하거나 적대하지 않아. 그럴 필요를 못 느끼니까. 자기 자신과 나미연의 사랑에 확신이 가득해서. 어떤 의미에선 흔들리지 않는 굳건한 인물이야. 그게 이 영화의 핵심이고! 악역이 되기 싫다고? 그러다가 오히려 박지혁은 찌질이가 되는데? 뭐, 이미 한 발 들어선 것 같다만."

　차현승이 찌질이에서 벗어나니 이젠 네가 찌질이가 되고 싶은 거냐고 최 감독이 한숨을 내쉬었다.

　스펙터클한 액션이나 공포 스릴러와 거리가 먼 장르다 보니, 등장인물들이 그리는 감정의 흐름이 이 영화에선 가장 중요했다. 하나만 삐끗해도 개연성은 물론 내용마저 산으로 갈 가능성이 컸다.

　"중심 잘 잡아. 주인공에게서 매력이 안 느껴진다는 건 결국 네가 연기를 못한다는 의미 아니야? 그런데 거기에서 캐릭터 붕괴까지 오면 넌 끝장이야. G&C에서 나온 순정 로맨스 찍고 슬럼프에 시달리는 배우들 보면 연기를 아주 개같이 했더만. 아무리 싫은 배역이고 찍기 싫은 영화라도 일단은 배우가 연기를 잘해야지. 배우가 연기를 잘했는데도 영화가 실패하면 감독하고 작가가 욕을 먹지만, 배우가 연기를 못하면 어떻게 되는 줄 말하지 않아도 알지?"

이제는 꽁초가 되어버린 담배를 비벼 끄며 최 감독은 자리에서 일어섰다.

"머리 좀 식히고 나와."

"아니요. 같이 나가겠습니다."

함께 일어서는 권성민의 눈빛이 많이 차분해진 것을 발견한 최 감독은 더는 뭐라 하지 않고 고개를 끄덕였다.

현장에 도착하고 나서도 최 감독은 바로 촬영에 들어가지 않았다. 일단 권성민의 젖은 머리와 지워진 메이크업을 다시 해야 한다는 핑계로 그에게 조금의 시간을 주었다. 계속 연기 못한다고 핀잔을 주었지만, 권성민은 그 나이 또래의 다른 배우들과 비교하자면 감각이 좋았고 머리도 나쁘지 않았다.

저 나이에 이만큼 성공하기가 어디 쉬운 일인가. 깨달음과 계기만 주어진다면 기대에 어긋나지 않은 연기를 보여줄 배우였다.

카메라 감독과 음향 감독에게 세부 사항을 다시 지시하며 최 감독은 채우진에게 슬쩍 시선을 주었다. 그는 이미 차현승이 되어 있었다. 단정한 자세와 무뚝뚝한 표정으로 반쯤 감은 눈이 무언가를 생각하고 있는 듯 고아해 보인다.

채우진이 만들어내는 차현승은 늘 그렇듯 반듯하고 아름다웠다. 채우진의 외모가 워낙에 독보적인 점도 있지만, 전체적인 아우라 자체가 일반적인 다른 배우들과는 달랐다. 그러기에 채우진이 마음먹고 연기에 돌입하면 원래의 캐릭터보다 더욱 더 매력적이고 아름다운 인물이 되어버린다.

그것이 배우인 채우진에게 좋은 것인지 나쁜 것인지 최 감독은 아직 판단을 내릴 수가 없었다.

실력과 외모를 모두 갖췄으니 기회만 잘 탄다면 미래는 순조로울 것이다. 다만 무명 시절 없이 젊은 나이에 찾아오는 성공을 어떻게 헤쳐 나가느냐가 중요하다. 그에 따라 어떤 배우로 남을지는 오로지 채우진의 몫일 테지만 말이다.

최 감독은 어느새 우진에게 다가가 그를 내려다보고 있었다. 인기척을 느꼈는지 우진이 천천히 고개를 들어 최 감독을 쳐다보았다. 거의 차현승에게 빙의된 우진의 관조를 깨기 싫은 최 감독은 조용히 고갯짓으로 말을 대신했다.

촬영 시작하자.

◆　　◆◆◆　　◆

비 오는 밤거리. 5층짜리 건물의 어딘가를 올려다보는 차현승의 눈빛은 걱정과 그리움으로 절절하다. 며칠 동안 보지 못한 나미연의 얼굴을 그리듯 그녀의 원룸에서 나오는 불빛에 시선을 거두지 못했다.

"차 선배?"

나미연의 원룸에서 나오던 박지혁은 차현승을 발견하고 의아한 듯 고개를 갸웃거리며 그를 불렀다.

"미연이 병문안 왔어요? 병원에 입원한 것도 아니고 꼭 올 필요는 없는데."

아닌 말로 동기나 친구 중에서 병문안이라고 온 사람은 없었다. 감기라는 말에 몸조리 잘하라는 소리만 들었다. 그런데 한밤중에, 한 손에 죽 전문점 로고가 적힌 종이팩을 들고 있는 차현승의 모습은 참으로 낯설다.

"지금 미연이 자고 있어서 가봤자 만나지도 못해요. 그런데 그거 우리 미연이 주려고 사 온 거예요?"

죽이 담긴 쇼핑백을 손가락으로 가리키며 묻자 차현승은 고개를 끄덕였다. 사긴 했지만 정말 줄 수 있을 거라고 산 건 아니었다. 당황스럽고 괜히 혼자서 발이 저려 어두운 밤인데도 얼굴이 붉게 물들고 말았다.

"흐음, 죄송한데 그런 거 우리 미연이한테 줄 수 없어요. 뭐가 들었는지도 모르는 싸구려 죽을 건강한 사람도 아닌 아픈 사람한테 줄 수는 없잖아요."

악의가 전혀 없는, 그저 제 연인을 걱정하는 한 남자로서 말하는 박지혁이라 차현승은 할 말을 잃었다. 언제나 밝고 올곧던 그의 얼굴에 처음으로 수치심이 깃들었다. 그런 차현승을 빤히 바라보던 박지혁이 천진하게 묻는다.

"차 선배 미연이 좋아했어요? 하긴 우리 미연이가 많이 사랑스럽긴 하죠."

질투도 어이없음도 아닌 그저 별 볼 일 없는 사실 하나를 알아낸 사람처럼 무심히 말하는 박지혁이었다. 차현승의 사랑 따윈 자신들의 사랑에 아무런 영향을 줄 수 없다는 당당함이 무심함이 되고 이내 무시로 이어진다.

"미연이 자니까 그만 가세요. 전 이거 하나 피우고 다시 들이가 봐야 하거든요."

품에서 담뱃갑을 꺼내 흔들면서 박지혁은 해맑게 웃었다. 살짝 얄밉기는 해도 곱게 자란 도련님의 천진함이라 우긴다면 그리 보이기도 했다.

건네주지 못한 죽과 함께 차현승은 돌아서야만 했다. 그가 가는데도 박지혁은 시선 하나 주지 않고 우산을 든 채로 담배에 불을 붙이기 바빴다. 차현승의 어깨너머로 반짝 불빛이 빛났고, 이윽고 가느다란 연기가 피어올랐다.

골목의 끝, 꺾어지는 길목에서 한참을 멍하니 서 있던 차현승은 문득 뒤를 돌아봤다. 어느새 담배를 다 피우고 난 박지혁은 원룸으로 올라갔는지 보이지 않았다. 시선을 올려 나미연의 원룸을 찾는 순간 그곳의 불이 꺼졌다.

원룸을 올려다보기 위해 시야를 가린 거추장스러운 우산은 등 뒤로 넘겼다. 우산도 없이 고개를 쳐든 차현승은 내리는 비를 고스란히 다 맞아야만 했다.

머리카락과 이마에 흐르던 빗물이 그의 눈가에 머물다가 볼을 타고 내리는 게 꼭 눈물 같았지만, 눈물은 아니었다.

멍하고 무심한 얼굴에는 아무런 표정이 없었다. 그 순간 눈동자가 크게 흔들리며 단 한 가지 감정을 쏟아내기 시작했다. 지금껏 묵묵히 나미연을 사랑하기만 했던 차현승이 처음으로 보여준 감정, 그것은 절망이었다.

"컷!"

신이 끝났다는 사인에도 불구하고 채우진은 그렇게 멍하니 서 있기만 했다. 살수차에서 내뿜던 물줄기도 멈추고 모두가 바지런히 정리하는데도 정신을 차리지 못하는 우진을 보며, 최 감독은 조심히 다가갔다.

연기가 끝났는데도 미망에서 벗어나지 못하고 감정의 파도에서 허우적거리는 경우였다. 최 감독 역시 이런 모습을 종종 보았기에 그는 다정하게 우진의 어깨를 토닥여 주었다.

그제야 번뜻 정신을 차린 우진이 자신의 어깨를 힐끔 보고 최 감독에게 시선을 옮겼다. 촬영 때만 해도 흘리지 않던 눈물을 글썽이는 우진에게 최 감독은 말하지 않아도 다 안다는 듯 고개를 끄덕였다.

"감독님?"

"그래, 네 마음 다 알아. 지금 심경이 복잡할 거다."

현실이 현실 같지 않고, 자신이 연기한 세계가 진실인지 허상인지 분간이 가지 않는 경계의 선상에서 당황스럽겠지.

"그래도 눈물은 아니다. 차현승은 눈물 따위 흘리지 않아."

다행히 화면에는 이 눈물이 잡히지 않았다고 안심하는 최이건을 우진은 말갛게 바라봤다.

"네?"

"찌질한 차현승이라면 물론 몇 번이나 울었겠지만, 네가 연기하는 차현승은 굳건하고 강한 남자잖아. 이런 일로 울지 않아요."

아이를 어르듯 다정하게 말하는 최 감독의 모습은 굉장히 낯설어서 오히려 괴기스럽기까지 했다. 그래서 우진이 정신을 차리는 데 많은 도움이 되었지만, 그는 최 감독의 말을 이해할 수가 없었다.

"차현승이 왜 울어요?"

"지금 네가 울고 있잖아."

"지금 운 것은 제가 운 거지 차현승이 운 게 아닌데요."

"음? 그럼 왜 운 건데?"

최 감독의 물음에 우진은 순간 머뭇거리며 주위를 두리번거렸다. 모두 두 사람의 대화에 신경을 쓰면서도 제 일들을 열심히 하는 척하였기에 우진은 속아 넘어가고 말았다. 그래서 자신의 속내를 솔직하게 최 감독에게 고백하였다.

"아까 마지막 부분에서 갑자기 예전 애인이 헤어지자고 했을 때가 떠올라서요. 그러면 안 되는데… 연기하면서 딴생각을 하고 말았는데… 그게 너무 슬프고 절망스러워서……."

"아, 그렇구나. 그랬던 거구나……."

최 감독은 또박또박 끊어지는 말투로 로봇처럼 말했다. 그러니까 자신이 역대의 순간이라 느끼며 황홀해했던 '절망 어린 표정'이 차현승이 아닌 채우진의 표정이었단 거다. 오늘의 우라질 촬영 전개에도 불구하고 그 한 장면에 만족하며 흐뭇해했던, 자신이 반한 그 표정이.

최 감독은 마음의 소리가 속에서 우렁차게 퍼졌지만 정작 입 밖으로는 꺼내지 않았다.

오묘 무쌍한 최 감독의 표정을 보며 우진이 잔뜩 기가 죽은 목소리로 물었다.

"아무래도 다시 찍어야겠지요?"

"아니!"

내가 그걸 어떻게 찍었는데 또 찍어, 라는 마음의 소리를 꾹 꾹 눌러 담으며 최 감독은 애써 자애로운 미소를 만들어냈다.

"그게 비록 연기는 아니었지만 나름 나쁘지는 않았으니 그 냥 두자."

사실 이건 최이건 감독의 가치관에 어긋난 결단이긴 했다. 아무리 명장면이라 해도 채우진의 주장에 따르면 그건 연기가 아니었다.

연기가 아닌 걸 자신의 이름을 걸고 내걸 수 없다는 기존의 소신에도 불구하고 그 장면은 도저히 포기할 수가 없었다. 재 촬영을 한다고 해도 그보다 좋은 화면이 나올 거란 보장이 없 고 말이다.

"하지만 제가 너무 찝찝해서요. 오늘 NG가 많긴 했지만 이 왕 하는 거 완벽한 연기를 위해서……."

"충. 분. 히 완벽해! 그러니까 이상한 생각 따윈 하지 마."

감독은 자신이 원하는 장면을 찍기 위해 무슨 짓이라도 하 는 종자들이다. 최이건은 자신 역시 그 굴레에서 벗어나지 못 한다는 걸 깨달았다.

반면 우진은 배우는 연기로만 말해야 하는데 방금 것은 연 기도 뭣도 아닌 감정의 찌꺼기일 뿐이라고 생각했다. 그는 자신 이 배우로서 이런 생각을 하고 있었다는 것이 새삼스러우면서 고집을 꺾고 싶지 않았다.

"이상한 생각이 아니라. 정말 그건 말이 안 되는……."

이미 이상한 생각이라며 손으로 우진의 입을 틀어막은 최 감독은 문득 그가 했던 말이 떠올랐다. 예전 애인의 이별 선언, 그 순간 자신의 팔에 갇힌 우진을 보는 최 감독의 눈빛이 짠해졌다.

마지막 무표정한 얼굴에서 유일하게 감정이 담겼던 눈동자에 비친 그 절망은 진짜였다. 그것이 오로지 우진의 진심이었다는 게 젠장스러우면서 어쩌다 그랬냐는 의문이 들었다. 나이도 어린 게 대체 무슨 사랑을 했었기에 그런 절망을 알아버렸냐고.

"야야, 오늘은 촬영도 잘 끝났으니까 우리 회식이나 하지?"

한국의 회식 문화를 무척이나 싫어하는 최이건 감독의 입에서 회식이란 단어가 튀어나왔다. 그의 머리로선 지금 이 순간을 자연스럽게 넘길 수 있는 지혜가 도무지 떠오르지 않았다. 고작 찾은 거라곤 이 불편한 상황에서 모두의 환호를 받으며 얼버무릴 수 있는 회식이었다.

어색했던 것은 최 감독만이 아니었다. 아닌 척 두 사람의 대화를 엿듣고 있던 사람들도 뭔가 어색하고 짠해지려는 마음을 어떻게 추슬러야 할지 몰라 당황하고 있었다. 다행히 감독의 입에서 나온 회식에 모두들 대동단결하여 한마음으로 기뻐했다.

모두가 환호하는 가운데 우진은 자신만 반대할 수 없어서 결국 고개를 끄덕일 수밖에 없었다. 아무리 찝찝해도, 한번 놓친 장면은 마음에 안 든다고 뒤집을 수 없다는 것만 배웠다.

배우가 되어 하나씩 알아가는 단계에서, 연기 중에 하는 잡생각이 얼마나 위험한지도. 결과물이 아무리 좋아도 그 내막을 아는 자신이 감당해야 할 부끄러움은 오로지 자신의 몫이라는 것도 말이다.

앞으로 아까 찍은 장면을 볼 때마다 우진은 남모르게 혼자서 부끄러워하고 수치스러워할 것이다. 두고두고 남아 있을 영상 매체의 무서움을 우진은 비로소 자각할 수 있었다.

◆　　◆◆◆　　◆

회식을 핑계로 우진의 재촬영 요구를 피할 수 있었던 최이건은 처음엔 흐뭇하게 웃었다. 회식이란 게 꼭 나쁜 것만은 아니라고 생각하며 종종 써먹어야겠다고 다짐했다.

그러나 한국의 회식 문화는 무척이나 피곤하고 우아하지 못하다는 걸, 회식을 시작한 지 4시간 후에 뼈저리게 깨닫고 말았다.

"우리 이제 그냥 숙소로 돌아가지?"

1차는 숯불 갈빗집, 2차는 호프, 그리고 새벽이 되어서 마지막으로 노래방까지 정복했다. 3차까지 남아 있는 멤버들은 모두가 모텔을 숙소로 사용하고 있는 이들이었다.

주인공 두 사람은 호프집을 끝으로 어느 순간 사라져 버렸다. 부러운 녀석들. 최 감독은 무방비해지는 몸을 바로 세우기 위해 노력하면서 이 자리에 없는 이들을 부러워했다.

언제 또 이런 자리가 생기겠냐며 끝장을 보겠다는 동료들 때문에 최이건은 이제 앞으로 회식 같은 건 없다고 마음을 고쳐먹었다. 술에 취해 흐트러지는 꼴사나운 모습 따위 또 보여줄 것 같으냐.

결심하는데 시야에 잡히는 각도는 어째 점점 비스듬히 기울어지고 있었다. 얼굴에 닿는 이 따뜻하고 포근한 천의 느낌은 또 무얼까. 감기려는 눈에 힘을 주며 앞을 노려보는데 채우진이 마이크를 잡는 게 보인다. 전주곡을 들으니 임재범의 '고해'다.

"아아안~ 돼~!"

노래방 금지곡을 감히 부르려 하다니. 게다가 언제인지는 몰라도 하여튼 실연까지 당한 녀석이 왜 하필 저 노래를 부르냔 말이다. 제발 그 노래만은 부르지 말라고 손을 내밀어 막으려 했지만, 몸이 말을 듣지 않는다.

어찌합니까~ 어떻게 할까요.

우진의 노래가 시작되자 최 감독은 널 어찌하면 좋겠냐고 한탄했다. 너 분명 내일 일어나면 하이킥한다. 그런데 노래는 참 잘 부르네.

최이건 감독은 서서히 감기려는 눈동자에 채우진을 담았다. 아직 배우로서 그에 대한 평가는 좋다 나쁘다 내릴 수 없어서 보류 중이었다.

하지만 만약 오늘 찍었던 마지막 장면을 그가 스스로 연기로 담아내서 표현할 수 있게 된다면, 그는 정말 멋진 배우가 될 거라 자신했다.

연기만 잘하면 그 배우는 외모의 미추와 상관없이 아름답다고 생각하는 최이건이었다.

　우진의 말이 사실이라면 오늘은 꼼수를 쓴 거와 같았다. 연기도 아닌 것을 승인할 정도로 명장면이라 개인적으로 안타깝지만 OK할 수밖에 없었다.

　반칙인데, 그럼에도 불구하고 카메라에 담긴 채우진의 모습은 참으로 아름다웠다.

의외의 면이
의외의 결과를 만든다

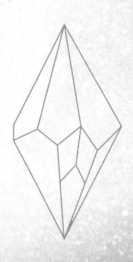

한 번의 회식으로 사람들 사이에 벽이 한 겹 허물어진 것을 보면 참 신기한 일이었다. 그저 함께 밥 먹고, 술 마시고, 노래 부르며 논 것밖에 없는데 인간관계의 첫 번째 선을 통과한 기분이었다.

우진은 한층 친절해진 스태프들을 마주 볼 때마다 어색하게 웃으며 꾸벅 인사를 했다. 어깨를 툭툭 치며 다정하게 말을 걸고 가는 중견 배우에게 깍듯이 인사하자 상대는 손을 휘휘 저었다.

"너무 그렇게 딱딱하게 인사하지 않아도 좋아. 우진이라고 했지? 우리 시간 날 때 한번 꺾자."

연기자 선배는 손으로 술잔을 넘기는 흉내를 내며 웃었다. 오늘만 해도 이렇게 말하는 이들이 한둘이 아니었다.

우진은 자신이 술친구로서 훌륭한 재능을 지니고 있었는지 새삼 의문이 들었다. 원래 술은 별로 좋아하지 않았고 다행히 친구들 역시 성향이 비슷해서 어제처럼 코 삐뚤어지게 마셔본 적이 거의 없었다.

있다 해도 모두가 술이 약해서 나중에 서로 너의 술주정은 이랬고 저랬다고 증언해 줄 처지가 못 되었다. 평소 자신의 술 주정도 모르거니와 어제 일을 돌아봐도 딱히 이상한 주사를 부린 기억은 없었다. 그렇기에 사람들의 반응에 그저 의문이 들 뿐이다.

되레 새벽까지 술을 마시고 노래했음에도 불구하고 아침에 일어나니 몸은 개운했다. 매일같이 하는 심법으로 몸은 날로 가벼워지고 건강해지고 있었다. 그래서 음향 기기들을 옮기는 스태프들에게 다가가 돕기 시작했다.

"거참 괜찮대도, 어제 무리했을 텐데 여기다 힘쓰면 되나."

"아침에 일어나니 이상하게 힘이 펄펄 나네요. 게다가 오늘 제 촬영분이 별로 없어서 할 일이 없어요."

"하긴 어제 새벽까지 그렇게 노래 불렀는데도 피부는 어째 더 곱냐."

한 스태프의 말에 다른 이들도 우진을 돌아봤다. 무리한 일정은 아니지만, 한 달로 잡아놓은 촬영 스케줄 때문에 쉬는 날 없이 연일 촬영하는 날들의 연속이었다.

처음엔 생생한 배우들도 날이 날수록 피부가 푸석푸석해져서 메이크업하기 힘들다는 말이 나오게 마련이었다. 그런데 우진은 이상하게도 매일매일 피부가 생기롭고 맑기만 했다. 우진을 담당하는 메이크업 아티스트가 오히려 화장하지 않는 게 더 좋다는 소릴 할 정도였으니 오죽할까.

"젊은 게 좋아."

"나도 저 나이 땐… 아니었구나."

아무리 생각해도 젊음이 만사형통은 아니었는지 스태프는 멋쩍게 머리를 긁적였다.

"우진 씨 보면 예의도 바르고 착한 게 보여. 그래도 혹시나 묻는데, 학창 시절에 껌은 안 씹었지?"

"네?"

"요즘 한창 뜨던 가수가 고딩 때 친구 왕따시켜서 자살시킨 사건이 화제잖아."

"그런 일이 있었어요?"

촬영이 끝나도 캐릭터 분석에, 다른 사람들 연기를 구경하다 보면 제대로 쉬는 시간이 없었다. 숙소에 돌아가면 기 체조를 하고 바로 곯아떨어지기 바빠 세상사와는 담을 쌓고 있었다. 덕분에 요즘 연예가 화제에도 무지했다.

스태프는 호감을 느낀 우진이 혹시라도 과거의 잘못으로 발목이 잡힐까 걱정하는 모양이었다. 연예인 하겠다는 사람들을 보면 확실히 일반인과는 다른 끼를 가지고 태어난 경우가 많다. 타고났다는 말밖에는 달리 표현할 게 없을 정도로 어릴 때부터 남다르기도 하다. 그래서 개중에는 학창 시절에 넘치는 끼를 나쁜 곳에 쓰는 경우도 종종 있었다.

우진은 왕따를 주도한 일은 없지만, 피해자의 사연이 남 일 같지 않았다. 사람이 어떻게 하면 그런 극단적인 선택을 하게 만들었는지 치를 떨며 자세히 물어보려는 찰나, 폰이 울렸다. 발신자의 이름을 확인한 우진의 얼굴에 절로 화색이 돌았다.

"오우~ 정현민이!"

─너 왜 그러냐? 왜 이렇게 친한 척 굴어.

중학생 때부터 둘도 없는 친구 사이인데도 정현민은 꼭 아닌 척 굴었다. 이런 게 요즘 말로 츤데레라고 말하면 무지 화를 내면서 '나는 너에게 데레데레하지 않아!' 라고 꿋꿋하게 주장하곤 하는데 얼마 가지 못했다.

─뭐야, 너 그곳에서 괴롭힘당해? 막 외롭고 힘들어서 몸부림치다가 내 목소리 듣고 흥분한 거야? 어느 새끼야? 내가 가서 아작을 내줄 테니까.

언제나 그렇듯 츤츤은 오래가지 못했다. 예전에도 그랬었다. 같은 팀원들에게 괴롭힘당한 것을 가족들에게는 말하지 못하다, 꾹꾹 참아오던 걸 현민의 얼굴을 본 순간 와락 무너져서 모두 이야기했던 적이 있었다.

그때 현민은 우진의 진단서를 끊고 숙소에 와서 한바탕 난리를 피웠다. 그 일로 팀의 불화가 소속사에 알려지고 여러 일이 벌어지긴 했지만, 우진으로선 든든했던 게 사실이었다. 무슨 일이 있더라도 내 편을 들어주는 아군의 존재는 등 뒤를 따뜻하게 한다. 무엇보다 결국에는 모든 게 좋은 쪽으로 해결되었으니, 더욱 좋았다.

"그건 아니고. 네 목소리 오랜만에 들으니 무지 좋아서 그런다."

─나 너무 좋아하지 마라. 나는 이미 임자가 있는 몸, 너만

나중에 상처받아.

요즘 연애를 시작한 현민은 콧대를 높이며 비싸게 굴었다.

"그렇게 바쁘신 분이 뭐 하러 전화하셨는데?"

—그야, 우리 엄마가 너 요즘 왜 안 오냐고 하잖아. 네 피아노 연주 듣고 싶다고 날 닦달하신다. 너 조연이라면서 내내 촬영장에서 아주 사는 거야? 거긴 사람을 왜 그렇게 혹사시켜!

피아노가 있는 현민의 집에서 연습했기에 어머님이 우진의 연주를 무척이나 좋아했다. 현민의 누나가 고등학생 때까지 연주하다가 놓아버려서 그 후로 애물단지가 되어버린 피아노에게 다시 봄날이 왔다며 웃으시곤 했다.

"촬영이 없어도 구경하는 거지. 내 입장에선 그것도 공부야."

—그럼 다행이고. 사실은 우리 마마님이 너 계속 피아노 연주할 거면 우리 집 짹짹이 너 주라고 그러신다. 우리 집에서 장식용으로 있는 것보다 누군가 연주해 주는 곳에서 악기로 사는 게 더 좋을 거라고.

피아노 소리는 별로 좋아하지 않는, 정확히는 누나의 연주를 듣기 싫어했던 현민은 자기 집 피아노를 짹짹이라고 불렀다.

"피아노를? 그거 엄청 비싼 거잖아."

어린 딸이 취미로 치는 것이었지만, 부유한 현민의 집에서는 최고급 사양의 피아노로 구매한 것이었다. 비록 몇 년 동안 집안 구석에서 장식용으로 있었다 해도 중고로 내놓으면 여전히 고가인, 유명한 브랜드의 좋은 피아노였다.

—비싸봤자 우리 집에선 애물단지라니까. 엄마가 너 연주하는 거 듣는 건 좋지만 오가면서 연습하는 거 불편해 보인다고 주래.

업라이트라서 공간도 많이 안 잡아먹으니까 네 방에 넣어도 될 거야. 문제는 방음인데, 아파트가 아니라서 괜찮을 것도 같고.

우진의 방을 떠올리고 이미 공간 계산까지 끝낸 현민이 걱정하는 건 다른 게 아닌 방음이었다. 하지만 나름 튼튼하게 잘 만들어진 주택이었기에 방음이 썩 나쁘지는 않았다. 거기까지 기억해 낸 현민은 나름대로 정리를 끝냈다.

다만 우진만 정신을 차리지 못하고 멍한 상태였다. 말은 애물단지라고 하지만 고가의 피아노를 아무렇지도 않게 주기란 쉽지 않은 일이다.

현민의 집이 부유하긴 하지만 그것은 자식들이 원하는 것을 최고급으로 사줄 수 있는 정도의 여유로움이다. 자식 친구에게까지 수백만 원대 피아노를 선뜻 줄 정도는 아니다.

그런데 우진의 피아노 연주를 무척이나 좋아한 현민의 모친이 그를 위해 피아노를 양도할 결심을 한 것이다. 귀가 호강하는 건 좋지만 매번 미안해하면서 피아노 연주를 하는 우진의 모습이 딱하기도 하고, 이왕 하는 거 어쩌다가 와서 연습하는 것보다 집에다 두고 하는 게 더 좋을 거란 생각에서다. 어린 시절부터 봐온 우진이라면 자신의 딸과는 달리 꾸준히 피아노를 연주할 게 확실했기 때문이다.

—우선 그렇게 알고. 나머지는 내가 알아서 할게.

"뭘 알아서 하려고?"

—방음 문제나, 집주인 할머니한테 물어보고 허락받으면 내가 책임지고 우리 집 쩍쩍이 네 방에다가 이사시켜 주마.

"나 촬영 끝나면 그때 같이하자."

─그냥 이야기 나온 김에 빨리 해치우는 게 좋아. 집주인 할머니가 나 예뻐하시니까 내가 가서 애교 좀 부리고. 하, 내가 죄 많은 남자라 모두 나한테 빠져서 탈이야.

기분 좋은 웃음을 터뜨리며 현민은 전화를 끊었다. 아마도 집주인 할머니는 허락해 줄 터였다. 우진과 붙어 다닌 현민을 오랫동안 봐왔고 무척이나 예뻐하기도 하는 데다가 뜻밖에 클래식을 좋아하셨다.

예전부터 사람이 악기 하나는 다룰 줄 알아야 한다고 주장하셨다. 괜찮으니까 피아노든 뭐든 걱정하지 말고 마음대로 연주해도 좋다고 말씀하시기도 했다. 그걸 알기에 현민이 저리 당당하게 일을 추진하는 것이었다.

"친구가 피아노 준대?"

불쑥 옆에서 튀어나와 말을 거는 최 감독 때문에 우진이 흠칫 놀라서 뒤로 물러났다.

"감독님? 그런데 얼굴이 왜 그러세요?"

언제나 정장 차림에 흐트러짐 없는 모습은 같았지만, 눈 밑이 거뭇하고 피부가 유독 까칠한 게 사람 몰골이 말이 아니었다.

"어제 오랜만에 무리해서. 우진 씨는 피부에서 빛이 나네, 젊어서 그런가?"

혼잣말을 중얼거리며 최 감독은 슬며시 손바닥으로 자신의 얼굴을 쓰다듬어 보았다. 제가 만져봐도 꺼칠한 게 마음이 아팠다.

"하여튼 본의 아니게 통화 내용을 들었는데 우진 씨 피아노도 쳐?"

"배우기 시작한 지 얼마 되지 않았는데 친구 어머님이 집에 있는 피아노를 주신다고 하시네요, 고맙게도."

조만간 현민이 어머님께 감사 전화를 해야겠단 생각을 하며 우진이 쑥스럽게 웃었다.

"어제 들으니까 노래 잘 부르던데. 피아노도 치고, 친구 어머님이 피아노도 줄 만큼 예뻐하고, 우진 씨는 사랑받는 존재구나."

최 감독은 '신에게'라는 목적어는 빼고 말했다. 순한 강아지처럼 눈을 깜박이는 우진을 보며 그는 단언하듯 물었다.

"너 집에서 막내지?"

"장남인데요."

"그럴 리가 없어. 넌 막내여야 해!"

"맏이고 제 밑으로 여동생이 하나 있습니다."

"그런 놈이 그래?"

포효하듯 외치는 최 감독의 말이 무슨 뜻인지 몰라 고개를 갸우뚱하는 우진만 빼고, 주변에 있던 모든 사람은 최 감독의 울부짖음을 이해했다.

어제 촬영을 끝내고 1차로 찾아간 숯불 갈빗집에서 최 감독은 당연히 돼지갈비를 시키려고 했다. G&C의 최 대표가 카드를 주었지만, 법인 카드도 아닌 그녀의 개인 카드를 함부로 팍팍 긁을 생각은 없었기 때문이다. 이래 봬도 최이건은 지킬 것은 아는 개념인이었다.

그런데 채우진 때문에 애초의 계획은 무너지고 말았다.

말랑말랑한 얼굴로 숯불 갈빗집을 둘러보던 우진이 한 치의 의심도 없이 밝은 음성으로 '소고기는 정말 오랜만에 먹어봐요' 라고 말한 게 문제였다.

회식 자체가 우진을 위로하는, 혹은 그 어색했던 분위기를 탈출하기 위해서 만들어진 자리였다. 마음속으로 오늘은 '채우진을 위해' 라는 회식 콘셉트를 잡아놓았던 최 감독은 그 말을 듣는 순간 동작 그만을 연출했다.

그저 아무것도 모르겠단 얼굴로 채우진은 잔뜩 기대 어린 표정을 한 채 최 감독을 보면서 눈만 깜박였다. 그 얼굴에 대고 우린 돼지갈비를 먹을 거라고 차마 말하지 못했다.

직접 고기를 구우면서 소고기는 군대 있을 때나 먹어보고 제대 후에는 못 먹었다는 우진의 말에, 슬그머니 그의 앞 접시에 고기들이 쌓이기 시작했다.

2차로 간 호프집에서 우진은 무척 신나 보였다. 자신을 비롯해 친구들이 술을 좋아하지 않아서 카페에서나 만나고 노는 게 대부분이라고 말했다. 대학교 신입생 때는 과외 알바다 뭐다 여러 가지 일 때문에 술자리를 가진 적이 거의 없었다고 말했다.

"대학교 다녀?"
"네, 지금은 군대 때문에 휴학해서 2학기에 복학할 계획이에요."
"어디?"
"한국대요."
"…공부 잘하네."

한국대라면 우리나라 최고 대학교였기에 좌중은 순간 당황했다. 연예인 중에도 아예 없는 게 아니지만, 일단 그 학교 출신이라면 프리미엄이 붙는 게 사실이었다. 의외의 학력에 모두 놀라워하는데 우진만은 침울해했다. 이때쯤이 맥주 몇 모금을 마신 직후였다.

"저는 공부 잘하는 것도 아니에요."

그건 아닌 것 같다고 반박하고 싶었지만, 우진이 하도 우울해해서 모두 꿀 먹은 벙어리가 되어 그의 다음 말을 기다렸다.

"저희 반만 해도 미국 아이비리그에 간 친구가 몇 명 있거든요. 우리 친척 형은 사시 수석합격에 검사 임관 받고, 저랑 동갑인 친척 하나도 사시 합격해서 지금 연수원 다니고 있거든요."

물론 미국 아이비리그에 간 친구들보다 우진의 성적이 더 좋았다는 말은 하지 않았다. 과정이야 어쨌든 결과가 모든 걸 말해주는 게 세상이다.

사촌인 이연이 형과 희연은 그냥 친척으로 얼버무렸다. 술에 취한 와중에도 사촌이라고 하면 너무 자랑하는 것 같아 친척이라고 하면서 조금 거리를 둔 것이다.

"어머니한테 너무 죄송해요……."

맥주 500cc에 우진은 살짝 골로 가버렸다. 그렇게 한국대에 다니는 인재에서, 공부 못해 부모님 속을 썩이는 아들로 전락한 우진을 위로하는 의미로 술잔이 오갔다. 어느 정도 술이 돌고 취기가 놀 때쯤 우진의 분위기는 또다시 바뀌었다.

"우와~! 이게 치맥이구나. 소문대로 정말 맛있네요. 그런데 치맥 많이 먹으면 통풍 걸릴 수 있다던데 걸리면 어쩌죠? 그거 굉장히 아프대요."

치맥의 유혹에 빠져 통풍의 두려움을 극복한 우진은 눈을 반짝이며 술자리 분위기를 주도했다. 연신 싱글벙글 웃으면서 사람들에게 말을 걸고 잔이 빈 것을 보면 쪼르르 다가가서 술을 따르며 '건강 생각해서 조금만 마시세요'라고 말했다. 그러면서도 빈 잔을 발견할 때마다 꼬박꼬박 술을 따라주었다.

남자한테 술을 받고 싶지 않다고 누군가 말하자 우진은 고개를 저었다.

"여자는 술을 따르면 안 된다고 했어요."
"누가 그런 이상한 소릴 해?"
"우리 외할아버지가요. 어릴 때 할아버지가 저보고 하신 말씀이 커서 술을 배울 때 여자한테 술 따르라 시키는 짓은 하지 말라고 하셨어요. 그럼 못 써요!"
"그럼 내가 따라 마시련다."
"자작은 너무 쓸쓸하잖아요."

처량한 강아지처럼 고개만 젓는 우진 때문에 결국 술을 받아 마셔야만 했다. 얘가 예의는 발라도 은근히 도도해 보여서 쉽게 다가가지 못했는데, 술 몇 잔에 애교까지 부리니 정감이 들었다. 이런 술주정은 분위기를 밝게 만들어서 은근슬쩍 사람들이 반겼고 분위기는 점점 좋아졌다.

정점을 찍은 건 3차 노래방에서였다.

우진이 임재범의 고해를 부르려고 하자 최 감독을 비롯한 모두 그를 막으려고 했다. 제발 지금까지 정말 좋았으니 여기서 그러지 말자는 심정이었다. 그들의 경험상 노래방에서 임재범의 노랠 불러서 모양새가 좋게 끝난 전적이 거의 없었기 때문이다.

한데 어라, 노래를 예상 이상으로 잘 부르는 게 아닌가. 임재범 노래는 임재범만 불러야 하는 법을 제정하자는 데 찬성이었던 이까지 입을 헤벌리며 들을 정도였다.

그 후부터 노래방 타임은 채우진의 노래자랑 시간으로 변했다. 희망곡에서부터 누군가가 장난으로 찍은 걸그룹 노래까지 막힘없이 불렀다. 그뿐만 아니라 군대에서 보았던 걸그룹 춤을 무리 없이 따라 하기까지 했다. 도리어 너무 잘 춰서 문제였다.

무슨 군대에서 걸그룹만 쫓아다녔나 싶을 정도로 노래와 율동까지 하나 막힘이 없었다. 다만 제대 후에 데뷔한 걸그룹이나 노래에 대해서는 전혀 아는 바가 없어서 슬며시 옆 사람에게 마이크를 건네주었다. 이를 누군가가 지적하자 우진은 해맑게 웃으면서 대답했다.

"걸그룹은 군인들의 꿈이자 희망이죠."

"그럼 지금은 안 좋아해?"

"이젠 군인이 아닌걸요. 제 꿈과 희망은 다른 걸 찾았습니다."

기간 한정 애정을 고백하는 품새가 자못 당당했다. 이건 흡사 우리의 비즈니스 관계가 끝났으니 이만 헤어지자, 다만 옛정이 있으니 널 잊지는 않겠다는 말과 크게 달라 보이지 않았다.

그걸 증명이라도 하듯 익숙한 멜로디가 흘러나오자 우진은 망설임 없이 다시 무대로 나아갔다. 부끄러움이란 걸 모르는 것처럼 한때 유행했던, 두 주먹을 양 볼에 갖다 대고 뿌잉뿌잉 하는 춤도 거리낌 없이 추기도 했다.

아이돌 준비는 아무나 하는 게 아니라는 걸 보여주듯 우진은 노래와 율동 어느 것도 빼지 않고 즐겁게 받아들였다. 그도 그럴 게, 그로선 정말 오랜만에 마음껏 노래를 부를 수 있는 자리가 생겼는데 체면을 차릴 이유가 없었다.

중저음에서부터 고음까지. 맑은 음성이 음역을 마음껏 오가며 완벽하게 부르는 솜씨가 사람의 마음을 흔들어놓았다. 계속 우진의 노래를 듣고 싶다는 욕심에 연신 다른 노래를 청했음에도 벙긋벙긋 웃으며 좋다고 수락하는 모습이 사람들의 경계를 누그러뜨리고, 호감을 사기에 충분했다.

누군가 카메라를 들이밀고 찍어도 마다치 않고 아이 콘택트까지 해주었다.

이런 녀석이었기에 말하지 않아도 모두 우진이 집에서 막내인 줄 알았다. 집에서 사랑 가득 받고 자란 분위기 메이커, 그들이 생각하는 채우진이었다.

"막내 같은 장남인가."

결국, 혼자서 타협점을 찾은 최 감독은 슬쩍 우진을 노려보며 말했다.

"너 어제 일 기억 안 나지?"

"술은 많이 마셨어도 다행히 기억은 납니다. 어제 노래방에서 부른 노래들 제목까지 모두 기억나는걸요."

우진은 술 때문에 필름이 끊기는 일은 없었다며 은근히 자랑했다.

"그럼 아침에 일어나서 하이킥했겠네."

그 기억을 모두 가지고 하이킥을 하지 않았다면 채우진 너는 용자라고 최 감독은 자신했다.

"하이킥은 안 하고 스트레칭은 했는데요."

마침내 채우진은 뻔뻔한 용자라는 걸 새삼스레 깨달은 최 감독은 괜히 툴툴거리며 감독석으로 가버렸다. 얼굴은 윤기 하나 없이 까칠하지만, 반듯한 슈트에 반짝반짝 윤이 나는 구두를 신은 그의 패션은 오늘도 모델처럼 완벽했다.

◆　　◆◆◆　　◆

촬영이 없어도 우진은 빠짐없이 현장을 지켰다.

대본만으로는 극의 흐름과 인물들 간의 변화된 감정들을 잡아내기 힘들기 때문이다. 우진만 해도 대본과는 전혀 다른 분위기로 연기하기에 다른 연기자가 어떻게 배역을 잡아가는지 관심을 두고 살폈다. 그래야 자기 부분에서 인물들 간의 감정을 잘 이해하고 그에 맞춰 연기할 수 있었다.

"우진 씨는 스물셋이라고 했었죠?"

잠시 쉬는 시간에 여주인공인 송재희가 우진에게 다가와 먼저 말을 걸었다.

권성민과 내외하느라 덩달아 다른 배우들이나 제작진들과도 거리를 두던 것도 하루 이틀이지, 무료함에 손을 든 송재희가 먼저 우진에게 다가와 말을 걸었다. 일단은 스물여섯인 그녀로선 연하인 우진이 상대하기 편했던 것도 한몫했다.

"편하게 말 놓으세요. 제가 나이도 어리고 한참 후배인걸요."

"그래도 될까?"

스물여섯이래도 아역 시절까지 합치면 경력만 15년인 송재희는 반색하며 바로 말을 놓았다.

"지금 와서 하는 말이지만, 내가 너 처음 봤을 때 얼마나 좌절했는지 알아?"

"왜요?"

"분명 선배 역할인데 나이도 얼굴도 훨씬 어린애잖아. 나이 많은 우리가 어린애 보고 선배, 선배 하는 게 관객들은 얼마나 우습겠어. 내가 이 영화 찍으면서 어느 때보다 피부 관리에 신경 쓰고, 반사판에 집착하고 있다는 건 모르지?"

그제야 우진은 이번 영화에 반사판이 유독 많았다는 걸 깨달았다. 그래 봤자 비교할 예가 전편인 'Death hill' 밖에 없어서 어느 게 '보통'인지 우진은 몰랐다. 특히나 전작은 분위기가 어두워서 반사판은 주로 여주인공을 위한 장치였다.

그 때문에 이상하게 많은 반사판을 보고도 그러려니 했었

다. 아니면 영상미를 추구하는 최 감독의 취향이려니 추측하기
도 했다.

"내가 감독님께 특별히 부탁했어. 어쩌면 나 이번 영화에서
미모 리즈 찍을지도 몰라. 그런데 알고 보니까 권 배우도 반사
판 청탁을 넣었다고 하더라."

나이는 자신보다 많지만, 경력을 따지면 한참 아래인 권성민
에 대한 호칭이 모호해서 송재희는 그를 권 배우라 불렀다.

"저 나이 들어 보이지 않나요? 제대하고 완전 아저씨 다 됐
다고 맨날 동생이 놀리는걸요."

"어린애들 눈에야 그렇게 보이지. 군대 다녀오면 마냥 어린
애 같았던 남자들도 갑자기 어른 같은 분위기를 내면서 성숙한
느낌이 물씬 풍기잖아. 어린 친구들은 그걸 노티라고 부르지
만, 우리 정도 나이가 들면 나이 어린 사람은 모두 보송보송한
젊은 애들이야. 뭐, 물론 우진이 너는 나이에 비해 분위기가 노
숙해 보이지만. 얼굴 자체는 젊음 그 자체잖아."

이래도 저래도 나이에는 못 이긴다고 이십 대의 여배우는 장
난스럽게 우울한 척했다. 하지만 우울한 쪽은 정작 우진이었다.

"그래도 결국 전 두꺼비상인걸요."

나이가 경쟁력인 건 맞지만, 일단 연예계에서 살아남는 자의
우선 조건은 뛰어난 외모와 실력이다. 다른 건 몰라도 우진은
자신의 외모에 대해서는 굉장히 회의적이었다.

"두꺼비상? 네가?"

"네. 누가 그러더라고요. 저보고 두꺼비 닮았다고."

캐스팅 디렉터 김상진을 만나고 나서 우진은 인터넷에서

G&C의 총괄 회장을 찾아보았다. 그리고 김상진 말대로 두꺼비를 닮은 그를 보고는 좌절하고 밀었다. 이미지뿐만 아니라 얼굴 생김 자체가 정말 두꺼비상이었던 거다.

덕분에 예전 그의 모친이 연예인은 잘생겨야 한다는데 네 얼굴로 되겠냐고 걱정했던 일이 떠올랐다. 그 말이 괜히 나온 게 아니었다는 걸 깨달으며 현재 그는 깊은 오해의 늪에 빠진 상태였다. 더욱이 전생을 기억함으로써 우진의 자신감은 수직으로 하락했다.

그가 기억하는 전생에는 인간이고 이종족이고 정말 아름다운 존재들이 많았다. 그리고 우진 역시 그에 못지않은 외모를 가진 전생이 있었고 말이다. 그래서인지 지금의 얼굴에 영 자신이 생기지 않았다.

그로 인해 이런 얼굴로 과연 배우로 성공할 수 있는지에 대한 심도 있는 고민을 해야만 했다. 끝내 외모는 포기하고 실력으로 최선을 다해 꿈을 이뤄 나가자, 그러면 언젠가는 실력파 배우로 인정받는 날이 올 거라며 각오를 불태웠다.

눈에 콩깍지 박힌 분의 극히 개인적인 '내 아들을 닮았다'라는 소감은 이렇게 한 명의 꿈나무에게 거름을 주었다.

"말도 안 돼! 대체 누가 그런 말을 했대. 혹시 질투해서 그런 거 아니야?"

"중년의 여자분이라 질투는 절대 아니고요. 눈 높은 분이 했던 말이라 사실일 거예요. 그래서 저 더욱 열심히 하려고요."

우진은 두 주먹을 꼭 쥐며 나는 이런 좌절에도 무너지지 않는다고 전투 자세를 취했다. 그 모습에 송재희는 나오려는 웃음을 애써 꾹 참았다. 회식 때 어느 정도 짐작하긴 했지만, 얘가 멍청하진 않은데 자기 일에 관해서는 은근히 눈치도 없고 둔하면서 순진했다. 그래서 조금 걱정이 되었다.

"우진이 너 소속사가 어디야?"

"소속사 없는데요, 지금은요."

"그럼 계약할 곳은 정했어?"

"아니요. 일단은 그냥 혼자서 해보려고요."

우진의 대답에 송재희는 고개를 저었다. 톱급 스타라 해도 소속사 없이 활동하기란 쉽지 않았다. 옛날에는 괜찮았을지 몰라도 요즘은 연예계 시스템이 기획사와 손을 잡고 움직이고 있었다. 마케팅과 매니지먼트의 유무가 스타를 만드는 척도가 된 지 오래였다.

"지금처럼 계속 조연이나 단역에 만족하려면 그것도 나쁘지는 않지만, 성공하려면, 아니, 성공하지 않더라도 네가 앞으로도 계속 다양한 배역을 맡고 싶다면 소속사는 꼭 필요해. 오디션 정보와 드라마나 영화에 관련된 배역들은 우선 기획사들을 통해 먼저 전달되거든. 그곳 중에서 충당하지 못할 때나 너처럼 소속 없는 배우들에게 역할이 떨어지는 거야. 자연히 네가 앞으로 할 수 있는 배역은 한계가 있을 수밖에 없어."

물론 운 좋게 영화 하나로 떠서 이름이 알려진다면 성공 가능성은 커진다. 하지만 행운으로 찾아온 유명세가 얼마나 갈까. 대중은 쉽게 변하고 쉽게 잊는다. 그리고 거대 기획사들은 자신의 소속이 아닌 새싹은 아무런 죄책감 없이 짓밟아 버린다.

떠오르려던 수많은 별이 그렇게 연예계에서 사라져 갔다.

"기사 한 줄에도 매장당할 수 있는 게 이쪽 세계야. 어쨌든 소속사는 그런 외부의 위협에서 최대한 널 지켜줄 거야. 배우는 연기만 잘하면 끝이 아니야. 얼마나 신경 쓸 게 많은데 너 혼자서 그걸 다 챙길 수 있을 것 같아?"

송재희의 소속사 찬양은 계속 이어졌다. 무엇보다 협찬과 스타일링 관리에 대해서는 힘주어 강조했다.

가령 드라마나 영화에서 상류층 역을 맡았는데 입고 다니는 게 배역에 따라주지 못하면 비난은 오로지 배우의 몫이 된다. 제작진이 준비해 주는 것은 어디까지나 한계가 있다.

"이번 영화야 최 대표님이 처음부터 끝까지 오로지 당신 취향에 따라 신마다 스타일링과 옷까지 이미 마련해 놔서 다행이지. 안 그랬다면 권 배우 같은 경우엔 재벌가 배역 때문에 협찬에 꽤 신경을 썼을 거야. 그 귀찮고 어려운 일을 해주는 게 바로 소속사인 거지."

말간 눈동자로 자신을 보는 우진을 보자니 반쯤 넘어왔다는 걸 송재희는 느낄 수 있었다. 이래서 애를 그냥 내버려 두기가 위험하다는 거다. 은근히 잘 넘어오는 유형이었다.

"하지만 소속사라고 해서 다 좋은 게 아니잖아요."

자신의 경험이 있었기에 마지막 머뭇거림이 그를 잡았다.

"당연하지! 아무 데나 들어가려면 힘들더라도 그냥 혼자가 좋아."

"그럼 어디가 좋은데요? 유명하다고 해서 꼭 좋은 곳이란 법도 없고. 무엇보다 믿을 수 없다면 아무 소용없잖아요."

우진의 처음 소속사도 국내에서 알아주는 기획사였다. 하지만 추악한 연예계의 뒷면과 쓰라린 배신감만 얻고 말았다.

"맞아, 그래서 내가 추천하는 곳은 DS."

"DS라면?"

"응, 우리 소속사! 신의 그림자인 'Divine Shadow'의 약자를 써서 DS라 불리는 곳. 배우와 가수 등의 아티스트들이 다양하게 포진되었고, 무엇보다 대표가 재벌가 자식이라 돈이 많아서 소속 연예인에게 이상한 짓은 시키지 않아."

송재희가 자신 있게 추천하는 곳을 듣자마자 성격 좋은 우진의 얼굴이 와락 구겨지고 말았다.

사회에선 고시 중에 사법시험을 최고로 치고, 방송계에선 언론고시를 알아준다면 연예인들 사이에는 DS 고시가 있었다. 그만큼 DS 엔터테인먼트에 들어가기가 웬만한 오디션에 통과하거나, 한류 스타가 되기보다 더 어렵다는 뜻이었다.

일단 DS 엔터의 대표는 재벌가 2세로 그룹 경영권 싸움에는 거리가 있는 인물이었다. 하지만 지금까지 받은 상속과 증여, 그리고 스스로 일군 사업으로 이미 수조 원대의 재산가였다. 그래서인지 직원이나 소속 아티스트들에 관한 복지와 관리가 좋았다.

언론 마케팅에 능하고, 소속 아티스트들을 무리해서 꼭 스타로 만들려고 하지도 않았다.

연예인이라고 모두가 스타가 되고 싶어 하는 건 아니다. DS의 대표는 스타가 아니더라도 아티스트가 좋아하는 연기와 음악을 할 수 있는 모든 환경을 제공해 주었다.

이는 G&C 엔터의 최 대표와 비슷한 의미에서 성향이 같았다. 자기가 좋아하는 배우와 음악가의 작품 활동을, 그들이 경제적 어려움과 환경에 불복하지 않고 계속 이어나가도록 도와주는 게 DS 대표의 굳건한 의지였던 거다.

그런 의미에서 DS 고시의 최대 난관이자 고비이며 가장 어려운 시험이 바로, 그곳 대표의 취향에 맞는지 아닌지가 문제였다. 아무리 뛰어난 재능을 가진 아티스트라 해도 대표의 취향이 아니면 고배를 마시는 곳이 DS였다.

"얘는 왜 그런 표정이야. 꼭 '나는 어차피 안 될 거예요' 라고 말하는 것 같잖아."

"맞아요. 전 안 될 거예요."

"음… 100% 자신할 수는 없지만 너 정도면 우리 대표님 취향에 맞을 가능성이 커."

"대표님이 두꺼비 좋아하세요?"

"아마도… 황금 두꺼비는 좋아하시겠지?"

그거 싫어하는 사람은 없을 테니까. 송재희는 울상인 우진을 피해 눈동자를 굴렸다. 너무도 진지한 우진과 눈을 마주치면 웃음을 참을 수 없을 것 같아서였다. 이런 게 착각계인가, 은근히 놀리는 맛이 있어서 그만둘 수가 없었다.

"나미연, 신 72번 들어갑니다!"

송재희는 자신을 부르는 스태프의 외침이 구원 같았다. 서둘러 자리에서 일어나며 축 처진 우진의 어깨를 토닥여 주었다.

"아직 결과는 모르는 거잖아. 미리부터 실망하지 말고! 내가 우리 대표님께 널 추천해 볼게. 추천한다고 다 되는 건 아니지만 그래도 회사에서 보는 일반 오디션보다는 더 나을 거야."

10년이 넘은 세월 DS 소속으로 있었기에 송재희는 어느 정도 대표님의 취향에 관해 안다고 자신할 수 있었다. 사실 보는 눈이 있다면 채우진 정도의 인물을 마다할 소속사는 없을 것이다.

인물도 빼어나지만 일단 매력이 있었다. 한번 인식하게 되면 쉽게 잊히지 않는 외양에다가 연기까지 잘한다. 저 나이에, 저 외모에, 연기 잘하고, 명문대 출신에, 무엇보다 군필이었다.

◆　◆◆◆　◆

촬영을 끝내고 집이 아닌 DS 본사로 바로 직행한 송재희는 장수환 대표부터 찾았다.

"오우~ 우리 송 배우, 얼마간은 내 얼굴도 보기 싫다더니 웬일이야?"

장수환 대표는 G&C 엔터의 최 대표와 개인적으로 친분이 있었다. 친분보다는 서로가 상대를 악우라 부를 정도로 막역한 우정이었다. 그래서 최 대표가 'Glooming day'의 여주인공으로 송재희를 낙점했을 때 장수환은 투덜거릴지언정 반대하지 않았다.

장 대표가 방패막이 되어주었다면 최고 마녀의 선택을 충분히 거부할 수 있었기에 송재희는 분노를 참지 못했다. 장 대표의 면전에다 욕을 퍼붓고 화를 내며 당분간 얼굴도 보지 않겠다고 선언했었다. 그러던 송재희가 스스로 장수환 대표를 찾아온 것이다.

인생사가 참 모를 일이라는 게, 지금 같은 경우를 두고 하는 말일 거다.

"대표님 얼굴 보려고 온 게 아니에요."

자신이 했던 말을 지키기 위해서 송재희는 자리에 앉아서도 장수환 쪽으로는 얼굴도 돌리지 않았다.

"그럼 어떻게 하냐. 내가 최고 마녀랑 어릴 때부터 친구였어. 친구가 부탁하는데 어떻게 칼같이 끊어내. 그래도 김 매니저 이야기 들어보면 영상 자체는 잘 뽑았다며. 기존 영화와 비교하면 나름 선전할 것 같다고 하던데, 아니야?"

"그야 모르죠. 예상대로만 된다면 망하지 않을 영화가 어디 있나요."

말은 이렇지만, 송재희의 목소리엔 은근한 자신감이 깃들어 있었다. 흥행이야 자신할 수 없어도 영화 자체로 평가하자면 혹평받을 일은 없을 것 같았다. 물론 편집이 관건이지만, 감독이 최이건이니 그건 걱정하지 않아도 될 일이었다.

조금은 누그러진 반응에 장수환은 피식 웃었다. 그도 그렇게 들리는 정보에 의하면, 영화의 성공 여부를 떠나 요즘 송재희의 여성미가 퍼텐셜이 터졌다는 게 중요했다.

아역 출신이다 보니 20대 중반이 지난 지금까지도 소녀적 이미지에서 벗어나지 못한 송재희였다. 지금껏 어른이 된 그녀의 외모를 분위기가 따라주지 않아 이상한 괴리감을 안겨주곤 했었다. 아무리 성인 역을 맡아도 상대 배우와 케미가 터지지 않았다. 마치 어린 소녀가 어른 흉내를 내는 것 같아서 거부감이 든다는 게 주 원인이었다.

이 시기를 이겨내지 못하고 주저앉은 아역 출신들이 하도 많아서 걱정했는데, 이번 영화로 배우로서 송재희에게 전환점이 찾아온 것 같다는 예감이 들었다.

　"서로 바쁜 사람들이니 돌려 말하는 것도 입 아프고. 그래 우리 송 배우의 목적이 무엇인지 먼저 말씀하시죠."

　"신입 뽑는 오디션 언제 봐요? 전반기 오디션이 이쯤이었던 것 같은데."

　"올해는 안 하기로 했는데 못 들었어?"

　"아니, 왜요!"

　내내 시선을 피해 얼굴을 돌리고 있던 송재희가 장수환을 돌아보며 버럭 소리를 질렀다.

　"오디션으로 몇천 명을 봐봤자 결국 뽑히는 것은 한두 명이 고작이잖아. 이건 뭐 진흙 밭에서 진주 찾기도 아니고. 그런데 그 뽑히는 애들마저 해가 갈수록 질이 떨어져서 오디션의 의미가 점점 사라지고 있거든. 그렇다고 공식적으로 보는 오디션에서 한 명도 안 뽑으면 들리는 뒷소리가 장난이 아닐 테니. 차라리 올해는 쉬고 내년부턴 1년에 한 번만 보기로 했다."

　그렇지 않아도 들어오기 힘든 DS인데 이제는 더욱더 들어오기 힘든 곳이 되어버렸다. 하지만 장수환 대표로선 소속 연예인이 적은 것도 아니고, 데뷔 준비 중인 애들도 제법 있었기에 오디션이 당장 급한 게 아니었다.

　공식적인 오디션보다는 차라리 개인적으로 찾아내서 발굴한 아이들이 더 괜찮은 경우가 많았다.

　"그럼……."

"그럼?"

"추천노 없나요? 가끔 개인적으로 추천받은 친구들이 오디션 보고 계약할 때도 있었잖아요."

"누가, 누굴 추천하느냐가 문제겠지. 아닌 말로 올해 데뷔한 아이돌 그룹 멤버가 자기 동생을 추천한다고 먹히지는 않잖아. 우리 회사를 무슨 도떼기시장으로 아나."

정말로 그런 사례가 있었는지 말하는 장수환의 표정이 가히 좋지가 않았다.

엄해진 분위기에 송재희는 잠시 자신은 추천인으로 괜찮은 건가 하고 망설였다. 그러다 채우진의 얼굴을 떠올리고 작게 고개를 흔들었다. 그 아이는 그대로 두면 엄한 소속사에 잘못 꽂혀 노예 계약이나 안 하면 다행인 성격이었다. 그러기 전에 어떻게든 보호망 속에 집어넣어야만 했다.

"사실 제가 추천하고 싶은 친구가 있는데요."

"혹시 그 친구가 채우진이냐."

"허억, 헐!"

여배우의 자존심도 잊고 송재희는 괴상한 소리를 지르며 자리에서 벌떡 일어났다. 저 인간이 이젠 작두도 타는 거냐며 의심의 눈초리로 장수환을 노려보았다.

"채우진은 먼저 추천한 사람이 있어."

"김 매니저요?"

"김 매니저는 두 번째고. 송 배우는 세 번째지."

"제가 세 번째라고요? 두 번째도 아니고 세 번째? 대체 누군데요. 누군데 감히 우리 우진이를 저보다 먼저 추천했대요?"

김 매니저라면 인정한다. 현장에서 촬영 내내 우진을 보았으니 눈에 들어왔을 게 분명하다. 그런데 저 말고 다른 누가 먼저 채우진을 추천했다는 말에 괜히 흥분해서 하지 않아도 되는 경쟁심을 품었다.

"G&C 엔터의 최고 마녀."

장수환의 대답에 송재희는 잠시 입을 삐금거리다가 이내 인정하고 말았다. 이번 영화에서 주인공과 주요 조연급을 직접 고른 이가 최 대표라고 들었다. 그렇다면 우진의 가치를 먼저 알아본 것도 분명 그녀가 먼저였을 거다.

하지만 그건 잘못된 추측이었다.

"제대로 된 연기도 본 적 없으면서 추천 이유가 뭐냐고 물었더니."

"……"

"자기 아들을 빼닮았단다."

"아, 그 두꺼비……?"

송재희는 이제야 우진이 낮에 했던 말의 경위를 이해했다. 그만큼 G&C 그룹의 총괄 회장은 두꺼비상으로 유명했다. 그래서 그 어린 꿈나무가 좌절했던 거구나.

"최고 마녀가 진심으로 자기 남편이 미남인 줄 아는 개 같은 취향을 가진 것은 맞아. 그런데 개가 또 아들 닮았다고 한 놈 치고 안 뜬 친구가 없어."

대체 기준이 뭔지 모르겠다고 투덜거리며 장수환은 말을 이었다.

"아무리 최고 마녀가 추천했어도 일단은 두고 보자 했거든.

그런데 김 매니저에 이어 송 배우까지 추천한 거 보면 그 친구에게 뭔가 있긴 있나 봐?"

"일단 외모와 연기력은 갖췄고 특유의 분위기도 좋아요. 소위 말하는 배우상에다 아우라까지 갖췄으니까요."

"얼마나 봤다고 꽤 적극적이군."

송재희가 원래 이렇게 다른 사람을 추천하고 적극 지지하는 성격이 아니었기에 장수환은 의심의 시선을 보냈다. 연하래도 상대가 남자인 이상 스캔들은 미리부터 단단히 관리해야만 했다.

"저랑 경쟁할 여배우도 아닌데 제가 뭐하러 경계하겠어요. 뭣보다도 걔는 꼭 물가에 내놓은 아이 같아서 걱정된단 말이에요."

집에서 맏이인 송재희는 겨우 3살 연하인데도 우진이 늦둥이 동생 같은 느낌이 들었다. 반짝반짝 빛나는 눈으로 '누나'라고 부르면 참 귀여울 것 같았다. 같은 소속사가 되면 그렇게 부르기가 무척 쉬울 거다. 갑자기 떠오른 생각에 채우진을 DS에 들이는 데 하나의 목적이 더 생기고 말았다.

"채우진을 추천한 세 사람 모두 안목 좋은 거로는 믿을 만하니 진지하게 고민해 볼 생각이야. 물론 최종 결정이야 나와 채우진 본인에게 달린 문제니, 송 배우는 이 일엔 그만 신경 끄고 연기에나 전념하시죠. 영화는 성공하지 못하더라도 이 기회에 아역 이미지에서 완벽히 탈출해야지 않겠어?"

아이러니하게도 이번 영화에 송재희가 캐스팅된 가장 큰 이유가 성숙한 여인보다는 아직도 남아 있는 소녀 같은 이미지 때문이었다. 그런데 뜻밖에도 두 남자에게 사랑받으며 '나미연'이란 캐릭터는 점점 성숙한 여인으로 아름답게 개화하고 있었다.

이래서 연기가 재미있었다. 대본이 유도한 분위기가 있지만, 그것을 연기하는 배우가 어떻게 하느냐에 따라 전체적인 틀이 미묘하게 달라진다. 15년 경력의 송재희는 요즘 연기하는 맛을 새삼스레 다시 느끼고 있었다.

송재희가 사무실을 나가자 장수환은 그녀가 들어오기 전까지 읽고 있었던 서류철을 다시 잡았다.

〈채우진〉

서류철의 첫 페이지 가장 위쪽에 쓰인 제목 밑으로 그에 관해 알아낼 수 있는 모든 정보가 있었다. 아마도 채우진이 알지 못하고 있던 자신에 관한 정보까지도 모두 그 안에 있을 것이라 자신한다.

"TM의 연습생만 아니었어도……."

서류를 읽는 장수환의 입에서 절로 한숨이 흘러나왔다.

◆　◆◆◆　◆

한 달의 시간이 쏜살같이 흘렀다. 드디어 마지막 시퀀스만 남은 상태에서 우진은 최 감독의 부름과 동시에 면담을 하게 되었다.

"여기에서 차현승의 눈물이 과연 그에게 어울리는 것일까?"

따지는 게 아닌 진심으로 묻는 최 감독의 물음은 그조차도 결론을 내리지 못했기에 내린 순수한 질문이었다.

"눈물을 흘리나 안 흘리나 저는 둘 다 괜찮을 것 같은데요. 결론이 나지 않으면 작가님 의도에 따라 연기하는 게 좋지 않을까요?"

작가의 의도는 차현승의 눈물로 20대의 열기와도 같았던 사랑의 종말을 알리고 싶었는지도 모르겠다.

아무것도 할 수 없었던 사랑은 아무것도 남기지 못한 채로 잊혔다. 그것이 서러웠을 수도 있고 억울할 수도 있는 복합적인 심정으로 흘린 눈물에는 많은 의미를 담을 수 있을 거다.

"우는 건 너무 쉽지 않아?"

"확실히 쉽긴 하겠죠."

감정을 풀어내고 표현하는 데 눈물만큼 쉬운 게 없다. 자연스럽게 우는 게 힘들어서 그렇지 눈물만 흘릴 수 있다면 '나 이렇게 슬퍼요'라고 관객을 설득시키고 이해시키는 데 그만한 효과가 또 없다.

"차현승의 복잡한 심정을 그저 눈물 하나로 다 풀어내자니 지금까지의 노고가 너무 허무해서 말이지. 그리고 계속 생각해 봤거든. 10년 후에 나미연을 우연히 만나게 된 차현승은 이미 결혼을 했어. 나는 말이지, 차현승이 현실에 수긍해서 그저 아무나하고 결혼했을 것 같지가 않아."

최 감독의 말에 우진도 공감을 하며 고개를 끄덕였다.

"저도 그건 같은 생각입니다. 제가 연기한 차현승이란 인물은 사랑을 아는 인물이니까요. 그런 사람이 사랑하지도 않은 여자와 결혼하느니 그냥 혼자 살았을 것 같거든요."

우진이 차현승을 연기하면서 선택한 감정은 열등감 대신 인내였다. 사랑하는 사람의 사랑을 지켜주기 위해, 상처받지 않길 바라는 마음으로, 누구보다 찬란히 빛나길 바라는 소원을 품고 인내했던 감정과 사랑을 아는 남자를 연기했다.

"그래, 그런 남자가! 이미 사랑해서 결혼한 부인이 있는 남자가 옛사랑의 여자를 보았다고 울었다고?"

"남자는 첫사랑을 못 잊는다는 말이 있잖습니까. 이 경우에는 첫 짝사랑 상대겠지만."

"그럼 채우진 씨는 어쩔 것 같아. 첫사랑을 우연히 10년 만에 만났다고 울 거야?"

자세한 이야기는 모르지만, 우진으로 하여금 절망 어린 감정을 끌어냈던 아픈 사랑이 있었음을 아는 최 감독은 조심스럽게 그에게 물었다. 갑작스러운 질문은 평소 생각지도 못한 주제라 잠시 당황스러웠다. 그러나 최 감독의 의중을 알기에 우진은 진지하게 생각해 보았다.

곧 있으면 그녀를 보지 않은 지 거의 2년이 되어간다. 10년이란 세월이 다르고 차현승과는 전혀 다른 입장이기에 비교한다는 자체가 맞지 않지만, 사랑을 잃은 남자라는 건 같았다.

지금 우진에게 사랑하는 사람은 따로 없지만 상상은 가능했다. 어느 날 상상도 못 한 곳에서 그녀를 보게 된다면, 그녀의 생활 속에서 자신은 전혀 없고 아예 잊힌 존재라는 걸 알게 된다면 어찌할까. 그리고 자신에게는 사랑하는 이가 옆에 있다면.

울 것 같지만 울지는 않을 것 같았다. 먼저는 자존심 때문이고, 두 번째는 그녀를 곤란하게 만들고 싶지 않아서다.

"아······."

분명 자현승은 채우진과는 다른 성격의 사람이지만, 상대를 생각하는 마음은 비슷할 것 같았다. 다르다면 차현승은 자존심보다는 그녀를 먼저 걱정하고 배려할 것이다. 이는 사랑하는 부인이 있다고 해서 다르지 않았다.

끝나 버린 사랑이라고 해서 사랑이 아니었던 건 아닐 테니까.

그건 미련이 있고 잊지 못해 배려하는 게 아니라, 지나가 버린 인연에 대한 최소한의 예의이며 자존감이다. 울고 싶지만 울지 않을 터였다. 그리고 그것이 지금 사랑하고 있는 사람에 대한 예의이며 존중일 테니 말이다.

"저라면 울지 않을 겁니다. 그리고 차현승 역시 울지 않겠죠. 그는 누구보다도 감성적이지만 행동만은 이성적인 사람이니까요."

"바로 그거야! 첫사랑을 못 잊어서 질질 짜는 건 너무 흔한 클리셰잖아."

너무도 흔한 내용의 대본을 가지고 오늘까지 흔하지 않은 감성을 표현하기 위해 노력하며 영화를 찍었다.

'Glooming day'의 작가는 이번 작품이 처음으로 쓴 영화 각본이었다. 신인이라 무시하는 게 아니라, 진심으로 수준 이하의 대사 처리와 진부한 내용 전개는 연출하는 내내 짜증과 혈압을 상승케 했다.

그리고 첫사랑에 대한 무슨 환상이라도 있는지 세상이 알고 있는 첫사랑에 대한 이미지는 모두 끌어다 모았다. 그나마 유일하게 마음에 드는 게 결말이었다. 하지만 정말로 결말 자체

만 마음에 들 뿐, 그로 인해 일관성 없는 극의 흐름은 감당이
되지 않았다.

초중반은 마치 환상의 세계를 여행하는 듯 내내 아름다웠다
가 마지막에 가서야 두 발을 현실에 내려놓았다. 이건 마치 코
미디로 내내 웃기다가, 마지막에 억지 감동과 현실감을 줘서
극에 무게감을 주려고 발악하는 전형적인 전개와 비슷했다.

사실 이런 작품이 어떻게 최 대표의 손에 들어갔었는지 그
과정이 못내 궁금하지만 알면 또 어떻게 하겠는가. 과거로 돌
아가 막을 수가 없다면 다 소용없는 일이다.

"작가의 의도 따윈, 지금껏 그래왔던 것처럼 그냥 무시해.
네가 연기하는 차현승의 감성만 따라가."

나중에 영화를 보게 된다면 작가는 이게 자신이 쓴 각본으
로 만든 영화가 맞는지 의심스러울지도 모르겠다.

무엇보다 최 대표의 취향에도 맞지 않을 가능성도 컸다. 지
금껏 그녀가 원했던 순정 로맨스 영화들이 전부 각본 그대로,
그녀의 취향에 맞게 만들어졌던 것과 비교하면 이번에는 그 틀
을 크게 벗어났기 때문이다. 살을 더하고 빼는 것을 넘어서 분
위기 자체가 완전히 달라졌으니 말이다.

하지만 최이건 감독이 자부할 수 있는 건 기존의 순정 로맨
스들보다는 제대로 된 작품이 나왔다는 것이었다.

유치함과 기름기를 빼고, 감정에 빠져 흔들리던 캐릭터들에
게 이성을 부여함으로써 행위에 대한 정당성을 갖춰줬다. 적어
도 영화를 보면서 개연성이나 지나친 감정 과잉이 논란되는 일
을 없을 거라 자신했다.

그리고 최후까지 고민을 안겨줬던 부분이 해결되자마자 마지막 촬영을 준비했다.

◆　◆◆◆　◆

10년 후.

교수가 된 차현승은 세미나 참석차 KTX를 타고 부산으로 가고 있었다. 문득 무료함에 스마트폰을 꺼낸 그는 기사들의 제목을 훑었다. 그리고 경제란에서 익숙한 누군가의 이름을 발견하고 무의식중에 기사를 클릭했다.

〈××그룹의 박지혁 기획실장, 부인과 8년 만에 귀국. 본격 그룹 후계권 다툼의 서막을 여는가〉

기사는 결혼 직후 부인과 함께 유학을 떠났던 박지혁이 뉴욕 지부에 있으면서 쌓은 실적부터 소개했다. 이번에 그는 성공적인 결과물을 등에 업고 ××그룹 본사에 입성한다는 내용이었다.

대학 시절만 해도 그룹 경영권에는 관심이 없었던 그가 이제는 야망을 품은 사업가의 얼굴을 하고 있었다. 기사에 딸린 사진이 없었다면 동일 인물인 줄도 몰랐을 것이다. 그리고 박지혁의 옆에 함께 서 있는 낯선 여인은, 그녀는 거대 언론사 사주의 손녀였다.

박지혁에 관한 호의적인 평가를 죽 늘어놓은 기사들은 모두 그 언론사에서 나온 것들이었다.

10년 전에, 박지혁과 나미연은 분명 함께였다. 집안의 반대에 부딪혔던 그들은 어느 날 갑자기 학교에서 사라졌다. 둘이 함께 도망을 갔다는 소문을 끝으로 그들에 관한 이야기는 더는 들을 수가 없었다.

굳이 찾으려고 하지도 않았고 누구도 이야기하지 않았던 '그 후 그들은 어떻게 살았다'의 결말을 오늘에서야 이렇게 확인하게 되었다. 아마도 그들의 꿈같던 사랑의 도피행은 실패였던 모양이다. 하지만 차현승의 상념은 오래가지 못했다.

갑자기 걸려온 전화를 받자마자 들리는 조교의 음성이 그를 현실로 끌어당긴 것이다.

—교수님, 여기 학식 정말 맛없어요!

준비를 위해 세미나가 열리는 대학에 먼저 내려가 있던 조교의 징징거림에 차현승은 슬쩍 미소 지었다.

—도착하시면 여기로 바로 오지 마시고 점심은 다른 곳에서 드시고 오세요. 부산에 맛집들도 많은데 어떻게 학교 밥이 이렇게 맛없을 수 있냐고요.

평소 미식가로 유명한 조교는 부산에서 유명한 먹을거리들을 줄줄 외워댔다. 맛집 탐방으로 2박 3일간의 세미나 일정을 채우자고 차현승에게 조르기도 했다. 자신이 조교였을 때는 상상도 못 한 행동과 말을 하는 그가 신기하면서, 그만큼 자신이 만만한가 싶은 복잡한 생각을 하며 전화를 끊었다.

폰을 주머니에 넣는 차현승의 왼손에는 결혼반지가 반짝였다.

역에서 내려 택시를 잡아타고 대학에 도착한 그는 문득 조교가 한 말이 생각났다. 조교의 충고대로 대학가 근처에 있는 식당에서 점심을 해결하기로 했다. 딱히 먹고 싶은 게 없어 주위를 두리번거리는데 돼지 국밥집이 보였다. 조교가 말한 부산에서 꼭 먹어야 하는 먹거리 중에 돼지 국밥이 있었던 것을 떠올린 그는 망설임 없이 식당 안으로 들어갔다.

"어서 오세요."

바쁜 점심시간은 비껴간 시간이라 식당 안은 다소 한가했다. 식당 점원인지 주인인지 아이를 등에 업은 여자가 그를 자리에 안내했다.

"혼자 오셨어요? 돼지 국밥 하나요?"

무성의하게 고개를 끄덕이던 차현승은 왠지 귀에 익은 목소리에 고개를 들었다. 그리고 아무렇게나 싸구려 파마를 한 나미연과 시선이 마주쳤다. 잠시 이 여자가 단순히 나미연을 닮은 것인지, 그녀 본인이 맞는지 확신하지 못한 그의 귀에 그녀의 목소리가 들렸다.

"수육도 드실 거예요?"

다시 들은 목소리는 나미연이 맞았다. 차현승이 천천히 고개를 끄덕이자 그녀는 환히 웃으며 주방 쪽을 향해 소리쳤다.

"2번 테이블에 국밥 하나, 수육 소 자 하나요!"

잠시 후에 일회용 행주와 물컵 등을 챙겨온 나미연을 빤히 쳐다보았지만, 그녀는 그를 알아보지 못했다. 그저 낯선 손님 중에 하나로 취급하며 서비스할 뿐이었다.

국밥과 수육이 나오자 차현승은 천천히 그것들을 먹으며 눈으로는 계속 나미연을 좇았다. 한가해진 식당 안에서 테이블

하나에 자리를 잡은 나미연은 등에 업고 있던 아이를 품에 안고 우유병을 물렸다.

돌이 아직 안 된 아이가 허겁지겁 젖병을 물자 그것을 지켜보던 나미연은 아이를 어르며 즐거워했다. 그때 주방에서 남자 하나가 나왔다. 앞치마를 두른 작은 키에 토실토실 살이 오른 그는 잘나지도 못나지도 않은 인물이었다. 흔하게 볼 수 있는 인상의 남자는 나미연과 아이를 보며 흐뭇하게 웃다 TV를 켰다.

채널이 돌아가다가 정지한 화면은 마침 오늘 귀국한 박지혁이 나오는 뉴스였다. 그와 부인 사이에 태어난 5살배기 사내아이가 양손에 부모 손을 잡고 입국장을 나서는 장면이 제법 오래 나왔다. 이내 아들을 한쪽 팔로 안은 박지혁이 카메라를 향해 환히 웃는 장면으로 화면이 바뀌었다.

영상 밑에 나오는 자막들은 ××그룹의 본격적인 후계권 다툼에 대한 것들이었고, 앵커들 역시 그와 관련된 이야기뿐이었다.

"저 꼬맹이는 무슨 복을 타고나서 재벌가에서 태어났다냐. 요즘은 저런 애들보고 금수저 물고 태어났다고 한다며?"

박지혁이 아닌 5살 어린 남자애를 보며 사내는 나미연이 안고 있는 아이를 보았다. 조금은 미안한 듯, 애처롭고 짠한 시선에는 사랑이 가득했다.

"다른 곳 봐요."

박지혁이 나오자마자 아예 고개를 숙여 버린 나미연이 조용히 부탁했지만, 그녀의 남편으로 보이는 사내는 듣지 않았다.

"다른 곳도 다 똑같아. 볼 것 없어."

"우리와는 상관없는 사람들 이야기 봐서 뭐 해요!"

"다른 건 상관있어서 보나. 그런데 당신 왜 이렇게 뾰족해?"

"다른 기 보자는 게 뭐가 뾰족해요."

날카롭다가 이내 수그러지는 그녀의 목소리는 마치 겁을 먹은 듯 조심스러웠다.

"엄마, 아빠. 학교 다녀왔습니다."

어색한 분위기가 식당 안을 감돌 때, 10살은 안 되어 보이는 남자아이가 가방을 메고 식당 안으로 들어왔다.

"시간이 언젠데 이제 오는 거야, 점심은 먹었어?"

"친구네 집에 가서 점심 먹고 왔어요."

"그럼 전화를 했어야지! 네 엄마가 얼마나 걱정했는지 알아?"

"여보, 왜 그래요."

과하게 화를 내는 남편을 말리며 나미연은 은밀하게 남자애에게 눈치를 줬다. 남자애는 아버지의 눈치를 살피며 서둘러 차현승이 앉아 있는 테이블을 지나 안쪽으로 사라졌다.

남자애가 자기 앞을 지나갈 때 차현승은 보았다. 마침 TV에서 나오는 박지혁의 옆모습과 순간 나란히 교차하는 순간을. 그리고 지독하게 닮은 두 사람의 얼굴을.

더는 아무것도 입안으로 넘길 수가 없었다.

나미연은 옹알거리는 아이를 품에 안으며 남편을 달래고 있었다. 남편의 입에서 무심코 흘러나오는 근본 없는 자식, 내가 왜 다른 놈의 씨를 키워야 하냐는 푸념. 나미연은 식당 안의 유일한 손님인 차현승의 눈치를 보았다.

붉게 물든 얼굴에 깃든 것은 수치심이었지만 그것은 남모르는 사람에 대한 감정이었다. 그녀는 아직도 그가 누구인지 기억하지 못했다.

차현승은 자리에서 일어나 계산대로 갔다. 그러자 나미연이 다가와 그에게서 카드를 받아 결제했다. 차현승은 일부러 사인 패드에 자신의 이름을 또박또박 적었다. 영수증 밑에 적힌 이름을 보았지만, 나미연은 아무 생각 없이 차현승에게 영수증을 건네며 영업 미소를 지었다.

얼굴도 기억 못 하는데 이름이라고 알 리가 없었다.

허탈한 웃음을 지으며 식당을 나온 차현승은 한참을 떠나지 못하고 그 앞에서 멍하니 하늘을 올려다보았다.

10여 년 전 그 뜨거웠던 여름과 같은 계절이었다. 부산의 후덥지근한 더위가 더욱 몸을 끈끈하게 만들었다. 넥타이를 조금 풀어내고, 이마에 맺힌 땀을 닦아내며 차현승은 마지막으로 식당 안을 돌아봤다.

나미연이 그곳에 있었다. 박지혁이 아닌 낯선 누군가의 아내가 되어. 자신은 무엇 때문에 당시 그 뜨거웠던 여름을 견뎌냈던 것일까. 그게 무엇이든지 이런 걸 보려고 그토록 인내하고 참았던 것은 아니었을 거다.

떨리는 눈빛에는 분명 후회와 후애가 남아 잘게 떨렸다.

깊은 한숨을 내쉬며 차현승은 눈을 감았다. 그리고 천천히 다시 눈을 떴을 때는 고요하고 단단한 시선이 더는 흔들리지 않았다. 그는 왼손을 활짝 펴서 약지에 낀 결혼반지를 보았다. 이제는 자신이 지키고 사랑해야 할 사람이 옆에 있었다.

그는 나미연에게 이름조차, 기억 하나조차 남아 있지 않는 사람이었다. 그런 사람이 그녀의 삶에 대해 무얼 말하고 무얼 안타까워한단 말인가. 용기가 없었든, 너무 인내했든, 그의 사랑은 닿지 않는 외침이었고 여름날 소나기처럼 왔다가 흔적조차 없이 사라져 버린 열기였다.

사랑했던 것도, 그리워한 것도, 후회하는 것도 오로지 그 혼자만의 몫이었기에 이 사랑에 종말을 고하는 것도 혼자서 끝내야 했다.

나미연이 지금 남편을 사랑하고 있는지는 잘 모른다. 바라건대, 그녀가 후회하지 않는 사랑을 했고 지금도 하고 있기를 바랐다. 지금의 자신처럼.

그와 마음이 통했는지 때마침 아내에게서 전화가 걸려왔다. '아내'라고 저장된 이름을 본 순간 그의 입가가 부드럽게 풀렸다.

—여보, 부산에는 잘 도착했어요? 도착 시각에 맞춰 전화해야지 생각하고선 일하다가 깜박한 거 있죠. 내가 이래. 그곳은 엄청 덥죠? 점심은 먹었어요?

조잘거리며 계속 질문하는 아내의 음성에 차현승은 웃는 듯 우는 듯 복잡한 표정을 지었다. 온종일 아내 생각만 하고 살지는 않는다. 일하거나 다른 생각들 사이로 아내를 떠올리고 그녀 역시 똑같을 것이다. 그런데 아내가 자신을 생각하는 동안에 그는 나미연을 바라보고 있었다.

함께한 사랑도 아닌 고작 짝사랑. 하지만 그것이 사랑이 아닌 것은 아닐 것이다.

젊은 시절 한 페이지를 장식했던 그의 사랑에게 종말을 고하며 차현승은 아내에게 사과했다. 그녀에게 들릴지 모르겠지만,

작은 목소리로. 하지만 미안하다고 말하는 차현승의 입 모양을 볼 수 있는 이는 아마 스크린을 통해서 보는 관객들뿐일 것이다.

잠시나마 흔들렸던 자신의 죄에 대해 털어놓는 작은 목소리를 듣지 못한 아내는 재차 물어봤다.

—응? 당신 뭐라고 했어요?

"……"

이번에는 사과가 아닌 다른 단어가 그의 입 밖으로 나왔다. 이번에도 관객들은 음성 대신 그의 입 모양으로 그 단어를 알아들을 수 있을 터였다. 그러나 그의 목소리를 듣기는커녕 입 모양조차 보지 못한 아내는 모든 걸 아는 듯 행복하게 대답했다.

—그거야 나도 알지. 나도 당신 정말 사랑해요.

이제야 응답이 오는 사랑을 하게 된 차현승은 비로소 웃을 수 있었다. 그의 여름은 여전히 뜨거웠다. 뜨거운 만큼 소나기는 시원했고, 그 빗속에서 더는 혼자가 아니었다.

◆　　◆◆◆　　◆

"OK, 컷!"

드디어 영화의 마지막 촬영이 끝났다. 차현승이 남긴 여운에 잠시 잠겨 있던 우진은 천천히 그 여운에서 벗어났다. 길게 한숨을 내쉬고 몸을 느슨하게 푼 우진은 그제야 환히 웃을 수가 있었다. 무언가를 끝냈다는 아쉬움과 성취감이 묘하게 사람을 들뜨게 하였다.

"수고하셨습니다."

먼저 최 감독과 주위 스태프들에게 차례로 고개 숙여 인사한 우진에게 모두 손뼉을 쳤다.

처음 시작만 해도 모두가 암울하고 씁쓰레한 감정을 숨기지 못했었다. 원하지 않은 영화에 캐스팅되고 고용되면서, 마치 돈에 팔린 기분마저 들었던 게 사실이었다. 그러다 영화의 틀이 제대로 잡히고 배우들이 연기에 몰입하면서 분위기는 반전됐다.

모두 우리가 작품을 만들고 있다는 성취감을 느끼기 시작한 것이다. 거기에는 작품을 위해 굳건히 버티며 중심을 잡은 최 감독이 있었다.

그러나 누구도 부인할 수 없는 것은, 시작은 분명 채우진에게서 왔다는 거였다. 그는 남녀 주인공을 압도하는 연기력으로 아름다운 장면을 만들어내면서 최 감독의 미학을 충족시켜 주었다. 그로 인해 주인공들에게 자극을 주어 그들이 진지하게 연기에 임하게 해주었다.

"수고했어, 수고했어!"

서로를 바라보며 위로와 고마움을 나누다 자연스럽게 시선이 최 감독에게로 모였다.

"왜들 날 봐?"

"우리 오늘 회식 안 하나요?"

마지막 촬영도 끝났고 모처럼 부산까지 왔는데 바로 서울로 올라가기가 너무 아까웠다. 오늘은 부산에서 숙식하면서 마지막 파티를 즐길 차례였다. 대개는 모두 그렇게들 했다.

"회식? 내 인생에 회식은 더는 없다고 했지!"

회식에 우아함이란 없었다. 난장과 술에 전 몸뚱이를 이리저리 흔들거리며 세상이 돌아가는 건지, 자신이 돌아버린 건지 분간이 가지 않던 그 무력감은 더욱 싫었다.

"어, 없나요? 부산에 오면 저녁에 광안대교 바라보며 회도 먹고 꼼장어도 먹을 줄 알았는데, 우리 그냥 서울로 올라가나요?"

부산은 처음이라 나름으로 기대가 컸던 우진은 인터넷에서 유명한 맛집과 명소를 알아보며 기대를 키웠다. 부산에서의 촬영 분량이 많진 않았지만, 그래도 하룻밤은 묵고 갈 줄 알고 부산에서 야경이 멋있기로 유명한 곳들도 미리 알아두었는데.

"소용이 없게 되었네요……."

조금은 실망한 듯 허탈하게 웃는 우진을 보며 최 감독은 순간 이상한 죄책감에 사로잡혀야 했다. 분명 얘가 웃고 있는데 웃는 게 웃는 거로 보이지 않았다.

지난 한 달간 우진이 차현승을 연기하면서 가장 많이 보여주었던 모습이었다. 웃으며 포기하는 얼굴과 웃으며 실망을 감추는 표정이 오버랩되어서 울컥해지는 뭔가가 있었다.

"술만 안 마신다면……."

그래, 꼭 회식이 싫은 게 아니었다. 회식이라면 꼭 따라오는 음주 문화가 싫은 거지. 한발 물러서는 최 감독의 발언에 먼저 반응한 건 의외로 송재희였다. 촌스러운 파마에 싸구려 옷을 걸치고 있어도 아름다운 그녀는 매니저에게 카드를 건네받으며 외쳤다.

"오늘 회식 제가 쏩니다!"

정확히는 소속사 대표님이 준 법인 카드였지만, 아마도 기사에는 '송재희 촬영 후 통 크게 쏘다!' 정도로 나올 것이다.

송재희까지 이렇게 나오자 최 감독도 더는 마다할 수 없었다.

어차피 하룻밤 숙식비야 넘쳐나는 제작비에서 충분히 충당하고도 남는다. 영화 찍으면서 이렇게 돈 걱정하지 않고 촬영하는 것도 처음이었다. 다시는 이런 복지를 누리기 힘들 테니 할 수 있을 때 누리는 것도 나쁘지 않을 것 같았다.

최 감독이 고개를 끄덕이며 부산 체류를 허하자 모두가 기뻐하는 모습이 방금 전 마지막 촬영이 끝났을 때보다 더 좋아하는 것 같았다.

반면 송재희는 오늘만을 기다렸다. 권성민과는 서로 내외하는 사이라 함께 있는 자리를 만들지 않기 위해 늘 피해 다녀야만 했다. 권성민이 하도 스캔들 메이커라 굳이 소속사에서 주의를 시키지 않아도 그녀는 그가 거북스러웠다. 스태프와 다른 연기자들과 어울리고 싶어도 대놓고 권성민이 없을 때를 노리는 것이 너무 티가 나서 곤란했었다. 그런데 오늘은 마지막 촬영이란 의미도 있고, 부산이란 지리적 변명도 충분했다.

그동안 주인공이 돼서 회식도 한 번 못 쏜 게 신경이 쓰였다. 그래서 마지막이나마 이런 기회가 생긴 게 다행이라고 여겼다. 이윽고 현장을 수습한 일행은 광안리 근처에 횟집들이 즐비한 거리로 자리를 옮겼다.

"아, 고양이다!"

횟집 입구에서 우진은 전봇대 밑에 모아둔 쓰레기봉투를 뒤지는 길고양이를 발견하고 잠시 걸음을 멈췄다.

"응? 치즈냥이네."

"치즈냥이요?"

"저런 엷은 황토색 아이들을 보통 치즈냥이라고 불러. 몸을 보니까 새끼를 낳은 지 얼마 안 됐나 보다."

고양이에게 관심을 가지는 우진에게 스스로 집사라고 자처하는 스태프 하나가 다가와 시시콜콜 설명해 줬다.

"고양이에 대해 잘 아시나 봐요."

"집에서 몇 마리 키우거든. 채 배우도 고양이 좋아하나 봐."

"예전에, 어릴 적에 2년 정도 기른 적이 있었거든요. 사정이 있어서 더는 못 키웠는데 그 아이도 저 애처럼 엷은 황토색이라 시선이 가네요. 한 14살 정도 되었을 텐데 살아 있겠죠?"

부모님이 이혼하기 전에, 갓 태어난 고양이를 분양받아 2년 정도 키운 적이 있었다. 그런데 아버지의 딸이 그 고양이를 무척이나 예뻐했다. 어머니와 우희와 함께 그 집을 나올 때, 앞으로의 생활도 불안정한 데다가 아버지의 딸이 자기가 기르겠다고 워낙에 고집을 피우는 바람에 두고 나왔던 게 떠올랐다.

"보통 집고양이의 수명이 평균 15년이라는데 우리 집 아이는 지금 18살이야. 잘 보살피고 고양이도 스트레스 안 받으면 장수할 수 있어."

"그럼 우리 우사도 지금 살아 있겠네요. 저 대신 키우겠다던 아이가 굉장히 예뻐했으니까요."

스태프는 우진의 말에서 대신 키우기로 한 아이도 당시엔 어렸을 거란 사실을 짐작할 수 있었다. 어린아이의 변덕을 어떻게 믿을까. 하지만 그걸 곧이곧대로 말할 만큼 어리석지는 않았다.

"그렇겠지. 그런데 이름이 '우사'였나 봐. 우 자 돌림으로 지은 거야?"

은근히 말을 돌린 스태프는 우진의 등을 밀며 횟집 안으로 들어갔다. 안으로 들어가자 최 감독과 같은 테이블에 앉아 있던 송재희가 우진에게 손을 흔들며 자신의 옆자리를 가리켰다.

"우진아, 혹시 우리 회사에서 연락 오지 않았어?"

처음의 떠들썩한 분위기가 가라앉고 각각 테이블에 앉은 사람들끼리 어울리는 분위기가 되자 송재희는 우진에게 행여 누가 들을까 봐 은근히 물어봤다. 분명 회사에서 우진에게 연락이 갈 만한데 너무 잠잠했다.

"아무 연락도 안 왔는데요. 혹시 그때 저를 추천하신다는 게 진심이셨어요?"

"하긴 했는데 지금까지 연락이 없었다고 하니까 내가 면목이 안 서네."

"아니요! 추천할 만큼 절 좋게 봐주신 것만도 고마운걸요. 정말 고맙습니다."

연락이야 오면 좋았겠지만, 괜히 DS 고시란 말이 나온 게 아니었다. 이전에 송재희가 말을 꺼냈어도 기대조차 하지 않았기에 우진은 여태 잊고 있었다. 그래서 실망할 것도 없었고, 되레 송재희가 무리해서 회사에 자신을 추천한 게 아닌지 그것만 걱정되었다.

"뭐야? 재희 씨가 회사에다 우진이를 추천했어?"

"앗! 감독님은 꼭 조용히 있으면서 남들이 하는 대화는 다 듣고 계시더라."

"당연히 들을 수밖에. 난 가만히 있는데 저희끼리 할 이야기, 못 할 말 다 하면서 내가 못 들었기를 바라면 그게 더 이상한 거 아냐?"

고추냉이를 푼 간장에 회를 찍어 먹으며 최 감독이 투덜거렸다. 한 테이블에 같이 앉아 있으면서 자기들끼리만 이야기하는 것은 예의가 아니라는 말도 덧붙였다.

"그래서 결과는 아직 모르는 거야?"

"연락이 안 왔다는 건 탈락이겠죠."

개인적으로 오디션을 보자는 이야기도 없는 걸 보면 심사에서 이미 떨어진 거라고 우진은 단정했다.

"또 모르지. 영화 촬영 중이라 배려하고 있었는지."

"맞다! 그 생각을 못 했네."

평상시에는 서로 티격태격하면서 이럴 때는 꼭 둘이 합이 맞았다. 반면 우진은 부정적으로 고개를 저었다. DS가 조그마한 회사도 아니고 소속 배우의 추천으로 개인적인 오디션을 보는 주먹구구식 운영은 하지 않을 것 같았다.

무엇보다 뭐가 아쉬워서 먼저 연락을 할까. 한다고 해도 영화가 개봉되고 난 후 어느 정도 가능성을 타진하고 나서야 송재희의 추천을 생각할 터였다. 언제쯤 DS에서 연락이 올 것인가를 두고 토론 중인 두 사람의 관심을 다른 것으로 돌리기 위해, 우진은 최 감독에게 평소 궁금했던 것을 이번 기회에 물었다.

"저 항상 궁금했던 게 있는데요. 감독님은 촬영 내내 정장이 불편하지 않으세요?"

최이건 감독은 촬영 내내 정장을 입고 연출을 진행했다. 언제나 배우보다 더 멋있고 흐트러짐 없는 옷차림이 우아하고 멋있는 건 인정하지만, 솔직히 편해 보이지는 않았다.

"불편하기야 하지. 그래도 촬영장이 내 직장인데 직장에 아무렇게나 입고 가는 직장인 봤어? 편하면 편한 대로 사람은 느슨해지고 그럼 실수하게 마련이야. 직장은 전쟁터나 마찬가지고, 전쟁에 나가는 병사가 군복을 차려입는 건 당연한 절차야."

"슈트는 많은데 그거 입고 다닐 곳이 없어서가 아니었어요?"

의심 가득한 송재희의 역습에 최 감독의 눈초리가 일순 날카로워졌다. 그 시선을 피하고자 송재희는 일부러 수선을 부리며 폰을 들이밀었다.

"부산에서의 마지막 촬영을 기념하며 우리 사진 찍어요! 우진이하고 감독님도 어서 붙어요."

"난 내가 찍는 건 좋아해도 찍히는 건 싫어. 게다가 그 사진 SNS에 올릴 거잖아."

생각만 해도 싫다는 듯 머리를 흔드는 최 감독에게 송재희가 새침하게 말했다.

"그럼 우진이하고만 찍어요? 그러다가 자칫 스캔들이라도 나면 어쩌라고요. 감독님이 중간에 있어야 이상한 말이 안 돌죠. 나야 유명한 데다가 소속사가 있어서 스캔들 나도 감당할 수 있지만, 우진이는 신인이라 소문나면 안 된단 말이에요."

"그럼 안 찍으면 되잖아."

"이런 거 하나씩 찍어서 올려야 영화에 대한 소문도 나고, 우진이 얼굴도 조금씩 알려질 거 아니에요!"

사실 겨우 이 정도 가지고 스캔들 같은 건 나지 않지만, 이미 약주 몇 잔을 들이켠 최 감독의 사고는 둔하게 돌았다. '그런가?' 하는 질문에 그런가 보다는 대답을 하며 결국 송재희를 가운데에 두고 우진과 최 감독은 사진을 찍었다.

"감독님은 은근히 거절을 못 하는 성격이신 것 같아요."

사진을 찍자마자 다시 무표정한 얼굴로 자리에 앉은 최 감독을 보고 우진이 웃으며 말했다.

"무슨 소리! 나는 철혈의 이성을 가진 사람으로서 그렇게 무른 성격이 아니야!"

호언장담하고 정확히 2시간 후에, 최 감독은 술에 취해 완전히 곯아떨어졌다.

배우들과 스태프들이 한 잔씩 건네는 술잔을 거절하지 못하고 모두 받아 마신 결과였다. 그 와중에 서울에 올라가면 영화 종파티를 하자는 제안까지 승낙해 버렸다. 물론 일련의 모든 과정은 동영상 녹화로 확실하게 증거를 남겨두었다.

좋든 나쁘든, 영상은 두고두고 남으며 기억의 증인이 되고 역사로 남는다. 그건 누구에게도 공평했다.

Divine Sponsor

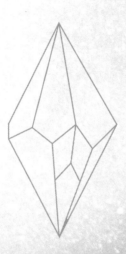

꿀맛 같은 휴가라 표현하고 싶어도 실상은 그저 백수와 마찬
가지인 휴학생의 일요일이었다.

"오빠! 이번에 찍었다는 게 송재희 영화였어?"

오랜만에 집에 돌아와서 늦게까지 자고 있던 우진은 자신을
흔들어 깨우는 동생 때문에 결국 일어나야만 했다. 멍한 정신
에 보이는 건 잔뜩 흥분한 동생의 얼굴이었다.

"음, 뭐가?"

"송재희가 그제 부산에서 마지막 촬영 끝내고 회식했다면서
올린 사진 중에 오빠 얼굴도 있더라?"

동생의 말에 SNS에 홍보용으로 올릴 거라고 찍었던 사진이
기억난 우진은 건성으로 고개를 끄덕였다. 부스스한 머리에 반
쯤 감긴 눈을 손으로 비비는 오빠를 보며 우희는 한숨을 내쉬

었다. 다른 연예인들은 아침에 일어나는 모습도 화보던데 우리 오빠는 그냥 일반인이구나 싶었다.

"송재희랑 같이 촬영한 줄 알았으면 사인이라도 부탁했지! 이제 촬영도 끝나고 언제 송재희랑 다시 볼 수 있는 거야? 나중에 다시 만나면 사인 하나 받아주라~! 응?"

평소 송재희 팬이었던 우희는 이런 좋은 기회를 놓친 게 너무 억울했다. 뭘 찍고 다니는지 절대 말해주지 않는 오빠가 원망스럽기까지 했다.

"아아, 우리 언니! 진작 알았으면 주말에 오빠 보러 왔다는 핑계 김에 얼굴이라도 볼 수 있었는데. 내 소원이 언니 앞에서 '우유빛깔 송재희!' 라고 한번 외쳐보는 건데!"

제사보다 잿밥에 관심이 더 있는 우희는 두 손으로 머리를 감싸며 옆으로 쓰러졌다.

자리에서 일어난 우진은 언니를 찾으며 훌쩍이는 동생을 힐끔 보며 아직 짐도 풀지 않은 캐리어를 열었다. 제일 위에 있던 대본을 꺼내 페이지를 넘겨 종이 한 장을 꺼낸 그는 우희에게 그걸 척 내밀었다.

"그게 모야?"

오빠가 종이를 내미는 순간 그게 무언지 눈치챈 우희가 배시시 웃으며 혀 짧은 소리를 냈다. 긴말 필요 없이 하얀 백지 위에 우아한 필체의 송재희 사인과 그 밑에 적힌 '공부 열심히 하세요, 채우희 양! ^^' 이라고 쓰인 것을 빠르게 훑었다.

"오빠가 연예인이 되면 이런 게 좋구나! 정말 삶은 아름다워~!"

두 손으로 받아 든 사인을 가슴에 품으며 세상을 다 가진 듯 웃었나.

"권성민 선배 사인도 받아줄까?"

"아니! 그쪽은 됐어."

"왜?"

여학생 사이에 엄청난 인기를 구가 중인 권성민을 마다하는 동생을 보며 오히려 우진이 이상해했다.

"바람둥이로 소문이 자자하잖아. 난 그런 남잔 아무리 잘생겨도 싫어."

아버지 때문에 생긴 트라우마인지 우희는 그런 쪽에 대해선 엄격한 잣대를 가지고 있었다. 남자든 여자든, 성실하지 못한 이미지를 가진 연예인에 대해 편견 같은 걸 가지고 있기도 했다. 송재희를 특히 좋아하는 이유도 아역 때부터 이어온 밝고 깨끗한 이미지가 한몫했기 때문이다.

"연예인은 소문만으론 모르는 거야."

"그래서 재희 언니는 소문하고 달라?"

"아니, 소문보다 성격도 더 좋고 밝아."

"거봐!"

그럼 그렇지, 자기가 괜히 콧대를 높이던 우희는 다시 한번 사인을 어루만지며 흐뭇하게 웃었다.

"그런데 어머니는?"

우진은 시간을 확인하다 왠지 집에 안 계시는 것 같은 어머니의 소재를 물었다. 일요일에도 또 일인가 싶어서 걱정스럽기도 했다.

"아저씨랑 데이트."

"아아, 하긴 일요일이구나."

화창한 봄날의 휴일은 데이트하기에 좋은 날이었다.

"오빠 아저씨 싫어?"

"싫을 게 뭐 있냐. 어머니도 아직 젊으신데 좋은 분 있으면 만나셔야지."

이혼하신 후로 어머니가 남자와 정식으로 사귀게 된 것은 이번이 처음이었다. 원래는 일 때문에 몇 년 전부터 알고 지낸 사이였다가, 지난겨울에 고백을 받아 사귀기 시작했다고 들었다.

아저씨 역시 10년 전에 신호를 위반한 차량과 충돌해서 아내와 자식을 잃고 혼자가 된 처지였다. 그 사고로 아저씨도 다리를 저는 장애를 얻었지만, 가족의 죽음 앞에는 아무것도 아닌 일이었다. 자신이 운전하다가 난 사고로 가족을 잃은 충격과 죄책감이 상당해서 오랫동안 힘들어했다고 한다. 우진도 한번 만나보았는데 가족의 소중함을 아는 선한 분이었다.

"엄마가 아저씨하고 결혼한다면 오빠 어떻게 할 거야?"

"너, 뭐 알고 있지?"

아무래도 딸이다 보니 어머니는 아들에게는 못 하는 속 깊은 이야기를 우희와 나누곤 했다. 특히 당신의 연애 사정 같은 경우, 아들과 대화하긴 더욱 힘드셨을 것이다.

"얼마 전에 아저씨가 엄마한테 프러포즈했대."

"어머니는 대답하셨고?"

"여러 가지로 망설이시는 것 같아. 아저씨도 당장 대답 안 해도 좋다고 하셨고."

전남편의 외도로 느꼈던 남자에 대한 불신감, 이혼도 허락하시 않았던 고지식한 친정아버지가 재혼을 어떻게 받아들일지에 대한 염려, 그리고 자식들에 관한 걱정들로 선뜻 승낙하지 못하고 있을 거란 생각이 들었다.

하지만 어머니를 생각한다면 아저씨만 한 조건의 재혼 상대는 드물었다. 48세로 어머니와 동갑인 데다가 외모도 호남형으로 잘생겼고 학력도 좋았다. 구조나 재정이 탄탄한 명품 주얼리 회사를 경영하고 있어서 경제적으로 어머니가 힘들 일은 없었다.

더욱이 일 관계로 몇 년 전부터 알고 지내셨기에 인품이나 성실함에 대해서는 어머니가 확신이 있다는 게 보였다. 선으로 겨우 3개월 만나고 결혼했던 전남편의 전례로 무엇보다 신중했을 어머니가 '그 사람은 괜찮아' 라고 하셨다.

"난 어머니만 좋다면 반대하지 않아."

"나도."

"그럼 네가 어머니한테 우린 걱정하지 말라고 말해. 그런 건 나보다 네가 말해야지. 어머니도 편하실 테니까."

"아니, 오빠가 하는 게 더 좋아. 오빠가 먼저 말해준다면 엄마가 한결 마음 놓을걸. 지금 은근히 오빠 눈치 보고 있단 말이야."

"그래?"

"그래."

우희가 저렇게 말한다면 그게 맞을 것이다. 딸인 우희보다 아들이 더 어렵고 부끄러웠을 거라는 걸 미처 생각하지 못했다. 어머니로선 우진이 먼저 이야기를 꺼내기 전까지는 조심스럽고 눈치를 볼 수밖에 없을 터였다.

우진이 고개를 끄덕이며 알았다고 말하자 우희는 마음이 놓이는지 먼저 선심을 썼다.

"밥 차려줄까?"

"아침 먹기엔 조금 모호한 시간 같은데."

"점심은 절대 포기 못 하겠다는 거지? 그럼 토마토하고 양상추 많이 넣어서 샌드위치 만들어줄게."

송재희의 사인을 소중히 안고 방을 나가는 우희의 뒤를 우진도 따라나섰다. 잠은 이제 다 잤고 뭐라도 먹기 전에 대충 씻기 위해서다.

"그런데 오빠 저 걸레 같은 슬리퍼는 뭐야? 혹시 소품이야?"

재료들을 손질하던 우희는 다 떨어진 슬리퍼를 가리키며 물었다. 테이프와 노끈으로 묶어 겨우 몸체를 이은 슬리퍼 하나가 현관 구석에 놓여 있었다. 냄새가 나서 치우려다가 혹시나 해서 그냥 둔 것이었다.

"소품은 무슨. 어제저녁에 지하철역에서 웬 할아버지가 저걸 신고 가시는데 왠지 신경 쓰여서. 내 신발하고 바꿔 신었던 거야."

어제 광고용 스틸 컷을 찍고 집에 오는 길에 지하철역에서 폐지를 줍던 할아버지를 우연히 목격했다.

노끈으로 이어서 겨우 버티는 슬리퍼를 끌고 가는 모습에, 우진은 다가가 자신의 운동화를 할아버지에게 권했다. 다행히 발 사이즈가 맞았고 우진은 대신 할아버지의 슬리퍼를 신고 집에 왔었다.

"우와~ 오빠 무지 착하다?"

"착한 게 아니라… 그냥 천국 가려고 그런다."

동정심, 연민 그런 게 아니었다. 전생을 기억하게 된 우진은 자신의 영혼이 얼마나 냉혈하고 잔인한지를 깨달았다.

그의 영혼은 기본적으로 인간에 대한 연민이 없는 차가운 마음을 가지고 있었다. 다행히 그런 심정이 지금 현재까지 이어진 건 아니었다. 하지만 무정하달까, 무관심하달까. 그는 근본적으로 자기 가족과 친구들을 제외하고 타인에게 큰 관심이 없었다.

전생에 비하면 진일보한 감정들이고, 굳이 따진다면 지금 채우진은 착하다고 말할 수 있었다. 그러나 측은지심이 아직은 많이 부족한 편이었다. 그래서 의식적으로 더욱더 타인을 신경 쓰고 배려하려고 노력하기로 했다.

계속 환생만 하였기에 천국이나 지옥이 있다는 확신은 할 수가 없었다. 그러나 만약 있다면 자신은 지옥으로 갈지도 모르겠단 불안감이 들었다. 이번 생에선 딱히 큰 죄를 지은 적이 없지만, 만약 전생을 모두 통틀어서 죄업을 논한다면 빼도 박도 못하게 그의 영혼은 지옥행이었다.

'조금이라도 업보를 가볍게 해야 해!'

누가 아나, 천 번의 인생을 끝으로 더는 환생 없이 염라대왕 앞으로 끌려갈지. 그래서 우진은 이번 생에서라도 착한 일을 많이 해야겠다는 결심을 세우고 있었다. 폐지 줍는 할아버지에게 자신의 운동화를 선뜻 내준 것은 소소한 시작일 뿐이었다.

다행히 몇 년 전부터 우연한 계기로 기부도 하고 있으니 천국행 적립 포인트가 아예 바닥은 아니었다.

"오빠도 늙었구나. 사후를 걱정하다니."

"까분다."

냄새나는 슬리퍼를 밖에 있는 쓰레기봉투에 버린 후, 우진은 손을 씻고 거실에 있는 피아노 앞으로 갔다.

원래 우진의 방에 놓기로 했던 피아노는 우희가 자기도 배우고 싶다고 해서 거실 한쪽에 자리를 잡게 되었다. 피아노를 제법 잘 치셨던 어머니는 즐거워하며 요즘 우희에게 피아노를 가르치는 재미에 푹 빠지셨다.

"신청곡 있어?"

"베토벤의 월광! 소리는 항상 본질을 나타낸다, 흐흐흐!"

토마토를 썰던 칼을 손에 쥔 채로 우희는 음흉하게 웃었다.

"월광은 알겠는데 뒤에 말은 뭐냐?"

"무지 실력 좋은 피아니스트가 주인공인 만화가 있거든. 거기서 월광을 치는 남주인공을 보고 조연이 하는 소리야."

"아아~"

뜬금없이 피아노에 관심을 가지나 했더니 원인은 우희의 책장을 차지하고 있는 만화책 중에 있었던 모양이다. 우진은 의자에 앉아 악보 없이 월광을 치기 시작했다.

우희는 신청곡을 말하긴 했어도 우진이 그걸 정말 쳐줄 줄은 몰랐다. 어린 시절을 함께 공유한 남매로서 우진이 피아노를 배우기 시작한 게 최근이라는 걸 알기 때문이었다. 게다가 악보도 보지 않고 치려는 걸 보고는 드디어 오라버니가 허세의

바다에 빠졌다고 한탄마저 했다.

하지만 우진이 1악장부터 치기 시작하자 우희는 칼질을 멈추고 오빠를 바라보았다.

월광 소나타 하면 남들은 어떨지 몰라도, 우희는 어두운 밤을 뚫고 다가오는 달빛의 조심스러운 손길이 연상됐다. 꼭 닫힌 창문을 열기 위해 처음엔 조심스럽고 은밀하게, 그러다 사랑스럽게 설득도 해보다가, 나중엔 감정을 주체하지 못하고 거칠게 흔들어대는 달빛의 손길.

만화책을 보다가 궁금해서 찾아 듣게 된 곡은 만화의 한 장면과 함께 오버랩되어 감정을 흔들어놓곤 했다. 그리고 어느 피아니스트 못지않게 그 감정을 흔들어대는 우진의 피아노 소리에 잠시 아무것도 하지 못했다.

"샌드위치는?"

3악장까지 모두 치고 바로 뒤를 돌아본 우진은 배고파 죽겠다는 얼굴로 우희를 보며 물었다. 여전히 한 손에 칼을 든 채로 가만히 서 있던 우희는 그제야 깜짝 놀라 정신을 차렸다.

"잠깐만 기다려. 거의 다 만들었어. 그런데 오빠 악보도 없이 피아노를 어떻게 그렇게 잘 쳐? 내가 분명 오빠의 과거를 아는데 피아노 배운 적 없었잖아?"

먹고살기 바빠서 악기를 배울 시간과 여유가 없었던 건 서로 마찬가지라 우진과 우희의 입장은 똑같았다. 우진이 조금 더 빨리 배우기 시작했다고 해도 그 차이가 이렇게 많이 날 정도의 시간은 절대 아니었다.

"직접 치기 시작한 것은 얼마 안 되지만, 그전까지는 머릿속으로 계속 연습했었어. 그러면서 악보들도 외우고."

전생에 음악가였던 적이 있었고 그 모든 삶을 어느 날 갑자기 기억하게 되었다는 말보다는 이쪽이 더 현실적이었다.

"그런 게 어디 있어? 같은 유전자인데 나는 안 되는걸!"

"우성과 열성의 차이지."

"나 지금 유전자로 디스당한 거야?"

어이가 없다는 투로 따지는 우희의 손에는 칼이 있었다. 저 놈의 칼은 아까부터 놓을 생각을 하지 않았다.

"내가 열성이라고."

"그럼 난 왜 안 되는데?"

"원래 천재는 오만해서 노력을 안 해서 그래."

"그건 인정! 내가 요즘 좀 자만했었던 것 같아."

여전히 칼을 들고 자기 성찰에 빠지는 우희를 보며 우진은 조심스럽게 물었다. 과연 샌드위치는 언제 먹을 수 있느냐고.

우여곡절 끝에 우희가 만들어준 샌드위치를 얻어먹고 방에 들어온 우진은 그사이에 온 부재중 전화와 문자를 확인하고 눈을 깜박였다. 부재중으로 걸려온 전화는 모르는 번호였지만, 같은 번호로 온 문자 내용을 확인하자 전혀 모르는 곳은 아니었다.

[DS 엔터테인먼트의 캐스팅 디렉터 권지아입니다. 전화를 드렸는데 받지 않으셔서 대신 문자를 보냅니다. 저희 DS에서는 채우진 씨에게 많은 관심을 가지고 앞으로 미래를 함께 가고자 이렇게 먼저 연락을 드렸습니다. 통화가 가능한 시간을 문자로 주시면 그에 맞춰 연락을 드리겠습니다. 영상통화도 가

능합니다.]

　문자 끝에는 혹시나 우진이 의심할까 봐 자신의 소개 글이 올라와 있는 회사 사이트의 주소도 연결해 놓았다. 영상통화를 언급한 것은 회사 사이트에 있는 자신의 얼굴과 맞춰보라는 의미인 것 같았다.

　어차피 회사로 직접 찾아가면 이 문자가 사칭인지 아닌지는 알 수 있기에 그건 중요하지 않았다. 우진이 놀라는 것은 문자의 내용이었다.

　DS가 자신에게 관심을 가지는 것도 놀라운데 미래를 함께 가고자 한다는 부분이 믿기지 않은 탓이었다. DS가 자신에게 연락이 온다 해도 이는 계약 여부 이전에 먼저 오디션을 보고 가부를 결정할 것으로 생각했었다.

　아직은 결과물이라고 내놓을 게 없는 무명에 신인인 우진에게는 당연한 추측이었다. 이렇게 대번에 우리 함께하자고 러브콜을 보낼 줄은 상상도 못 한 것이다. 혹여 행간과 행간 사이에 자신이 모르는 문장이 숨어 있나 몇 번을 읽어보기도 했다.

　사이트에서 권지아의 얼굴을 확인한 후에야 우진은 그녀에게 문자를 보냈다. 지금은 영상통화가 가능하다는 내용으로.

◆　　◆◆◆　　◆

　일요일에 DS의 캐스팅 디렉터 권지아와 통화한 후부터 일은 빠르게 진행됐다. 업무 관계자를 거치지 않고, 바로 다이렉트로 월요일에 DS 장수환 대표와의 개인 면담이 잡힌 것이다.

"실물이 더 낫군."

우진을 본 장수환 대표의 첫 소감이었다. 영상이나 사진으로 수없이 확인한 우진의 외모는 그것만으로도 매우 잘생기고 멋지단 생각이 들었다. 한데 실물은 그와 비교도 안 되게 완벽했다. 스타일링이 촌스럽고 꾸미지 않아서 그렇지, 다른 연예인처럼 케어를 받게 된다면 독보적일 게 분명하다.

"이런, 직업이 이러다 보니 상대를 보면 먼저 견적부터 뽑는게 병이야. 자리에 앉게나. 아직 계약 전이지만 편하게 말을 놓아도 되겠지?"

"네, 그러시는 게 저도 편합니다."

"흐음, 목소리도 좋고. 그런 좋은 목소리를 'Glooming day'에선 들을 수가 없다니 안타깝군."

특유의 여유로움과 자신만만함이 깃들어 있는 몸짓과 목소리로 장수환 대표는 노골적으로 우진을 평가하고 값을 매겼다. 나름의 결정이 만족스러웠는지 그의 표정은 한결 부드러워지고 미소가 짙어졌다.

"전화 받고 많이 놀랐지?"

"네."

"처음엔 무슨 생각이 들던가? 사실대로 말해도 좋아."

무슨 대답을 기대하는지 장 대표의 표정이 야릇했다. 아마도 이런 식으로 DS에 대한 인식과 평가를 듣고 싶어 하는 듯 보였다.

"이 사람들이 미친 건지, 내가 말귀를 못 알아듣고 혼자 망상하고 있는지 분간이 가지 않았습니다. 정말 저와 계약을 하사는 게 맞습니까?"

오디션을 보자는 것도 아니고 대뜸 계약부터 이야기하는데, 그것도 다른 곳이 아닌 DS에서 먼저 연락이 왔는데 그걸 곧이 곧대로 믿는다면 그게 미친 거다.

"맞아. 자네만 동의한다면 난 지금 이 자리에서 바로 계약서에 사인했으면 하네."

"오디션도 보지 않고요?"

"자네는 모르겠지만 내 입장에서는 이미 봤기 때문에 문제 없어."

G&C의 최 대표에게 채우진을 추천받은 게 얼추 두 달이 되어갔다. 그 시간 동안 장수환 대표는 고민만 했던 게 아니었다.

"사실 계약 여부를 결정할 때 나도 나름의 고민이 많았다네. 하지만 내가 자네에 관해 평가를 부탁했던 두 분의 평을 듣고 채우진은 잡아야겠다는 결심이 서더군."

채우진의 경우 추천한 사람도 사람이지만, 장수환 본인도 아예 관심이 안 가는 상대는 아니었다. 그런데도 계약을 망설인 것은 그를 데려오면 TM과 더럽게 얽힐 게 분명해서다. 또한 본인은 모르는 것 같지만, 우진의 가족사 역시 나중에 한 번은 문제가 터질 수밖에 없는 사정이 있었다.

장수환은 자신이 연예계의 메디치가 되기를 소원했고 그러기 위해 노력하고 있었다. 일간에선 그래 봤자 연예 사업으로 돈을 버는 사업가라 치부하는 견해도 없지 않았다. 그러나 적어도 장수환은 자신의 아티스트들을 보호하고 지켜주는 데 최선을 다했다. 그들이 가장 좋은 환경에서 최고의 작품들을 만들 수 있게 지원 역시 아끼지 않았다.

다만 그런 장수환이 가장 싫어하는 것이 루머로 점철된 지저분한 스캔들이었다.

그로 인해 자신의 아티스트들이 제대로 작품 활동을 못 하고 회사가 내외부적으로 시끄럽게 시달리는 게 참을 수 없이 싫었다. 더욱이 장수환이 연예 사업에 뛰어들 때 집안에서 반대하던 이유가, 그의 사업으로 인해 그룹 이미지까지 영향을 받는 걸 저어해서다. 그걸 고려한다면 더욱더 조심스러울 수밖에 없었다.

최근엔 대기업이 나서서 연예 사업에 끼어든다지만, 장수환의 집안 자체가 워낙 보수적이라 엔터테인먼트 사업 자체를 반기지 않았다. 그래서 사람 하나를 뽑아도 개인의 성향과 주위의 환경까지 겹쳐서 따지게 된다. 아무리 탐이 나도 문제 요지가 있다면 가차 없이 쳐냈다.

그런데 채우진은 앞으로 그런 문제를 끌고 올 요건들을 몇 가지 지니고 있음에도 바로 패를 던질 수가 없었다.

문제가 될 것만 빼면 매력적인 마스크와 그 외로 완벽하다 할 수 있는 조건들, 그리고 이 바닥에서 구르다 보니 생긴 촉들이 채우진을 쉽게 포기할 수 없게 만들었다. 문젯거리를 감당할 각오까지 하면서 채우진과 계약을 맺을 만큼 그에게 가치가 있느냐를 두고 제법 오래 고민해야만 했다.

그런데도 결론이 나지 않아서 결국 최종적으로 두 명의 감독에게 그 공을 넘겼다.

"문승권 감독과 최이건 감독에게 내가 직접 물었지. 채우진은 어떤 배우냐고."

두 감독에게 직접 연락을 취한 것은 바로 장수환 본인이었다. 배우와의 계약 건으로 장수환이 직접 나선 것은 매우 드문 일인 만큼, 그의 고민을 알 수 있는 대목이었다.

"한 분은 매우 장황하게 자네 칭찬을 했지만 마지막 결론은 하나였어. 또 다른 한 분은 별다른 칭찬 없이 딱 한마디만 하더군. 그런데 두 사람의 말이 모두 똑같았어. 다음엔 자네가 주연인 영화를 찍고 싶다고 말이야."

첫 번째는 이미 명장이라 불리며 국내 영화계를 대표하는 유명한 감독이었다. 그리고 두 번째는 신흥 강자로, 독특한 감성과 새로운 연출로 국내보다 해외에서 더욱 입지가 굳은 감독이었다.

전자는 전형적인 흥행 감독이었고, 후자는 예술영화를 추구하는 감독으로 해외 영화제의 수상 경력이 화려했다. 이같이 서로 다른 색과 기질을 가지고 있는 두 사람에게서 채우진은 배우로서 인정을 받고 있었다.

"그리고 내가 먼저 원하지도 않았는데 두 분 모두 자발적으로 자네가 나온 영화의 편집본을 일부 보내주었네. 그걸 보고 결정을 내린 거야. 채우진은 우리 DS의 배우가 될 거라고."

정직하게 고백하자면 장수환은 그 편집본을 보는 순간 채우진이란 배우에게 반했다. 외모와 연기력뿐만 아니라 배우가 가져야 할 화면 장악력과 아우라까지 갖춘 채우진에게. 화면이 끝날 때까지 한시도 그에게서 눈을 돌릴 수가 없었다.

"멋있는 배우더군."

"좋게 봐주셔서 감사합니다. 하지만 걱정이 되기도 합니다. 영화야 워낙 감독님들이 잘 찍어주셨기에 잘 나올 수밖에 없었거든요."

"그래서 앞으로 자신이 없나?"

겸양을 떠는 사람들은 많이 보았기에 장수환은 대수롭지 않게 물었다.

"자신감의 유무를 떠나 지금은 저 자신의 노력과 성실함에 의지해 살고 있습니다. 다만 지금의 제가 완성형이 아니라는 걸 너무 잘 알아서 걱정되는 겁니다. 앞으로도 전 계속 최선을 다해 노력할 테지만, 노력이 항상 최고의 답과 결과만을 주지 않는다는 걸 저는 잘 알고 있거든요."

가깝게는 연습생 시절을 끝내면서 느꼈고, 멀게는 수많은 전생의 경험으로 우진은 인생의 쓴맛을 너무나 잘 알고 있었다. 노력이 항상 최고의 결말을 만들어내는 게 아니라는 걸. 그리고 초반의 좋은 운이 마지막 해피 엔딩을 보장하지 못한다는 걸 말이다.

솔직히 최근 운이 정말 좋았다. 다행히 자신을 좋게 봐주는 사람들을 만나고 작품을 함께하면서 즐거웠지만, 무섭기도 했다. 이런 행운이 언제까지 이어질까. 그리고 운이 따라주지 않을 때 과연 자신만의 힘과 노력으로 난관을 이겨내고 성공할 수 있을지 두려웠다.

그래서 기획사와의 계약을 긍정적으로 생각하게 된 것이다. 원래는 예전 일 때문에 당분간 혼자서 해보려고 했는데 송재희의 설득이 큰 영향을 주었다.

혼자라면 호미 히니로 자신을 지킬 수밖에 없지만, 소속사는 앞에서 가래로 대신 막아준다고 했다. 소속 연예인이 이렇듯 믿고 의지하는 기획사라면 한번 믿을 만하다는 판단이 들었다. 다만 철모르던 시절 기획사와의 계약 자체만으로도 마냥 들뜨고 행복했던 우진은 이젠 없을 뿐이었다.

"현재진행 노력형이란 의미인가. 차라리 더 마음에 드는 대답이군. 요즘은 알량한 실력만 믿고 주위에서 조금만 치켜세워 주면 당장 스타라도 되는 양 착각하는 친구들이 많거든. 자네가 말하고 싶은 것은 완성형이 아닌 자네가 앞으로 어떻게 될지 모르는데, 무작정 계약했다가 나중에 천덕꾸러기가 되는 건 아닐까 걱정이 된다는 거지?"

장수환 대표는 우진이 차마 표현하지 못했던 심정을 꼭 집어 냈다.

우진이 전에 있었던 TM도 국내에서 알아주는 기획사로 몇 손가락 안에 드는 곳이었지만 DS에 비할 바는 아니었다. 하늘 위의 하늘이란 표현이 맞을 정도로 DS의 위상과 기획력 등은 단연 최고라 일컬어도 부족함이 없었다. 그렇다고 해서 TM이 하던 짓을 DS는 하지 않을 거란 보장은 없었다.

달면 삼키고 쓰면 버리는 대신 이용하는 곳이 바로 연예계였고, 그 정점에는 바로 기획사가 있었다. 버리는 것보다 더 못할 짓을 아무런 죄책감 없이 저지르는 곳들이었다.

"제 처지에 DS에서 계약을 제안하면 감지덕지 받아들여야 한다는 거 잘 알고 있습니다. 그만큼 가진 게 아무것도 없으니까요. 저에게 무엇을 보셨는지 사실 저로선 아직 잘 모르겠지만, 대표님의 안목이 좋은 건 유명하시니까 그만한 이유도 있을 거로 생각합니다. 제게 부족한 게 있다면 그걸 보완해 줄 방법도 있을 테고요."

우진의 말에 장수환 대표는 흡족하게 고개를 끄덕였다. 연예인이나 예술가들에 대한 지원과 조력만은 그 어느 곳보다 DS가 최고라고 자신하기 때문이다.

"그런데 그 방법이 스폰서를 대주는 것만은 아니었으면 합니다."

"……!"

우진의 말에 장수환은 처음에는 무슨 소리인가 경악했다가 차차 정황이 일목 정연하게 정리가 되었다.

채우진에 대한 보고서에는 TM에서 방출된 것이 멤버들 간의 불화라고 적혀 있었다. 하지만 이해가 되지 않은 게, 장수환이 TM의 대표였다면 절대 우진을 내보내지 않았을 것이기 때문이었다.

멤버들과의 불화 때문에 함께 데뷔시키지 못했더라도 그걸로 모든 게 끝은 아니다. 저만한 외모에 듣자니 노래도 잘 부른다는데, 새로 아이돌 그룹을 형성하거나 배우로 전향을 시켰을 것이다. TM은 배우도 제법 있었기에 전혀 방법이 없었던 것도 아니다. 그런데 그곳 대표는 채우진을 방출하는 것을 선택했다.

"혹시나 해서 묻는 건데… 혹시 TM에서……."

"TM에선 스폰서 제안을 받아들이지 않으면 데뷔를 시켜주지 않겠다고 했습니다."

"그래서 받아들였나?"

"당연히 아니죠. 거절하자 그럼 평생 연습생으로 살아보라는 협박을 당했습니다."

"그런데 자네는 방출이 되었지."

협박했다는 것은 채우진을 쉽게 놔줄 생각도 없었다는 뜻인데 장수환이 알고 있는 결과와는 맞지 않았다.

"제가 그쪽 대표님과의 대화를 녹음했거든요. 그걸로 도리어 협박을 좀 했습니다."

스폰서 건은 극히 비밀이어야만 했다. 그래서 팀장이나 실장급이 아닌 대표가 바로 우진을 불러서 은밀히 제안했었다.

정공법으론 아랫사람에게 시켰다가 혹여 일이 커지면 대표는 모르는 일이라고 꼬리를 자르는 게 보통이다. 그런데 대표가 직접 나섰다는 건 스폰서 상대가 그만큼 비밀을 요하는 중요 인사였을 거란 추측이 들었다.

하여튼 그 덕에 회사 내에 소문나지 않고 아무 잡음 없이 계약 해지를 할 수 있었다.

"TM에선 방출된 것이 아니라 자네가 나온 것이군. 그럼 그 녹음 파일은 넘겼나?"

"그것은 넘겼습니다."

"그것은?"

"설마 그쪽 대표님이 절 한두 번 불러서 말했겠습니까. 그때마다 다 녹음했었고 제가 들이민 것은 마지막 녹음 하나뿐이었습니다."

다른 녹음이 있다는 걸 들키지 않기 위해 대표와의 마지막 대화 후에 그 자리에서 녹음하고 있었다는 걸 순진한 척 말했다. 더는 참지 못해서 오늘은 대화를 녹음했다는 듯 일부러 흥분한 척 연기했다. 당장 계약 해지를 하지 않으면 이걸 언론사에 뿌리겠다고 난리를 피웠는데 그게 다행히 먹혔던 거다.

일이 커지는 것은 물론, 다른 직원들이 스폰서 문제를 알게 될 걸 꺼리던 대표는 그 자리에서 변호사를 불러 계약 해지에 관한 문제를 해결해 줬다. 대신 우진은 녹음이 저장된 폰 자체를 그 자리에서 대표에게 건넸다.

우진이 녹음 파일을 다른 곳에다 저장할 틈을 주지 않기 위해 일을 서둘렀던 대표는, 폰을 넘긴 것 자체가 다른 의심을 사지 않기 위한 계획이었다는 걸 몰랐다.

TM의 대표는 우진이 순진하고 심성이 바른 아이라고만 알고 있었다. 순진하다고 해서 멍청하다는 뜻이 아닌데도 사람들은 이를 종종 착각하곤 했다. 계략을 음험함과 음모로 여기는 이들이 주로 하는 실수였다.

"이해했네. 그런데 그걸 내게 말해주는 의도가 무언가. 내가 TM 대표와 똑같은 짓을 하면 어쩌려고. 이 사실을 알았으니 나는 어쩜 더 교활하게 굴지도 모르는 일이잖은가. 아니면 나는 절대 그렇지 않을 거라고 믿어서 말해주는 건가?"

자신이 그런 짓을 하지는 않겠지만 장수환은 우진의 속내가 궁금했다.

"일단은 송재희 선배가 했던 말을 믿지만, 앞날은 모르니 계약서에 꼭 명시해 주시길 바라는 마음에서 말씀드린 겁니다.

회사 측이든 아니면 저 스스로든 스폰서를 제안하거나 허락하면 자동으로 계약을 해지한다는 내용을 기재했으면 합니다."

송재희가 지나가듯 해주던 이야기에 의하면 DS는 소속 아티스트들이 개인적으로 만든 스폰서도 용납하지 않는다고 했다. 들키면 즉시 퇴출이라고 은근히 자부심을 보이기도 했다. 그러니 믿고 DS에 들어오면 좋겠다고 그녀는 우진에게 바람을 넣었다.

하지만 TM이 그럴 줄 몰랐던 것처럼 DS라고 뒤에서 무슨 짓을 할지 모르는 일이다.

그래서 이렇게 미리 밝힘으로써 만약에 생길 수 있는 조금의 가능성마저 차단해 버린 거다. 연예인이라고, 기획사라고 해서 모두 스폰서가 있고 권하는 게 아니라는 건 안다. 다만 지난 경험이 우진에게 신중함을 요구하게끔 하였다.

혹시나 DS가 소속 아티스트들에게 스폰서를 제안해도 자신에게는 하지 말라는 연막이 필요했다.

"그렇게 한다면 나야 환영이지. 난 연예인은 현대를 대표하는 예술인이라고 생각하는 사람이야. 예술인들은 작품과 실력으로 평가받고 이름을 알려야지. 그 외의 것으로 격을 떨어뜨리는 것들은 내가 용납 못 해."

아닌 말로 장수환이 처음 연예 사업을 시작하고 엔터테인먼트를 차렸을 때, 스폰서 제안을 하던 기업인과 정치인들이 다수 있었다. 만약 그것을 받아들인다면 자기가 포주와 다를 게 없는데, 어이가 없는 일이었다. 다른 의미에서는 자신을 모욕하는 행위와도 같아서, 시간을 두고 차근차근 복수를 해주었다.

다행히 그에게는 그럴 만한 배경과 권력과 돈이 있었다. 그런 제안을 했던 기업인은 지금은 망했거나 경영권을 빼앗겨 뒷방으로 쫓겨나고 말았다. 정치인들과 고위 공무원들은 권력의 중심에서 밀려나 사라졌다.

장수환의 주장에 따르면, 예술을 감상의 대상이 아닌 색을 탐하기 위한 도구로만 아는 것들은 사회의 악과도 같았다.

"스폰서가 원래 그런 의미가 아닌데 이상하게 왜곡되고 말았어. 우리 DS에서 스폰서는 오직 나 하나로 충분하네. 나는 예술을 사랑하는 사람으로서 내 아티스트들을 아끼고 그들이 꽃을 피울 수 있도록 도와주는, 진정한 후원을 하고 싶어서 이 회사를 차린 거야."

나 같은 부자도 한둘은 있어야지 않겠냐고 장수환은 호탕하게 웃었다. 자신과 뜻이 맞는 채우진으로 인해 그는 무척이나 기분이 좋았다.

TM처럼 질 낮은 스폰서 제안을 소속사가 나서서 권하는 곳이 있는가 하면 반대의 경우도 없지 않았다. 빠른 성공과 부를 위해 연예인 본인이 찾아다니는 일도 적지 않아서 도리어 소속사가 곤란할 때가 있었다. 이런 자들은 처음부터 추려낸다고 해도 마음속 어두운 욕망까진 알 수 없어서 나중에 그들에게 뒤통수를 맞기도 했다.

그런 면에서 장수환과 채우진은 서로 의견이 일치하고 있었다.

"그리고 또 드릴 말씀이 있습니다."

하지만 기분이 좋은 장수환과 달리 우진은 여전히 진지하고 심각했다.

"그래, 뭐든지 말해봐. 계약 진에 이것저것 다 따지고 조율해 봐야지."

"제가 DS와 계약하고 만약에 성공한다면 TM에선 저를 가만히 두지 않을 가능성이 큽니다."

"알고 있었나?"

뜻밖이라는 듯 반응하는 장수환에게 우진은 고개를 끄덕였다.

TM은 유독 놓친 고기에게 집착하는 경향이 있었다. 모두에게 그러는 건 아니었다. 이미 스타인 상태로 들어왔다가 나가거나, TM에서 데뷔해 스타가 되어 나간 이들에게는 쿨한 이별을 선사한다. 대신 연습생이었거나 데뷔했어도 빛을 못 보다가 TM을 나간 후에 잘된 이들에게는 그러지 못했다.

그렇다고 자기들에게 다시 돌아오게 하려는 게 아니었다. 도리어 다시는 일어서지 못하게 망가뜨리는 게 그들의 집착 방법이었다.

우리의 안목이 안 좋아서 놓친 게 아니다. 원래 저들에게 문제가 있어서 우리가 먼저 버린 거라고 증명이라도 하듯이 말이다. 그 수법이 교묘하고 사례가 흔하지 않아서 대중은 아직 제대로 인식하지 못하고 있을 뿐이었다.

사실 TM을 나와서 스타급으로 성공한 유례가 얼마나 있겠는가. 게다가 대놓고 직접 치는 게 아니라, 그들은 제3의 손을 이용해 치명적인 스캔들로 몰아붙이는 수법을 사용했다. 이런 종류의 일을 해주는 몇몇 기자들과의 유착도 깊어서 일은 언제나 매끄럽게 처리됐다.

"TM이 그러는 거 업계에서도 아는 이들이 별로 없는데 제법이군. 맞아, 자네와의 계약을 망설였던 가장 큰 이유가 바로 TM의 연습생이었단 과거 때문이었네. 그럼에도 불구하고 나는 선택했고, 그건 모든 걸 감당하겠다는 뜻이기도 해. 그런데 자네는 어떻게 알았나? 그치들이 워낙 교묘해야지."

혹시나 했지만 장수환이 이미 알고 있다는 말에 우진은 비로소 마음이 편하게 가라앉았다. 말은 안 했어도 알게 모르게 자신이 이를 걱정하고 있었다는 걸 새삼 깨달았다. 우진은 TM의 진실을 안 순간, 자신을 지켜줄 소속사를 찾고 있었다.

"사실 저도 최근에야 알게 되었습니다. 아니, 느꼈던 거죠. 저보다 몇 년 선배였던 연습생 형이 최근 스캔들에 휩싸이면서 몰락하는 걸 보고서요. 그리고 다른 경우들도 찾아봤는데 모두가 비슷한 경로로 연예계를 떠난 걸 알아냈습니다. 그리고 최초 의문을 제기하고 증거를 들이대던 기자들 몇몇이 항상 같다는 것도 알게 되었고요."

"이형진 말이군."

요즘 연예계를 뒤흔드는 사건은 단연 이형진 사건이었다.

TM에서 오랜 세월 연습생으로 있다가 결국 다른 소속사로 옮긴 그는 올해 초에 서서히 빛을 보기 시작했다. 음악 예능 프로에 나가서 가창력을 인정받으면서, 내놓는 음원마다 모두 차트를 휩쓸며 그야말로 승승장구. CF와 온갖 예능 방송에 얼굴을 비치며 이름을 날렸다.

올 상반기를 빛낸 최고의 신인이라면 단연코 이형진이라고 해도 과언이 아닐 정도였다. 그런데 어느 날부터인가 루머가 떠돌기 시작했다. 이형진이 학창 시절 일진이었으며 그가 주도한 왕따로 당시 한 학생이 자살까지 했다는 이야기였다.

동창이라는 사람들의 증언이 하나씩 올라오고 자살한 학생과 찍은 사진이 공개되기도 했다. 하필 이형진이 친구의 목을 붙잡고 있는 모습이 찍힌 사진이었다. 각도의 차이로 상대방의 얼굴은 잘 보이지 않는 반면, 이형진은 환하게 웃고 있어서 파장은 더욱 컸다.

"그 친구의 죽음으로 형의 충격이 정말 컸다고 들었습니다. 진짜 친한 친구였는데 그렇게 가서 저랑 처음 만났을 당시엔 슬럼프로 거의 노래도 부르지 못할 정도였거든요. 형이 학교 다니면서 어울린 친구들이 소위 모범생들은 아니었지만, 그렇다고 일진은 아니었어요. 좀 노는 애들이었는데 형진이 형이 연습생이 되면서 그들하고 어울리는 시간이 줄었다고 들었습니다. 그러는 사이에 그 친구들 일부가 진짜 일진이 되었고 그들이 형 친구를 왕따시켰던 거죠."

"원래 있었던 사실을 터뜨린 게 아니라 왜곡했다는 말인가?"

워낙에 증거와 증언들이 많아서 장수환 역시 TM에서 터뜨린 스캔들이라는 걸 알면서도 이형진이 유죄라고 생각하고 있었다.

장수환이 이 일에 관심이 큰 이유는 루머가 터지기 전부터 그가 이형진을 욕심냈기 때문이었다. 이미 다른 기획사 소속이었기에 계약 기간이 끝날 때까지 기다려야 하나, 혹은 위약금을 지급해 주더라도 스카우트를 해야 하나 고민이 깊었다.

자주 있는 일이 아니라 장수환 역시 잠시 TM과 이형진과의 관계를 신경 쓰지 않았다. 그리고 스캔들이 터지자 새삼 TM의 만행을 기억하게 되었다. 그와 비슷한 시기에 채우진을 추천받는 바람에 장수환의 고민은 배가 될 수밖에 없었다.

"형진이 형은 친구가 왕따를 당했다는 사실을 나중에야 알았다고 했습니다. 그때 정말 힘들었다고 한 번은 취해서 울며 이야기했던 적이 있거든요. 물론 저야 형이 하는 이야기만 전해 들었을 뿐이지만, 술에 취해 제정신이 아닌 사람이 일부러 그런 거짓말을 하지는 않았을 거라 믿고 싶습니다. 지금 인터넷에서 난리가 난 사진도 형 지갑에서 본 적이 있어요. 서로 장난칠 때 찍힌 건데 얼굴은 안 나왔지만, 그 친구와 마지막으로 찍은 사진이라 소중히 보관하고 있다고요."

하지만 진실은 묻히고 지금 이형진은 친구를 죽음에 몰아넣은 살인자가 되어 있었다. 오로지 자살한 친구의 유가족만이 그의 편을 들어 해명해 주었다. 이형진은 장례식 내내 자리를 지켰으며 6년이 지난 지금까지도 친구의 기일에 찾아온다고 말이다. 그러나 이미 한쪽으로 치우친 대중에게는 들리지 않는 호소였다.

해명 기사가 나오면 다시 그에 관한 반박 기사가 나오면서 이형진은 유가족까지 속인 가면을 쓴 파렴치한이 되어갔다. 집요하다 할 정도로 사람을 난도질하며 재기 불능으로 만들었다.

예전에 들었던 이야기에 의하면 왕따를 주도한 이들 중에 재력가의 아들이 있다고 했다. 게다가 검사인 숙부의 개입으로 유서가 있었음에도 사건이 흐지부지 처리되었다는 거다. 그래서 더욱 화가 난다고 분통을 터뜨리던 이형진을 아직도 기억하기에 우진은 어처구니가 없었다.

친구의 유가족은 그냥 평범한 소시민이었고 이형진의 지금 소속사 역시 중소 기획사일 뿐이었다. 자신을 지키기엔 그들은 힘이 없었다.

혹여 나중에라도 진실이 밝혀진다고 해도 한번 훼손된 이미지는 돌아오기 힘들 터였다. 개중에는 진실을 믿지 않고 끝까지 왜곡이 사실이라 믿고 이형진을 불신할 게 분명했다. 꼬리표처럼 달라붙은 편견은 연예인에게 치명적인 이미지라 과연 재기할 수 있을지는 불확실했다.

TM이 노리는 게 이런 거였다. 나중에 진실이 밝혀져 봤자 대중의 의심은 여전히 남아 있게 된다. 한번 생긴 불신은 새로운 증거에 부정적이고, 죄 없는 사람을 비난했던 자신의 과오를 인정하고 싶지 않은 심리. 루머를 잊고 살면서 나중에 밝혀진 진실에는 관심이 없는 이들은 어디에도 많았다.

우진의 첫 영화인 'Death hill'의 개봉일이 이제 3주가 남아 있었다. 그로부터 6~7주 후면 'Glooming day'도 개봉하게 된다.

영화의 흥행 여부는 아직 모른다. 혹여 흥행하더라도 우진의 이름은 그냥 묻힐 경우가 더 많았다. 하지만 이제부터 본격적으로 연예계에 발을 들이민 자신을 두고 TM에서 어떻게 나올지는 아무도 모르는 일이었다.

TM은 항상 크게 성장하기 직전, 팬덤이 약하고 대항할 힘이 미약할 때 상대를 공격했다. 그때가 가장 손쉽게 상대를 제

거할 기회이기 때문이다.

"TM에서 저를 걸고 넘어갈 거리는 거의 없습니다. 학교에서는 정말 공부밖에 한 적 없고 친구들 역시 저와 비슷한 애들밖에 없고, 아직 사이가 틀어진 친구도 없고요. 남은 것은 데뷔 직전 멤버들 간의 불화로 팀에서 빠진 것과 TM에서 방출된 것뿐이죠."

누명을 씌우고 루머를 만들더라도 어느 정도 근거는 있어야 하는데 우진에게는 그런 게 없었다.

"그런데 몇 년 전에 TM을 나왔던 여선배 하나가 스폰서가 있다는 루머로 지금은 화면에서 완전히 사라졌다는 걸 알고, 왠지 저에게도 비슷한 덫이 씌워질 것 같은 예감이 들었습니다. 아니면 멤버들의 증언으로 저는 완전 쓰레기가 되겠죠."

우진이 거절한 자리를 분명 다른 누군가는 받아들였을 것이다. 대리자가 누구인지 우진은 짐작이 되지만, 만약 스캔들이 터지면 그 대신에 자신의 이름이 거론될 거란 느낌이 들었다. 아니면 멤버들의 불화 원인이 그에게 있어서 결국 데뷔를 하지 못했다는 이야기가 떠돌거나. 어쨌든 저들은 다섯이니 말을 맞추면 우진 하나 쓰레기로 만드는 건 일도 아니다.

채우진에 관한 모든 것을 찾아 검토한 장수환 역시 그에게 문제가 될 과거가 없다는 건 알고 있었다. 만약에 있다면 현재 블루핏으로 활동 중인 아이돌 멤버들과의 불화인데 장수환이 알아보기론 채우진은 피해자였다.

우진은 모르지만 이미 그에 대한 증거와 자료까지 모아둔 상태였기에 공격을 받아도 충분히 방어할 수 있었다.

다만 우진의 부친 쪽 가족관계나, 차후에 생길 수 있는 거짓 루머가 언제 터질지 모르는 폭탄이었다. 하지만 이 모두를 심사숙고한 장수환으로선 감당할 자신이 있었기에 채우진의 손을 잡기로 한 것이다. 이에 몇 가지 경우의 수가 늘었다고 해서 달라지는 건 없었다.

"확실히 저쪽에서 어떻게 나올지 알고 있으면 우리로선 대비할 여유가 있지."

언론을 이용하는 법은 TM보다는 DS 쪽이 더 유능했다. TM의 대표가 똑똑하다면 DS의 사람이 된 채우진은 그냥 내버려 두는 게 가장 현명한 방법일 것이다. 장수환은 사실 그럴 가능성을 크게 염두에 두고 있었다. DS를 상대로 무모한 짓을 할 정도로 TM의 대표가 어리석지 않을 거라 믿고 싶었다.

"무엇보다 저에게는 분명한 증거물이 있거든요."

"그래, 녹음한 것은 정말 잘한 일이야. 그만한 증거도 없지. 그런데 멤버들 간의 불화는 어떻게 할 건가. 그쪽은 다섯이라서 우리가 불리해."

장수환은 이미 확보한 증거물이 있음에도 우진을 떠보았다.

"설마 제가 그쪽 대표님과의 대화만 녹음했겠습니까. 게다가 그들하고의 일은 영상까지 있습니다."

피식 웃는 우진을 보며 장수환은 순간 멍하니 그를 보았다. 영리한 친구라는 건 알고 있었지만, 그건 공부 머리이지 이런 융통성을 가지고 있을 줄은 미처 상상도 못 했다.

기실 녹음과 동영상 촬영은 친구인 현민의 제안이었다. 멤버들에게 괴롭힘을 당한다는 걸 알고, 친구는 먼저 증거를 잡아야 한다며 몰래 동영상을 찍는 방법과 온갖 종류의 녹음기들을 우진에게 가져다줬다. 녹음은 항상 여러 개를 가지고 동시에 해야지 하나를 들켜도 다른 하나는 남을 수 있다면서 말이다. 덕분에 비슷한 시기에 스폰서 제안을 하던 대표와의 대화도 자연스럽게 녹음할 수 있었다.

현민이 그가 멤버들에게 맞는 동영상을 보고 결국 폭발해서 숙소로 쫓아가 난리를 피우긴 했지만, 두 사람 모두 동영상의 존재는 끝까지 말하지 않았었다. 언제 쓸 거란 보장은 없어도 미래는 모르는 일이라 보험처럼 가지고 있었던 것이다.

잠시 장수환과 우진의 시선이 마주치다가 두 사람은 동시에 웃었다.

장수환은 채우진의 이런 의외성도 마음에 들었다. 그래, 나쁘지 않았다. 화면 속에서 우진은 정말 매력적인 배우인 데다가 현실의 그는 영리하고 현명하기까지 했다. 이만큼 완벽한 것도 없었다.

"그럼 이젠 우리 계약에 관해서 의논할 차례군."

최후의 걸림돌마저 사라진 이상 더는 미루고 재볼 필요가 없었다.

◆　　◆◆◆　　◆

퇴근한 어머니에게 저녁을 차려주며 우진은 오늘의 일에 관해 이야기했다.

"어머니, 저 오늘 DS와 계약했어요."

"DS? 그게 뭔데?"

"연예 기획사요. DS라고 유명한 기획사인데 오늘 계약까지 끝내고 왔어요."

"계약서는 잘 봤니? 불공정 계약이라든가 노예 계약 같은 거 아니지? 네 외삼촌이 혹시 너 계약할 일이 있으면 자기 찾아오라고 했는데 벌써 한 거야?"

연예계에 관심 없지만 뉴스는 꼬박꼬박 챙겨보는 어머니는 연예계의 고질적인 계약 문제에 대해서는 근심이 많았다. 그것은 외삼촌도 마찬가지였던 모양이다. 두 사람이 머리 맞대고 걱정했을 장면이 떠올라 우진은 설핏 웃음이 나왔다.

"단어 하나하나 꼼꼼히 살폈으니 걱정 마세요. 외삼촌께도 걱정해 주셔서 고맙다고 전해주시고요."

"그래도 전처럼……."

"그땐 어렸는데도 그쪽 변호사가 질릴 정도로 따져서 계약 자체에는 아무 이상 없었어요. 그래서 소속사에서 나올 때도 아무 잡음도 없었잖아요. 지금은 오죽할까. 이번에도 회사 변호사가 질려 할 만큼 제가 챙길 것은 다 챙겼어요."

외조부와 연을 끊었다지만 어쨌든 외가가 법조계 집안이었다. 아직은 비밀이지만 어머니의 희망을 들어드리기 위해 사법 시험 준비도 차근차근히 하고 있었다. 법에 무지한 일반인과는 다를 수밖에 없었고, 무엇보다 지금 우진에게는 전생의 기억까지 탑재된 상태다.

현재의 법과는 매우 달라도 수많은 전생 중에서 법과 관련된 일도 했었기 때문에 세상을 사는 이치와 법에 자연 능통해졌다. 게다가 우진의 직전 생이 바로 뉴욕에서 활동하던 이탈리아계 마피아 보스였다.

집안의 가업이라 억지로 이어받았지만, 나름 뛰어난 마피아 보스로 세계에 이름을 날렸더랬다. 그 시대 어둠의 세계에 살면서 사고사가 아닌 노환으로 수명이 다해 죽을 정도면 충분히 유능하단 증거였다. 아직도 인터넷에 이름을 쳐보면 관련 자료가 우르르 나올 정도로 악명 역시 높았다.

취미가 명화와 고서적 수집으로 사실은 화가가 되고 싶었던 남자였지만, 법 위의 법을 다스리며 군림하는 삶을 살았다.

법치를 벗어나는 방법과 세상의 악이라 불리는 모든 불법에 대해서는 이미 통달하고도 남았다. 다만 그 모든 지식과 기억에도 불구하고 우진의 심성과 성격에는 변화가 생기지 않을 만큼 그의 중심은 단단했다. 그런 우진이 한낱 기획사와의 계약에서 불리한 서류에 사인할 리가 없었다.

"일단 배분은 오 대 오부터 시작하기로 했어요. 대신 수입에 따라 배분은 슬라이딩 시스템으로 상시 바꿀 수 있게 했고요."

"슬라이딩이라면 네가 많이 벌수록 배분을 더 많이 할당받을 수 있다는 말이지?"

"응, 원래는 1년이나 2년마다 상황에 맞춰 배분에 대한 계약을 다시 하는데 저는 기준을 6개월로 잡았어요."

지금은 5 대 5지만, 일정 수준의 수입과 명성을 올리게 되면 최고 2 대 8까지 조정할 수 있었다. 물론 우진이 8의 배분을 받는 계약이었다.

"그게 좋은 거니?"

"제가 아무런 활동도 안 하고 못 뜨면 소용없지만, 짧은 사이에 갑자기 뜨게 되고 CF나 뭐다 해서 갑자기 수입이 늘게 될 경우엔 유리한 내용이에요. 아무래도 1~2년마다 배분율을 고치면 그 기간 기획사가 가져가는 게 많아지는 만큼, 나는 적게 받게 되니까."

"과연 그런 날이 올까?"

장난기라곤 조금도 없이 진지하게 묻는 어머니 때문에 우진은 그녀의 시선을 피하며 울상을 지었다.

"그런 말 하지 마요. 우울해지잖아."

박은수가 아들의 연예계 진출을 탐탁지 않아 하는 이유 중 하나가 성공에 대한 가능성이 매우 낮기 때문이었다.

이리 봐도 저리 봐도 잘생기고 잘난 내 자식이지만, 그건 어디까지나 콩깍지 때문이라고 생각했다. 그녀는 늘 자식들 외모를 보이는 것보다 절반 이상은 깎아서 평가했다.

물론 남의 아이들을 보다가 제 자식을 보면 확실히 잘나 보이긴 했다. 하지만 그렇지 않은 부모가 어디에 있을까. 내 자식은 원래 귀하고 어여쁠 수밖에 없다. 치우친 감정만 믿고 만용에 빠지느니, 겸손과 현실을 배우길 바라는 마음으로 박은수는 자식들을 키웠다.

이런 어머니의 교육 방침에 따라 우진과 우희는 자신의 외모에 박한 평가를 하는 경향이 있었다. 부족한 것이 많은 자신이 이 험난한 외모지상주의 시대에서 살아남기 위해선, 항상 노력하고 실력을 쌓을 수밖에 없다고 늘 숙지하며 살았다.

"대신 열심히 할게요."

노력은 배반하지 않는다. 다만 그게 성공으로 이어진다는 보장이 없을 뿐. 그런데도 최선을 다해 살아볼까 했다. 그게 우진이 자기 자신과 가족을 사랑하는 방법이었다.

"그래, 엄마는 우리 아들을 믿어. 무엇을 하든 네가 행복하다면 엄마도 행복해."

박은수는 아들을 안아주며 그의 등을 토닥여 주었다. 현실을 돌이켜 보라며 너무 냉정하게만 말한 게 아닐까 걱정했는데, 우진은 늘 그렇듯 굳건하게 흔들리지 않았다.

"저도 그래요. 그러니까 엄마도 우리 눈치 보지 말고 엄마가 행복할 길을 걸어가."

"……!"

"우희한테 들었어요. 아저씨가 청혼했다면서? 고민하고 이리저리 따지는 것은 좋은데 엄마가 고민하고 걱정하는 것 중에서 우리가 어떻게 생각할까, 눈치 보는 것은 없었으면 좋겠어요. 우리 둘 다 이제 다 컸고 앞으로 우린 우리가 행복해질 길을 찾아갈 테니까. 엄마도 엄마의 행복을 찾아요. 엄마의 선택에서 우리가 걸림돌이 된다면 정말 슬플 것 같아."

아들의 말에 박은수는 절로 눈물을 흘리고 말았다. 그 눈물을 다정하게 닦아주며 웃는 아들을 보며 박은수는 살짝 고개를 끄덕였다.

첫 번째 결혼은 집안끼리 정한 혼처로 그녀의 의견은 전혀 반영되지 않았었다. 선으로 만나긴 했지만, 어차피 처음부터 거부는 있을 수 없는 만남이었다.

아버지가 알아서 좋은 사람으로 짝을 지어주실 거라 믿었다. 조건만으론 무엇 하나 서로 빠질 게 없던 결혼이었고, 사랑은 없어도 결혼 생활에 최선을 다했다. 아이들이 태어나 자라면서 어느새 남편에게 정이 들기도 했었다.

하지만 그건 혼자만의 착각이었고 남편이란 남자의 민낯을 알게 되었을 때는 아버지마저 원망스러웠다. 그래서 이혼으로 남편과 아버지, 두 사람과 연을 끊는 데 어떤 미련이나 아쉬움도 생기지 않았었다.

반면 지금 만나고 있는 최민우가 청혼했을 때는 정말 행복했다. 그리고 그와 헤어진다면, 상상하는 것만으로도 암울하고 슬펐다. 하지만 과연 그의 손을 잡아도 되는지 망설일 수밖에 없었다. 이젠 여자라기보다는 두 아이의 엄마란 책임감이 더 크게 다가오는 처지였기 때문이었다. 그런데 자식들은 이제 그녀에게 여자로 살라고 한다.

"어머니의 선택은 언제나 옳았어요. 그래서 저와 우희는 어머니가 무얼 선택하든 늘 믿었고 언제나 행복할 수 있었던 것 같아요. 그러니까 아무 걱정하지 말고, 지금처럼 앞으로도 우리 계속 행복하게 살아요."

"응, 그러자."

한결 편안해진 얼굴로 환하게 웃는 어머니를 마주 보며 우진 역시 함께 웃었다. 만약에 잘못된 선택을 하더라도 무엇이 걱정일까. 순간은 아프고 힘들더라도 가족이 함께인데 언제든지 다시 시작하면 되는 일이었다.

어머니와 대화를 끝내고 방으로 들어온 우진은 바로 책상에 앉았다. 배우로 데뷔한다 해도 공부는 꼭 열심히 할 작정이었다. 요즘은 연예인도 학벌이 좋으면 시너지 효과가 커서 그 자체만으로도 주목을 받았다.

많지는 않지만 우진과 같은 대학교를 나왔다는 것만으로도 관심이 높아지고 몸값이 올라가는 이들이 있었다. 외모는 포기했으니, 실력 이외에 대중의 관심을 사로잡을 수 있는 게 있다면 무엇이라도 이용할 판이다.

좋은 학력에 성적까지 좋으면 그 관심은 배가 될 터였다.

"이런 게 관심종자인가."

어떻게든 관심받고 싶어서 별짓을 다 한다 생각하면서 우진은 민법서를 꺼내 들었다. 법조계로 나갈 생각은 전혀 없지만, 사법시험을 보는 건 어머니의 일대 소원이었다. 못하는 게 아니라 안 하는 거라고, 사람들, 특히 외조부에게 보여주길 바라는 마음에서다.

이혼하고 혼자서도 자식들을 이렇게 잘 키웠다고 내보이고 싶은 어머니의 마음이 짜증보다는 연민을 일으켰다. 아직 어머니껜 비밀이지만 대학에 들어가자마자 우진은 사법시험을 준비했다.

2학기 수강 신청만 잘하면 자격 조건인 법학 과목도 모두 이수할 수 있을 터라 내년엔 도전해 볼 계획이었다.

우진은 지난 999번의 생들을 통틀어 보아도 지금의 어머니와 여동생만큼 가족을 사랑해 본 적이 없었다. 그래서 두 사람이 원하는 것은 최선을 다해 이뤄주고 싶었다. 사랑하는 가족을 위한 노력은 애정의 증표이지 희생이 아니었다.

"뭐, 1차라도 붙으면 유명세에 도움은 되겠지."

더불어 자신의 꿈을 향해 조금씩 나아가는 디딤돌로도 이용할 계획이라 나쁠 것은 없었다. 여러 삶을 살아본 결과 깨달은 것은 공부해서 남 주지는 않는다는 거였다.

◆　　◆◆◆　　◆

우진의 매니저는 경호를 맡아도 될 정도로 우람한 체격과 조금은 사나운 외모로 전직이 의심 가는 분위기를 뿜어댔다. 그럼에도 불구하고 이름만은 참 어여뻤다.

"강호수라고 합니다. 올해 서른하납니다."

"채우진입니다. 제가 스물셋이니 말은 편하게 놓으세요. 그런데 제가 호칭을 어떻게 하면 좋을까요?"

나이 어린 자신이 강호수에게 '씨'라고 하면 너무 거리감이 들고 오히려 하대하는 느낌이 들었다. 그렇다고 허락도 없이 바로 '형'이라고 부르면 버릇없어 보일까 봐 우진은 조심스러웠다.

"우진 씨만 좋다면 그냥 형이라고 불러도 좋습니다."

"그럼 앞으로 호수 형이라고 부를게요. 그러니 형도 편하게 절 우진이라고 불러주세요."

"제가 성격이 내성적이라 처음부터 말을 편하게 놓는 성격이 못 됩니다. 차차 노력하겠습니다."

외모와는 달리 수줍게 웃는 모습이, 분명 수줍어하는 기색이 분명한데 표정만은 조금 무서웠다. 강호수의 굵직한 손을 잡고 악수하는데 저도 모르게 움찔거릴 정도로.

좋게 봐야 전직이 운동선수나 군인 정도로 예상했는데 강호수는 전문적으로 매니지먼트를 배운 사람이었다. 그는 나중에 DS의 임원이 되는 게 꿈이라며 포부를 밝히기도 했다.

보통은 자기 회사를 차리는 게 최종 목표가 아니냐고 우진이 묻자, DS 때문에 눈이 높아져서 굳이 아류를 만들어 전전긍긍하는 것보다 이곳에 남아 일인지하 만인지상이 되고 싶다고 대답했다.

"야망이 큰 건가요?"

"큰 겁니다."

당당하게 주장하던 강호수는 그의 포부만큼이나 일 솜씨가 꼼꼼하면서 곳곳에 배려가 스며 있었다.

"내일은 우선 건강검진부터 받을 계획입니다. 오늘 저녁부터 금식하시고 여기에 적힌 대로만 하시면 됩니다. 그리고 모레는 스타일리스트를 만나 우진 씨의 전체적인 스타일링을 체크할 거고요. 개인적으로 좋아하는 브랜드와 색, 혹은 스타일이 있으시면 여기에 적어주세요. 프로필 사진은 우진 씨 스타일링이 잡히면 찍을 계획인데 혹시 원하는 사진작가가 따로 있습니까?"

강호수는 질문지 여러 장을 우진에게 내밀었다. 질문지에는 생년월일과 가족관계에서부터 지금까지의 세밀한 학력, 우진의 개인적인 취향들에 관한 여러 질문이 있었다. 기본적으로 매니저가 알고 있다면 굉장히 유용할 정보들에 관한 물음들이었다.

"혹시 배우고 싶은 게 따로 있습니까?"

"배우고 싶은 거요?"

질문지에 답을 적어가던 우진은 고개를 들어 강호수를 쳐다봤다.

"네, 악기나 외국어 등등요. 보통은 기본적으로 역사와 상식에 관한 교육을 받아야 하는데 우진 씨는 그럴 필요가 없을 것 같아서요. 그리고 우진 씨의 연기 수업은 영화가 개봉한 후에 추후를 봐 결정하기로 해서 여유가 좀 있습니다."

회사에서 제공하는 교육 중에 인터뷰나 처세술에 관련된 프로그램은 받아야겠지만, 상식과 공부 관련한 교육은 굳이 우진이 받을 필요가 없었다.

연기 수업 역시 두 명의 감독에게서 칭찬을 받은 우진이 굳이 연기를 다시 배워야 할 필요가 있는지는, 아직 보류 상태였다. 하지만 소속 아티스트들이 따로 원하는 교육이 있다면 받을 수 있도록 예산이 배정되기 때문에 굳이 안 쓸 이유가 없었다.

"악기를 배울 수 있다면 바이올린이요."

피아노는 이제 능숙해졌지만, 바이올린은 접할 기회가 아직 없었다. 피아노처럼 일단 연습을 해보면 어느 정도는 능숙해질 자신이 있었다. 드디어 바이올린을 배울 기회가 왔다며 우진의 목소리가 기대로 부풀었다.

"현악기라면 좀."

"안 되나요?"

"일단은 손에 굳은살이 박일 수 있으니까요. 게다가 바이올린은 턱에 자국이 남기 쉽고요."

"하긴."

"나중에 여유가 생기면 그때 배우세요. 아직 신인이라 얼굴 내밀어야 할 곳이 많은데 흠을 보이면 안 되죠. 사람들이 이해해 줄 것도 아니고요."

생긋 웃는 강호수의 미소가 그의 의도와는 달리 살벌하게 보였다. 뜻을 헤아린 것과는 별개로 우진은 침을 꿀꺽 삼키며 고개를 끄덕였다. 반면 현악기 말고 달리 배우고 싶은 게 있냐고 눈을 반짝이며 묻는 강호수의 시선은 매우 사나웠다.

"중국어는 괜찮을까요?"

"중국어요? 그야 좋지요. 그쪽 진출을 생각한다면 당연히 배워두면 좋죠. 기초부터 배우실 거죠?"

"아니요. 듣고 말하고 쓰고 읽는 건 가능한데 그게… 제가 독학이라서 매끄럽지가 않거든요. 특히 발음이요."

옛날 중국에서 나고 살았으니 발음이 요즘과는 많이 달랐다. 북경어, 광동어 등, 여러 방언을 알고 있으나 현대어로 발음을 교정할 필요가 있었다.

"무슨 말인지 알겠습니다. 원어민 교사로 찾아보겠습니다. 그런데 독학으로 중국어가 가능하다니 대단하시네요."

"다행히 언어능력이 좋아서 외국어는 좀 하거든요."

전생을 기억하게 됨으로써 본의 아니게 능력치가 높아진 우진은 스스로 하는 자화자찬에 민망해서 어색하게 볼을 긁적였다.

"요즘은 뇌섹남이라고 머리 좋은 남자들이 인기가 좋지요. 하지만 처음부터 너무 잘하는 걸 내보이지 말고 나중에 우연인

척, 하나씩 하나씩 보여주는 게 좋을 것 같습니다. 잘난 것을 잘난 척으로 받아들이면 골치 아프거든요. 그렇다고 일부러 못난 척할 필요는 없고요."

우진은 거의 독학이라 완벽하게 마스터하지 못해 잘난 것도 아니라고 발뺌했다. 강호수는 이 어린 친구의 겸손에 적잖이 안심됐다. 명문대생이고 대표님이 무척이나 기대하는 신인이란 말에 혹여나 성격이 보통이 아니면 어쩔까 걱정했는데, 그게 무색하게도 채우진의 인상은 무척이나 좋았다.

하지만 할 수 있는 외국어가 무엇이냐는 질문에 계속 답을 써가는 우진을 보며 살짝 질린 듯 고개를 저었다. 그는 이것도 우진이 그나마 절반도 쓰지 않았다는 걸 알지 못했다.

"채우진 씨, 나이가 몇?"

"스물셋입니다."

"겨우 스물셋인데 왜 이리 분위기가 올드하지?"

DS의 스타일 디렉터가 약속을 잡아준 스타일리스트인 박시연은 손가락으로 턱을 긁적이며 연신 아리송해했다.

매니저와 함께 박시연이 운영하는 편집 숍을 찾은 우진은 청바지에 하얀 반소매 티를 입고 있었다. 흔한 패션이지만, 모델을 해도 좋을 만큼 배우로서 피지컬이 좋은 그였기에 그조차도 참으로 멋스러웠다.

외모 역시 근래 본 누구보다 준수하고 아름다웠다. 그런데 문제는 우진에게서 이십 대 초반 젊은이의 싱그러움보다는 노병의 완숙미가 느껴진다는 것이었다.

"올해 초 제대했거든요. 그리고 장남이라서 특유의 어른스러움이 있는 것 같습니다."

박시연의 의문이 이해 간다는 듯 강호수가 대신 답을 했다. 그 역시 처음 우진을 보았을 때 느낀 게 나이에 비해 성숙한 분위기라 멈칫했었다.

우진이 강호수의 외모에 흠칫했다면 그는 우진의 분위기에 살짝 주눅이 들었다. 이제는 나름의 결론을 냈는지 다른 사람에게 자기 생각이 정답인 듯 설명했다.

"꼭 나쁘다는 소린 아니야. 사실 우진 씨 나이가 애매하잖아. 아역을 맡기도, 그렇다고 사회인 역할을 하기에도 어중간한 나이. 처음 나이만 전해 들었을 때는 일부러 어른스럽게 스타일링 해야지 싶었는데 그럴 필요가 없어서 좋네. 젊은이는 젊은이답게 입어야지. 그런데 회사에서 미는 우진 씨 콘셉트는 뭐야?"

"지적이고 댄디한 분위기로 나갈까 합니다."

스타일 디렉터와 의논한 결과 우진이 가지고 있는 분위기를 굳이 바꾸지는 말자는 것이었다. 아이돌도 아닌데 젊다고 해서 굳이 밝고 상큼한 이미지를 만들 필요는 없었다.

박시연이 언급한 것처럼 아직 청년과 어른의 기로에 서 있는 우진의 나이는 배우로선 자칫 암흑기일 수 있었다. 그래서 생기발랄한 대학생 역만 맡을 게 아니라면 우진의 어른스러움이 꼭 나쁜 것만은 아니었다.

청년의 어쭙잖은 어른 연기만큼 우스운 게 없다. 이건 연기력이 좋고 나쁘고의 문제가 아니라 이미지에 대한 편견과도 같은 거였다. 아역 배우가 성인 연기자로 도약하기 어려운 것처럼 말이다.

"하지만 올드해선 안 됩니다."

"요는 지적인 '젊은이' 라는 거지? 젊은이! 소년도 청년도 아닌 이제 어른에 접어드는 섹시한 남자 냄새가 풍기는!"

문득 이미지가 잡혔는지 박시연은 흥분한 어조로 눈을 반짝였다.

"섹시해도 될까요?"

"지적인 남자의 은근한 섹시함 몰라? 맞아, 그거야! 세련된 신사가 풍기는 금욕적인 섹시함. 여자들의 로망이지."

강호수에게 뭘 모른다고 핀잔을 준 박시연은 흥얼거리며 줄자를 들고 직접 우진의 치수를 재기 시작했다.

"집 잘살아?"

목 치수를 재면서 박시연이 뜬금없이 우진에게 물었다.

"아니요."

"평균?"

"조금 이하입니다."

우진의 기준은 어릴 적에 자신이 살았던 생활수준과 친구들의 가정 형편이었다. 자연스레 평균을 그에 맞추다 보면 지금의 생활은 평균 이하라 할 수 있었다.

"그래? 외모는 꼭 부잣집 도련님인데. 그럼 평상시 입고 다닐 것들이 문제네. 공식 석상이야 협찬받거나 코디가 준비한 거 입으면 되지만, 일상에선 우진 씨가 알아서 입어야 하는데 걱정이네. 요즘은 연예인들 일상이 파파라치잖아. 내가 몇몇

브랜드 추천해 줄 테니까 당장은 힘들어도 몇 개 구매해서 입고 다녀."

"그건 걱정하지 마시고 마음껏 골라주세요. 여기 법인 카드 있습니다."

강호수가 법인 카드를 들며 씨익 웃자 박시연이 휘파람을 불었다.

"장 대표님이 우진 씨에게 거는 기대가 큰가 봐? DS가 지원을 잘해주긴 해도 일상까지 이렇게 신경 써주지는 않잖아."

"아예 안 하는 건 아니죠."

강호수의 대답에 박시연이 알겠다며 고개를 끄덕였다. DS와 자주 일을 해본 박시연은 이런 상황이 어떤 경우인지 잘 알고 있었다.

그녀의 물음이 바로 DS의 대답이나 마찬가지인 거다.

기대가 클수록 소소한 작은 것까지 챙겨주는 게 당연하다. 그리고 이번과 비슷했던 경우들을 돌아보면 그들 모두 지금은 DS의 간판스타가 되어 있었다.

"하긴 그저 그런 신인을 내게 보낼 리가 없지."

박시연이 누군가. 국내에 내로라하는 유명 연예인 대부분이 그녀의 손을 거쳤거나 아직도 거치고 있었다. 이미 그녀 자체가 유명한 셀러브리티였다. 그만큼 DS에서도 아무나 그녀에게 보내지 않았다. 그런데 채우진은 그중에서도 더욱더 특별하다고 강호수가 말하고 있었다.

"헤어는 최 선생한테 갈 거지? 내가 최 선생한테 연락해서 우진 씨 콘셉트에 대해 미리 상의할게. 그런데 우진 씨 코디는 안 왔어?"

"지금 맡고 있는 아이들 콘서트 때문에 중국에 있습니다. 아직 인계가 안 끝났거든요. 내일모레 올 겁니다."

"아이들이라면 아이돌? 아이돌 맡던 친구가 우진 씨 스타일을 잘 잡아줄까?"

가수와 배우는 추구하는 이미지나 지켜야 하는 스타일이 전혀 달랐다. 그래서 아이돌의 코디였던 이가 배우인 우진을 맡는다는 게 영 못마땅한지 박시연이 미간을 찌푸렸다.

"감각 있는 친구인데 사실 지금 담당하는 아이들하고는 안 맞았어요. 그 친구가 추구하는 게 모던함인데 당사자들은 싫어하더라고요. 정작 팬들 사이에선 평이 좋았는데도 말이죠."

"아, 누군지 알겠다! 걔라면 우진 씨하고 맞겠네. 그럼 오자마자 나한테 보내고. 오늘은 우진 씨한테 어울리는 스타일부터 하나씩 체크해 볼까?"

우진은 자신을 보며 활짝 웃는 박시연을 보면서도 그때까지 아무것도 몰랐다. 수십 벌의 옷을 입어보고 평가받고, 사진 찍는다는 게 어떤 건지 말이다.

"패션의 완성은 얼굴이라는 말이 있어. 틀린 말은 아니지만 꼭 진리는 아니야. 내가 생각하는 패션의 완성은 자신감! 그러니까 허리 펴!"

더불어 등짝을 얻어맞으며 자세 교정까지 받아야만 했다. 이 옷을 입을 때는 손목에 포인트가 있으니 주머니에 손 넣고 다니지 말라는 지적. 저 옷은 허리 라인을 살린 거니 앉을 때 옆 라인을 살리며 앉는 방법과 자연스럽게 구두를 드러나게 하는 방법 등등.

학교 공부보다 더 어려운 게 패션이었다.

"피부가 하얗고 맑아서 무슨 색이든 잘 받아서 좋네. 평상 시는 채도와 명도가 낮은 위주의 옷들을 입겠지만, 가끔은 이렇게 확 띄는 색상으로 분위기를 전환해 주는 것도 좋을 것 같아."

"이런 병아리색이요?"

"음음, 정확히는 레몬색이지."

우진이 샛노란 티셔츠를 보며 병아리라고 아연해하자 박시연 은 손가락을 까딱이며 정정해 주었다. 하지만 레몬색이고 어쩌 고 노랗다면 우진에겐 모두 병아리색일 뿐이었다.

"이런 색 남자들한테 어울리기 정말 힘든 색상인데 어쩜 우 진 씨한테는 갓 피어난 개나리처럼 화사하게 어울리네! 일상복 으로 입고 다니면 눈에 확 띄면서 시선이 집중될 거야."

자신만만한 박시연과 달리 우진은 '과연'이란 단어를 머리 에 그리며 한숨을 내쉬었다. 과연 자신이 이 옷을 입고 밖에 나갈 자신이 생길지부터가 의심스러웠다.

"그런데 우진 씨 공식 데뷔는 언제야?"

"약 3주 후에 첫 영화가 개봉합니다."

기진맥진해서 영혼 없는 시선으로 허우적거리는 우진을 대 신해서 강호수가 대답했다.

"그럼 지금부터 시간 나는 대로 카페나 도서관 같은 곳에 돌 아다녀야겠네."

"그렇지 않아도 그럴 계획입니다."

"그럼 어디 어디 갈 것인지 미리 말해줘. 맞춰서 코디해 줄 테니까."

지금은 아무도 모르는 신인이더라도 이곳저곳에 일부러 노출을 시켜야만 했다. '나 저 사람 어디어디에서 본 적 있어, 이 상하게 눈에 확 띄더니 역시 연예인이었구나! 잘생겨서 찍었는데 혹시 이 사람 채우진이야?' 같은 글들이 나중에 올라오게 하기 위해서다.

왜 있잖은가. 유명해진 후에 과거에 있었던 에피소드가 여기 저기에서 풀려 나오는 경우.

일반인이었을 때부터 사람들의 이목을 사로잡았던 경력이 많을수록 화제가 되고 전설의 한 부분이 된다.

그래서 영화가 개봉되기 전에 일반인들 사이에서 비연예인 행세를 하며 주목을 받아놓을 필요가 있었다. 물론 만약에 아무도 관심을 두지 않고 나중에 인터넷에 화제가 되지 않을 경우를 대비해, 소속사에선 알아서 사진도 찍어두고 준비를 해 두겠지만 말이다.

"아, 그런데 영화 제목이 뭐야? 개봉하면 나도 봐야지."

"'Death hill'이라고 문승권 감독님 작품입니다."

여전히 기운이 없는 우진을 대신해 강호수가 답을 했다.

"아! 나 그 영화 알아. 제작 초기부터 굉장히 기대하던 영환데 거기에 우진 씨가 나오는 거야? 무슨 역인데?"

박시연의 물음에 강호수는 멈칫하며 우진을 바라봤다. 우진이 DS에 들어오기 전에 찍은 영화라 그가 맡은 배역에 대해서는 강호수도 들은 이야기가 없었기 때문이다. 머쓱해하는 매니저의 입장을 눈치챈 우진이 지친 와중에도 대신 대답을 했다.

"여주인공을 괴롭히고 성희롱하는 못된 사채업자요. 그러다 결국 동료들한테 얻어맞고 칼에 찔려서 죽어요. 아! 죽는 거 말하면 스포일러인가? 하긴 짧게 나오는 조연이라 별 상관없으려나요."

"……."

"……."

지쳐서 반쯤 넋이 나간 우진의 대답에 강호수와 박시연은 잠시 말을 잃었다. 그리고 두 사람의 시선이 만났을 때 둘은 동시에 입을 열었다.

"꼭 지적이고 단정하며 금욕적인 이미지여야 합니다."

"고급스러운 섹시미와 순수한 이미지도 더해야겠다."

이 모든 이미지를 합치면 대체 어떤 게 나올지 모르겠지만 두 사람은 굳세게 의기투합을 했다. 그 결과 앞으로 또 수십 벌의 옷을 더 입어야 하는 우진의 고행이 남아 있었지만, 지금 중요한 것은 그게 아니었다.

두 사람의 머릿속을 차지하는 단어들은 못된 사채업자, 성희롱, 비참한 죽음에 관한 것들뿐이었다.

우진이 한 명의 연예인으로 차근차근 준비해 나가는 동안 'Death hill'의 개봉일은 성큼 다가오고 있었다.

시작하는 순간들

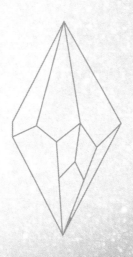

'Death hill'은 15세 관람가 등급을 받았다.

여름 흥행을 노리고 내놓은 블록버스터인 'Death hill'은 제작 초기부터 문승권 감독의 작품이란 점에서 무수한 관심을 받았었다. 제작 시기부터 천만 관객 몰이용 영화라는 이야기가 자자했던 만큼 15세 관람가 등급은 영화의 청신호였다.

그렇지 않아도 사회의 어두운 부분을 건드리고 잔인한 장면이 제법 있었기에 등급에 관한 우려가 컸었다. 투자자들이 등급 판정을 위해 문승권 감독에게 몇몇 장면에 대한 편집을 강력하게 요구했단 설이 있을 정도였다. 물론 투자자 측의 요구는 받아들여지지 않은 채 감독판으로 심사는 이루어졌다.

다행히 결과는 만족스러웠다. 흥행을 노리는 블록버스터의 적정 한계선이 15세 관람가인 것을 고려하면 이번 등급 판정은 선방이라 할 수 있었다.

하지만 이런 호재에도 불구하고 영화의 흥행에 암울한 저주를 부르는 것은 그 누구도 아닌 남녀 주인공을 맡은 두 배우였다.

강희주야 원래 연기 잘하는 톱급 배우인 것은 인정하나 최근 실적이 좋지 않았다는 것, 정확히는 대본 보는 눈이 없다는 소릴 많이 들었다. 말아먹은 영화들의 시나리오 자체가 엉성하고 개연성이 없었기에, 이는 'Death hill'도 그렇지 않겠냐는 걱정을 샀다.

남자 주인공을 맡은 박민에 대한 문제 지적은 오로지 하나였다. 바로 연기력 부재.

여성 팬이 많기로 유명한 박민이라 영화가 개봉되면 기본 스코어는 나오겠지만, 연기력에 대한 지적이 빠진 적이 없었다. 영화는 박민의 팬들만 보는 게 아니다. 연기 구멍일 거라 예상되는 박민으로 인해 얼마나 많은 관객이 빠져나갈지가 관건이었다.

이런 우려들로 'Death hill'의 흥행 성적에 대한 기대치는 처음보다 많이 낮아질 수밖에 없었다.

그래도 일단 두 주인공의 훌륭한 비주얼이 눈을 즐겁게 해줄 것이다. 문승권이 많은 제작비를 쏟은 만큼 그에 보답하는 실력 있는 감독이라는 건 의심의 여지가 없었다. 그로 인해 어느 정도의 기대는 충당할 것이라는 낙관 역시 있었다.

그래서 티저 영상이 인터넷에 올라오자마자 조회 수는 기하급수적으로 올라갔다.

가련하고 아름다운 여주인공의 고난이 예상되는 장면과 박민의 화려한 비주얼이 곳곳에서 눈을 사로잡았다. 그리고 골목길을 배경으로 한 액션 장면은 길게 나오지 않았음에도 사람들의 흥분과 호기심을 끌어모았다.

"이거 박민 맞겠지?"

카페에서 친구들과 앉아 'Death hill'의 티저 영상을 보고 있던 여학생들은 저희끼리 의견을 내놓았다. 골목길에서의 난투 장면이 너무 짧기도 했지만, 주인공처럼 보이는 이의 얼굴이 잘 보이지 않아 갑론을박이 많았다.

"박민은 이렇게 키 안 커. 아마 180도 안 될걸."

"하긴 박민이 작은 키는 아니지만 예고에 나온 것처럼 늘씬하게 큰 키는 아니지. 그럼 누구야? 예고편에 나오는 액션신에 남주 말고 누가 나오는데?"

"대역 썼겠지. 박민이 액션신에는 대역 쓰는 거로 유명하잖아. 자기 몸은 자기가 아껴야 한다면서 아예 대놓고 말하고 다니는데 뭐."

"야! 우리 오빠 욕하지 마! 그런 국보급 얼굴에 상처라도 나면 너희가 책임질래?"

한 소녀가 흥분해서 반박하자 다른 친구들은 늘 있었던 일인 듯 영혼 없이 맞장구를 쳐줬다.

"그래, 그래. 네 말이 다 맞다."

"박민이야 얼굴만은 국보급이지. 까짓 액션 안 찍는다고 욕먹을 급 아닌 건 맞아."

"연기만 잘하면… 그래, 발연기도 아니고 그 정도면 연기도 잘하는 편이지. 늘 똑같이 잘생기고 정의롭고 착한 역만 맡지만. 그래도 눈은 확실히 즐거우니까 됐어."

결론은 잘생겼으니 모든 게 용서된다는 식으로 얼버무리며 친구의 '오빠'를 치켜세워 줬다. 박민의 팬클럽에 가입하고 때마다 조공이다 뭐다 선물 공세에 '오빠'를 외치는 친구의 애정을 모두가 알기 때문이다.

"그나마 15세 관람이라 다행이다. 내가 열여덟이라서 행복해요~! 영화 개봉하면 내가 보여줄 테니까 우리 꼭 같이 보러 가자."

"됐다. 박민 아니래도 보려고 했어. 넌 어차피 n차 찍을 거잖아. 돈 아껴라."

친구들의 우정에 감동해 서로 어화둥둥 하는 사이, 소녀들 중의 하나가 건너편에 앉아 있는 한 남자에게 시선을 주었다.

"대박! 얘들아, 저기 좀 봐."

한 친구가 손가락을 가리키는 곳을 나머지 세 명이 일제히 돌아봤을 때, 그곳에는 대박이란 단어와 너무도 잘 어울리는 남자가 있었다.

남자는 병아리색 티셔츠에 발목이 드러나는 검은 슬랙스를 입고 있었다. 여자에게도 어울리기 힘든 병아리색은 남자의 하얀 피부를 더욱 부각했고 앳된 분위기를 만들어냈다. 처음은 옷 때문에 시선을 끌었지만, 남자에게서 눈을 못 떼게 하는 것은 그의 외모 때문이었다.

외꺼풀인 줄 알았는데 눈을 깜박일 때마다 생길 듯 말 듯한 쌍꺼풀이 언뜻 보였다. 쌍꺼풀이 있든 없든 크고 시원시원한 눈매가 첫눈에 사람의 시선을 잡아끌었다.

어디 그뿐인가. 휘어짐 없이 쭉 뻗은 곡선의 콧날은 과하지도 모자라지도 않은 높이였다. 모양 좋게 웃고 있는 생기 어린 입술 때문인지 인상이 무척이나 좋았다. 얼굴은 몸의 비율에 맞게 적절히 작았는데, 그 안에 완벽하게 들어간 이목구비의 조화가 남자임에도 불구하고 아름답다는 감탄이 나왔다.

깔끔하게 정리된 앞머리가 단정하게 이마를 덮고 전반적인 스타일도 완벽했다. 다리 라인을 늘씬하게 살린 바지의 핏과 살짝 보이는 잿빛의 허리띠가 군살 하나 없는 허리의 선을 살려주고 있었다.

네 명의 여학생들은 현실에 저런 사람이 존재하긴 한다는 것에 반쯤 정신이 멍해졌다. 박민 따위, 국보급 외모? 웃기고 있다고 누군가의 열성 팬마저 그렇게 생각해 버렸다.

그때 남자가 앉아 있는 테이블에 여학생들과 같은 교복을 입은 학생이 다가와 앉는 게 보였다.

"쟤 3반의 채우희지?"

"전교 1등에, 이 지역 최고로 예쁘다고 소문난 채우희?"

"맞는 것 같다. 저렇게 예쁜 애가 어디 흔하냐."

"뭐야, 채우희한테 남자 친구 있었어?"

자리에 앉자마자 입술을 쭉 내밀며 남자에게 삐죽이는 모습이 같은 여자가 봐도 정말 사랑스럽고 예뻤다. 채우희가 저렇게 애교를 부리며 환하게 웃는 상대라면 분명 남자 친구일 거라 단정하는 친구에게 다른 이가 고개를 저었다.

"그건 아닌 것 같아. 자세히 봐봐. 저 남자 채우희와 완전 판박이야. 남자판, 여자판처럼 같은 듯 다른 얼굴이 딱 보면 남매잖아."

"무슨 남매가 저리 다정해? 우리 집은 남동생이지만 절대 저렇지 않아."

"우리 집은 언니이지만, 공감. 서로 웬수가 따로 없다."

현실 남매에게선 절대로 나올 수 없는 정다운 분위기에 소녀들이 고개를 저을 찰나, 남자가 채우희의 볼을 잡아당기며 짤짤 흔들어댔다.

그러자 우희 역시 남자의 볼을 잡으려고 손을 내밀었지만, 그의 방어로 모두 차단당하고 말았다. 갈 곳을 잃은 우희의 오른손이 공중에서 허우적거리는 모습이 조금 우스꽝스러웠다.

"저리 보니까 남매 같다."

"이제야 현실감이 좀 도네. 그래도 참, 저렇게 볼을 잡아당겨도 채우희는 예쁘구나."

"예쁘기만 하냐. 머리도 좋고… 아! 채우희한테 한국대 다니는 오빠가 있다고 했잖아. 그 오빠 본 친구들이 하나같이 잘생겼다고 난리였는데, 저 사람인가 보다."

"그럼 우리 저기 가서 우희한테 아는 척해볼까?"

한 친구의 제안에 여학생들은 순간 눈을 반짝였지만, 이내 시무룩한 표정으로 짜그라졌다. 다가가 말을 걸 친분을 가진 친구가 이 자리엔 한 명도 없었다.

"무엇보다 우린 채우희를 알아도 쟤는 우릴 모를걸."

채우희야 전국 수준으로 노는 전교 1등인 데다가 학군 내에서 최고라 불릴 정도로 예쁜 아이였다. 학교에서 모르는 사람이 없을 만큼 유명했지만 소녀들은 그렇지 못했다. 하물며 채우희와 한 반이 되어본 적조차 없었다.

결국 선택한 것이 몰래 사진을 찍는 거였다. 셀카를 찍는 척하면서 우희와 그녀의 오빠를 찍었다. 나중에 다른 친구들에게 자랑하고 싶은데 그 증거를 남기고 싶어서다.

"우리가 아무리 말해도 애들은 안 믿을 거야. 나도 우희 오빠가 잘생겼단 말 들었지만 저 정도인 줄은 몰랐단 말이야. 그런데 저 오빠 무지 화면발 안 받는다."

"안 받는 게 아니라 카메라가 저 미모를 못 잡아내는 거지. 봐봐, 그냥 대충 찍었는데도 사진 죽여주게 나왔잖아. 다만 실물이 몇 배 더 나을 뿐이지."

사진에 같이 찍힌 우희만 해도, 실물보다 못하게 나왔음에도 포토샵이나 사진 앱을 이용해서 찍은 그들의 셀카보다 더 예뻤다. 연예인 중에 화면이 실물을 못 따라가는 이들이 있다는 소릴 들은 적이 있는데, 이게 그 경우가 아닌가 싶었다.

친구들에게 말하면 믿지 않을 거라는 핑계를 댔지만, 사실 채우희의 외모만으로도 증거는 충분했다. 채우희와 판박이라고 하면 간단하게 설명할 수 있는 일이다. 다만 지레짐작하는 것과는 차원이 다른 저 얼굴을 많은 사람과 공유하고 싶은 욕망을 자제할 수 없을 뿐이었다. 자기들 친오빠가 아님에도 불구하고 자랑하고 싶은 그런 심정으로 말이다.

이 순간 박민의 열성적인 소녀 팬의 머릿속에 박민은 이미 사라지고 없었다.

학교 앞까지 찾아온 우진을 카페에서 본 순간 우희는 미간을 찌푸리며 볼을 부풀렸다.

"오빠, 그 꼴이 뭐야? 그런다고 예비군이 신입생 될 수 있을 것 같아?"

"나도 좋아서 입은 거 아니야. 코디 누나가 입으라잖아."

"그래도 오늘 아저씨랑 정식으로 상견례 하기로 했는데 좀 갖춰 입지."

어머니는 결국 아저씨의 청혼을 받아들였다. 이미 서로 안면을 튼 사이라고 해도 상견례 자리다. 오빠가 제대로 갖춰 입지 않았다고 생각한 우희는 결국 입을 삐쭉이고 말았다.

"나도 그러려고 했어. 그런데 코디 누나가 내 분위기에 정장까지 차려입으면 노숙해 보인다고 하잖아. 나 때문에 오히려 어머니가 나이 들어 보일 수 있단다. 이런 큰아들을 둘 정도로 나이 들게 느껴질 수 있대. 게다가 아저씨는 자식도 없는 데다가 어머니와 동갑이잖아. 그러니까 아예 젊고 밝은 분위기로 아직 한창 커야 할 자식들을 둔 젊은 부인의 이미지를 가지게 해야 한다며, 이 옷을 권장하더라."

우진의 긴 설명에야 우희는 이해가 가는지 고개를 끄덕였다.

"결국 오빠가 노티 나는 예비군이란 소리구나. 이렇게 발악이라도 하지 않으면 엄마까지 늙어 보이게 만드는 극강의 노안!"

"어디의 누가 이런 예쁜 소릴 할까."

우진이 오른손으로 우희의 볼을 꼭 집고 흔들면서 이를 악무는 소리를 냈다. 이에 우희도 지지 않고 손을 뻗어 우진에게 반격하려 했지만, 하는 족족 실패하고 말았다.

"우웃, 이 손 놓지 못할까. 여긴 내 구역이란 말이야. 저기에 우리 학교 애들도 있는데 나 알아보면 어떻게 해, 쪽팔리게."

"아는 애들이야?"

"아니."

"그럼 저 애들도 너 몰라. 어디서 허세를."

우진의 냉정한 판단에 우희는 학우들이 있는 곳을 힐끗 보았다. 모두 셀카를 찍거나 저희끼리 이야기하기 바쁜 모습에 머쓱해진 우희는 오빠를 보며 해죽 웃었다.

"내가 오빠 동생이라서 연예인 병에 걸렸나 봐. 이것도 전염되나?"

"난 병에는 안 걸렸거든."

"처음엔 모두 그렇게 말은 하지."

음흉하게 웃으며 우진을 놀리던 우희는 결국 볼 대신 입이 잡히고 말았다. 몇 번 파드닥거리다 결국 항복의 뜻으로 두 손을 들어 올리는 동생을 보며, 우진도 이내 웃으며 입을 놓아주었다. 대신 동생의 머리를 쓰다듬어 준다는 핑계로 머리카락을 헝클어뜨렸다.

이 순간 셀카로 가장한 도촬을 당하고 있다는 건 생각도 못한 남매는 언제나처럼 서로 장난을 치며 놀았다.

상견례는 우희가 예상했던 것처럼 격식 있는 자리는 아니었다. 고급스러운 한정식 식당의 룸에서 만난 네 사람은 서로 어색하지만, 설렘이 가득한 흥분 상태였다.

특히나 최민우는 박은수가 청혼을 받아준 순간부터 이렇게 기분 설레는 나날의 연속이었다.

그는 아내와 딸이 사고로 죽은 후 하루도 악몽을 꾸지 않은 날이 없었다. 그날 10분만 늦게, 혹은 빠르게 집에서 나왔더라면. 아니, 무엇보다 신호가 떨어지자마자 바로 출발만 하지 않았어도 그런 비극은 일어나지 않았을 터였다.

무슨 일이 일어났는지 모른 채 의식을 잃고 며칠 만에 깨어나 보니, 이미 아내와 딸의 장례는 끝난 후였다. 그리고 그에게는 평생 다리를 절어야만 한다는 의사의 소견만 돌아왔다.

다리를 저는 건 별거 아니었다. 아예 못 걷는 것도 아니고 조금 절뚝거리며 걷는 정도는 불편할 뿐이지 그를 고통스럽게 만드는 근원이 아니었다. 이제는 돌아오지 않을 아내와 딸에 대한 추억과 죄책감이 그의 인생을 나락으로 떨어뜨렸고 파괴했다.

한때는 자살도 생각했지만, 그러지 못한 것은 그 역시 사랑하는 부모님의 자식이라는 점이었다. 그리고 한 회사를 이끄는 대표로서 수많은 직원과 그 가족들의 생계를 책임질 의무가 있었다. 자기 하나 사라지는 것으로 끝나는 게 아니란 걸 깨달은 순간 그의 인생엔 오로지 일밖에 없었다.

그러다 3년 전에 박은수를 처음 보았다. 처음엔 아름다운 사람이라고 생각했고 그다음부턴 점점 시선을 떼지 못했다. 반짝반짝 빛나는 그녀는 그의 어두운 인생에 찾아온 빛과도 같았다.

그녀가 이혼을 했고 혼자서 자식 둘을 데리고 산다는 이야

기에 희망을 품어보다, 죽은 아내와 딸이 떠올라 치솟는 죄책
감에 포기하기를 반복했다. 그때까지 악몽은 지속되었고 박은
수에 대한 혼자만의 마음은 더욱 깊어졌다.

계기가 되었던 것은 박은수의 직장 상사가 그녀에게 선 자리
를 주선하겠다는 소릴 우연히 들은 후였다. 미칠 것 같은 며칠
을 보내고 마음의 결정을 내릴 때는 의외로 마음이 가벼웠다.
아내와 딸을 찾아가 사과하고 한참을 울었다. 위선자 같지만,
이제라도, 지금부터라도 행복해지고 싶다고 고백했다.

이상하게도 그 후로 악몽을 꾸지 않았다. 그리고 박은수에
게 고백하고 만남을 이어가면서 알게 된 사실, 직장 상사가 박
은수에게 소개하려던 사람이 자신이었다는 걸 듣고 한참을 웃
었다. 진심으로 즐거워서, 행복해서 거의 십 년 만에 소리 내어
크게 웃을 수 있었다.

"우진이는 점점 더 잘생겨지는 것 같다."

제대한 직후 보고 거의 6개월 만에 보는 우진은 전보다도 더
잘생기고 멋있어진 것 같았다.

"저는요!"

"우희는 말할 것도 없지."

남매는 박은수를 빼닮아서 더욱 사랑스러웠다. 무엇보다 우
희는 죽은 최민우의 딸과 동갑이었다. 우희를 보면 그 아이가
살아 있었다면 어땠을까 하는 생각을 종종 하게 된다. 가끔은
그게 슬프기도 하지만, 또한 떠난 딸을 대신해서 누군가의 아
버지가 된다는 설렘 역시 분명 존재했다.

박은수와 아이들을 보면서 그는 자신이 지금까지 열심히 살

아와 다행이란 생각을 했다. 그만큼 부끄럽지 않은 모습을 보여줄 수 있었고, 경제적으로 세 사람을 아낌없이 보살펴 줄 수 있다는 생각에 행복했다.

상견례라지만 우진과 우희는 자식으로서 어머니의 결혼에 나설 게 없었다. 그렇기에 그저 두 분이 하는 이야기를 듣는 처지였다.

큰아들을 따라 이민을 가서 이 자리에는 참석하지 않았지만, 아들이 평생 혼자 살 줄 알았던 최민우의 부모님 역시 이 결혼을 반겼다. 그래서 결혼에 관해서는 아들과 박은수의 의견에 전적으로 따른다는 의견이었다.

결혼식은 한 달 후에 카페 하나를 빌려서 가까운 지인들만 초대하는 스몰웨딩으로 결정을 내렸다. 문제는 결혼 후에 살 집에 관해서였다. 최민우와 박은수는 당연히 자식들과 함께 살 생각이었다. 반면 우진과 우희는 두 분의 신혼을 자신들이 방해할 순 없다는 태도였다.

"이 나이에 결혼하면서 신혼은 무슨. 그런 걱정하지 말고 같이 살자."

"나이야 어쨌든 신혼은 맞지 않나요. 신혼은 신혼답게 보내야 한다는 견해입니다만."

"지금 그 이야기가 아니잖아요."

"그렇지요. 은수 씨 말이 맞습니다. 집도 크고 너희들 방은 2층에다 꾸며줄 테니까 우린 신경 쓰지 않고 지낼 수 있을 거야. 우리 가족이 함께 살려고 이미 큰 집까지 마련했는데, 두 사람만 살게 되면 얼마나 쓸쓸하겠니."

잠시 두 분 사이에 의견 차이를 보이긴 했지만, 원하는 뜻은 같았기에 다시 일심이 되었다.

최민우와 박은수가 결혼을 결심한 가장 큰 이유가 가족이 함께 행복해지고 싶어서였다. 그 가족에는 당연히 우진과 우희도 속했다. 한 집에서 같이 살면서 부딪치더라도 서로 알아가고 정을 쌓아가고 싶었다. 두 사람만 행복하게 살자고 하는 결혼이 절대 아니었다.

완고한 두 사람의 뜻에 우진과 우희는 결국 고개를 끄덕였고, 그 결과 부모님의 환한 미소를 볼 수 있었다.

식사는 맛있었고 서로 간에 허울이 한결 벗겨진 네 사람의 대화는 자연스럽게 흘러갔다. 우진이 DS와 계약했다는 이야기가 나오자, 최민우는 미리 알아봤는지 좋은 곳이라며 박은수를 안심시켜 주기도 했다.

우려와 응원이 오가며 그렇게 한 걸음씩 가족이 되어가는 그들이었다.

◆　◆◆◆　◆

오랜만에 오는 학교는 참 좋았다. 활기찬 젊음과 사회와는 다른 배움의 터만이 가지고 있는 특유의 분위기가 있었다.

"이게 바로 젊음의 향기지."

"종강해서 애들은 거의 안 보인다."

우진이 크게 심호흡을 하며 감회에 젖어들자 정현민은 옆에서 시니컬하게 현실을 일깨워 줬다.

"하고 많은 날 중에 왜, 하필, 오늘, 복학 신청을, 해야만 하는 걸까, 우리는!"

음절을 하나씩 끊어서 말하는 현민의 목소리는 불만으로 가득했다. 내일은 현민의 여자 친구가 여름방학을 맞이해 지방에 있는 본가로 내려가는 날이었다. 원래는 오늘, 잠시 이별을 부르짖으며 눈물의 이별식을 계획했었던 모양이다.

그런데 지금 이 순간 친구와 교정을 거닐고 있는 자신의 현실을 현민은 믿을 수가 없는지 계속 툴툴거렸다. 그러면서도 결국 함께 나선 것은 오늘 말고는 우진이 시간을 내기 어렵다는 말 때문이었다.

내일부터 프로필 사진을 찍고, 소속사에서 필수로 진행하는 처세술과 인터뷰에 대처하는 교육 프로그램을 속성으로 받아야만 했다. 개봉 후 영화 반응에 따라 우진의 일정이 어찌 될지 모르기 때문에 서둘러서 준비해야 할 것들이 많았다. 그래서 영화가 개봉하기 전에 복학 신청을 끝내려면 오늘이 최적이었다.

게다가 오늘의 외출은 단순히 복학 신청만이 목적이 아니었다. 복학 신청은 핑계였고 그걸 이유로 학교에 얼굴을 들이밀고 사진을 찍기 위한 행보였다. 오늘의 목적을 미리 들어 알고 있었기에 현민은 매몰차게 거절하지 못했다. 그래서 시선은 자꾸 그들 뒤를 따라오는 매니저에게로 갔다.

"매니저 형, 사진 잘 찍고 있겠지?"

"이런 일 한두 번 한 게 아니니 잘하겠지."

인터넷에 일상 속에서 노출되는 연예인들, 특히 신인들의 사진이 올라오는 경우는 그의 지인들이나 소속사에서 계획적으로 찍어서 올리는 것들이 많았다. 요는 얼마나 자연스럽게 화제를 몰고 오는가이다. 최대한 연관성 없는 타인이 우연인 척 올리고 화제를 불러일으키는 것만큼 효율적이고 세련된 광고는 없다.

그것을 위해 강호수는 우진과 거리를 둔 채로 그의 뒤를 따르며 자연스러운 연출 사진을 찍고 있었다. 정현민은 그저 매끄러운 연출을 위한 조연일 뿐이었지만, 오늘 없어서는 안 되는 존재이기도 했다.

"내 얼굴 안 나오게 찍는 거 맞지?"

"얼굴 찍혀도 나중에 적당히 가릴 거니까 걱정하지 마."

"하긴 너를 살리려면 내가 죽어야지. 내 얼굴 내보이면 누가 널 보겠냐."

잘생긴 우리 아들이란 말에 세뇌당하며 자란 현민은 짧아서 잡히지도 않은 머리카락을 귀 뒤로 넘기며 자신만만해했다.

"그래, 너 참 곱다."

"역시 알아주는구나, 친구!"

칭찬인지 비꼼인지 모를 우진의 어화둥둥에도 현민은 기가 살았다. 친구와 같이 휴학하고 같은 훈련소에 입소했지만 부대는 서로 달랐던 현민은 복학 신청도 우진과 함께하기 위해 오늘 금쪽같은 시간을 내었다.

시간이 금쪽인 이유는 애인과의 만남을 뒤로하고 친구를 선택한 우정에 스스로 도취한 자의 허세였다.

불평은 있어도 결국 친구를 위해 해줄 것은 다 하는 현민은 조명발 잘 받으라고 햇볕을 우진에게 양보했다. 하지만 유월의 햇볕은 반사판 역할은커녕 그냥 온열기였다. 우진이 만드는 그림자에 몸을 가리며 현민이 한숨처럼 중얼거렸다.

"덥다."

"덥냐? 나는 더 덥다."

"나는 누구 때문에 여기 있는 거다."

"넵!"

얻은 것 없이 우진은 그대로 입을 다물고 말았다. 근 2년 만에 찾은 학교는 크게 달라지지는 않았지만, 소소한 부분들이 조금 바뀌었다. 건축 중이었던 건물은 다 지어졌고 교내 카페의 인테리어가 바뀌고 나무 조경들이 달라졌다. 그리고 아는 얼굴들이 없었다.

복학 신청은 간단했다. 별 어려움 없이 끝내고 나온 두 남자는 순간 이제는 무얼 하나 서로를 바라봤다.

대외적 목적은 끝맺었으나 그들의 진짜 목적은 아직 끝나지 않았기 때문이다. 하지만 단순한 두 남자는 정해진 극본이 끝나자 어떤 애드리브로 상황을 더 이끌어가야 할지 몰라 당황하고 있었다.

"우진이?"

갑자기 자신을 부르는 익숙한 목소리에 우진은 움찔 몸이 굳었지만, 애써 아무런 티를 내지 않고 뒤를 돌아봤다. 반면 우진을 부르는 여자의 얼굴을 본 현민은 속내를 감추지 못하고 눈살을 찌푸렸다.

이소현, 우진의 첫사랑이자 가장 힘들었을 때 그를 거창하게 차버린 여자. 그녀는 2년이 지났음에도 여전히 아름다워서 더욱 짜증이 났다.

예상치 못한 만남에도 우진이 의연할 수 있었던 것은 'Glooming day'의 마지막을 찍으면서 이 상황을 상상해 보았기 때문이었다.

그때 우진은 자신의 자존심과 그녀의 평온을 위해 최대한 무심하고 자연스럽게 행동할 거라 결심했었다. 그리고 다행히 그는 조금의 동요도 보이지 않고 동기생에게 보내는 예의 평범한 인사를 건넬 수 있었다.

"오랜만이네."

"그래, 정말 오랜만이다. 현민이도."

"어~"

모두 같은 경영학과 동기생이라 현민도 아예 무시하지 못하고 대충 인사를 했다.

"제대했다는 소린 들었는데, 복학 신청?"

"응. 그러고 보니 너는 4학년이겠네. 취업 준비는 잘돼가?"

"아니, 사실 나도 오늘 복학 신청 하러 온 거야. 1년간 어학 연수 갔다 왔거든."

"그래? 좋았겠네. 그럼 일 보고 가. 개강하면 그때 보자."

우진은 소현에게 길을 비켜주면서 자연스럽게 인사하고 돌아섰다. 그러나 몇 걸음 가지 못하고 멈춰야만 했다.

"전화번호 바꿨더라."

"어? 아… 그때 폰 잃어버렸잖아. 그 후로 새로 하면서 번호도 바꿨어."

TM의 대표에게 녹음 파일이 있는 폰을 그대로 넘겼던 것을 사람들에게는 잃어버렸다고 얼버무렸다. 그 후 며칠 뒤에 소현에게 이별 통고를 받고 정신이 없어서, 나중에야 폰을 새로 만들고 번호도 그때 바꿨다.

새벽에 술 마시고 이소현에게 '자니?'라고 문자를 보내지 않은 이유가 바로 폰이 없었던 덕분이었다.

나중에 소현이 자신에게 전화했었다는 게 의외였지만, 우진은 이유를 묻지 않았다. 고개를 살짝 까닥이는 것으로 인사를 대신한 그는 이번에는 정말 돌아서서 갔다. 다행히 뒤에서 그를 부르는 소리는 더는 없었다.

"쟤 아직도 너 보고 있다."

흘끔 뒤를 돌아본 현민이 상황을 말해주는데도 우진은 그저 모른 척했다. 건물을 나오고 나서야 우진의 입에서 한숨이 나오며 뒤를 돌아봤다. 지나가는 사람 중에 아는 얼굴을 찾지 못한 그의 표정에는 안도감과 동시에 실망이 머물다 스쳐 갔다. 그 표정을 놓치지 않은 현민이 미간을 찌푸렸다.

"너 아직 이소현 못 잊은 거냐."

"벌써 잊을 정도의 마음이었다면 그렇게 매달리지도 않았어."

"그럼 지금이라도 매달려 보시지. 소현이 표정 보니까 걔도 너 못 잊은 것 같은데 가서 우리 사랑은 영원히~! 영화 한 편 찍지?"

남의 애정사를 가지고 왈가왈부할 생각은 없지만 이소현이 우진을 차버린 시기가 너무 최악이었다. 자연스레 현민은 그녀에 관한 이야기가 나올 때마다 빈정거릴 수밖에 없었다.

"글쎄, 이건 진행형이 아니라 그냥 사랑했던 감정의 잔재 같다만. 아니, 사실 나도 모르겠다."

지기 감정을 어찌 설명해야 할지 몰라 우진은 말을 하다가 그냥 고개를 저었다. 진실을 고백하자면 만약 이 상태에서 이소현이 '우리 다시 시작하자'면 그는 아마 고개를 끄덕일 것 같았다. 그것도 매우 기뻐하면서, 옛날의 순정을 다시 꺼내 그녀에게 바칠 것이다.

하지만 감정과 무관하게 이성은 그러지 말라고 그를 말리고 있었다.

다시 시작해 봤자 그저 첫사랑의 감정을 다시 살리고 싶은 미망에 사로잡힌 거라고, 결코 예전에 순순하게 사랑만 했던 그 감정은 이제 남아 있지 않다고 말하고 있었다.

그러나 또한 가슴이 그에게 다른 말을 했다. 다시 그녀처럼 사랑했던 사람을 또 만날 수 있을까. 그녀를 사랑했던 것만큼 다른 누군가를 사랑할 수 없다면 차라리 다시 그녀를 사랑하지 않을 이유는 없다고.

"괜찮습니까, 우진 씨?"

우진과는 거리를 두고 따라오던 강호수가 어느새 다가와 그의 안색을 살폈다. 일전 강호수가 우진에게 주었던 질문지에 첫사랑 혹은 연인과 관련된 질문이 있었다.

우진은 그 질문에 솔직히 적었다. 매니저에게 과거를 숨겨서 좋을 것도 없고 그녀와의 일을 거짓으로 꾸미고 싶지도 않아서였다. 그래서 조금 전 일을 조용히 지켜보던 강호수는 그녀가 누구인지 금세 알 수 있었다.

외견으론 같은 과 동기와 우연히 만나 인사를 나누는 것 같앉지만, 그 속에 감춰져 있던 긴장감과 설렘을 잡아낸 거다. 강호수는 이런 건 좋지 않아, 좋지 않다고 속으로 중얼거리며 우진에게 다가갔다.

채우진은 회사와 계약하면서 연애 금지 조항을 뺐다. 경험상 이런 게 오히려 반발심이 생겨서 싫다는 이유로. 연애를 하게 되면 최대한 숨기려 노력하겠지만, 사생활에 어떠한 금지를 두는 것 자체가 싫다고 강력하게 주장했다. 그래서 매니저로서 우진의 연애 문제에 촉각을 세울 수밖에 없었다.

"괜찮습니다. 그리고 지금은 아니에요."

강호수의 걱정을 아는지 우진은 그에게 고개를 저었다. 아직은 아니었다. 연애하게 되더라도, 그게 만약 다시 이소현이 되든 다른 누군가가 되든 지금은 아니었다.

이소현에게 이별 통보를 받았던 이유가 아직 해결되지 못한 채로 그의 발목을 붙잡고 있었다. 누구를 사귀든 현실 때문에 사랑하는 사람이 떠나는 경험은 한 번으로 충분했다.

아직 신뢰나 감정 교류가 형성되지 않은 강호수는 우진의 말에 무슨 의미가 있는지 이해하지 못했다. 다만 연애에 관한 부정이라는 것만 이해하고 안심할 뿐이었다. 현민만이 우진이 이소현과의 결말에 가능성을 열어두고 있음을 감지하고 못마땅해했다.

"기분도 그런데 우리 어디 가서 한잔합시다."

여기 계속 있다간 이소현과 또 만나지 싶어서 현민은 서둘러 다른 제안을 했다.

"아직 대낮인데요?"

낮부터 무슨 술이냐고 대경하는 강호수를 한심하게 바라보며 현민은 설명하는 내신 우진의 옆구리를 푹 찔렀다.

"저희는 친구들끼리 만나면 술 안 마셔요. 대부분 술을 잘 못 마시거든요."

"못 마시는 게 아니라 안 마시는 거지!"

"마시면 토하는 게 바로 못 마시는 거다."

어느새 평정을 찾은 우진은 현민의 어깨에 팔을 얹으며 강호수에게 찡긋 웃어 보였다.

"그런 의미에서 우리 한잔하러 가요. 근처에 정말 커피가 끝내주는 카페가 있거든요."

"그곳 망했다."

"뭐? 거짓말!"

"주변에 우후죽순으로 카페들이 생기면서 경쟁이 심해지니까 서로 가격을 후려치면서 결국 망했어. 그곳은 원두를 비싼 거 쓰는 바람에 가격을 못 내렸거든."

얼마 전에 애인과 카페를 찾아갔다가 간판을 내린 걸 알고 씁쓸해했던 것을 떠올리며 현민은 우울하게 되뇌었다. 그곳 알바가 참 예뻤다며 아쉬운 티를 감추지 못했다. 애인의 유무를 떠나서 진실은 영원한 법이었다.

카페 대신 그들이 선택한 곳은 여학생들이 많이 찾는 레스토랑이었다. 주변에 커플, 혹은 여자들끼리 앉은 테이블들 사이로 오로지 남자들만 온 테이블은 그들뿐이었다. 어떤 의미에선 시선을 집중적으로 받았으니 목적은 달성한 격이었다.

인터넷에 이어 TV에 방영하는 'Death hill'의 예고편을 본 우진은 급격하게 우울해지고 말았다. 물론 단역인지 조연인 지도 모르고, 겨우 며칠 추가 촬영을 한 것뿐이라 많은 기대를 한 것은 아니었다.

그래도 문 감독의 칭찬과 편집은 걱정하지 말라던 장담에 어 느 정도는 기대하고 있었던 모양이다. 겨우 스치듯 나온 뒷모 습이 고작인 예고편을 보며 실망감을 느낀 것을 보면 말이다.

우진이 DS와 계약한 것을 전해 들은 문승권 감독에게서 먼저 연락이 와 함께 식사까지 했을 때도 그는 별다른 말은 하 지 않았다. 그저 내내 개봉 날만 기다려 보라고 할 뿐이었다. 하지만 개봉을 코앞에 둔 지금, 우진이 느끼는 것은 소외감이 었다.

영화에서의 비중이야 어쨌든 사채업자 A에 대한 우진의 애 정은 나름 각별했다. 첫 영화이기도 했지만, 삐뚤어지고 이기 적인 A의 캐릭터가 굉장히 매력적이라 여운이 강했다. 캐릭터 분석하는 내내 고민하고 절망하면서 예전 전생들의 삶을 이해 하는 계기가 되기도 했다.

멋있고 아름다운 캐릭터는 아니지만 처절한 만큼 인상적이 었다.

"그런데 조연, 아니, 단역은 시사회 표도 안 주나……."

제작 보고회나 사전 인터뷰야 자신이 설 자리가 없다는 건 우진도 잘 알고 있었다. 남녀 주인공과 주조연으로 나오는 배우들이 워낙 유명하고 인기가 많아서, 굳이 신인까지 나서 영화를 홍보할 이유가 없었다.

하지만 내일은 'Death hill'의 언론 시사회가 있었다. 그리고 다음 주 월요일에는 VIP 시사회가 있을 예정인데, 우진에겐 아직 시사회 표조차 주지 않았다. 홍보에 참여하라고 제작사 측에서 연락이 올 거라는 기대는 없었지만, 이렇게까지 없는 사람 취급을 받으니 조금 서글픈 감정이 들었다.

"이래서 사람은 떠야 돼."

유명인이라면 단역은 물론 카메오로 잠깐 출연하는 것만으로도 화제가 된다. 그와의 연결성을 부각하기 위해 시사회에 부르고 인터뷰까지 하는데, 진짜 출연자는 아예 취급도 안 하니 자연 섭섭해질 수밖에 없었다.

아직 가족들과 친구들에게 'Death hill'에 나온다는 말을 하지 않아서 다행이다 싶기도 했다. 분위기상 아무래도 A는 조연이 아닌 단역으로 결정이 난 것 같아서다. 잔뜩 기대하고 영화를 봤다가 겨우 몇 장면만 나오는 우진을 보면 가족들 역시 실망할 게 분명했다.

어차피 이 영화에 채우진이 나왔다는 걸 아는 사람은 거의 없을 터였다. 자신만 입 다물고 있으면 가족들도 모를 거라 예상하며 우진은 'Glooming day'만 언급했다. 이러다가 사람들이 자신의 영화 데뷔작이 'Glooming day'인 줄 착각하는 게 아닌가, 하는 우스운 생각도 들었다.

우울하더라도 덕분에 현실을 자각하는 계기가 되었다. 영화 두 편 찍고 DS와 계약을 했다고 당장에 스타가 되는 게 아니라는 걸. 다시 한번 되새긴 우진은 자신을 스스로 독려했다.

첫술에 배부르기 바라는 건 욕심이라고.

우진은 소속사에서 짜준 프로그램대로 교육받고 운동하는 게 당장은 최선이라 여기며 열심히 따랐다. 퍼스널 트레이너에게 혹독한 트레이닝을 받은 후에 코디네이터인 황이영의 손에 이끌려 피부 관리실에 가서 마사지도 받았다.

"우진 씨는 워낙에 타고난 피부가 좋아서 다른 시술 같은 것은 필요 없겠어요. 그런데 이 코 자연산이네? 직원들이 우진 씨 처음 보고 코는 분명 한 거라고 저희끼리 의견이 많았는데 만져보니까 자연산 맞네요. 우진 씨는 정말 부모님께 감사해야 돼요."

피부 관리사는 우진의 피부와 이목구비를 보며 연신 감탄을 터뜨렸다. 그녀가 관리하는 연예인이 어디 한둘인가. 그들 모두를 합쳐도 우진만큼 피부가 좋은 경우는 없었다. 그뿐 아니라 완벽한 이목구비는 어디도 손을 대지 않은 자연산이라 더욱 특별했다.

그래서 채우진을 관리할 때면 오히려 긴장되기도 했다.

자칫 자신이 실수해서 이 완벽한 피부에 트러블이라도 생기게 한다면 그 뒷감당이 두려웠다. 매번 사용하는 제품들을 신중하게 고른 것은 물론 트러블 테스트도 꼼꼼하게 체크했다.

"하긴 제가 우진이 어머니하고 여동생을 봤는데 완전 가족이 붕어빵이에요."

"정말?"

"네. 어머니가 어찌나 우아하고 아름다우신지. 우진이는 그대로 나이 들어도 대박일걸요."

팩 중이라 소용히 듣기만 하는 우진을 대신해 코디인 황이영이 피부 관리사와의 대화를 이어갔다.

강남에 있는 이 유명한 피부 관리실은 온갖 종류의 사람들이 오는 곳이었다. 연예인은 물론 유명한 셀럽들과 그들을 동경하는 돈 많은 사람들이 주 고객층인 곳이었다. 그만큼 고객 관리와 서비스가 우수하지만, 알게 모르게 소문의 온상지였다.

이는 즉, 초반의 이미지를 어떻게 잡느냐가 매우 중요하다는 뜻이기도 했다.

피부 관리실 직원들이 자기들은 전문가이네 어쩌네 하면서 내놓는 평가가 곧 소문으로 이어지기 때문이었다.

특히나 성형 의혹이 한번 생기면 두상 엑스레이를 찍어서 보여줘도 안 믿는 게 요즘 세상이다. 채우진처럼 완벽한 이목구비를 가진 경우 성형 의혹은 피해가기 어려웠다. 황이영조차 우진을 처음 만났을 때, 대체 어디서 수술했기에 이렇게 티도 안 나고 완벽하게 고쳤냐며 병원을 물어볼 정도였다.

그렇다면 자칭 전문가들이 어떻게 입을 놀릴지는 어느 정도 예상이 되는 일이었다. 그러느니 차라리 가장 말발 센 소문의 주동자를 잡아서 우리 편으로 만드는 게 좋았다. 다행히 이 바닥에서 실력 좋고 영향력 넓은 이를 우진의 개인 관리사로 포섭하는 데 성공했다.

"그런데 요즘 우진이 얼굴에 살이 찐 것 같아서 그런데 턱 부분 관리에 신경 좀 써주세요. 우리 우진이 이중 턱 되면 어떻게 해요, 선생님이 팍팍 문질러 주세요."

"살은 무슨, 욕심도 많다!"

찌지도 않은 살을 언급하며 황이영은 일부러 턱을 가리켰다. 이쪽 바닥에서 일하는 사람들끼리 통하는 게 있는지, 관리사는 황이영이 말하는 의도가 무언지 금세 알아챘다. 턱을 깎거나 양악 수술을 하지 않은 우진의 작은 얼굴은 함부로 해도 될 정도로 자연산이라는 걸 강조한 거다.

"우진 씨는 정말 부모님께 두 번, 세 번 감사해야겠다."

어머니께는 늘 감사하는 마음이지만, 아버지에겐 그런 감정이 없는 우진은 관리사가 부모님 이야기를 꺼낼 때마다 마음이 불편했다. 이제 얼굴조차 가물거리는 부친에 대해 알려면 쉽게 찾을 수 있었지만 그럴 필요를 느끼지 못했다.

다만 언젠가는 인터뷰를 하게 될 것이고 그럴 때면 당연히 가족 이야기가 나올 것이다. 그땐 부모님에 관해 어떻게 이야기해야 할 것인지 우진은 아직 결정하지 못했다.

하긴, 곧 어머니가 재혼하실 테니 그에게도 자연스럽게 아버지가 생길 터였다.

가족관계는 부모님과 여동생, 이렇게 간단히 정리한 우진은 비로소 어려운 숙제를 해결한 듯 편안해졌다. 앞으로 들을 부모님과 관련한 수많은 질문에 그의 생부는 포함되지 않음을 단단히 마음먹었다. 어차피 그쪽 역시 그걸 바랄 테니, 서로 모르는 사람들처럼 지금까지 그랬듯이 살면 된다.

한결 마음이 편해진 우진은 관리사와 황이영의 수다 속에서 어느 순간 깊이 잠이 들었다.

◆　◆◆◆　◆

그 시각 DS의 대표 장수환은 'Death hill'의 언론 시사회 후에 올라오는 평론들을 보며 흐뭇하게 미소 짓고 있었다.

〈문승권 감독만이 만들 수 있는 이야기. 그의 신화는 깨지지 않았다.〉

〈강희주의 부활, 더는 그녀의 안목에 대한 걱정은 필요 없을 것 같다.〉

〈영화는 완벽할 뻔했다. 자기가 여주인 줄 착각한 나머지 예쁘게만 연기한 남주만 뺐다면. 그래도 후반에 들어서는 나름 봐줄 만했다. 어디까지나 그나마이지만.〉

〈남자 주인공이 왜 중후반부터 나오지 않는가. 내게 있어 남자 주인공은 오로지 이름 없는 그분이다.〉

〈완벽한 시나리오, 가련하면서 강인한 여주인공, 깔끔하고 세련된 연출과 편집, 그리고 아름다우면서 남자 주인공이었으면 좋았을 퍼펙트한 조연까지. 이 영화를 망친 요소는 오로지 하나다. 대체 누가, 이름도 묻고 싶지 않은 그를 캐스팅한 건지 알고 싶다.〉

〈오로지 봐줄 거라곤 외모밖에 없던 박민은 그마저도 이름 없는 그분에게 밀리고 말았다. 더불어 아라가 왜 남주인공을 선택했는지 하나도 이해되지 않은 스토리다. 영화는 딱 그분이 마지막으로 나오는 장면까지가 대박이다.〉

〈5점 만점에 3점이다. 왜? 어느 영화가 주인공이 도중에 XXX(스포일러 방지) 말인가. 아라에 대한 열정과 사랑, 외모, 화면 장악력,

연기력, 액션까지 어느 것 하나 주인공보다 봐줄 게 없는 자가 여주인공과 이뤄졌는데 이걸 어떻게 이해해야 하나. 다만 그분이 마지막으로 나오던 그 순간까지, 영화는 완벽했다. 그래서 그나마 3점이다.)

영화는 대체로 호평이었다. 올여름을 장악할 거라는 평에도 이견이 없었다. 오로지 하나의 흠으로 지적당하고 있는 건 남자 주인공인 박민이었다. 연기 구멍이 이제는 비주얼 구멍이라는 소리까지 나왔다.

그리고 아직 대놓고 언급되지는 않았지만 채우진이 분명한 배역 이야기가 화제로 떠오르기 시작했다. 시사회에 참석한 평론가와 연예부 기자들이 아름다우면서 치명적인 매력으로 관객을 압도한 '이름 없는 그분'에 대해 한결같이 관심을 보이기 시작한 것이다.

군이 언론사에 손을 쓰지 않았음에도 벌써 채우진이란 배우에 대해 알아보려는 움직임이 있다는 보고를 전해 들었다. 아마도 그들은 채우진이 이미 DS의 소속이란 것을 알면 더는 눈치 보지 않고 대놓고 알아서 홍보해 줄 터였다.

언론과 기획사는 원래 서로가 서로에게 잘 보이고 챙겨주는 상호 보완적인 관계다. 먼저 아쉬운 소리를 안 해도 알아서 신경 써주는 관계까지 오는 데 제법 많은 공을 들였지만, 충분히 그럴 만한 가치가 있는 투자였다.

시사회가 끝나고 얼굴을 찡그리는 박민의 사진이 뜬 기사를 보면 새삼스럽게 느껴지는 이치였다. 요즘 잘나간다고 언론에 각을 세웠다간 바로 이런 사진과 기사로 보답받게 된다. 쩔쩔맬 필요는 없지만, 상황 판단 못 하는 갑 놀이 역시 어리석은 짓인 건 분명했다.

장수환은 'Death hill'의 공식 포스터와 홍보물을 책상에 나란히 놓고 보았다. 포스터에는 주인공 두 사람의 얼굴과 그들의 이름이 크게 적혀 있었다. 채우진의 이름은 밑에 작게 이어진 배우들 이름 사이에서 겨우 찾을 수 있었다.

상황은 홍보물에도 마찬가지였다. 채우진의 이름은 작정하고 찾지 않는 이상 알아보기 어려웠다.

그러나 공식 포스터와는 달리 홍보물에는 채우진의 얼굴이 제법 드러난 상태였다.

모두 뒷면에 몰려 있지만, 소파에 앉아 있는 여주인공의 위에 걸터앉아 그녀의 턱을 붙잡고 키스하기 직전의 장면이 아예 3분의 1을 차지하고 있었다. 그 밖에는 여주인공을 팔에 안고 걸어가는 장면과 상처 난 여주의 얼굴에 밴드를 붙여주는 장면이었다.

박민과는 그저 손잡고 도망치는 장면밖에 없는 것과 대조적으로, 아예 대놓고 채우진과 러브라인을 형성시켜 놓은 것이다. 그림 역시 보기 좋았고 무엇보다 섹시했다.

공식 포스터와 홍보물이 이렇게 다른 것은 투자자를 등에 업은 박민이 원인이었다. 광고를 찍고 돌아온 박민이 자신의 분량을 빼앗아간 채우진에 대한 경계가 굉장했다는 후문이었다. 정확히는 경계보다는 보복의 의미가 컸다.

감히 자신의 시퀀스를 빼앗아간 신인 배우에게 향한 무차별

적인 적대가 투자자를 통해 제작사에 압력이 간 것이다. 제작
보고회, 쇼케이스, 사전 인터뷰에 채우진이 빠진 이유가 달리
있는 게 아니었다.

박민의 스폰서가 'Death hill'의 최고 투자자라는 건 이 바
닥에선 이미 유명했다. 단순한 투자자였다면 이렇듯 박민을 적
극적이고 편파적으로 밀어주지는 않았을 거다. 그녀는 투자금
을 회수하는 것에는 아무런 관심이 없는 듯 굴었다. 투자의 목
적이 이윤 창출이 아닌 박민의 기를 세우는 것인 투자자의 전
횡 때문에 문승권 감독도 꽤나 고생을 한 모양이었다. 포스터
와 달리 영화 홍보물은 최대한 늦게 제작해서 내놓은 것을 보
면 말이다. 미리 제작해 놓으면 투자자가 채우진의 얼굴을 홍
보물에서 빼버릴 가능성을 배제할 수 없었던 거다.

덕분에 언론 시사회 후 채우진은 현재 '이름 없는 그분'으
로 불리고 있었다. 포스터나 홍보물로는 그의 이름을 쉽게 찾
을 수가 없었고, 영화 내내 배역의 이름 한 번 나오지 않았기
때문이다.

특히 마지막 장면에서 여주인공에게 던진 내 이름은 알고 있
냐는 물음이 사람들의 감성을 자극한 듯싶었다.

시사회 이후에 있었던 공식 인터뷰에서 문승권 감독은 채우
진을 그저 신인 배우로만 거론하고 일부러 크게 내세우지 않았
다. 그 자리에 문제의 투자자가 와 있었던 게 큰 이유였다.

문승권 감독은 자신은 그저 필요한 배역에 신인을 캐스팅해
서 영화를 찍었던 것뿐이란 듯, 다행히 배우가 연기를 잘해줘
영화의 한 장면을 살려줘서 고맙다는 이야기만 했다. 그는 영

화 내용에 관한 질문에만 대답하고 배우들에 대한 언급은 최대한 피했다.

아무리 유명 감독이라 해도 원하는 영화를 찍기 위해선 점점 커지는 제작비에 목을 맬 수밖에 없었다. 그에 자본의 권력에 휘둘리는 것은 어쩔 수 없는 일이었다. 하지만 이번에는 사실 문 감독의 욕심이 지나쳤다.

근본 없는 투자는 예술의 질을 낮춘다. 문 감독도 이번 기회로 영화를 위한다는 게 자칫 영화를 망치는 결과를 낳을 수 있다는 걸 뼈저리게 깨달았을 것이다.

"우진은 아직 모르고 있겠지."

단지 평론가들이 언급한 것만으로도 지금 실시간 검색어에 '이름 없는 그분'이 올라왔다는 걸 우진은 모르고 있을 터였다. 워낙에 인터넷을 잘 하지 않기 때문에 소식통이 부족했다. 아마 실시간 검색어를 봐도 저게 뭔 의미인지도 모를 것이다.

제 할 일은 알아서 찾아 하고 똑 부러지게 하는 녀석이 이상하게 개인적인 사항에 대해서는 묘하게 둔하고 무심했다. 옆에서 자기보고 잘생겼다고 수군거리면, 근처에 정말 잘생긴 누군가가 나타난 줄 알고 주위를 돌아보는 놈이었다.

"뭐, 그런 갭이 또 매력적인 거지."

장 대표는 그런 우진의 성격을 굳이 고쳐줄 필요를 느끼지 못했다. 아이돌은 아니어도 요즘 말로 이런 씹덕 터지는 요소가 팬을 모으는 데 한몫한다는 걸 알아서다. 그렇다고 우진이 마냥 순진하고 미련한 게 아니라 어디에 내놓아도 걱정되지 않는 점도 좋았다.

우진을 생각하며 마냥 흐뭇해하는 장수환 대표와는 다르게 문승권 감독은 상황이 그리 좋지 못했다. 연예계 관련 프로에서 하는 인터뷰를 끝낸 후에 박민은 문승권을 붙잡고 따지기 시작했다.

"감독님, 어떻게 이럴 수가 있습니까? 어떻게 편집을 했으면 조연 따위가 남자 주인공이란 소릴 듣게 한 겁니까?"

늘 조각 같던 박민의 얼굴은 분노로 잔뜩 일그러져 있었다. 시사회가 끝나고 쏟아지는 자신에 대한 혹평보다는 이름조차 없는 배역에 대한 찬사가 그의 심사를 더 어그러뜨리고 있었다.

"몇 번이나 말했나. 분명 필요한 장면이었고 배우가 그 역할을 잘 찍어줘서 신이 살았다고. 그럼 자네도 잘 찍었으면 되잖아. 대체 뭐가 문제야?"

아마도 문승권의 제작 인생에서 다시 박민과 영화를 찍을 일은 없을 것이었다. 그리고 그를 밀어주는 투자자의 자본을 받을 일도 앞으로 더는 없을 거라는 데 자신의 열 손가락을 건 그였다. 그래도 아직 영화가 개봉되기 직전이라 최대한 서로 예의를 지키려고 노력 중이었다.

앞으로 VIP 시사회와 지역별로 있는 무대 인사에도 참석해야 하는데 불화설을 터뜨릴 수는 없는 일이었다.

"원래 그 시퀀스는 제가 찍었어야 할 내용이잖아요!"

그랬다면 우리 영화는 망했겠지. 문승권 감독은 속말을 꾹 참으며 애써 침착하게 대답했다.

"네가 광고 찍는다고 해외 나가는 바람에 촬영장을 떠났잖

아. 그럼 그 일주일 동안 우린 손 빨면서 널 기다려? 그리고 누가 찍었든 잘 찍었으면 되잖아."

"기다렸어야죠! 그러라고 우리 누님께서 투자한 영화 아닙니까?"

마침내 흥분한 박민이 먼저 뇌관을 건드리고 말았다. 그 누님 돈 잘못 받았다가 인생의 고비를 맛본 문승권 감독도 더는 참지 못했다. 그는 영화 하나 말아먹고 자신의 흥행 신화에 먹칠할 뻔한 원흉에게 결국 삿대질을 하고 말았다.

"그래, 그 누님 때문에 네 연기를 겨우 참아준 거다. 그것도 아니었으면 넌 아예 영화에서 뺐어! 뭐, 네가 찍었어야 할 장면들이었다고? 그래, 찍었으면 뭐가 달라졌을 것 같아? 어차피 너를 두고 하는 소리들 모두가 얼굴만 믿고 연기도 제대로 못하는 배우라는 지적뿐이잖아. 네가 맡은 역할도 제대로 못 했으면서 왜 남의 신까지 욕심내는데? 네가 그 신들을 찍었으면 지금 A가 들었을 찬사가 너한테 왔을 것 같아? 턱도 없는 소리 하지 말고 꿈에서 깨라! 이 연기 고자 새끼야!!"

흥행 감독이라는 타이틀과 명성에도 불구하고 인성이 좋아 아랫사람들에게도 늘 친절하고 예의를 지키는 문승권이었다. 일단 작품을 함께 들어가면 갑과 을을 따지기보다는 우리는 동료라는 의식을 먼저 앞세웠다.

그런 사람이 자신의 작품에 출연한 배우에게 이렇게 함부로 언성을 높인 것은 거의, 아니, 지금까지 한 번도 없었던 일이었다.

"무, 무슨 말을 그렇게!"

"내가 뭐 못 할 말 했냐? 나 앞으로 너하고 절대 작업 안 해. 내가 너랑 영화 찍겠다는 미친 녀석이 있으면 도시락 싸 들고 다니면서 말릴 거다. 불만 있으면 시사회고 뭐고 너 안 나와도 상관없어. 너 아니어도 데리고 갈 녀석 있으니까. 그냥 내 눈앞에서 꺼져라, 제발!"

진작 이렇게 해야 했다. 처음엔 투자자 때문에 참고, 다음에는 영화를 위해 참고, 지금까지는 흥행을 위해 참았는데 이제 더는 힘들었다. 참는 것도 한계고, 보자 보자 하니까 감독 보기를 제 밑에 깔고 앉은 보자기만도 못하게 여기는 배우를 가지고 뭘 하겠는가.

매몰차게 돌아서는 문 감독의 뒷모습에 박민은 순간 말을 잃고 말았다.

처음 데뷔할 때부터 국민 미남이라 불리면서 대중과 연예계 관계자들에게 떠받들려 살던 그였다. 전혀 늘 기미가 없는 연기력 때문에 근래 들어 싫은 소리를 듣긴 했어도 그는 박민이었다.

사실 박민과 비슷한 경력을 가진 배우 중에 여전히 연기력 부재로 논란을 사는 이들은 부지기수였다. 그들과 비교하면 박민은 독보적인 외모를 가지고 있었다. 어차피 고만고만한 연기력을 가진 이들 중에 고르라면 누구나 박민을 최고로 뽑고 서로 캐스팅하지 못해서 안달이었다.

연기력 따위 없어도 박민은 국민 미남으로서 최고의 주가를 누리며 대중을 사로잡았다.

유독 'Death hill'에서 연기력 논란이 인 것은 모두 감독

탓이지 제 잘못이 아니었다. 감독이 신인 하나를 띄워주기 위해 자신을 희생양으로 삼은 게 분명했다.

외모로 다른 이에게 밀릴 리 없는 자신이 비주얼 구멍이란 소리를 들은 것도, 그 신인에게 각종 효과를 다 몰아줘서 생긴 일이라 생각했다. 분명 실제로 보면 자신과는 비교도 안 되게 수준 낮은 외모일 거라 확신하는 이유였다.

"제 수준이 어디인지 분명하게 비교당해 봐야 정신을 차리겠지."

야비한 웃음을 흘리며 박민은 폰을 들어 누군가에게 전화를 걸었다. 그의 뒤에 아무리 대단한 스폰서가 있다 해도 문 감독을 상대로 대놓고 척을 질 수는 없는 일이었다. 그렇다면 복수 상대는 그보다 약하고 만만한 대상이 될 수밖에 없었다.

"누님!"

박민은 문 감독과 대화할 때와는 비교도 안 되게 감미로운 목소리로 그녀를 불렀다. 그녀는 박민의 투정과 고민을 들어주면서 그를 달래기도 하고, 대신 화를 내주기도 했다. 그리고 결국 박민이 원하는 것을 들어주겠다고 약속했다.

VIP 시사회에 채우진을 불러도 좋다는 전화가 문 감독에게 온 것은, 그 후로 30분도 안 되어서였다. 채우진에 관해서는 계속 방해만 하던 사람이 어찌 된 일인지 너그럽게 '모든 배우'가 한자리에 모이는 게 좋겠다는 의견은 내놓은 거다.

전화를 끊고 잠시 멍하니 있던 문 감독은 이걸 어떻게 받아들여야 하는지 몰라 눈만 깜박거렸다.

"이거 박민 식의 사과법인가?"

누구보다 채우진을 부르고 싶었던 문 감독은 지금 이 상황이 알딸딸했다. 그래서 이걸 박민이 먼저 건넨 사과라고 받아들였다.

"하긴 지가 어디 감독한테 대들어."

한껏 어깨가 치솟은 문 감독은 의기양양해져서 채우진에게 전화를 걸었다. 긴말 소용없고 그가 진심으로 채우진에게 하고 싶은 말은 이거였다.

'네가 잘 몰라서 그러는데 나 이런 사람이다?'

하지만 현실은 그에게 기다림의 미학을 선사했다.

"우리 우진이 지금 피부 관리받다가 잠들었는데 깨울까요?"

우진의 전화를 대신 받은 황이영은 상대가 문승권 감독이라는 걸 알고 최대한 친절하게 받았지만, 그녀의 목소리는 환영받지 못했다. 조금 이따 다시 전화하겠다고 끊은 문 감독은 발을 동동거리며 시간이 흐르기만을 기다렸다.

모두가 설렘을 가지고 기다려 왔던 순간이 바로 발끝까지 다가왔다. 한 발만 디디면 다른 세상으로 나아갈 준비를 하는 우진에게, 문승권 감독은 어서 빨리 이쪽으로 오라고 손짓하고 싶어 미칠 지경이었다.

각자의 고민

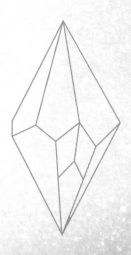

"블랙은 진리야. 그리고 슈트는 역시 제냐지."

황이영은 시사회에 참석하기 위해 차려입은 채우진을 바라보며 반쯤 눈을 내리감았다. 극히 개인적인 취향으로 차려입힌 우진을 보며 그녀는 눈이 부시다고 호들갑을 떨었다. 반대로 우진은 그대로 얼어서 움직이질 못했다.

"이거 과유불급 아닐까요?"

명품에 대해서는 잘 몰라도 에르메네질도 제냐가 얼마짜리인지는 대충 알고 있었다. 이런 걸 입고 과연 화장실에나 갈 수 있을지 걱정이었다.

"살토리얼 라인이라 생각보다 비싸지 않아. 박시연 선생님이 특별히 협찬해 주신 거니까 예쁘게 입고 사진만 잘 찍히면 되는 거야."

"그러니까 예쁘게 입을 자신이 없다고요."

앓는 소리를 내는 우진을 빤히 쳐다보던 황이영은 누구보다 자신만만한 표정으로 거만하게 말했다.

"채우진, 잘 들어. 이까짓 몇백만 원짜리 옷보다 네가 더 비싼 몸이야. 이 옷은 네가 입어줬다는 것만으로도 감지덕지해야 한다고. 그리고 뭐 묻으면 또 어때. 이거 원단이 진짜 좋아서 얼룩이 묻어도 세탁만 잘하면 깨끗해져. 어차피 세탁해서 돌려줄 건데 뭐가 무섭다고 그래."

우진의 팔을 툭툭 치며 입꼬리를 올리는 황이영이야말로 대장부였다. 조금은 자신감을 가진 우진이 어깨를 쭉 펴자 황이영이 좋다고 호탕하게 웃었다.

"그런데 저만 너무 튀는 거 아닐까요?"

VIP 시사회에 참석하라고 문 감독이 직접 연락을 주었지만, 단역인 자신이 주목받을 일은 없다고 생각했다. 문승권 감독은 예쁘게 입고 오라는 말만 했지 그 밖의 다른 말은 하지 않았더랬다. 그래서 이렇게 잔뜩 힘주고 가는 게 꼭 뭔가 기대하고 가는 모양이라 많이 부끄럽기도 했다.

행여 실수하지 않을까 인터넷으로 시사회를 검색하고, 참석하는 다른 연예인들의 사진을 보았지만 모두 평범한 옷차림에 딱히 특별해 보이지 않았다.

"몰라서 그렇지, 걔네들 옷과 액세서리 중에 명품 아닌 거 거의 없어. 박민도 이 라인으로 비슷한 거 입고 간다고 하니까 혼자 튀는 일은 없을 거야."

"거기는 주인공이잖아요."

"우진이 너는 위대한 조연이고! 주인공이든 조연이든 멋있게 어울리면 되는 거지. 넌 다 좋은데 가끔 너무 자신감이 없는 게 아닌가 싶어."

황이영의 지적에 우진은 잠시 자신을 돌아보았다. 한 번도 그런 생각을 해본 적이 없어서 그녀의 말이 우진에겐 굉장히 뜬금없는 소리였다.

"현실적인 게 아닌가요?"

우진은 언제나 자신을 철저한 현실주의자라 여기며 살아왔다. 연예계에 들어서면서 혹여나 허황한 꿈에 부풀어 현실을 망각하거나 허세에 차지 않도록 스스로 단속하는 것을 잊지 않아야 한다고 생각했다. 그게 남들에게는 자신감 결여로 보일 수 있다는 걸 처음 알았다.

"내가 보기엔 전혀 현실적이지 않아."

황이영이 보기에 우진은 자기 자신에 대해 몰라도 너무 몰랐다. 그리고 인터넷도 하지 않아서 지금 자신이 얼마나 화제의 중심에 있는지도 몰랐다. 스틸 컷 몇 장과 영화를 본 평론가와 기자들의 호평만으로 벌써 '이름 없는 그분'의 유명세를 달리고 있는데도 말이다.

"그리고 겸손한 것과 자신감 없는 건 정말 한 끗 차이야. 하지만 넌 지금 겸손할 때가 아니잖아."

"그렇다고 자신만만할 때도 아니죠. 누나 뜻은 알겠는데 오늘 이 옷은 정말 아니에요. TPO인 시간, 장소, 상황 중에 어느 것 하나 해당하지 않아요."

오늘이 무슨 시상식이라면 아무 망설임 없이 입을 테지만 그도 아니었다.

"정말 싫어?"

"나중에요. 정말 이 옷이 어울리는 장소에서 멋있게 입어줄 게요. 안 입겠다는 게 아니라 오늘은 아니라는 거예요."

공식적인 장소에 처음으로 선을 보이는 만큼 황이영은 욕심을 내고 싶었다. 안 어울리는 것도 아니고 누구보다 완벽하게 슈트를 소화하는 우진의 모습을 세상에 내보이고 싶지 않다면 그건 코디로 자격 상실이었다.

하지만 우진의 주장도 틀린 소리는 아니었다. 막말로 아무것도 없는 신인이 조연으로 나오는 영화 시사회에 명품 슈트를 걸치고 나가면 모양새가 우스울 게 뻔했다. 다만 우진이기에 이모든 게 어울리고 걸맞다는 느낌이 드는 것뿐이다.

"그럼 이것과 비슷한 것으로 갈아입자. 젠틀하고 섹시하게."

아쉬운 듯 우진의 어깨를 몇 번이나 쓰다듬던 황이영은 결국 고개를 끄덕였다.

"누나만 믿을게요."

"어쭈, 믿는다는 녀석이 그래?"

속 썩여서 미워 죽겠다고 황이영은 우진의 눈앞에다 주먹을 흔들면서 옷이나 벗으라고 했다. 제냐의 슈트를 포기한 순간, 그녀의 머릿속은 박민이 입는다는 슈트와 최대한 비슷한 것을 찾아 헤매고 있었다.

슬슬 박민과 채우진을 비교하는 기사들이 올라오기 시작했다. 모두 언론 시사회에서 영화를 관람한 기자들이 쓴 것으로, 그들은 국민 미남의 자리를 두고 두 사람이 박빙의 경쟁을 할 거라고 예상하였다.

박민의 실물을 눈앞에서 본 적 있는 황이영이 이 기사들을 평하자면 턱도 없는 소리였다.

"감히 어디에다가 박민 따위를."

처음 채우진을 눈앞에서 본 순간을 그녀는 잊지 못했다. 수 많은 연예인을 옆에서 보았지만, 사람들이 말하던 소위 광채라 는 걸 목격한 것은 단연코 채우진이 처음이었다. 거기에 스타 일링이 정해지고 관리에 들어가자 더욱더 완벽해졌다. 예전엔 원석이었다면 지금은 제련한 보석이 되어가고 있었다.

"이번 기회에 누가 우위에 있는지 확실히 보여줘야지!"

국민 미남의 타이틀이야 이제 채우진의 것이 되는 건 주지의 사실이었다. 그러나 누구와 비교되는 건 참을 수가 없었다. 비 슷한 스타일과 비슷한 옷을 입은 상황에서 과연 누가 돋보이는 지 확연히 보여줄 각오였다.

황이영이 의욕에 불타는 순간 셔츠를 벗고 있던 우진은 괜 스레 한기가 들어서 몸을 부르르 떨었다.

◆　　◆◆◆　　◆

시사회가 열리는 C영화관 주차장에 도착한 우진은 바로 문 감독에게 전화를 걸었다. 도착하자마자 전화하라는 그의 말을 착실히 따른 거다.

—오우, 우진이 도착했냐?

"네, 지금 지하 주차장인데 어디로 가면 되나요?"

―거기 VIP용 엘리베이터 타고 10층으로 오면 돼. 내가 엘리베이터 앞에서 기다릴 테니까 빨리 와라.

"VI… 아, 찾았어요. 바로 올라가겠습니다."

문 감독이 말한 VIP 전용 엘리베이터 앞에는 가이드 네 명이 서 있었다. 우진이 다가오자 그중 왼쪽 엘리베이터 앞에 서 있던 두 명이 다가왔다.

"이쪽이 연예인 전용입니다."

가이드는 모르는 얼굴이지만 우진을 보자마자 배우라고 짐작하고 바로 연예인 전용으로 안내했다. 강호수가 초대장을 내밀자 안을 확인한 가이드는 무전기로 위쪽에 알렸다.

"지금 채우진 님 올라가십니다."

대기 중이던 승강기에 오르고 문이 닫히려는 순간, 다시 문이 열리며 세 명의 무리가 안으로 들어섰다.

새로운 사람들이 등장하자 자연히 고개가 돌아간 우진의 시야에 박민이 보였다. 그 순간 두 사람의 시선이 서로 얽혔다. 같은 영화를 찍었지만 한 번도 만나본 적이 없던 두 사람의 반응은 사뭇 달랐다.

만난 적은 없어도 박민이야 워낙에 유명하고 선배이기도 했기에 우진은 자연스레 먼저 고개 숙여 인사를 했다. 나머지 두 사람은 박민의 매니저들인 것 같아서 적당히 눈인사로 끝냈다. 인사말을 주고받기에는 박민에게서 풍기는 냉랭한 기운이 서먹함을 만들어냈다.

한편 박민은 우진처럼 태연할 수가 없었다. 올라가려는 승강기를 잡아탔는데 그 안에 생전 처음 본 남자가 있었다. 연예인 전용 승강기니 상대의 직업은 어림잡아 짐작할 수 있었다.

그런데 선뜻 기억이 나지 않았다. 저만한 외모라면 모를 리가 없는데 누구일까.

지금껏 외모로 누군가에게 밀린 적이 없었으며 자신이 얼마나 잘생겼는지 너무나 잘 알고 있던 박민이었다. 그랬기에 주관적이고 객관적으로 상대를 평가할 수 있었다. 그 모든 것을 따지고 봐도 상대는 분명 박민 그보다 더 잘생기고 아름다웠다. 남자에게 아름답다는 말이 어색할지 모르나 저 남자라면 충분히 감당하고도 남음직했다.

그런데 분명 처음 본 사람인데 왠지 낯이 익었다. 저 남자가 누군지 아느냐고 묻기 위해 매니저들을 돌아본 순간, 박민의 얼굴이 와락 일그러졌다.

정신을 놓고 남자를 감상하는 두 사람의 표정에 그저 감탄만이 맴돌았기 때문이다. 박민의 옆에서 그의 외모에 어느 정도 익숙해진 두 사람은 웬만한 이를 봐도 감정을 드러내지 않을 정도로 프로였다.

박민은 남자의 정체를 알고 싶은 건 둘째로 엘리베이터를 잘못 탔다는 생각이 돌연히 들었다.

승강기에서 내리는 순간부터 사람들의 시선이 자신한테 쏠릴 텐데 하필 저런 남자가 옆에 있을 건 뭐람. 슬쩍 옆을 보니 공교롭게도 남자는 자신과 스타일마저 비슷했다. 절로 일그러지는 입매에 힘을 주려는 순간 벨 소리가 들리며 엘리베이터 문이 활짝 열렸다.

우진과 강호수는 일단 뒤로 물러나며 박민 일행이 먼저 내리도록 배려했다.

박민은 여전히 정신을 차리지 못한 매니저들의 등을 떠밀어 먼저 내리게 했다. 그들의 뒤를 따라 내리기 전에 박민은 재빨리 닫힘 버튼을 눌렀다. 그리고 밖으로 나오자마자 문이 닫히지 않도록 버튼을 누르고 있는 가이드를 슬쩍 보았다.

박민은 가이드에게 인사하는 듯하면서 살짝 몸을 비틀거렸다. 실수인 척 벽을 짚으면서 버튼을 누르고 있는 가이드의 손을 치웠다. 이 모든 행동이 아주 짧은 순간 일어난 일이었다.

연기는 못해도 이런 일련의 행동은 굉장히 자연스럽게 연출한 박민이었다. 누구도 그의 의도된 행동에서 부자연스러움을 느끼지 못했다.

오늘 같은 날엔 주차장에서 올라가는 버튼을 계속 누르게 마련이라, 문이 닫히자마자 승강기는 밑으로 내려가게 되어 있었다. 가끔 가이드가 버튼을 누르는 걸 놓치고 안에서 늦장을 피우면, 다시 밑에까지 내려갔다가 오는 경우가 종종 있었다. 평소의 경험을 이런 식으로 살린 박민은 슬쩍 미소 지었다.

"우진… 이가 아니네."

오매불망 우진을 기다리던 문 감독은 승강기 문이 열리자마자 두 팔을 벌리고 그에게 다가가려다가 멈칫했다. 엘리베이터 근처에 있는 행사 안내인이 이번에 올라올 배우가 '채우진'이라고 적어서 안내한 것만 보았지, '박민'의 이름이 적힌 안내판도 바로 올렸던 걸 보지 못했던 거다.

문 감독은 상대가 박민인 걸 알고 푸시시 식어버렸다. 대신 벌리고 있던 팔로 박민의 어깨를 툭툭 치며 인사했다.

우진이가 시사회에 참석할 수 있도록 힘을 쓴 박민에게 어느 정도 화가 풀린 탓이었다. 이윽고 문 감독의 시선이 뒤로 향하면서 그의 입가에 다시 미소가 어렸다. 닫혔던 승강기 문이 다시 열리면서 드디어 우진이 등장한 것이다.

홀이 순간 술렁거리면서 기이한 정적에 둘러싸였다. 이상한 낌새를 눈치챈 박민은 서둘러 뒤를 돌아봤다. 아니나 다를까, 밑으로 내려갔을 거라 예상한 승강기는 그대로 멈춰 서서 다시 열려 있었다. 안에서 건장하게 생긴 사내가 사람 좋은 미소를 지으며 버튼을 계속 누르고 있는 게 보였다.

그리고 어디에 있어도 눈에 띌 수밖에 없는 남자가 무구한 눈빛으로 문 감독과 눈을 맞추며 웃고 있었다.

비로소 박민은 엘리베이터 안의 남자가 누구인지 깨달았다. 그는 배역 이름도 제대로 없던 사채업자 A를 연기한 그놈이었다.

우진이 엘리베이터에서 내리자마자 문 감독은 박민을 슬쩍 옆으로 밀어내며 그에게 다가갔다. 문 감독의 행동은 많은 사람의 이목을 받았지만, 또한 누구도 크게 신경을 쓰지 않았다. 문 감독이 맞이하는 남자에게 모두의 정신이 팔려 버렸기 때문이다.

우스갯소리로 박민을 보고 나서 다른 사람들을 보면 모두가 오징어로 보인다는 말이 있었다. 그런데 오늘은 박민이 오징어가 될 차례인 모양이었다. 더불어 문 감독은 그냥 이름 모를 외계 생명체가 되었다.

"아니, 이 친구는 왜 볼 때마다 더 잘생겨지냐."

2주 전에 만나 함께 저녁을 한 문 감독은 그동안 더욱 잘생겨진 우진을 보며 혀를 내둘렀다. 분명 처음 보았을 때도 보통 외모는 아니었지만, 그 후로 다시 만날 때마다 업그레이드되어 나타나는 우진이 신기할 정도였다.

그도 그럴 게, 문 감독과 처음 만났을 때는 제대한 직후였다. 살이 빠져 마르고 관리하지 않은 피부는 거친 데다가 바삭 깎은 머리마저 볼품없을 수밖에 없었다. 그나마 타고난 외모 덕분에 봐줄 만했을 뿐이었다.

그러다 전생을 기억하게 되면서 심법을 꾸준히 행하자 몸에 쌓인 독소와 노폐물이 조금씩 배출되며 피부가 급격히 좋아졌다. 몸도 건강해지고 균형 잡힌 몸매가 되어가면서 자세도 좋아졌다. 무엇보다 몸을 쓰는 방법을 알게 된 우진은 언제 어느 순간이나 바르고 곧은 자세를 유지하면서 우아하게 행동할 줄 알게 되었다.

당연히 조금의 움직임에도 사람들의 눈을 끌게 되었고 감탄을 끌어냈다. 거기에 소속사의 관리까지 더해졌으니 날로 낮이 환해지고 본바탕이 빛을 보기 시작한 거다.

"감독님이야 늘 저를 좋게 봐주시니 그렇죠."

겸양의 말이 아니었다. 'Death hill'의 재촬영 때만 해도 전생을 기억한 지 하루밖에 지나지 않았기에 외적인 면에선 어떠한 변화도 없던 상태였다. 그런데도 문 감독은 우진을 좋게 봐주며 늘 잘생겼다고 칭찬을 아끼지 않았다.

"당연히 좋게 볼 수밖에 없지."

흐뭇하게 웃으며 문 감독은 우진의 등을 도닥거렸다. 이제 배우 채우진의 연기 인생에서 늘 따라올 데뷔작이 문승권 감독의 'Death hill'이란 점이 그를 흐뭇하게 했다. 최이건은 둘

째야, 내가 이겼어! 혼자서 승부를 띄우고 승리한 문승권은 우진의 손을 잡아끌었다.

"이럴 게 아니라 어서 포토월에 가서 사진부터 찍어야지."

남자 주인공은 내버려 둔 채로 문 감독은 우진을 포토월로 안내했다. 그런데도 뒤에 남아 이를 갈고 있는 박민을 주목하는 이는 없었다. 그의 매니저들마저 채우진을 따라 시선을 옮기는 마당에 무얼 바랄까.

수십 명의 기자가 대기하는 포토월에 다다른 문승권은 사람들에게 자신 있게 그를 소개했다.

"여기 이름 없는 그분이 오셨습니다."

약속이나 한 듯 일제히 자신을 향해 반짝이는 플래시 불빛에 우진은 잠시 움찔했다. 혹시나 인상을 구기지 않았을까 걱정하던 우진은 문 감독과 함께 뒤에 따라오는 박민을 기다렸다. 같은 승강기를 타고 왔기에 함께 포토월에 서지 않으면 안 되었다.

그리고 이미 도착해 있던 다른 배우들도 기다려야만 했다.

박민이 다가오자 문 감독은 친절하게 두 배우를 포토월로 안내했다. 특히 서서 버티려는 박민의 등을 떠미는 문 감독 손에는 유독 친절함과 힘으로 가득했다. 잘생긴 두 명의 배우가 나란히 서 있는 모습은 흔한 장면이 아니었다. 계단을 따라 포토월에 올라가자마자 하얀 불빛 세례가 쏟아졌다.

뭔가 웅성거리는 소리가 들리기는 했지만, 지금 우진의 귀에는 아무 소리도 들리지 않았다. 전생의 경험으로 이런 일은 아무렇지도 않을 줄 알았는데 확실히 기억은 기억일 뿐, 몸으로 직접 겪은 것만이 진짜인 모양이었다. 이렇게 긴장하고 손끝이 떨리는 것을 보면.

"채우진 씨!"

사람들 사이로 들리는 자신의 이름에 우진은 얼핏 미소 지으며 그쪽을 향해 고개를 돌렸다. 무의식적인 반응이었으나 기자들은 이를 놓치지 않고 서로 우진의 이름을 부르기 시작했다. 박민의 이름을 부르는 기자들도 있었지만, 수적으로는 비할 게 아니었다.

뭔가를 묻는 소리도 들렸지만 우진은 카메라와 눈을 맞추며 웃어줄 뿐이었다. 여기 오기 전에 철저하게 교육받은 것이, 정식 인터뷰가 아니라면 기자들이 뭘 물어봐도 꼭 대답해 줄 의무는 없다는 거였다. 상황 봐서 그저 고맙다거나 열심히 하겠다고 해도 족했다.

그리고 잠시 후에 나타난 다른 배우들과 함께 우진은 또다시 포토월에 섰다. 문 감독을 중심으로 주인공들과 조연들이 함께 단체 사진을 찍고서야 카메라에서 해방될 수 있었다.

그를 더 붙잡으려는 기자들이 많았지만, 그는 살짝 고개만 숙여 인사하며 문 감독을 따라갔다. 그게 거만해 보이는 게 아니라 굉장히 우아하고 당당해 보여서 몇몇 기자들 사이에선 감탄성이 흘러나왔다.

그리고 채우진이 문승권 감독과 함께 상영관으로 들어가 버리자 감탄은 아쉬움으로 변했다.

그 후로 도착한 다른 연예인의 사진을 찍던 촬영 기자들은 모두 고개를 갸웃거렸다. 미모를 앞세운 연예인들 모두가 하나같이 그저 그런 수준으로 보였다.

누구와 비교하면 이 사람들도 그냥 평범하구나, 하는 생각에 그들의 머리엔 하나의 타이틀이 떠올랐다. 미모 학살자!

황이영이 기대했던 국민 미남이 아닌 조금은 엉뚱한 타이틀을 얻고만 채우진이었다.

상영관으로 들어가서야 우진은 아는 얼굴을 향해 인사를 했다. 여주인공인 강희주를 비롯한 사채업자 보스로 나왔던 중견 배우와 반갑게 인사를 나눴다. 그리고 주요 스태프들과도 악수하며 서로 안부를 물었다.

오랜만의 해후지만, 일주일간의 서바이벌한 촬영 기간 동안 서로 묘한 동지 의식이 생긴 것도 한몫했다. 이름하여 '타도 박민'은 여전히 현재진행형이었다.

"제가 여기 앉아도 되는 건가요?"

문 감독의 왼편에 앉으며 우진은 재차 물어봤다. 문 감독의 오른편에 앉은 강희주가 대신 고개를 끄덕이며 어서 앉으라고 손짓했다.

"박민 씨는 내 옆에 앉을 테니까 우진 씨는 거기 앉아. 감독님은 미남 미녀를 양쪽에 끼고 좋으시겠다."

"미남은 있는데 미녀는 어디 있지?"

"감독님!"

강희주는 가볍게 눈을 흘겼지만 정말 기분이 나빠서 그러는 게 아니었다. 오늘 그녀는 무슨 소리를 들어도 기분이 좋을 수밖에 없었다. 이미 언론 시사회 때 완성된 영화를 감상한 후라 어느 정도 자신감을 되찾은 상태였다.

뚜껑은 열어봐야 알겠지만, 쏟아지는 연기 호평과 순조로울 것이 예상되는 흥행 예감에 무슨 소릴 들어도 들뜬 마음이 가라앉지 않았다.

"그런데 우진 씨는 DS에 들어갔다더니 사람이 정말 몰라보게 멋있어졌다."

강희주의 의문에, 우진을 보고 만날 때마다 더 잘생겨지면 어떻게 하냐고 말하던 문 감독이 되레 편을 들어줬다.

"우진이는 원래 멋있었어."

"감독님, 사실을 말해야죠. 그때 잘생기기는 했어도 솔직히 이 정도는 아니었잖아요. 지금 우진 씨를 보니까 내가 운이 정말 좋았네. 우진 씨가 가장 심란한 상태였을 때 같이 영화를 찍어서 덕분에 그나마 내가 살아남았던 거였어."

두 손을 꼭 모으며 기뻐하는 강희주에게 우진이 진지하게 물었다.

"제가 전에는 그렇게 심란했나요?"

"그걸 여태 모르셨습니까?"

우진의 진지한 반응이 재미나서 강희주도 그에 걸맞게 정중하게 대답해 줬지만, 의미 없는 우스갯소리였다. 채우진의 과거와 현재를 비교해서 심란하다는 것이지. 채우진의 과거와 웬만한 다른 사람의 리즈 시절을 비교한다면 그건 또 다르기 때문이다.

"심란했던 사람이 변했다면 뻔한 거 아니야?"

빈정거리며 갑자기 대화에 끼어든 이는 조금 늦게 상영관에 들어와 제자리를 찾아 앉은 박민이었다. 언제나 사람들의 중심에서 관심을 받아왔던 그는 오늘 느꼈던 소외감만큼 심사가 꼬여 있었다.

"뻔하다니 뭐가요? 난 무슨 말인지 모르겠네."

"글쎄, 나도 모르겠다. 우진이 너는 아냐?"

"변했다면, 확실히 피부 관리가 한몫하지 않았나 싶습니다."

언제나 늘 항상 진지한 우진은 이번 역시 신중하게 생각하고 대답했다.

진실이야 어쨌든 이목구비는 언제나 똑같았고 얼굴에서 달라진 점을 굳이 뽑아보자면 유난히 좋아진 피부뿐이다. 덕분에 모든 칭찬은 피부 관리사의 몫으로 돌아갔다.

사실을 말하자면 전체적인 스타일 자체가 세련되고 고급스러워진 것과 체계적인 관리 시스템 덕을 크게 본 것이지만, 굳이 그런 것까지 일일이 나열할 분위기는 아니었다.

"확실히 피부가 정말 좋아지긴 했어. 이목구비는 그대로인데 얼굴에서 이렇게 광채가 나는 걸 보면 말이야."

덩달아 진지해진 강희주가 감탄하며 말하자 우진은 자신의 개인 피부 관리사를 칭찬하기 시작했다. 솔깃해진 강희주가 정보를 묻고 대답이 오가는 와중에 박민은 다시 외면당했다.

"그런데 후배님은 선배를 봐도 인사가 없네. 같이 영화까지 찍은 사이에 너무 안하무인 아닌가?"

박민은 입가에 가는 미소를 머금으며 우진에게 날카로운 선방을 날렸다. 어디에서 어떤 각도로 사진이 찍힐지 모르기에, 얼핏 그를 보면 후배에게 굉장히 자상한 선배의 모습이었다.

"아! 그러고 보니 정말 인사를 안 드렸네요. 워낙 박민 선배님이 유명하셔서 저 혼자 친근하다고 착각해 버렸나 봅니다. 생각해 보니 촬영 때도 뵙지 못해서 정식으로 인사드린 적이 없네요. 채우진입니다."

하지만 채우진은 박민보다 더 환한 미소를 지으며 자리에서 일어나 꾸벅 인사를 했다. 정중하되 비굴하지 않은 태도로 진심으로 반가워하는 모습에, 뭐라 책을 잡을 꼬투리가 없었다.

"그래."

간단하게 응하며 고개를 앞으로 돌려 버린 박민에게 강희주는 어이없다는 투로 따졌다.

"후배가 인사를 하면 선배도 받아줘야 하는 거 아닌가?"

"대한민국에서 내 이름 모르는 사람도 있나."

"그럼 처음부터 인사 말고 자기소개를 하라고 했어야지. 선배씩이나 되신 분이 자상함이 없어요. 나이는 몸으로만 먹어서 그리 늙어가나."

서로 주고받는 말속에 비수를 감추는 대신에 표정만은 더할 나위 없이 화사한 두 사람이었다. 최대한 목소리를 낮추고 입술을 크게 벌리지 않아 옆에서 듣기엔 마치 복화술인 줄 착각할 정도였다.

"그쪽은 나이를 얼굴만로 먹어서 주름이 그렇게 많은가 보네."

"얼굴보다는 뇌에 주름이 많답니다. 사람들은 그걸 지혜롭고 곱게 늙어간다고 표현하죠. 어때요, 본받고 싶지 않아?"

순간 욱하고 치미는 화를 이성으로 누르며 박민은 속을 다스렸다. 아니, 왜 지가 나서서 난리인지 모르겠다. 나이는 더 어리면서 자기가 선배라고 꼬박꼬박 말을 놓는 강희주에게 박민이 뭐라 쏘아붙이려 할 때, 채우진이 눈을 반짝이며 그녀에게 말을 걸었다.

"낄 때, 안 낄⋯⋯."

"그 구두 슈엘 선가요?"

"응, 이번에 의뢰해서 만든 수제화인데 예쁘지?"

"그거 저희 어머니가 디자인한 거예요."

"어머! 정말?"

강희주가 우진과 대화하기 위해 몸까지 틀어버린 바람에 박민은 대화 상대를 잃어버렸다. 자칫하면 등에다 대고 말을 할 판이었다. 하는 수 없이 고개를 돌려 정면을 바라봤지만 속은 계속 쓰라렸다. 박민을 중심으로 좌우 모두가 그를 아예 없는 사람으로 취급했다.

대놓고 박민을 따돌리고 상대하지 않는 게 눈에 보이는데도 누구도 그걸 지적하지 않았다. 일단 앞줄에 앉은 영화 제작진과 출연진 전부가 뜻이 같았다는 점이 첫째 이유였다. 그리고 그 뒤에 앉아 있던 연예인들과 영화 관계자들은 모두 채우진을 살피기에 바빠 박민의 사정 따윈 관심도 없었다는 게 다른 이유였다.

새로운 별의 탄생은 언제나 신비롭고 관심을 끌 수밖에 없었다. 누구에게는 반가운, 혹은 다른 이에게는 경계의 대상이 될 수 있는 별의 성장점이 지금 이 순간이었다. 촛불처럼 꺼지느냐, 별이 탄생하기 직전의 빛의 폭발이느냐는 아무도 모르는 일이었다.

반면 박민은 별의 탄생이고 뭐고, 영화판은 정말이지 자신과 맞지 않는다고 생각하고 있었다. 이 구역에는 미친 것들이 너무 많아서 고아한 자신이 놀기엔 너무 물이 흐리단 결론을 내렸다.

영화 상영이 시작되고 러닝타임 130분 동안 우진은 마치 다른 세상에 살다 돌아온 기분을 느꼈다.

그 시간 동안 오로지 사채업자 A의 기분이 되어 영화를 감상했기 때문이다. 우진이 기대했던 것보다 A의 분량은 제법 많았다. 촬영한 대부분 영상이 편집되지 않고 고스란히 영화에 담긴 거다. 그래서 A의 감정을 따라잡기 더욱 쉬웠고 영화가 끝났는데도 그 감정에서 쉽게 헤어 나오기 어려웠다.

영화가 끝나자 무의식중에 손뼉을 치면서 주위 사람들에 이끌려 앞으로 나갔다. 무대 위로 올라가서도 우진의 자리는 문 감독의 왼편이었다. 스태프가 무대 위에 오른 이들에게 각각 건네준 마이크를 잡으면서도 우진은 아무 생각이 없었다.

"영화를 찍으면서 힘든 일도 많았지만 즐거웠던 것도 사실입니다. 그게 제가 영화를 계속 찍는 이유고 이 바닥을 벗어나지 못한 이유겠지요. 6개월 동안 함께 고생해 준 배우와 스태프들에게 감사의 말을 전하며 우리 영화를 봐주시는 모든 분이 행복하셨으면 좋겠습니다."

맨 처음 마이크를 든 문승권 감독은 유려하지만 흔한 멘트로 인사말을 끝내며 강희주에게 눈짓하고 다음을 넘겼다. 원래 이런 자리에선, 한 말 또 하고 서로 덕담을 주고받으며 끝내는 게 최상이었다. 강희주 역시 저번 언론 시사회 때 했던 말을 수식어만 조금 바꿔가며 말했다.

"아라 역을 맡은 강희주입니다. 아시겠지만 이번 영화는 저에게 큰 기로에 선 작품이었습니다. 연기하면서 역에 빠져들기보다는 과연 이 영화가 성공할 수 있을까, 혹시 이번에도 실패하면 어쩌나 하는 걱정이 가장 컸거든요. 그래서 처음엔 아라에 깊이 빠져들지 못하고 많이 헤맸는데, 감독님을 비롯한 스 태프들의 도움으로 이겨낼 수 있었습니다. 그리고 옆에서 조용 히 지켜보며 기다려 주셨던 동료 연기자들게도 감사드립니다."

강희주는 주위의 사람들과 일일이 눈인사를 나누며 고마움 을 표했다. 그녀의 뒤를 이어 인사말을 하게 된 박민은 입술을 비틀며 강희주를 보았다.

"하긴 그때 고생 좀 하긴 했었죠."

농담처럼 말하며 눈까지 찡긋거리는데 거기에 대고 화를 낼 수는 없었다. 연기 때문에 끝까지 고생시킨 게 누군데 어디다 헛소린가 싶었는데, 박민의 말은 아직 끝나지 않았다.

"강희주 씨가 답지 않게 얼마나 헤맸냐면 초반 촬영했던 신 을 엎고 다시 찍을 정도였으니까요. 그래도 덕분에 이렇게 멋진 영화가 탄생했으니 고생한 보람은 충분히 느낍니다."

박민은 채우진과 했던 초반의 신을 다시 재촬영했던 것을 교묘하게 말함으로써 마치 자신까지 재촬영을 해야 했던 것처 럼 말했다. 사실 현장에 없었기에, 무엇 때문에 재촬영을 했는 지는 몰랐다. 나중에 그런 일이 있었다는 이야기만 전해 들은 박민이 묘하게 꼬아서 말을 전달한 것이다.

진실이야 어쨌든 이렇게 말함으로써 우선 오늘의 화제는 강 희주가 될 터였다. 강희주의 연기력 논란으로 이어지면 더욱 좋 고 말이다.

어차피 그는 이 영화가 아니더라도 현재 대작 드라마에 캐스 팅돼서 준비 중이었다. 영화와 달리 드라마는 그의 터전이었고 늘 성공해 왔다. 뒤집힌 패를 다시 돌리려 노력하기보단 그냥 버리는 게 나았다.

빠르게 머리를 회전한 박민은 오늘 화제의 중심에서 자신이 벗어나더라도 다른 이를 희생시키는 것이 나쁘지 않겠단 계산을 마쳤다. 괜히 저 이름도 모르는 신인 따위와 계속 비교당하고 함께 언급되는 것보다는, 차라리 강희주가 주목받는 게 나았다. 그게 나쁜 쪽이라면 더할 나위 없을 것이다.

시종일관 웃으며 장난처럼 말하는 박민 때문에 강희주는 화도 못 내고 그저 웃을 수밖에 없었다. 자기가 말한 게 있으니 이제 와서 뭐라 할 수도 없었고 초반에 헤맨 것도 사실이라 부정하기도 모호했다.

박민에 이어 무대 인사를 한 다른 조연급 배우들은 적당히 제작진과 여주인공인 강희주에 대한 칭찬을 덧붙였다. 박민이 싸놓은 걸 좋게 치우느라 급급한 모습이었지만, 정작 싸지른 사람은 천하태평이었다. 어차피 의도한 게 이런 반응과 분위기였기에 혼자서 여상하게 굴었다.

마지막으로 우진의 차례가 오자 박민을 제외한 모두가 그를 돌아봤다. 영화를 본 사람은 모두 알 것이다. 'Death hill'에서 채우진이 얼마나 치명적이고 매력적이었는지 말이다.

그가 화면에 나오는 순간은 숨도 제대로 쉴 수 없을 만큼 집중하게 되고 내용에 빠져들게 된다. 그런데 희한하게도 그는 혼자서만 빛나지 않았다. 그의 캐릭터는 영화 전체에 자연스럽게 스며들어 혼자 튀지 않았다. 그리고 상대 배우까지도 덩달아 빛나게 해주었다.

영화 전반에 걸쳐 강희주의 연기도 좋았지만, 채우진과 한

프레임에 담길 때면 특히 여성적인 매력이 물씬 풍기면서 정말 사랑스럽게 보였다. 진심으로 아라를 사랑하는 채우진의 연기에 반응하다, 그녀 역시 자연스럽게 매력을 발산하고 있었다.

채우진과 함께하면 사채업자 사장은 누구보다 악독하고 악랄한 자가 되고, 동료들과 부하들은 때론 야비하고 때론 충직한 이가 되었다.

현실에서는 혼자 독보적으로 빛나는 사람이 영화에서는 혼자가 아닌 다른 이들까지 서로 어울려 빛나게 만들었다. 그러기에 그의 연기는 더욱 의미가 있었다. 현실과 영화에서 혼자서만 빛나려고 하는 대표적인 배우인 박민을 직접 겪어본 사람들은, 그게 얼마나 어려운 일인지 잘 알고 있었다.

"사채업자 A를 맡은 채우진이라고 합니다."

그의 한마디에 극장 안은 순간 술렁거렸다. '이름 없는 그분'의 이름이 드디어 밝혀졌는데 이 정도면 이름이 없다는 게 맞는 이야기였다.

박민을 제외한 제작진과 출연 배우들은 웃음을 삼키는 데 급급했다. 이런 반응을 보려고 지금까지 '이름 없는 그분' 이야기가 나올 때마다 아무 말도 하지 않았다. 저 매력적인 캐릭터에게 정말 이름이 없다는 걸 알면 보일 반응들이 상상이 되어서다.

"그래도 1, 2가 아닌 A라서 저는 작가님께 감사하고 있습니다. 뭔가 있어 보이니까요."

우진이 덧붙인 말에 좌중은 그제야 웃음을 터뜨렸다. 아직 영화의 여운이 짙게 남아 있는 상황에서 '이름 없는 그분'의 실제 이름이 사채업자 1이었다면 정말 깼을 것이다.

"제작진과 선배님들께 감사의 인사를 드리고 싶은 마음은 다른 분들과 마찬가지지만, 아마 제 고마움이 더욱더 클 거라고 확신합니다. 처음 하는 연기라 부족한 게 많은 저를 잘 이끌어주시고 격려도 많이 받았습니다. 특히 강희주 선배님은 부족함 많은 제 연기를 따라주시느라 결국엔 재촬영까지 한 수고로움까지 무릅쓰셨지요. 선배님을 보면서 프로란 무엇인지 배우게 되었습니다. 그리고 오늘 처음으로 영화의 결말을 보았는데요. 왠지 아라가 마지막에 그리 행복해 보이지 않아서 저는 그게 무엇보다 기분이 좋습니다."

영화는 분명 해피 엔딩이었다. 누명에서 벗어난 아라는 범인도 잡고 사채업자의 굴레에서도 완전히 빠져나올 수 있었다. 그리고 마지막에 남자 주인공과 손을 잡고 해변을 걷는 것으로 영화는 끝나는데, 정작 마지막에 잡힌 아라의 얼굴에선 무거운 짐을 짊어진 자의 무게가 느껴졌다.

행복하지만 결코 진심으로 행복하지 못한 자가 만든 억지웃음은 다른 사람마저 음울하게 만든다. 사채업자 A의 마음으로 본 아라의 마지막 표정은 그래서 무엇보다 만족스러웠다. 저런 걸 바라고 A는 죽었을 테니 말이다.

기분 좋다면서 활짝 웃는 우진의 얼굴은 그야말로 자체 발광이었다. 앞서 제작진이나 배우들이 무슨 말을 했는지는 아련히 가물거리고 흩어졌다. 오로지 채우진이 마지막에 남긴 감상만이 기억됐다.

이로써 박민의 의도는 절반만 이루어지고 말았다. 그는 강희주를 희생시켜서 자신은 뒤로 조용히 묻히고 싶어 했다. 그렇다고 영화가 흥행하지 않을 것도 아니고, 자신이 'Death hill'의 수인공이 아닌 것도 아니니 말이다.

괜히 주목받아서 며칠 동안 받았던 연기력에 관한 지적이나, 채우진과 얽혀서 외모 비하를 당하는 것보다는 낫다 판단했다. 그래서 조용히 묻힌 것은 그의 의도에 맞아떨어졌지만, 강희주가 아닌 채우진이 헤드라인을 장식하길 바란 것은 결코 아니었다.

애초에 방향을 잘못 잡은 점도 있었다. 강희주의 연기력을 가지고 물고 늘어지기엔 영화에서 그녀의 연기는 완벽했다. 초반에 헤맸다는 게 절대 믿기지 않을 정도였다. 하지만 남의 연기에 대해선 신경도 쓰지 않는 박민이 그걸 알 리가 없었다.

그렇게 박민은 그의 존재감만큼이나 그의 발언까지 조용히 묻히고 말았다.

이날 채우진의 외모가 얼마나 빛났는가와 '이름 없는 그분'의 정체는 사채업자 A였다는 것, A가 얼마나 매력적인 캐릭터이고 그를 연기한 채우진의 연기력에 대한 찬사, 강희주와의 훈훈한 촬영 에피소드가 기사의 헤드라인을 장식했다.

'Death hill'은 사전 예매율 100%를 달성하며 개봉 첫 주부터 신기록을 달성해 나갔다.

영화의 초반 흥행이 꼭 마지막까지 이어가라는 법은 없지만, 심상치 않은 기록들이 기분 좋은 상상을 일으켰다. 무난히 천만은 넘을 거라는 이야기에서 중요한 것은 최종 스코어가 어디까지 갈 것인가에 대한 기대와 추측들이 난무할 정도였다.

이런 기분 좋은 시작에도 불구하고 우진은 썩 좋은 나날을 보내고 있지 못했다. 문제는 영화가 개봉되자마자 일이 터지고 말았다.

"넌 어떻게 그런 신들을 엄마 허락도 받지 않고 찍을 수가 있니? 아무리 네가 성인이고 군대까지 다녀왔다고 해도 내 눈엔 아직 앤데……!"

어머니가 영화를 봤고 강희주와의 찐한 키스신에 충격을 받았다는 게 문제였다. 우진 자신이 찍으면서도 이건 왠지 키스신이 아닌 에로물 같다는 생각을 문득 할 정도로 그 장면은 무척이나 농후하고 야했다. 아라를 집어삼키고 싶은 A의 열망이 가장 잘 표현되기도 했고 내적 갈등이 폭발하는 장면이라 폭력적이면서 매우 선정적이었다.

배우로서 연기에 대한 불만은 없지만 가족들에게 보여줄 정도로 낯이 두껍지는 못했다. 시사회 반응이 좋았음에도 일부러 'Death hill'의 출연 여부를 가족들에게 말하지 않은 이유다. 가족들이 연예계 쪽으론 관심이 없었고 인터넷도 거의 하지 않아서 잘하면 숨길 수 있을 것으로 생각했다.

그런데 복병은 이제 곧 새아버지가 될 최민우였다. 그는 한 회사를 경영하는 만큼 세상 돌아가는 일에 관심이 많았다. 더욱이 이제 아들이라 여기는 우진이 기획사와 계약을 했다니 당연히 그에 대해 알아보기 시작했고, 결국엔 DS 대표와 연결까지 하게 되었다.

사실 대학교 선후배 사이인 그들은 이내 식사까지 같이하면서 우진에 관한 진지한 대화를 나누게 되었다. 그 과정에서 우진의 데뷔작이 이번에 개봉한다는 걸 최민우가 알게 되었다. 당연히 박은수를 데리고 개봉하는 날 영화를 보게 되었고 그녀는 아들의 연기에 큰 충격을 받았다.

아무리 영화를 보아도 그녀에겐 사채업자 A가 아닌 아들 채우진으로만 보였다. 키스신도 나름 충격이었지만, 그녀를 더욱 가슴 아프게 만든 건 A의 마지막이었다.

"그리고 내가 아들의 죽음을 그런 식으로 봐야 하겠니?"

"내가 죽긴 왜 죽어! 그거야 다 연기잖아요."

"엄청 맞던데 세상에 얼마나 아팠을까."

"하나도 안 아팠어요. 각목으로 보이는 것들 다 가짜야."

"액션 장면 찍다가 다치는 경우가 그렇게 많다며. 그리고 칼에 찔리는 장면도 있던데 정말 다치지는 않았지?"

"가짜 칼이에요. 누르면 안으로 들어가는 장치가 돼 있어서 안전해. 그리고 피 흘리는 것도 입안에다가 캡슐 넣고 있다가 깨물어서 흘리게 하는 거예요."

영화 제작에 대해 무지한 어머니에게 하나하나 설명하며 진땀을 빼는 우진을 더욱 환장하게 한 것은 바로 여동생이었다. 우희는 아직 영화도 보지 않았으면서 어머니 말만 듣고는 울먹거리며 오빠를 쳐다봤다.

"오빠 대체 뭐 하고 돌아다니는 거야. 내가 이상한 거 찍지 말라고 그랬지!"

요즘 반 친구들 사이에서 화제에 오른 영화에 대해 우희도 어느 정도는 알고 있었다. 하지만 아무래도 우등생에, 모범생에 속하는 우희로선 공부가 먼저라 애써 외면했던 정보들이었다.

동생의 단짝들 역시 비슷한 부류라 일단은 영화와 드라마에 별 관심이 없는 아이들이었다. 가끔 재미난 드라마나 예능 프로는 시청하지만, 굳이 극장까지 가서 영화를 보지는 않았다. 잘해야 1년에 한두 편 보는 게 다였다.

"이상한 거 아니다."

"엄마가 이상하다고 하잖아."

"어머, 이상하지는 않았어. 다만 좀 그랬다는 거지."

"그게 그 말 아니야? 그럼 나 친구들하고 그 영화 보러 간다."

우희의 말에 우진과 어머니는 동시에 외쳤다.

"보긴 뭘 봐!"

"보지 마라. 눈 썩는다."

"어머니!"

아들의 키스신과 죽는 장면에 충격을 받은 박은수가 단호하게 휘두른 비평에 우진은 충격을 받아 비틀거렸다. 이쯤 되니 우희는 가만히 오빠의 어깨를 다독거려 주었다.

"분명 영화는 나쁘지 않았어. 재미도 있었고 액션도 좋았지만 우리 아들이 나오니까… 그런 게 다 무슨 소용이겠니."

아직 영화배우 채우진의 어머니로서 준비가 되어 있지 않은 박은수는 씁쓸하게 고개를 저었다. 영화를 보는 내내 우리 아들밖에 안 보이고, 아들이 키스할 때마다 흠칫흠칫 놀라고, 아들이 맞고 찔리는 장면에선 그냥 울어버렸다.

그 후에는 영화 내용 따윈 눈에 들어오지 않아서 결말이 어떤지도 몰랐다. 그래서 딸에게는 보라고 도저히 권할 수가 없었다. 다른 배우들 부모도 이런 마음인지, 아니면 자신만 고지식하고 촌스러워서 이러는 건지 박은수의 마음은 여러모로 복잡했다.

◆　◆◆◆　◆

〈괴물들의 이야기 'Death hill'〉

영화 'Death hill'은 우리 사회를 사는 괴물들의 이야기다. 도박에 빠진 아버지의 절제 없는 사채, 쉬운 대출이 부른 어마어마한 이자와 물질 만능주의자들의 횡포, 살인 자체를 즐기는 사이코패스, 빠른 해결과 공에 눈이 먼 공권력, 무책임한 실적주의자인 언론.

이 모두의 이야기를 '아라'라는 여성을 중심으로 이끌어 나가는 영화는 비참하면서 무섭고 서글프면서 희망을 찾아간다.

하지만 해피 엔딩인 영화의 마지막에서도 '아라'는 행복할 수가 없었다. 그녀가 누명에서 벗어나고 사채에서 해방될 수 있었던 것은 여러 사람의 도움을 받아서다. 그리고 그중에 한 명은 결국 죽기까지 했다.

생명의 구원이 다른 누군가의 죽음을 대가로 이뤄졌다면 살아남은 자는 과연 진실로 행복해질 수 있을까. 그녀는 사랑을 얻었으나 죽을 때까지 부채로 짊어져야 하는 생명의 무게를 알아버렸다.

세상의 어둠과 거짓, 그리고 생명의 무게를 알아버린 '아라'는 그녀가 의도치 않아도 점점 괴물이 되어갈 것이다. 영화의 마지막 포커스는 그걸 말하고 싶은 듯했다.

어둠을 알아버린 '아라'는 이 이상 행복해지기가 어렵다. 괴물들이 사는 세상은 이런 식으로 또 다른 괴물들을 양성해 간다. 더불어 우리의 사회 시스템이 이를 더 부추기는 게 아닌가 하는 걱정을 자아낸다.

영화의 마지막 '아라'의 표정이 이 모든 것을 말해주는 듯했다.

그녀는 불행한 듯 웃었다. 단 한 장면의 표정 연기만으로 이런 감상을 끌어낸 강희주의 연기에 찬사를 보낼 수밖에 없을 정도로, 영화가 말하고자 하는 주제는 명확하다.

그랬기에 이름 없는 그분이라 불리는 채우진이 시사회 때 '아라가 불행한 듯 보여서 기분이 좋다'라고 말한 모양이다.

영화 속 욕망의 덩어리이자 또 하나의 괴물인 '이름 없는 그분'은 자신의 목숨을 던져 누군가를 구해줄 수는 있어도, 사랑하는 이를 행복하게 만들어줄 수는 없었다. 애절하지만 소름 끼치는 그의 사랑은 어떤 의미에선 폭력과도 같다. 아무리 사랑한다 해도 자신의 행복이 먼저인 현 사회의 전형적인 인물상을 표현한 것이다. 괴물이면서 괴물인지도 모르고 살아가는 우리들의 모습처럼 말이다.

하지만 아직 우리 사회는 따뜻하고 아름답다. 이상하게 'Death hill'을 보고 나서 본 기자는 얼마 전 인터넷에 올라와 화제가 되었던 사진이 떠올랐다. 지하철역에서 폐지 줍던 어느 할아버지의 다 떨어진 슬리퍼와 자신의 운동화를 바꿔 신고 갔던 한 청년의 뒷모습이 말이다. 우리 사회엔 괴물만이 있는 게 아니다.

무엇보다 아름다운 장면을 보고 아름답다 여길 수 있는 마음을 가졌다는 것부터가, 아직 우리 가슴엔 따뜻한 씨앗이 남아 있다는 방증일 것이다.

…중략…

마지막으로 기자의 개인적인 소감을 더하자면 채우진이란 배우는 그 자체가 또 다른 의미로 괴물이다. 최악의 인물을 너무 매력적으로 만들어 버려서 난감하지만, 그만큼 캐릭터 분석력과 소화력이 높다는 의미일 것이다. 무엇보다 이번이 그의 첫 번째 연기라는 점에서 앞으로 그의 행보가 자못 기대된다.

채우진을 보면 영화계에 괴물 신인이 하나 등장했다고 감히 단언할 수 있다. 사실 이런 괴물이라면 난 언제나 환영이다.

(매일문화. 최일재)

ㅡ내가 본 영화가 이런 주제를 가졌던가…….

ㄴ이런 게 보는 사람 마음이라는 거죠.ㅎㅎㅎㅎ

ㅡ기승전 채우진이네.ㅋㅋㅋㅋㅋㅋ

ㅡ그런데 채우진이 그렇게 잘생겼나? 여기저기서 난리인 것에 비해 난 박민이 더 잘생겼더라.

ㄴ박민 씨, 여기서 이러심 안 됩니다.

ㅡ실제로 보면 어떨지 모르겠지만 박민이랑 찍은 거 보니까 확실히 시강이더라.

ㄴ그래 봤자 싹 다 고친 얼굴입니다. 속지 마세요.

ㄴ윗님! 무슨 근거로 이런 댓글 쓰세요? 지금 인터넷에 올라온 채우진 초~고딩까지 졸사 링크 걸어줄 테니 한번 가서 보시죠! 이런 게 루머 배포지 다른 게 아닙니다. DS는 이런 것들 고소 안 하고 뭐 하는지 몰라.

ㅡ슬리퍼 청년! 하필 사진이 뒷모습만 찍은 것들뿐이라서 단정하긴 어렵지만 아마 얼굴도 훈훈했을 것 같더라. 뒤태만 해도 키 크고 늘씬한 게.

ㄴ그 사진 정말 감동이었는데. 금방이라도 떨어질 것 같은 슬리퍼를 그렇게 시크하게 신고 캐리어 끌고 가는 뒷모습이라니!! 이쯤 되면 누구다라는 이야기가 솔솔 나올 텐데 안 나오네.

ㄴ누구누구라는 이야기는 많이 나왔었는데 다 아니었음. 개중에는 그게 채우진이라고 주장하는 것들도 있더라. 하여튼 빠순이들의 망상이란.ㅋㅋㅋㅋ

ㅡ지니 오빠!! 이름이 채우진인 거 나는 이번에야 알았어요. 강점기도 아닌데 내가 오빨 창씨개명시켰어. 죄송해요 ㅠㅠ

ㄴ헉! 님 나랑 똑같아. 나도 여태 최우진인 줄 알았음.

ㄴ혹시 위에 2님들 소원바라기 회원님들인가요? 발악 님들을 여기서 보다니! 사실 발악이들 모두 우리 지니 오빠를 최우진으로 알고 있었잖아요. ㅠ.ㅠ

ㅡ음……? 윗님들 뭐죠? 소원바라기? 그게 뭐예요? 팬카페인가…….

ㅡ채우진!! 이름을 최우진으로 알고 있어서 그렇지 원래 유명했죠. TM 연습생 때부터 워낙 독보적인 외모라 연습생인데도 팬들이 엄청났어요. 모두 어서 데뷔만 하라고 통장 들고 기다렸었는데 데뷔 엎어지고 방출당해서, 그걸로 채우진 팬들이 모여서 만든 곳이 바로 소원바라기에요. 2년 넘게 이름도 제대로 모르면서 기다린 집념의 단체입니다!

ㅡ맞아요, 소원바라기! 가입해 놓고 요즘 잘 안 갔었는데 다시 가야겠다. 우진아! 이제 꽃길만 가자!!!!

"소원바라기?"

우진의 기사들을 스크랩하던 황이영은 기사마다 달린 댓글들에 나오는 소원바라기에 고개를 갸웃거렸다.

"원래는 채우진 팬카페로 시작했는데, 상황이 상황이다 보니 결국엔 TM과 블루핏 안티 활동이 주가 되어버린 그런 곳이 있어요."

강호수의 대답에 황이영이 더욱 의문이 가득한 시선을 보냈다. 우진이 TM의 연습생이었다는 걸 몰랐던 황이영에게 강호수는 그간의 사정을 간단하게 설명해 주었다. 매니저를 맡으면서 채우진에 대한 정보를 장 대표에게서 넘겨받았기에, 그는 우진 본인도 모르는 것까지 많은 걸 알고 있었다.

"우와! 우진이가 원래 아이돌 연습생이었어요? 왠지 어울리는 것 같기도 하고 아닌 것도 같고."

"메인 보컬 자리를 두고 리더가 우진 씨를 괴롭혔던 모양이에요. 여러 가지 이유로 우진 씨가 빠진 채로 블루핏이 데뷔하자, 우진 씨 데뷔만을 기다렸던 팬들로선 날벼락이었겠죠. 그래도 그때만 해도 우진 씨가 TM에 있어서 자칫 피해 갈까 봐 쉬쉬했었는데 끝내 방출이 된 거죠. 그 후로 팬들이 모여 만든 게 '소원바라기'예요. 우진 씨를 지니로 부르던 걸, 소원의 램프 지니에서 이름을 따와 카페 이름을 소원바라기로 지었다고 하더군요."

팬카페 회원들은 처음엔 저희끼리 바라기라고 부르다가 언젠가부터 '발악'이라고 부르게 되었다. 재미있는 건 발악이들은 여태 채우진을 최우진이라고 성을 잘못 알고 있었다. 일개 연습생의 정보를 알 길이 없어서 제대로 된 정보 하나 없이 생긴 팬카페가 바로 소원바라기였다.

채우진이 다녔던 고등학교는 교육열이 굉장히 높은 곳이었다. 학생 대부분이 연예계보다는 국영수에 더 관심이 많았고 오로지 공부 성적이 지상 최고인 곳이었다.

그래서 우진은 자신이 하고 싶은 일을 하기 위해 기획사에 들어갔다는 걸 학교에는 끝까지 숨겼다. 전교 1등과 전국에서 최상위 0.1%를 놓친 적이 한 번도 없기에 가능한 일이었다. 선생님은 그가 집에서 공부하는 게 편하다고 하면 다 믿어주고 배려해 주었던 것이다.

당연히 우진이 아이돌 연습생이란 걸, 친한 친구들을 제외하곤 학교 선생님은 물론 학우들 역시 몰랐다. 무엇보다 학교가 남자 고등학교라 걸그룹 말고는 딱히 연예계에 관심이 없기도 했다. TM에 출근하던 우진을 우연이라도 볼 사람이 학교에는 없었던 거다.

대학에서도 마찬가지였다. 눈에 띄게 잘생긴 우진은 늘 화제의 중심이었지만, 설마 그가 아이돌을 꿈꾼다곤 아무도 상상치 못했다. 특히 대학교 생활에 적극적으로 참여하지 않아서 동기와 선후배들과의 교류가 거의 없었기에 소문이 퍼지는 구역이 좁았다.

TM 본사 앞에서 늘 자신이 좋아하는 아이돌들을 기다리다 우진에게 빠져 버린 소녀들과 그가 속했던 환경에 교집합이 되는 수가 없었다. 무엇보다 그들이 알고 있던 이름은 채우진이 아닌 최우진이었기에 더욱 그랬다. 혹여 어디 학교에 최고 미남 채우진이라는 이야기를 들어도, 우리 최우진과 비교하면 새 발의 피일 거라고 콧방귀를 꼈다.

또한 초반에 소속사에서 블루핏 데뷔를 위해 신비주의를 앞세워 정보를 차단했었다. 나중에는 아예 방출까지 되었기에

TM에서 채우진에 대한 자료를 얻을 수가 없었다. 그러다 보니 우진의 정보는 없다시피 한 상황이었다.

오로지 채우진의 외모 하나에 입덕한 그의 팬들은 그렇게 TM과 블루핏의 안티이자, 우진을 기다리는 카페인 소원바라기를 만들게 되었다. 누군가 채우진을 부르던 것을 '최우진'으로 잘못 듣고 지니라고 부르면서 말이다.

"블루핏이 데뷔한 지 얼마 안 돼서 굉장히 조직적인 안티가 생긴 거로 아는데 혹시……."

"안티들 전부는 아니지만, 제법 된다고 하더라고요. 소원바라기 카페가 지금은 비밀 카페고 회원도 더는 뽑지 않아서 정확하진 않지만요. 당시엔 오천 명이 넘었는데, 개중엔 우진이 팬이 아닌 블루핏 안티로 가입한 사람도 제법 된다고 들었어요."

"블루핏 안티까지 포함했다고 해도, 어쨌든 데뷔도 하지 않은 상태에서 이미 팬카페 회원이 오천 명이 넘었다는 소리잖아요? 우와~ 우진이 화력 대단하다."

물론 그 당시 카페 회원이 아직까지 유지되지는 않았을 것이다. 겨우 얼굴과 이름만 아는 사람을 2년이 넘도록 기다린다는 게 쉬운 일은 아니니 말이다. 하지만 채우진이 데뷔한 이상, 당시의 회원들은 그를 기억하며 어느 정도의 팬심을 동원할 것이라고 여겼다. 그러다 보면 팬덤을 형성하는 게 좀 더 쉬울 거라고 황이영은 단순히 생각했다.

"아! 그리고 보니까 대표님이 우진이가 회사에 들어올 때면 꼭 지하 주차장 통해서 들어오게 했잖아요! 건물 밖으로 나갈 때도 얼굴 내보이지 말라던 게, 혹시? 얼굴 팔리고 다니라고 그렇게 권장하던 분이 이상하게 회사 주변에선 조심하라고 해서 이상하다 싶었는데, 노린 거군요."

"아마 지금 회사 밖에 포진해 있는 친구 중에도 소원바라기 회원들이 있을걸요. 우진 씨 사건 때문에 TM 안티 되면서 본진이었던 그곳 아이돌에게까지 등 돌리고 했으니까요. 그들에게서 우진이를 숨긴 것은 일종의 서프라이즈죠."

기획사 건물 앞에는 본진인 아이돌이나 그 밖에 좋아하는 연예인 얼굴이라도 보기 위해 대기 중인 이들이 날로 늘어만 가는 실정이었다. 요즘은 한류 관광 코스에 기획사 주변이 아예 하나의 관광지가 되어버렸다. 주변 상가들이 그들을 상대로 맞춤 장사를 할 정도로 그 수가 만만치 않았다.

그래서 어느 정도 이름을 날린 연예인들은 1층 정문을 통하지 않고 항상 지하 주차장을 이용해 건물 내로 들어갔다. 아니면 가끔 팬서비스 차원으로 얼굴을 보여주든지 하는 식이었다. 1층 정문을 이용하는 이들은 아직 이름을 알리지 못했거나, 데뷔하지 못한 이들이었다.

예전에 우진도 TM에서 그런 식으로 얼굴을 알렸다.

처음 그의 얼굴을 직접 본 사람은 수십에서 수백여 명에 불과했을 터였다. 그러나 이내 그들만의 네트워크로 인해 소문이 돌고 서로 사진을 찍어 나눠 보았다.

그러다 기획사 홈페이지 커뮤니티에 화제로 오르게 되었고 우진을 주목하게 된 이들이 점점 늘어나게 되었다. 소원바라기 회원들 대부분이 그런 식으로 우진을 알게 되어 팬이 된 이들이었다. 그들은 스스로 얼빠라는 걸 인정했고 이를 부끄러워하지 않았다.

이때만 해도 강호수와 황이영은 소원바라기의 끈기와 집단 결속력에 대해 우습게 여기고 있었다. 오로지 외모 하나로 시작한 덕후 생활이지만, TM과 블루핏이라는 공동의 적을 상대하면서 생긴 그 끈끈한 동지애가 얼마나 깊은지 몰랐다. 그들이 괜히 자신들을 스스로 발악이라고 부르기 시작한 게 아니었다.

오천삼백 명으로 시작한 소원바라기 카페는 활동하는 회원들이 예전만은 못해도 거의 이탈자 없이 꾸준히 그 수를 유지하고 있었다. 비록 그들 사이에 채우진보다는 TM과 블루핏이 싫어 어쩌다가 가입한 이들도 많았지만, 카페의 정체성은 채우진의 얼굴에 반해서 모인 덕후들의 모임이었다.

어느 순간 채우진이 보이지 않게 된 이후로 더는 회원을 뽑지 않고, 카페도 비공개 비밀 카페로 돌렸다. 하지만 그들은 은밀하게 TM과 블루핏에 대한 안티 활동으로 카페를 유지해 나갔다. 언젠간 돌아올 지니를 기다리며 소일거리로 말이다.

그만한 외모의 소유자가 결코 일반인으로 살아갈 리 없었고 언젠가는 이 바닥으로 다시 돌아오리란 확신이 있었기 때문이다.

그리고 드디어 그들의 지니는 돌아왔고, 그들의 소원은 이뤄졌다.

〈발악 님들 모두 'Death hill' 보셨죠!! 우리의 지니가 돌아왔습니다. 물론 그 진한 키스신으로 발악 님들 가슴에 스크래치는 생기셨겠지만, 그 장면마저 너무 아름다워서 전 울었습니다. 우리가 기대했던 것보다 더 멋지고 근사하게 돌아온 지니에게 그저 고마울 따름이죠.

그런 의미에서 저희 운영진들이 새벽까지 토론한 결과, 우리 소원 바라기가 앞으로 가야 할 방향에 대해 여러분들의 투표를 받기로 했습니다.

투표는 TM과 블루핏의 안티 활동을 유지하며 계속 비밀 카페로 가느냐! 아니면 비공개를 풀고 이제 공개 카페로서 오로지 채우진의 팬카페로서만 활동할 것인가에 대해, 발악 님들의 소중한 의견을 듣고자 합니다.

사실 우리가 안티질을 좀 하긴 했지만 최종 목적은 지니를 기다리는 것이었죠. 우리가 안티 활동을 유지한 채로 지니의 팬을 자처하다가, 혹시라도 우리 지니에게 피해가 가지 않을까 해서 양단간에 결정이 필요한 시기라 여긴 겁니다.

저희 운영진은 어떤 결론이 나오더라도 발악 님들의 의견에 절대적으로 따를 생각입니다.

카페의 미래를 위한 중요한 투표인 만큼 10일간의 기간을 두고 투표를 받기로 했습니다. 회원님들에게 전체 쪽지를 보내긴 했지만, 근래 카페를 찾지 않은 다른 발악 님들께 소문내 주세요. 그럼 여러분들의 소중한 한 표를 기다리겠습니다.

물론 채우진을 최우진으로 알았던 우리의 흑역사는, 투표 필요 없이 조용히 묻기로 했습니다.〉

─투표했습니다. 본진까지 버리고 인내하고 기다리니 드디어 이런 날이 오긴 하네요.

─저도 투표했어요. 우리 지니가 DS에 들어간 이상 이젠 TM에게 고맙다고 해야 할 것 같네요. 저도 그것들한테 더는 아무런 원망 없

습니다. 채우진 오빠~~

ㄴ맞아요. 이제는 TM한테 고맙다고 할 정도예요. 사실 우리 지니 오빠가 아이돌 하기엔 얼굴이 아깝죠. 아이돌 하면서도 배우 못 해서 안달인 멤버(누구라곤 말 안 해도 다 아시죠?)도 있는데, 우리 오빤 배우 상에다 연기도 너무 잘해!!!

—전 사실 블루핏이 싫어서 어쩌다 가입했지만 이곳에서 지니의 찬양자가 된 지 오랩니다. 안티도 어느 정도 관심이 있어야 하는데 이젠 블루핏한테는 그런 열정을 쏟는 것도 귀찮아요.

ㄴ님 저랑 찌찌뽕~! 저두 TM과 블루핏이 싫어서 아무것도 모르고 카페에 가입했다가 영업당했더랬죠. 우리 그냥 이제 꽃길만 봐요.

—과거는 이제 잊기로 했어요. 우리 지니 이젠 꽃길만 가야 하는데 걸림돌이 될 수는 없죠. 그리고 저도 최우진은 몰라요. 흐흠……

—뭐, 그 키스신은 나이도 있고 그만한 외모에 지금껏 애인 하나 없었겠어요. 전 그보다 우리 지니 프로필 보고 놀란 게 한국대 경영학과! 솔솔 올라오는 지니의 과거들을 보면 전교 1등에 수능 만점! 너란 남자에게 부족한 게 뭐니???

ㄴ언니에게서 쿨한 성인 여성의 향기가……. ㅎㅎㅎ

ㄴ저는 안 보였던 그 2년 동안 군대 다녀왔다는 걸 알고 정말 가슴 아팠어요.

ㄴ저도요! 지니의 학력에 놀라고 그동안 군대 갔다 왔다는데 그 이유를 알겠어서 짠하면서 다행이다 싶기도 하네요.

ㄴ군필이라, 더욱 오나벽해진 우리 지니!!!!

—전 친구한테 걔네 학교에 다니는 채우진이란 남자에 대해 듣고도 계속 무시했었거든요. 그런데 알고 보니까 그 채우진이 우리 지니

였어. 기집애!

　└아… 발악 님……. ㅜ.ㅜ

　└대체 누가 최우진이라고 해서리… 우리 같이 울어요. ㅠㅠ

　─이젠 채우진에 대해 말하면 알아듣는 사람들이 생겼다는 게 무엇보다 기쁩니다. 예전에는 여기 소원바라기 말고는 우리 지니 이야기할 곳이 없었거든요. ㅠ

　└이건 정말 리얼. ㅜㅜ

　소원바라기 카페는 제법 많은 회원이 꾸준히 활동을 유지해 오면서 소속감이 남달랐다. 무엇보다 채우진이 데뷔를 한 이상 자신들 역시 더는 어둠 속에 묻힐 필요가 없다는 의견이 많았다. 10일이 지난 후 투표 결과, 그들은 지난 과거를 모두 지우고 오로지 채우진의 팬카페로만 활동하기로 결정을 내렸다.

　이로써 한때 사생팬이었던 과거를 후회하고, 오로지 미모만을 따지던 얼빠에, 안티질이라면 일가견이 있으며, 악플 정도는 콧방귀 뀌고 발로 차버릴 정도로 독기로 가득 찬 팬들의 집단이 수면 위로 올라오게 되었다. 이는 연예계에 전무후무한 악바리로 무장한 팬카페의 탄생이었다.

　하지만 그들은 오로지 한 사람에 관해서는 늘 다정하였고 예의가 발랐다. 무엇보다 그들은 자신의 별에게 끝까지 본성을 들키지 않을 정도로 영리하기까지 했다.

본질을 이야기하다

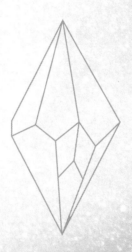

"이사는 잘했어요? 내가 도와야 했는데."

"형도 일 없을 때는 쉬어야죠. 게다가 업체에 맡기니까 정말 다 해주더라고요. 저하고 동생은 일이 없어서 멍하니 있었다니 까요."

어머니의 결혼식 이후로 우진과 우희는 최민우가 마련한 집으로 이사했다. 두 분은 신혼여행을 가셨지만 어머니가 미리 정리해 놓아서 남매가 막상 할 일은 없었다. 그냥 날을 정해 몸만 움직였다는 게 맞다.

그런데도 강호수는 자신이 직접 이사를 챙기지 못했다고 미안해했다. 매니저가 그런 일까지 할 필요는 없다고 여기는 우진과는 조금 다른 생각을 하는 듯했다. 위압감 넘치는 첫인상과는 다르게 굉장히 세심하고 다정한 구석이 많아 의지가 되었지만, 가끔은 너무 챙겨주려고 해서 난처하기도 했다.

"어머님 결혼식이 정말 예쁘고 멋있었어. 나도 결혼한다면 그렇게 하고 싶은데 안 되겠지? 스몰웨딩이래도 어머님처럼 하려면 돈 엄청 들 거야."

우진의 머리를 매만지던 황이영은 황홀한 표정으로 그날을 떠올리며 감탄했다.

결혼식은 외삼촌 가족과 친한 지인들만 참석한 작은 결혼식이었다. 그러나 작은 부분까지 신경을 많이 쓴 제법 화려한 결혼식이기도 했다. 어머니의 결혼식을 본다는 것은 묘한 감정을 불러일으켰지만, 행복하기를 바라는 마음만은 누구보다 컸다.

"어머니가 준비하면서 신경을 많이 쓰셨다고 들었어요."

"그러고 보니까 어머님이 '신데렐라의 꿈'에서 김혜영이 신어서 대박 났던 구두를 디자인하셨던 그분이라며?"

"네. 정작 어머닌 그 드라마는 안 봤지만요."

드라마 제작 과정에서 의뢰를 받아 디자인에 참여는 했지만, 정작 본방송 시간엔 '신데렐라의 꿈'은 안 보고 다른 드라마를 보셨다. 디자인 과정에서 김혜영에게 하도 시달려서 얼굴만 봐도 한동안 치를 떨 정도로 끔찍해했다. 그래서 본인이 디자인한 구두는 TV에선 못 보고 성과금으로만 결과를 실감하며 기뻐하셨다.

"그럼 직장은 어떻게 하기로 하셨대? 이제 브리싱가멘의 사모님이 되셨잖아. 능력 있는 분이라 일을 그만두면 너무 아까울 것 같고, 타사 사모님이 디자이너로 일하면 회사로선 조금 어려우려나."

"어머니가 일하시는 곳이 아, 아버지 회사와 협력 업체라 계속 다니시기가 좀 그러신가 보더라고요. 어머니는 괜찮은데 그쪽 사장님이 곤란해하셔서 결국 그만두시고 대신 아, 아버지 회사에서 디자인 일은 계속하시기로 했어요."

대학을 졸업하자마자 사회 경험 없이 바로 결혼했던 어머니는 이번에는 일을 그만두고 싶어 하지 않았다. 이혼 후에 찾은 당신의 일에 대한 자부심도 있고 무엇보다 그 일 자체를 즐기기 때문이었다. 그러기에 이젠 누군가의 부인이 되기 위해 디자이너 박은수를 포기할 생각이 없었다.

"그럼 이제 아버지 회사 직원들이 불편해하는 거 아니야?"

"디자이너란 게 워낙 개인주의적 성향이 강한 일이라서요. 전에 직장에서도 같이 일하는 동료들은 불편해하지 않는데 그쪽 사장님만 혼자 그랬던 거죠. 다행히 브리싱가멘의 사장님은 아, 아버지라서 상관없지 않을까요."

"하긴 그러네. 사모가 일하겠다는데 누가 뭐라고 하겠어. 그런데 구두 디자인하신 분이 주얼리 회사에선 무얼 하셔?"

"원래 보석 디자인에 관심이 많으셨어요. 공모전에서 상도 탔는걸요. 그래서 아, 아버지와도 가까워진 계기가 되었고요."

아직 아버지란 단어가 익숙하지 않아 언급할 때마다 계속 말을 더듬거린 우진은 결국 두 손으로 붉어진 얼굴을 감쌌다. 그런 우진을 보며 강호수는 조용히 미소 지었고 황이영은 귀엽다며 깔깔거리며 웃었다.

"우진이는 아버지란 단어에 좀 더 익숙해져야겠다. 아버지 앞에서 더듬거리다 얼굴 빨개지면 그건 그거 나름으로 귀여우

려나.”

“우리 집 귀여움 담당은 우희라서 안 돼요. 제가 조금이라도
귀여운 척하면 자기 영역 침범하지 말라며 난리인걸요.”

“우희! 그 이쁜이는 연예인 할 생각 없대?”

강호수에게 우진의 여동생에 대해 듣기는 했어도 황이영이
우희를 본 건 이번 결혼식이 처음이었다. 그녀는 우희를 보고
이 집안 유전자는 뭐가 이리 우수하냐며 억울해하면서 감탄하
기를 반복했다.

연예인 형제들은 대개가 비슷비슷한 얼굴이래도 스타들보다
못한 외모로 항상 뭔가 부족한 인상을 남기곤 한다. 그래서 스
타들의 형제들이 연예계에 진출해서 성공하기가 어려웠다. 비
슷한 이미지로 이미 잘난 형제가 있으니 유니크한 맛도 없고,
특출한 재능이 있는 것도 아닌 그들에게 대중은 심드렁하기 때
문이었다.

제2의 누구누구라고 언론 플레이를 하며 시작하는 연예인
들 대개가 결국은 어느 순간 사라지는 이유와 비슷했다.

그런데 채우희는 달랐다. 얼굴은 우진과 닮았으면서 여성적
인 매력으로 확실하게 다른 분위기를 가졌다. 그리고 오빠와는
다르게 똑 부러지는 여우 이미지를 가지고 있었다.

본인만의 독특한 분위기가 있는 데다가 우진과 찍어놓은 듯
비슷하니 딱히 외모로 우열을 가릴 필요도 없었다. 듣자니 공
부도 잘한다는데 직접 만난 우희는 애교도 많고 예의 바른 게
정말 괜찮은 아이였다.

“걔는 공부로 성공하는 게 꿈인 아이라서요.”

"하긴 외가가 다 그쪽이니… 어쩌면 우진이 너와 어머님이 돌연변이일 수 있겠나."

결혼식에 참석하고서야 황이영은 우진의 외가가 어디인지 알게 되었다. 국내에서 알아주는 로펌의 대표인 외할아버지와 검찰총장까지 지냈던 외삼촌. 지금은 연을 끊었다고 하지만, 혈연이란 게 끊는다고 끊어지나. 무엇보다 결혼식에 참석했던 사촌들의 이야기를 들어보면 그도 아니었다.

"할아버지가 너 배우로 데뷔한 소식 듣고 미쳤다고 화내시고 난리였어. 그런데 웃긴 건 너 나온 기사는 다 스크랩하시더라."

"이건 고모가 한발 물러서야 해결될 일이야. 할아버지 성격에 당신이 한 말 물리지도 못하고 이도 저도 못하시는 게 우리 눈에는 훤히 보이거든. 너랑 우희 보고 싶어서 예전 사진 다 닳아지도록 지갑에 넣고 다니신다. 우리보고는 절대 너희에게 연락하지 말라고 하시던 분이, 며칠 전엔 나한테 엄청 화내시더라. 어떻게 형이 돼서 동생이 저러고 다니는 걸 그냥 뒀냐고. 오늘만 해도 지금……."

우진과 사촌 남매가 나누던 대화를 조용히 경청한 결과 인연을 끊자던 외조부는 꼰대의 똥고집으로 시위하는 것뿐이었다. 먼저 다가와 사과하고 화해하길 기다리는 어르신은 지금 화를 내는 게 아니라 기다리고 있었다. 문제는 그런 면에선 우진의 어머니 박은수도 비슷하다는 점이었다.

한 번 아니다 싶으면 맺고 끊는 게 분명한 부녀의 기 싸움은

10여 년이 지난 지금까지도 현재진행형이었다.

"혹시 외조부께서 우진 씨 연예 활동하는 거 나중에 반대하시면 어떡하죠?"

강호수는 문득 드는 걱정에 물었지만 우진은 가볍게 고개를 저었다.

"상관없어요. 할아버지께는 죄송하지만 부모님도 안 하는 반대를 하신다고 이제 와서 제가 그 말을 들을 것도 아니니까요."

외삼촌과 사촌들을 만나고 어머니와 외조부의 대립은 우진이 생각했던 것보다 심각하지 않다는 걸 알았지만, 그걸로 끝이었다. 어머니를 생각해서 다행이라는 거지 우진이 외조부의 영향력 아래로 들어간다는 의미는 아니었다.

원래 우진에게 많은 기대를 걸고 있던 외조부가 그의 연예계 진출을 이해하지 못하고 반대한다고 해서 걱정되지는 않았다.

부모님의 이혼 후, 더는 친부를 아버지라고 여기지 않게 되면서 자연스럽게 외조부에 대한 애정도 많이 식어버렸다. 미움을 사든 역정을 내시든 그분의 어떤 것도 우진을 움츠리게 하지 못한다. 같은 이유로 그분의 희망이 우진의 고민거리가 되지도 않았다.

그래서 앞으로 관계 개선을 조건으로 자신의 꿈을 접으라는 소리를 듣는데도 상관없었다. 아쉬움 없이, 지금까지 그래왔던 것처럼 남남처럼 지내도 무방하기 때문이다.

뜻밖에 냉정한 우진의 대답에 강호수는 이해가 되면서도 복잡한 심경을 지울 수가 없었다. 반대가 걱정이면서도, 외조부는 우진에게 더없는 보호막이 될 수 있었다. 사실 Rome로펌의 대표인 박현만의 외손자에게 누가 해를 끼칠 수 있을까. 양날의 검처럼 여겨져도 실상 우진을 해칠 일이 없는 검인 것은 분명했다.

"그런데 TM의 김 대표님은 우진 씨 외조부모님이 누군지 아셨을까요?"

채우진에 대해 모든 정보를 받으면서 강호수는 이것이 늘 궁금했다. 물론 알았다면 절대 우진에게 스폰서 제안을 할 리는 없었겠지만, 세상에는 별의별 사람들이 있게 마련이다.

"아마 모르실걸요. 일단 제 쪽에서 언급한 적이 없고 그분이 나서서 연습생 뒷조사를 할 분도 아니고요. 늘 제게 한 말이 고생하는 어머니를 생각해라, 너같이 백 없는 애가 이 바닥에서 성공할 수 있을 거 같으냐는 소리였거든요."

TM의 대표는 화끈한 성격만큼이나 무계획적이고 즉흥적인 면이 있었다. 사람을 대하는 방법도 그와 크게 다르지 않아서 가치 없는 인간에 대해서는 굉장히 무관심했다.

"왠지… 그랬을 것 같네요."

"뭔가 나 지금 소외당하고 있는 것 같은데 무슨 이야기야?"

강호수만큼 채우진에 대해 모르는 황이영은 두 사람이 나누는 대화를 이해하지 못하고 혼자서 소외감을 호소했다. 분명 TM과 관련된 이야기인데 그 사이에 숨어 있는 행간을 읽을 수가 없었다.

"누나, 화보 찍으러 가면서 왜 이렇게 단장을 해요?"

황이영이 소외감을 느꼈다면 우진은 이해할 수 없는 궁금증에 빠져 있었다. 화보 현장에 가면 어차피 그곳 스태프들에 의해 헤어와 메이크업을 다시 받을 터였다. 그런데 지금 황이영은 지나칠 정도로 정성스레 그의 머리를 손보고 있었다.

"그 말은 여자들에게 회사에 일하러 가면서 화장은 왜 하냐는 물음과 동급인 거 알아? 그리고 이 정도로 단장은 무슨. 오늘 시달릴 머리카락을 위해 영양제 좀 발라준 것 가지고."

영양제를 바르면서 꼼꼼하게 스타일을 손본 것은 무시한 채로 황이영은 새침하게 콧방귀를 뀌었다.

오늘은 우진이 처음으로 화보를 찍는 날이었다. 화보가 실릴 '빌트맨'은 2~30대 여성을 타깃으로 삼은 잡지로 세련되고 고급스러운 이미지를 표방하고 있었지만, 중요한 것은 그게 아니었다. 오늘 화보 촬영을 진행할 작가가 김준열이라는 게 핵심 포인트였다.

자신이 찍고 싶은 것만 찍는다는 그는 사람이 가장 아름다운 순간을 포착하는 데에 천부적인 재능을 가지고 있었다.

웃거나 울거나 분노하거나, 어떠한 감정을 표현하든 가장 최고의 장면을 뽑아내는 그의 사진 속 모델은 언제나 아름다웠다. 추하게 일그러진 얼굴마저도 그가 들고 있는 카메라에 담기면 더없는 예술 작품이 되었다.

자신의 가장 아름다운 순간을 사진으로 남기고 싶다면 김준열을 찾아가라는 말이 있을 정도였다. 그만큼 김준열에게 찍히고 싶어 하는 이들은 많지만, 모두가 선택받는 건 아니었다. 그중에는 우진도 속했다.

우진의 프로필에 사용할 사진을 위해 회사에서 그에게 의뢰를 넣었는데 보기 좋게 거절당한 전적이 있었다.

신인의 프로필 사진 따위를 찍기엔 자신의 가치를 너무도 잘 아는 그의 거절은 당연했다. 회사 측에서도 혹시나 하고 의뢰를 했을 뿐 크게 기대하지는 않았다. 그저 황이영만 마음속에 앙금을 품고 있었을 뿐이다.

그런데 설욕의 기회가 너무도 빨리 찾아왔다.

빌트맨에서 들어온 화보 촬영을 그 누구도 아닌 김준열이 작업한다는 거였다. 그것도 김준열이 직접 채우진을 꼭 집어 모델로 삼고 싶다고 채택했고 잡지사에서 이를 받아들였다고 한다. 이 상황에선 사진작가와 잡지사, 그리고 모델 중에서 최고의 갑은 바로 김준열이었다.

사실 이 화보는 이미 다른 배우를 모델로 해서 촬영이 끝났었다. 하지만 김준열이 사진 보정을 하면서 뒤집어엎었다. 콘셉트와 모델의 부조화로 도저히 이런 쓰레기를 화보라는 이름으로 내걸 수 없다고 고집을 부린 거다.

이것이 발행일을 겨우 10일 앞둔, 8월호 잡지에 실릴 화보를 오늘에야 찍게 된 촌극의 내막이었다.

고집 센 김준열이 마음을 움직인 이유야 어느 정도 예상이 되지만, 그래도 기선 제압이란 게 필요한 법이었다.

영화 'Death hill' 속의 우진은 지금과 비교하면 꾸미지 않은 햇병아리였다. 만약 김준열이 영화만 보고 채우진을 모델로 뽑았다면, 지금의 채우진을 보여줌으로써 그에게 한 방 먹이고 싶은 게 황이영의 진정한 속내였다.

무대 인사가 있는 날마다 언론이고 관객들 사이에서 화제인 것은 화면에선 제대로 담아내지 못한 채우진의 실물이었다. 이제 더는 박민을 국민 미남이라고 부르지 않았다. 물론 그렇다고 우진에게 그 타이틀이 온 것은 아니었다. 대신 미모 학살자라는 낯간지러운 수식어가 붙었다. 더불어 그만큼 사람들의 기대 역시 커졌다는 걸 부인할 수 없었다.

대체 실물이 어쨌기에 그런 말이 나오는지 채우진을 직접 보지 않은 사람들은 무척이나 궁금해했고 기대치는 점점 커졌다. 그에 맞춰 채우진을 꾸미고 가꾸는 게 바로 황이영의 일이었다.

어차피 스튜디오에 가면 다시 할 메이크업과 헤어라고 무신경하게 생각하면 절대 안 된다. 회사에서 스튜디오까지 가는 동안, 도착해서 그곳에 있는 작가와 스태프들을 만나는 그 순간까지도 모두 일의 연장이고 전쟁에 임하는 자세인 셈이다.

영화 속 A만 떠올렸을 김준열이 채우진을 눈앞에 두고, 자신이 거절한 게 무엇인지 깨닫게 만드는 건 덤으로 따라오는 복수였다. 꼭 먹어봐야 알겠다면 그냥 먹지 마라, 평생 먹지 말고 그냥 구경만 하라고 말하고 싶었다. 어차피 채우진의 프로필 사진은 근사하고 아름답게 찍혔고 당분간은 절대 바꾸지 않을 테니 말이다.

◆　　◆◆◆　　◆

김준열의 개인 스튜디오인 '열 Passion'에 도착한 우진은 황이영의 바람대로, 자연스러운 스타일과 화사한 미모로 무장 완료 상태였다.

"사람이 반짝반짝 빛나네."

누군가의 입에서 무심코 흘러나온 말은 모두의 공감을 사고도 남았다. 수많은 모델과 작업을 해왔기에 웬만해선 무감각한 스태프들마저 순간 멍하니 우진을 보았다. 지금 채우진의 모습에서 느껴지는 지독한 괴리감에 절로 감탄이 나왔다.

이들 중에서 영화를 보지 않은 이들은 하나도 없었지만, 사채업자 A와 채우진은 도저히 동일인물 같지가 않았다.

영화에서 A는 퇴폐적이면서 치명적으로 나쁜 남자였다. 원래 이런 캐릭터가 인기가 있는 법인데 거기에 목숨을 거는 열정마저 있으니 반하지 않을 수가 없었다. 혹자는 이 배역은 누가 맡았어도 멋있을 수밖에 없다고 평하기도 했다. 그러나 잘생기고 연기까지 잘하는 채우진이 A였기에 시너지를 발휘한다는 것은 누구도 부정할 수가 없었다.

그래서 스튜디오의 스태프들은 채우진에게서 A의 모습을 볼 수 있을 거란 기대로 잔뜩 흥분한 상태였다. 보통 신인의 경우, 명성을 얻게 된 캐릭터의 이미지를 당분간은 계속 유지한 채로 활동하는 경향이 많기 때문이다.

하지만 문을 열고 들어오는 이는 초라한 골목길에서 비참하게 죽어가던 그 치명적인 남자가 아닌, 반짝반짝 빛나는 청순한 젊은이였다.

그게 마음에 들지 않는다는 게 아니라, 전혀 기대치 못한 상황에서 맞닿은 새로운 보석에 놀라움을 감추기 어렵다는 게 맞을 것이었다. 먼저 정신을 차린 이는 잡지사에서 나온 에디터였다. 그녀는 우진에게 다가가 인사를 하고 오늘 있을 촬영의 콘셉트에 대해 먼저 설명해 주었다.

"오늘은 성공한 남자의 여유로운 섹시함과 보이의 장난기를 잃지 않은 남자의 퓨어함이 주제예요. 하지만 섹시를 추구한다고 무조건 벗자는 이야기는 아니니까 안심해요. 베스트까지 모두 차려입었음에도 남자에게서 풍겨 나오는 여유와 금욕적인 성숙함이 얼마나 섹시한지를 보여주자는 거라, 오늘은 벗을 일이 없을 테니까. 그리고 보이의 장난기는 요즘 말로 키덜트라고 하죠. 그런 느낌으로 가려고요. 슈트 입은 남자가 프라모델 들고 노는 거."

화보라고 해서 예쁜 옷 입고 예쁜 표정만 지으면 될 거라고 쉽게 생각한 우진은 에디터의 말을 들으면서 점점 진지해졌다.

맨살을 보여주지 않고 표현하는 섹시함과 어른의 얼굴로 장난감을 가지고 노는 순수한 어른의 이미지가, 머릿속에서 어지럽게 떠돌았다. 어려울 것은 없다 해도 잡지사와 작가가 원하는 특정한 이미지를 잡아내는 게 관건이었다.

메이크업 팀은 우진의 앞머리를 살짝 볼륨감 있게 뒤로 넘겨 단정하게 고정했다. 자연스러워 보이나 실상 아무리 머리를 흔들어도 흐트러지지 않게 왁스를 바르고 스프레이를 뿌렸다. 반면 메이크업은 눈썹과 아이라인을 살짝 강조한 것 말고는 없어서 우진의 외모와 흰 피부가 더욱 두드러져 보이게 했다.

메이크업은 잡지사에서 준비한 팀이 할 일이라 황이영은 한쪽에 앉아서 그들이 만들어낸 결과물을 평가했다. 설핏 지었다 사라지는 미소로 봐선 다행히 무사통과인 듯했다.

원래 잡지사가 진행하는 일반 화보는 무보수인 데다가, 모델이 의상과 메이크업까지 모두 준비해야 하는 경우가 많았다. 그런데도 화보를 찍기 원하는 건 그것 나름대로 광고이기 때문이었다.

그리고 유명 연예인이라면 서로 협찬하려는 회사가 많으니 굳이 잡지사에서 모델료를 받지 않아도 상관없었다. 화보를 핑계로 공짜로 해외에 가고 사진 몇 장 찍고 이래저래 놀다 오는 추억 쌓기와 크게 다르지 않았다.

그에 반해 오늘 우진은 일반 화보라 무보수긴 하지만, 의상과 메이크업은 모두 잡지사에서 준비했다. 패션 화보에 못지않은 성격과 협찬 제품들을 광고하기 위한 화보라 잡지사에서 매우 신경을 썼다.

준비된 옷들은 일전에 황이영이 시사회 때 그를 위해 준비해 준 것과 비슷한 명품들이었다. 하지만 8월에 발행할 잡지의 화보인데도 하나같이 베스트까지 갖춰 입어야만 하는 게 의외였다.

"지금도 그렇지만 8월이라면 보는 것만으로도 덥지 않을까요?"

아무리 시원한 소재의 옷들이래도 사진에선 그걸 알기 어렵다. 걱정하는 우진에게 에디터는 상큼하게 웃으며 그에게 숙제 하나를 던져줬다.

"시즌에 상관없이 독자들에게 덥지 않게 보이도록 찍히는 게 바로 우진 씨가 해줄 일이죠."

그게 바로 모델이 할 일이었다. 갖춰 입는 옷에서부터 액세서리 하나하나 모두 광고를 위해 준비된 것들이다. 상품을 얼마나 매력적으로 표현하느냐가 모델의 능력을 보여주는 일차

관문이었다.

화보의 꽃은 모델이지만, 사람에게 묻혀 상품이 빛나지 않는다면 이는 모델의 자질에 문제가 있다는 소리였다.

유명하고 능력 있는 모델들은 자신과 상품 모두를 대중에게 각인시킬 줄 아는 능력을 갖추고 있었다. 그래서 캐릭터를 강조한 연기만 해온 우진에게는 오늘의 화보 촬영이 조금은 어려운 과제가 될 수 있었다.

첫 번째 의상은 순백색의 슈트로 포인트는 블루 계열의 넥타이와 백금시계였다. 시계는 블루사파이어로 장식되어 넥타이와 더불어 시원한 느낌을 자아냈다.

의상까지 갈아입고 모든 준비가 끝나고 나서야 우진은 사진작가인 김준열을 만날 수 있었다. 촬영장 세트와 장비들을 정비하던 김준열은 우진을 보더니 휘파람을 불었다.

"섹시한데."

이는 단순히 섹스어필을 의미하는 게 아니라 이쪽 업계에서 핫하고 좋다는 의미로 흔하게 통용되는 말이었다.

"영화에서처럼 싸구려 양아치 느낌이 나면 어쩌나 걱정했는데, 뭐 괜찮네."

김준열은 자신이 나서서 채우진을 모델로 채택했으면서 일말의 걱정을 버리지 못했다. 오늘 주제는 명품을 주체로, 성공한 남자의 여유로움과 섹시함을 표현하는 것이었다. 영화를 본후 사채업자 A에게 반하고 채우진의 외모에 감탄했지만, 영화의 전반에 표현되는 양아치의 가벼움이 못내 걱정되던 게 사실이었다. 그런데도 이번 화보에 채우진을 선택한 것은 인터넷에 올라온 그의 사진들을 보고 나서였다.

VIP 시사회에서 채우진은 박민과 비슷한 스타일을 하고 자리에 참석했었다. 우연인지 의도한 꾸밈인지는 몰라도 이날의 패션은 두고두고 이야깃거리를 남겼다.

박민이 유명한 명품을 걸치고 참석한 것에 비해, 채우진은 국내 기성복을 명품처럼 보이게끔 만들었기 때문이다. 현재 그 의상은 '그분의 슈트'라 불리며 불티나게 팔리고 있었다.

그 후로 지역별로 있던 무대 인사 때마다 채우진의 패션은 매번 관심의 중심에 서 있었다. 영화 속 양아치였던 A와는 전혀 다른 고급스럽고 금욕적인 섹시함이 물씬 풍기는 모습이, 무엇보다 이번 화보의 콘셉트와도 일맥상통했다.

어디까지나 모험이었던 채우진은 일단 외모만 보자면 합격이었다.

"서로 이름은 알고 있으니 구태의연한 인사는 생략하고 바로 촬영 들어가지."

앞뒤 맥락을 생략하고 바로 작업에 들어가는 김준열에게 이끌려 우진은 세트장에 섰다.

김준열과의 작업이 고되다는 것은 워낙에 유명한 일이라 우진 역시 어느 정도 각오하고 온 상태였다. 실력이 좋아서 그렇지, 성격이 괴팍하고 옹고집이라 자신이 원하는 컷이 나오지 않으면 사람을 족치는 것으로 유명했다.

모델의 의견 따윈 필요 없다는 듯이 구는 작가 때문에 우진은 절로 난감했다. 무슨 역을 맡든 일단은 고찰하고 깊이 이해하고 나서야 촬영에 들어갔던 그로선 너무 서두른다 싶었다.

서류와 책들로 장식한 마호가니 책상에 기대선 우진은 서류 몇 장을 왼손에 들고 읽는 장면을 연출해야만 했다. 여기서 문제는 왼손에 든 서류가 넥타이를 가려선 안 되었다. 그렇다고 서류를 멀찍이 들고 있으면 어정쩡한 자세가 돼버렸다.

때문에 콘티를 몇 번이나 확인하고 취한 동작이지만 영 매끄럽게 이어지지 않았다.

"채우진! 그럼 넥타이가 안 보이잖아. 야, 돋보기 필요해? 서류를 그렇게 멀찍이 두고 읽는 젊은 놈이 어디 있어!"

김준열의 말에 여러 동작을 취해보아도 그게 쉽지가 않다. 자연스럽게 움직여 보라는데 연기와는 전혀 다른 어색함이 우진을 멈칫하게 하였다. 쉴 새 없이 들리는 셔터 소리와 강렬한 반사판에, 뭐라고 계속 소리 지르는 김준열의 짜증 나는 목소리까지.

"오만하고 건방진 표정이라고 했잖아! 지금 잔뜩 주눅 든 얼굴인 거 알고 있지?"

굳이 지적하지 않아도 알 것 같았다. 촬영을 시작하자마자 김준열은 콘셉트에 대한 의견도 나누지 않고 계속 강요만을 하고 있었다.

어느 정도 경력이 있거나, 김준열과 몇 번의 촬영 경험이 있는 이라면 모를까. 우진처럼 신인에다 화보 촬영이 처음인 사람에게 김준열은 좋은 사진작가는 아니었다. 워낙에 완성된 모델들과 작업해 온 작가라 신인의 미숙함을 참지 못했다.

"시발, 그게 아니라니까!"

김준열의 입에서 결국 비속어가 나오면서 분위기는 점점 거칠어졌다.

'누가 그걸 몰라. 안 되는 걸 어떻게 하라고!'

절로 우진도 울컥하는 게 밀려오면서 속으로 불만을 쏟아냈다. 김준열은 계속 자연스럽게, 하고 싶은 대로 하라고 주문을 하고 있었다. 하지만 조금이라도 콘티에서 벗어난 동작을 취하면 바로 그건 아니라고 소리를 질렀다.

머릿속에 이미 정해놓은 이미지가 있어서 그게 나올 때까지 계속 NO를 외치는 거였다. 자유도 주지 않으면서 상대가 자유롭길 바라는 게 말이 되지 않았다. 이렇게 계속 억압하면서 성공한 남자의 여유와 오만함을 표현하라는 것도 웃기는 일이라, 절로 실소가 나왔다.

하지만 이를 포착한 김준열의 입에서 나온 건 욕이었다.

"야, 새끼야! 오만하게 웃으랬지 누가 비웃으래?"

그래서 나름 오만한 표정을 지었더니 그런 썩소는 필요 없으니 때려치우라는 소릴 들었다.

'나도 이젠 몰라! 될 대로 돼라.'

우진은 더는 김준열의 눈치를 보는 걸 포기했다. 정해진 콘티 안에서 한정된 동작만 취하는 것도 더는 못 할 짓이었다. 쏟아지는 저지에 그때마다 움찔거리다간 정말 아무것도 할 수 없을 것 같아서, 우진은 두 손으로 관자놀이를 눌렀다.

바로 김준열이 뭐라 소리쳤지만 한 귀로 듣고 말았다.

아마 김준열에게는 이번 화보에 대한 확고한 이미지가 있을 터였다. 사회에서 성공하고, 타고나길 지배자인 사람들을 두루 보았을 테니 말이다. 하지만 그건 겨우 20대의 일반 배우가 표

본질을 이야기하다 341

현하기란 어려운 분위기였다.

김준열은 기준치가 너무 높았다.

이전에 화보 작업을 했다는 배우에게도 그걸 찾지 못해서 보정 중에 엎어버렸을 것이다. 한 번의 작업과 실패가 있었기에 김준열이 더욱 까다롭게 채우진을 몰아붙이는 것은 이해가 갔다. 그러나 현실적으로 그가 원하는 걸 줄 수 있는 20대의 배우나 모델은 세상에 없었다. 그건 우진 역시 마찬가지였다.

하지만 이미 계약한 일을 도중에 못 한다고 포기할 수는 없었다. 그렇다고 이전 모델처럼 아웃되는 것은 더욱 싫었다.

급한 김에, 우진은 저 먼 전생에 성공한 인생들을 돌이켜 보며 그중에서 하나의 인격들을 골라냈다. 수많았던 전생 중에 귀족이었거나 왕족이었던 그는 진정한 오만함이 무언지 알고 있었다.

물론 알고 있다고 해서 이를 적용하는 게 쉬운 일은 아니다. 영혼이 같다고 해서 전생의 성격이나 기질이 그대로 이어지는 건 아니었다. 채우진과 그들은 전혀 다른 인격이라 분명히 독립된 객체로서 영향을 주지 않았다.

그래서 지금껏 연기할 때는 전생들의 삶에서 참고할 것은 참고하며 도움을 받는 데서 그쳤다. 하지만 지금은 그럴 여유가 없었다. 분석이고 사색이고 틈도 주지 않고 계속 누르는 셔터 소리에 생각할 시간 자체가 없었다.

이 상태에서 가장 빠른 해결 방법은 연기가 아닌 아예 전생의 인격 자체가 돼버리는 것이었다. 일단 본질을 버리고 전생의 인격 중 하나를 끌어다가 빙의하였다. 위기 상황에서 진실이 아닌 거짓을 가지고 임기응변을 선택한 것이다.

잔뜩 굳어 있던 우진의 얼굴에서 점점 미소가 어렸다. 눈빛은 차가우면서 오만하게 변하기 시작했다. 이 순간 이곳에 있는 모든 사람은 그의 명령에 따라야 하는 권속이었고 하급인 존재일 뿐이었다.

몸에 걸치고 있는 것들은 그 자신을 위해 준비된 것들이지 그가 이것들을 위해 무언가를 해야 할 이유는 없었다. 물질의 필요는 욕구 충당을 위해 존재할 뿐, 자신의 가치를 증명하는 도구가 아니었다. 그는 그 혼자만으로도 충분히 빛나고 가치 있는 사람이었다.

그래서 더불어 그가 걸치고 있는 것들이 가치 있는 것들로 변모하게 되었다. 누군가의 소유였다는 게 물건들에 의미를 부여하게 되고, 그로 인해 이름을 날리며 유명해지는 것이다. 원래 명품의 탄생이란 그렇게 이뤄지는 법이었다.

입고 있던 옷과 장식구의 가격을 내내 의식하며 조심스럽게 굴던 우진의 몸짓이 이때부터 거침없어지기 시작했다.

관자놀이를 지그시 누르고 있던 상태로 우진은 김준열을 보았다. 차가운 눈빛에 서리는 감정은 흥미로운 것을 발견한 포식자의 여유가 깃들어 있었다.

갑자기 돌변한 채우진의 표정과 동작에 김준열은 순간 멈칫했다. 줄곧 주눅 든 표정에 억지로 오만한 표정을 짓던 채우진은 사라지고 없었다. 렌즈를 통해 마주한 채우진은 어느 순간 근접하기 어려운 아우라를 내뿜고 있었다.

뷰파인더에서 잠시 눈을 떼고 실제 채우진을 마주 본 김준열은 저도 모르게 그의 눈빛을 피하고 말았다.

정치인에서부터 재벌의 총수까지, 사회 지도층이라 불리는 수많은 사람을 만나온 김준열은 단언컨대 한 번도 그들의 시선을 피한 적이 없었다. 상대가 누구라도 그에게는 사진을 찍어야 하는 모델 그 이상도 이하도 아니었다. 작가가 피사체의 내면을 보여주는 눈을 피한다는 것은 있을 수 없는 일이었다.

그런데 오늘 저도 모르게 모델의 눈을 피하고 말았다. 시선이 부딪친 순간 상대의 카리스마와 무거움에 잡아먹힐 것 같아서였다. 아니, 무엇보다 저절로 굴복당할 것 같은 두려움이 느껴져 온몸에 소름이 끼쳤다.

'저건 진짜다!'

우진이 지금 표현하는 것은 연기도 아니고 어설픈 흉내도 아니었다. 저 높은 곳에 있는 자들만이 풍기는 고고한 당당함과 오만함이 너무도 자연스레 우진에게서 흘러나오고 있었다. 그토록 김준열이 찾고자 했던 것이 드디어 모습을 드러내고 있었다.

기에 눌려 움츠려지려는 어깨를 억지로 펴며 김준열은 애써 작업에 열중하려 노력했다.

"잠깐, 동작이 그건… 아닌 것 같은데……."

서류는 어디로 사라지고 우진은 책상을 장식하고 있던 책 하나를 들고 대충 훑어보고 있었다. 왼손은 주머니에 꽂은 채로 시계의 1/3이 가려져 있었다. 그런데도 아까의 동작보다 더욱 눈에 돋보이는 바람에 지적은 사실 무의미했다.

"마음대로 움직이라고 하지 않았나요."

목소리 톤조차 거만한 지배자가 된 우진은 오만하지만, 꽹장히 우아한 어조로 김준열에게 물었다. 존댓말을 하지만 듣는 사람은 이상하게 낮춤말처럼 느껴지는 게 있었다.

"콘티대로 하는 게 가장 무난한 결과를 낼 수 있으니, 그렇게 하자는 거야."

"고작 무난한 결과를 내자고 지금 우리가 여기에 있는 겁니까."

김준열에게는 시선조차 주지 않고 책을 보면서 우진은 여상히 말했다. 별 내용이 없는지 곧 흥미를 잃은 우진은 책을 던지며 다른 것을 뒤적거리다 그제야 김준열을 보았다. 시선이 마주치자 우진은 무료하게 웃으며 눈빛으로 물었다.

'정말 네가 원하는 대로 해줄까?'

직업병은 이래서 슬픈 건가. 분명 이건 아닌데 하면서 김준열은 결국 셔터를 누르고 말았다. 이를 승낙으로 받아들였는지 이후로 우진의 행동엔 거침이 없었다. 배경으로 사용하는 세트들을 이용해 제가 하고 싶은 대로 마음대로 움직였다.

원래 김준열의 작업 스타일은 이미 정해놓은 이미지 안에서 벗어나지 않는 장면을 만들어내는 것이었다. 특히 모델이 신인이거나 화보를 처음 찍는 이들에게는 더욱 엄격하게 굴었다. 그냥 쥐어짠다는 표현이 맞았다.

하지만 오늘 신인이면서 화보 촬영은 처음인 채우진에게 김준열은 자신의 원칙을 포기했다. 먼저는 기에 눌리고, 다음은 가장 최선의 아름다운 구도라 여기며 만들었던 콘티보다 더욱 완벽한 장면을 만들어냈기 때문이었다.

이때 두 손을 주머니에 넣고 책상에 기대선 우진이 느긋하게 다리를 교차시키며 김준열에게 말했다.

"이만하면 대충 되지 않았습니까."

이건 질문이 아니라 명령이었다. 이제 그만 찍으라는. 우진의 진심이야 어쨌든 김준열은 그렇게 느꼈고 마지막으로 셔터를 누르며 저절로 고개를 끄덕였다. 만족스러울 정도로 훌륭한 A컷들을 챙긴 김준열은 배부른 사자가 되어 너그러워졌다.

다음으로 이어진 촬영은 블루 계열의 슈트를 입고 난간에 걸쳐 앉거나, 보라색 재킷을 입고 와인을 걸치기도 하는 등등 잘난 남자의 오만한 사생활을 표현하는 사진들이 주를 이뤘다. 그리고 캐주얼 정장을 입고 프라모델을 가지고 노는 장면을 찍을 때는 우진 역시 진심으로 푹 빠지고 말았다.

뜻밖에 자신이 이런 걸 좋아한다는 것을 깨달은 우진은 빙의에서 조금 벗어나 오늘 처음으로 자신의 감정을 화보에 담았다. 다행히 진지한 눈빛으로 프라모델을 가지고 노는 그의 모습은 김준열이 원하던 키덜트 이미지에 딱 부합했다.

처음 날카롭던 김준열의 짜증 어린 목소리는 이젠 아예 들리지 않았고 그는 어떠한 요구도 하지 않게 되었다. 가만히 있어도 잘하고 있는 모델에게 윽박지를 이유가 사라졌기 때문이었다.

어느새 마지막 촬영만 남은 우진은 이번에는 블랙 슈트와 진회색의 넥타이를 장식하는 핀과 커프스를 착용했다. 넥타이핀과 커프스는 한 세트로, 사각으로 커팅한 검은 오닉스 주변에 작은 서브 다이아가 촘촘히 박혀 빛을 받을 때마다 화려하게 빛났다.

이번에는 여성 모델과 함께하는 작업이었다. 콘티에 의하면 완벽하게 차려입은 남자의 뒤에서 헐벗은 여자가 아쉬운 듯 끌어안는데 배경에는 침대가 있었다. 창가에는 눈부신 햇살이 비추는 것을 보면, 저녁을 함께 보낸 후에 떠나려는 남자를 붙잡는 이야기인 듯했다.

우진은 상대 모델을 찬찬히 바라봤다.

붉은 입술과 조금은 지워진 듯한 화장에 헝클어진 머리칼 등등. 붉은색 시트를 몸에 두르고 있는데 그 위로 드러나는 굴곡을 보면 속옷조차 입지 않은 것 같았다. 남자는 벗지 않고 섹시함을 표현하라더니 여자는 그야말로 노골적으로 섹스어필을 하고 있었다.

"서로 사랑하는 연인인가요?"

"네?"

우진의 물음에 그의 옷차림을 체크하던 에디터가 멍하니 되물었다. 30대 후반의 그녀는 현재 우진이 뿜어내는 분위기에 압도되어 오히려 그의 눈치를 보았다. 당연히 분위기 파악이나 대화의 핵심을 이해하는 데 평소보다 늦을 수밖에 없었다. 우진은 침대에 걸터앉아 대기 중인 여성 모델을 턱으로 가리켰다.

"저분과의 관계. 화보 콘셉트가 있을 거 아닙니까."

"아, 콘셉트 자체는 연인 맞을 거예요. 아침에 출근하려는 남자에게 다음엔 언제 만날 수 있는지 약속을 받아내려는 여자의 이야기니까요."

"그럼 연인 아니네요."

"왜요?"

"저녁을 함께 보낸 연인인데 굳이 다음 약속을 받아내기 위해 붙잡을 필요가 있나요. 연인 간의 이별은 그런 게 아니잖아요."

뭔가를 의미하듯 감미롭게 웃어 보이는 우진을 쳐다본 에디터는 잠시 뭔가를 상상하다가 이내 얼굴을 붉히고 말았다.

"그럼 이번 촬영은 두 가지 버전으로 가보는 거 어때?"

두 사람의 이야기를 곰곰이 듣고 있던 김준열이 중간에 끼어들었다. 우진과 에디터의 시선을 동시에 받으며 김준열은 사악하게 웃었다.

"하나는 연인 버전, 두 번째는 원나잇 버전."

"원나잇이라니 부도덕하잖아요!"

에디터는 품위 떨어지게 무슨 소리냐고 김준열에게 치를 떨었다. 하지만 평소에 친분이 있는지 서로 주고받는 말에 유감이 섞이지는 않았다.

"괜찮은 것 같은데요. 다음에 언제 만나냐고 매달린다는 것 자체가 정상적인 애인 사이는 아니죠."

우진은 재밌는 계획 같다며 나른하게 동의를 던졌다. 초반에 완전히 인격에 빙의되어서 전생의 인물이 되었다면, 지금은 어느 정도 적응이 돼서 전생의 그와 우진이 합쳐진 오묘한 상태였다. 적당히 거만하고 무례하면서 여유가 있었다.

다른 모델이라면 무례한 참견으로 보일 테지만, 채우진이 워낙에 현장 분위기를 제압해 버린 바람에 누그러진 그의 분위기에서 사람들은 편안함을 느꼈다.

"그렇지! 나도 처음부터 그렇게 생각했어."

"기획 회의 때 애절하니 좋다고 말씀하신 것은 작가님입니다만!"

"그랬나. 그럼 또 어때!"

아무것도 기억 안 난다고 고개를 돌려 버리는 김준열을 보며 에디터는 어이없는 헛웃음을 내뱉었다.

이미 기획한 콘셉트가 있는데 의도에서 벗어난 촬영은 김준열 스타일도 아니지만, 에디터인 그녀의 성격에도 맞지 않는 작업이었다. 무엇보다 클라이언트들의 반응이 어떨지 걱정이 되기도 했다.

"일단 찍어보고 정하자고. 게다가 우리끼리 원나잇 버전이라고 불러도 어차피 사진 찍는 거야 우리가 애초에 원했던 그 장면 맞잖아."

버전 하나를 추가해서 찍는다뿐이지, 뭐라 이름 붙인다 해도 결과적으로 내용물은 똑같다는 이야기였다. 그저 에디터가 원나잇이라는 저급한 표현을 싫어한다는 것 말고는 문제 될 게 아무것도 없었다. 그저 촬영 시간만 조금 늘어날 뿐이다.

현장에서 가장 입김이 센 김준열의 의견에 누구도 이의를 제기하지 못했다. 촬영은 김준열의 제안대로 처음은 연인 버전부터 가기로 했다.

"이름이 뭐예요?"

"권은미… 요."

얇은 시트만 몸에 두른 채로 침대에 누워 있는 여성 모델의 옆에 슬며시 앉으며 우진은 물었다. 그를 올려다보며 권은미는 아무 생각 없이 자신의 이름을 읊었다. 직전에 있었던 촬영을 구경할 때도 느꼈지만, 눈앞에 있는 남자에게서 풍기는 위압감에 눌린 권은미는 성격에 맞지 않게 긴장해 버렸다.

"아, 은미 씨구나."

위에서 내려다보니 시트 사이로 비치는 권은미의 몸매는 매우 아찔했다. 경라 소재로 만든 시트는 그나마 붉은색이었기에 망정이지 안 그랬다면 민망할 정도로 훤히 비칠 만큼 얇았다. 그마저도 시트로 가린 것은 가슴에서 허벅지까지였다. 위와 아래로 늘씬한 팔다리의 아름다운 곡선이 고스란히 보였다.

처음 드는 생각이 여자의 몸은 아름답구나 하는 것들이었다. 매끄러운 살결과 길고 가느다란 팔다리와 봉긋하게 올라온 가슴까지. 모델로서 하나 빠질 게 없는 권은미의 몸이었다. 그렇다고 야릇한 감정이 생기는 것은 아니었다. 아름답다, 예쁘다, 함께 작품을 하기에 외모적으로 완벽하다는 것 말고는 없었다.

오히려 권은미의 직업의식이 대단하다는 존경심이 잠시 들었다.

노출 연기를 해본 적이 없는 우진으로선 권은미처럼 완전한 탈의는 아직 감당하기 어려웠다. 중요 부위를 가리는 시트가 있다고 해도 은은하게 비치는 천 너머로 아스라이 보이는 그녀의 몸은 완벽히 숨길 수가 없었다. 게다가 오늘 처음 본 남자 앞에서 이렇게 의연하게 있을 수 있다는 점은 분명 그가 배워야 할 부분이었다.

아까와는 달리 연하고 청초하게 메이크업을 고친 권은미의 흐트러진 머리칼을 귀 뒤로 쓸어 넘겨주며 우진은 말을 걸었다. 촬영을 시작한다는 소리와 김준열이 누르는 셔터 소리는 저 멀리 사라지고 없었다.

"잘 잤어요?"

"네?"

"지금 이 순간부터 우린 연인이잖아요. 화보 촬영은 처음이라서 그냥 찍는 것보다 이렇게 대사를 하는 게 더 좋아서 그러는데 따라줄래요?"

"아…….."

빙의에 의지해 화보를 찍었지만, 차츰 익숙해지고 김준열 작가가 원하는 특유의 분위기가 무언지 깨달은 후부터 우진은 차차 자신의 본질을 찾아갔다. 그리고 지금은 그만의 오리지널 연기에 돌입한 상태였다.

그래서 지금은 거만하지만 다정한 연인을 연기 중이었다.

우진과 마주한 권은미는 절로 붉어지는 얼굴을 감추지 못했다. 연기라는 걸 아는데 상대의 목소리가 너무 달콤해서 순간 심장이 떨리는 듯했다. 제대로 감정을 추스르기도 전에 우진이 시트와 함께 권은미를 끌어안고 옆에 나란히 누워 버렸다.

콩닥거리는 심장 소리를 감추기 위해 심호흡을 참는 권은미의 모습이 뜻밖에 사랑스러운 모습을 연출했다.

"이런 날에 출근해야 하다니 너무한 것 같지 않아요?"

"너, 너무한 것 같아요."

"우리 그냥 온종일 이렇게 뒹굴어 버릴까."

권은미의 위에 살짝 걸쳐 누운 우진이 지그시 그녀를 누르며 한 손으로 부드럽게 몸을 쓰다듬었다. 그 손짓이 의미하는 의도가 너무도 명백해서 권은미는 물론이고 주변에 있던 스태프들마저 거칠게 뛰는 심장을 진정시키기 어려웠다.

왠지 연인들의 은밀한 부분을 엿보는 듯한 배덕감과 관음적인 욕구를 자극하는 장면이었다.

"눈 코 입이 왜 이렇게 예뻐요. 사람 게으름뱅이로 만들기 딱 좋게 생겼네."

눈 코 입을 톡톡 두드리며 웃는 게 정말 연인을 보는 눈빛이라 권은미도 자연스레 그에게 동화되어 갔다.

"풋, 그렇게 말하니까 왠지 바람둥이 같다는 거 알아요?"

"이런, 바람둥이를 붙잡기 위해서 은미 씨가 분발해야겠네."

"부정을 안 하시네요?"

"질투하는 당신의 얼굴이 딱 내 취향이거든."

부드럽고 감미롭지만, 우진이 연기 중인 인격은 뼛속까지 지배자였다. 전생의 그는 아무리 사랑하는 연인이라 해도 일단은 손에 쥐고 조정하는 성향을 버리지 못했다. 그래도 누구에게도 보여주지 않는 허물없는 얼굴은 오로지 연인만의 몫이었다.

권은미는 감정에 취해 고혹적인 자세로 남자를 유혹하며 붙잡았다. 다음의 만남이 없을까 걱정하는 게 아니라 당당한 연인으로서 오늘 하루를, 혹은 조금이라도 더 남자와 함께 시간을 보내기 위한 유혹이었다.

권은미의 풍만한 가슴과 팔이 우진을 감싸자 그는 길게 한숨을 내쉬었다. 싫다는 의미가 아닌 아쉬움이 짙은 그의 한숨에 여자 역시 달아올랐다. 무의식적으로 허리를 휘며 우진의 다리 사이로 파고들었다.

그 모습에 우진은 웃음을 참는 듯 살짝 입매를 비틀더니 몸을 일으켜 누워 있는 권은미의 위로 올라타 앉았다.

다리 사이에 권은미를 가두고 내려다보던 우진은 넥타이를 잡아 푸는 동작을 보였다. 그의 손가락 사이에 걸린 넥타이 사이로 아침 햇살을 받은 핀이 무수히 반짝이며 빛을 뿌렸다. 당장에라도 권은미에게 덮칠 것 같던 우진은 순간 짓궂게 웃으며 권은미를 시트와 함께 들어 품에 안았다.

"어멋!"

침대에서 벗어나 일어선 우진은 두 팔로 권은미의 허리와 엉덩이를 받치며 자신보다 더 높이 그녀를 들어 올렸다.

이제는 우진을 내려다보게 된 권은미는 흘러내리려는 시트를 두 손으로 가까스로 잡아 가슴을 가렸다. 하지만 그녀의 등은 고스란히 드러나고 시트는 겨우 엉덩이와 중요 부분만을 가리면서 우진과 권은미 사이에 아슬아슬하게 걸렸다.

우진이 단단하게 붙잡고 있지만, 불안함을 느낀 그녀는 두 다리로 우진의 허리를 감았고 자연스럽게 두 팔은 그의 어깨를 감쌌다. 가슴을 가려주던 시트가 스르륵 흘러내리자 우진의 팔이 교묘하게 사람들의 시선에서 그녀를 가려주었다.

"이렇게 종일 함께 있고 싶지만 출근은 해야지."

"그래야… 겠죠……."

저도 모르게 우울하게 나오는 대답에 권은미는 순간 움찔했지만 어쩔 수가 없었다. 이 순간 그녀는 정말 우진이 자신의 연인처럼 느껴졌다.

훤히 비치는 시트를 제외하면 완전 나신이라 할 수 있는 상태로 처음 본 남자에게 안겨 있는 게 그녀라고 괜찮을 리가 없었다. 게다가 이젠 맨가슴을 아예 우진의 시선에 고스란히 내

보이고 있었다.

　그가 숨을 내쉴 때마다 살갗에 와닿는 숨결의 감촉이 야릇했다. 더욱이 다리 사이로 느껴지는 남자의 몸과, 자신의 등과 엉덩이를 쓰다듬는 그의 손 때문에 아찔할 정도로 낯이 뜨거웠다.

　그런데도 전혀 어색하지 않고 부끄럽지 않은 건 이 상황이 너무도 자연스럽고 진실처럼 느껴지기 때문이었다.

　모델로서 이미 유명세를 치르고 있는 그녀는 국내뿐만 아니라 해외 패션 위크에도 참가한 경력이 있었다. 그와 함께 패션 화보도 무수히 찍어봤다. 경험이 많은 만큼 이와 비슷하거나 더한 경우 역시 무척 많았다. 그때마다 애써 겉으로는 의연하고 침착한 척 굴었지만, 내심은 매번 수치스러움을 참기 어려웠다.

　촬영 내내 함께하는 남자 모델이 있을 때, 상대의 끈끈하고 욕정 어린 시선이 무엇보다 모욕적이었다. 은밀하게 몸을 쓰다듬거나 실수인 척 몸을 만지며 징그럽게 웃는 놈들도 있었다.

　모두가 그렇다고 말할 수는 없지만, 온전히 냉정하게 촬영만 하는 경우는 거의 드물었다. 매너 있게 행동하고 프로로 부끄럽지 않게 임하는 이들마저도 눈빛과 몸에 감도는 흥분까지 감추지는 못했던 거다.

　그런데 지금은 온전히 사랑받고 있는 기분에 수치심이고 뭐고 느껴질 이유가 없었다. 정말 사랑하는 연인에게 맨가슴과 몸을 보여준다고 부끄러울 게 없듯이 말이다.

　마주한 채우진의 시선 어디에도, 음욕과 흥분 같은 건 찾아볼 수가 없었다. 그저 아름답고 소중한 것을 보는 따스한 눈빛만이 있었다.

"그럼 뽀뽀."

"뽀뽀?"

"애인이 출근할 때 뽀뽀뽀! 몰라요?"

"그런 게 어디 있어."

어처구니가 없어 웃으면서도 권은미는 우진의 이마에 입을 맞췄다. 눈높이가 그보다 더 위에 있었기에 가장 편하게 할 수 있는 부분이라서 선택한 게 이마였다.

"이런 게 어디 있어."

권은미가 했던 말을 도로 돌려주며 우진은 고개를 뒤로 젖혔다. 웃음을 참지 못한 권은미는 철없는 애인을 달래주듯 가볍게 우진의 입술에 버드 키스를 날렸다.

그 순간 바람이 불어와 두 사람 사이에 아슬아슬하게 걸려 있는 붉은 시트가 휘날렸다. 덕분에 권은미의 몸은 카메라로부터 적절하게 가려질 수가 있었다.

블랙 슈트를 입은 남자와 그에게 안겨 그의 몸을 감싸고 있는 흰 피부의 여인, 그 둘 사이에 걸쳐 있는 붉은 시트가 완벽한 색의 조화를 이루면서 연인 버전의 촬영은 끝을 맺었다.

두 번째 버전을 찍기 위해서 권은미의 메이크업을 다시 수정해야만 했다. 조금 화려한 인상과 밤을 보낸 후에 살짝 지워진 느낌의 메이크업을 연출하기 위해서다. 처음 했던 메이크업과 비슷하지만, 그보다 더욱 화려하고 유혹적이었다.

"영화 보는 줄 알았지 뭐야. 아직도 두근거리는 게 멈추지 않아요."

흥분을 가라앉히지 못한 에디터는 김준열을 붙잡고 수선을
피웠다.

"솔직히 처음 채우진 씨를 보고 상대 모델이 죽겠구나 싶었
는데, 웬걸! 어떻게 저렇게 케미를 살리면서 상대까지 빛나게
만들 수 있을까요."

"덕분에 좋은 걸 건졌으면 됐지."

김준열은 침대 위에서 권은미를 깔고 앉아 넥타이를 풀려는
우진과 마지막에 찍었던 우진과 권은미의 키스신을 담은 사진
을 보며 미간을 찌푸렸다.

어떤 것을 골라야 할지 우열을 가릴 수 없을 정도로 모두가
좋았다. 일단 A컷이라고 골라놓은 두 장도 완벽하지만, 사실
B컷이라고 빼놓은 것들 역시 버리기엔 너무 아까웠다. 웬만한
다른 모델들에게는 A컷 사진으로 분류될 것들이었다.

"메이킹 영상은 잘 찍었어?"

"당연하죠! 그런데 이거 풀 수 있을까? 너무 수위가 높잖
아요."

권은미의 노출이 너무 많았다. 만인이 보는 인터넷에 메이킹
영상이라고 올리기에는 무리가 있었다.

"적당히 모자이크해야지."

"그럼 그림 망치잖아요. 영상으론 한 편의 영화처럼 정말 예
쁜데, 모자이크라니 아깝다."

"어설픈 모자이크 말고 전문가한테 맡겨. 우리 식구 중에 잘
하는 녀석 있는데 개한테 맡겨."

"정말요?"

"그거 올리면 아마 난리가 날걸."

자신 있어 하는 김준얼의 말에 에디터 역시 수긍했다.

촬영을 지켜보면서 사진작가인 김준얼과 에디터는 물론, 현장에 있던 모든 이들이 설레는 마음을 진정시키기 어려웠다. 마치 진짜 연인들의 열애를 몰래 지켜보는 듯한 기분과 영화의 한 장면을 감상하는 착각이 드는 순간이었다.

셔터를 누르고 찍히는 모든 순간순간이 예술이고 작품이었다.

채우진은 입 아프게 말할 필요도 없고 오늘은 권은미마저 예상을 뛰어넘는 멋진 모습을 보여주었다.

오늘의 권은미는 노출이 심하다는 생각보다는 그녀가 저렇게 예쁘고 아름다웠나 하는 의문이 들 정도로 완벽했다.

원래 몸매 좋기로는 정평이 나 있는 그녀지만 가끔 지나칠 정도로 야하다는 느낌이 없지 않았다. 그만큼 섹시하고 남자의 욕망을 자극하는 몸을 가졌기에 사람들이 그녀에게 원하는 이미지는 한정되어 있었다.

그래서 이전 작업에 참여했던 모델이 아닌 권은미가 대신 캐스팅되었다는 말에 에디터는 난색을 보이기도 했다. 고급스러운 명품 광고물에 그녀는 지나치게 색정적이라 여겼기 때문이다.

하지만 성공한 남자와 아름다운 여자의 구도는 빠질 수 없다는 클라이언트의 발언에 고개를 끄덕였다. 남자라면 누구나 그녀와의 밀회를 원할 테고, 그녀를 가진다는 것만으로도 모든 남자에게 선망의 대상이 될 테니 말이다.

그런데 오늘 권은미는 섹시하고 야하다는 모든 편견을 떠나 그저 아름다웠다. 채우진과 붙어 있으니 그녀마저 절로 고급스러워지고, 저러니 사랑받는 게 당연하다는 인상을 주었다.

김준열의 말대로 이 영상이 올라가면 채우진은 물론 권은미까지 새로운 물결을 탈 것이다.

에디터는 문득 아깝다는 생각이 들었다. 두 가지 버전으로 찍는다지만, 결국 잡지에 실릴 것은 둘 중의 하나일 수밖에 없었다. 분명 다음 버전으로 찍을 것도 대박일 텐데 하나는 버려야 했다. 하나의 의상에 한 장의 컷이 배정된 상태에서 페이지 역시 이미 정해져 있었다.

"꼭 그래야만 할 이유는 없잖아. 내가 팀장인데 그까짓 것!"

갑자기 눈을 빛낸 에디터는 스타일 디렉터부터 찾기 시작했다.

"오늘 가지고 온 의상 중에 남은 거 있지?"

"한 벌 남은 게 있는데, 왜요?"

"채우진이 입고 있는 거 그걸로 바꿔."

"왜 의상을 바꾸… 아! 하나를 버리는 게 아니라 아예 페이지를 늘리시려고요?"

눈치가 빠른 디렉터는 상황을 이해했다. 그녀 역시 다음 촬영에 대한 기대와 함께 아쉬움이 있었기에 이런 결론을 은근히 기대했는지도 모른다.

"하지만 편집장님이 승인하실까요?"

"너라면 저 사진들을 보고도 안 하겠니?"

"하겠죠."

"그럼 뭘 망설여."

의논은 짧고 행동은 재빨랐다. 우진은 블랙 슈트를 벗고 혹시나 해서 챙겨온 여벌의 슈트로 갈아입었다. 진한 와인색의 더블 슈트는 아무래도 너무 더워 보인다고 제외됐지만, 이 상황에 그게 무슨 상관일까.

조금이라도 시원한 느낌을 살리고자 우진의 헤어스타일은 경쾌하게 살짝 흐트러트리고 왼손 약지에 심플한 백금 반지를 끼웠다.

"원나잇이 아닌 불륜인가요?"

반지의 디자인도 그렇고 끼워진 손가락의 위치를 보아도 이건 영락없이 결혼반지였다. 그리고 아무리 봐도 부인은 아닐 것 같은 여자와 밤을 보낸 후 아침을 맞이한다는 것은, 불륜밖에 없었다.

우진의 의문에 대답해 주는 이들은 아무도 없었다. 모두 은근히 시선을 피하며 자리를 떴다.

"우리 이번에는 불륜이라네요."

침대 위에서 자세를 잡은 권은미에게 다가간 우진은 그녀의 옆에 걸터앉으며 어이없어했다.

"멋있는 쓰레기네요."

"그래 봤자 쓰레기는 쓰레기죠. 주위를 오염시키는 것 말고 할 수 있는 게 없는."

"그럼 난 쓰레기에 오염된 예비 쓰레기 역할인가. 그러다가 비참하게 버려지고?"

두 눈을 굴리며 이미지를 상상해 본 권은미는 이내 만족스러운 미소를 지었다. 처음엔 여우 같은 여자 콘셉트로 가려 했었다. 그런데 우진의 말을 들어 보니 나쁜 남자에게 점점 오염되어 가는 나쁜 년이 되는 것도 괜찮을 듯싶었다.

"은미 씨 같은 미인은 버려져도 서로 가지려고 싸울걸요. 미인들은 그걸 스스로 너무 잘 알아서 언제나 최후의 마지막까지 자존심을 잃지 않죠."

"하지만 미인도 나이가 들면 끝이에요. 그녀들에겐 하루하루가 무서운 시한폭탄 같을걸요."

"그렇게 조급해하다가 나 같은 쓰레기에 걸려 버린 거죠."

우진의 명쾌한 결론에 권은미도 수긍하며 고개를 끄덕였다. 이로써 이번 촬영에 대한 대략적인 이미지를 정할 수가 있었다.

김준열 작가는 하나에서 열까지 이미 정해진 설정 안에서 움직이게 하면서 사진을 찍었다. 한데 오늘만은 그렇지 않아서 권은미는 조금 헤매는 기분이었다. 바로 직전에 했던 촬영 역시 우진에게 휘말려 감정적으로 행동했던 걸 생각하면 조금 부끄럽기까지 했다.

저 까다로운 김준열이 조용히 있다면 결과물은 괜찮다는 이야기지만, 분명 프로답지 못한 작업이었다.

"이제 촬영 들어갑시다."

김준열이 카메라를 들고 두 사람 앞으로 다가왔다. 눈부신 반사판들이 올라오고 스태프들은 뒤로 물러났다. 바로 앞에서 김준열이 쉴 새 없이 셔터를 눌렀지만, 이 순간부터는 오로지 채우진과 권은미 두 사람만이 존재하는, 그들만이 만들어내는 이야기 속이었다.

우진은 침대에 걸터앉은 채로 넥타이를 정돈하기 시작했다.

화려하게 커팅된 루비로 만든 커프스 버튼이 그의 손목에서 유독 차가워 보였다. 뒤에서 시트를 끌어 올려 가슴을 가린 권은미가 상체만 일으킨 채로 그에게 다가갔다.

뒤에서 우진을 끌어안은 권은미는 가슴을 그의 등에 밀착시키며 어깨에 얼굴을 기댔다. 애틋함과 애절함이 깃든 그녀의 얼굴을 돌아보지도 않고 우진은 자리에서 일어서려 했다.

"우리 또 언제 만나요."

먼저 그를 붙잡고 말을 건 권은미에게 돌아온 것은 서늘한 무시였다. 대답 없이 그냥 가려는 우진을 급하게 붙잡으며 다시 애원하게 만드는 나쁜 남자의 모습이 치가 떨리도록 냉정했다.

"이렇게 가면 어떻게 해요."

그제야 우진은 천천히 그녀를 내려다보았다. 온정 하나 없는 차가운 시선에 권은미는 부르르 몸을 떨었다.

"우리 어제 좋았잖아요. 나보고 예쁘다면서."

떠나려는 남자를 붙잡는 여자는 말이 많아진다. 좋았던 기억을 떠올리고 그것을 남자에게도 강요하며 간절히 다시 한번 자신을 봐달라고 애원한다.

"예쁘긴 하지. 그런데?"

"네?"

"그것 말고는 아무것도 없잖아."

드디어 입을 연 남자에게서 나온 대답은 너무도 모욕적이라 여자는 얼굴을 붉힌다. 하지만 이내 독한 눈빛을 내뿜으며 남자를 쳐다봤다. 수치스럽더라도 이 남자를 놓치는 것이 더욱 끔찍한 상황에 놓인다는 것을 아는 얼굴이었다.

"하지만 당신 부인은 못 주는 걸 주잖아요."

"하긴."

잠시 생각하던 남자는 피식 웃으며 긍정적으로 웃었다. 이에 용기를 얻은 여자는 천천히 침대에서 내려와 무릎을 꿇고 남자의 다리를 긴 팔로 감쌌다. 가늘고 아름다운 손가락이 남자의 허벅지를 쓰다듬으며 유혹적으로 웃었다.

"그 여자는 죽었다 깨어나도 이런 천박한 짓은 못하거든."

"침대 위에선 천박한 게 좋잖아요."

"그래, 침대 위에서만. 거길 나오면 넌 쓸모가 없어서 버려야 하나 고민돼."

이제는 허리를 감아오는 여자의 손길에도 아무런 표정 없이 남자는 자신의 넥타이와 소매의 커프스를 살폈다. 여자는 슬며시 입술을 깨물며 더욱 남자에게 들러붙었다.

"하루 중 그 침대에서 머무는 시간이 얼마인지를 생각해 봐요."

여자는 간절함을 넘어서 절실한 집착을 보였다. 남자가 원한다면 무엇이든 하겠다는 시선에는 독기마저 어려 있었다. 차가운 남자와 점점 독기가 차오르는 여자의 모습에 김준열이 셔터를 누르는 소리가 더욱 빨라졌다.

"천박하면서 자존심마저 없군."

"……."

수치심은 잠시일 뿐, 여자는 모진 말에도 곧 남자에게 예쁘게 미소 지었다. 가늘게 혀를 찬 남자는 두 손으로 여자를 붙잡아 일으키고 그녀의 몸에 감겨 있는 시트를 정돈해 주며 흘러내리지 않게 고정했다.

단정하고 고급스러운 차림의 남자와 헝클어진 머리에 엷은 시트 하나만 걸친 초라한 여자가 마주한 모습이, 극적인 대비를 보여줬다.

남자는 잠시 여자의 어깨를 다독이는가 싶더니 두 팔로 그녀를 들어 안았다. 그리고 여자의 귀에다 감미롭게 속삭였다.

"네 존재 이유를 잘 알고 있다면 나와 함께 있는 동안에는 분수에 맞게 제자리를 지키고 있어야지."

달콤한 목소리와 전혀 어울리지 않는 내용의 말이 끝나자마자 남자는 곧바로 침대에다 여자를 내던졌다.

붉은 시트가 공중에 휘날리며 여자는 침대로 쓰러지듯 내동댕이쳐졌다. 겨우 두 손으로 침대를 짚고 상체를 일으키려는 여자를 냉랭히 지켜보던 남자는 조금의 망설임 없이 바로 뒤돌아 걸어갔다.

남자의 뒤로, 허망하게 그를 보는 여자의 주위에 붉은 시트가 나부꼈다. 붉은 드레스가 바람에 휘날리듯 그녀를 감쌌지만, 여자의 독기 어리면서 절실한 눈빛은 가려지지 않았다. 그와 대조적으로 남자의 무표정한 얼굴과 정돈된 차림은 너무도 완벽해서 여자를 더욱 비참하게 만들었다.

연인 버전이 사랑스러움과 행복으로 가득 찼다면 이번에는 독기와 냉정함으로 비애를 느끼게 했다. 취향의 차이는 있을지언정 어느 것도 수준 낮은 사진은 없었다.

"좋았어!"

드디어 화보 촬영이 끝났음을 김준열의 입을 통해 들을 수 있었다. 그와 동시에 내내 침잠하던 우진의 눈빛이 제 것으로 돌아왔다. 그러자 촬영 내내 스튜디오를 점령하던 미묘한 압박감과 카리스마 역시 조용히 사라졌다.

다시 대한민국의 20대 청년으로 돌아온 우진은 김준열에게 정중히 인사하며 오늘의 화보 촬영을 마무리했다.

"고맙습니다."

어느새 청초한 청년이 된 채우진을 보며 김준열은 어처구니가 없어서 웃어버렸다. 뭐 저런 게 다 있나 싶기도 하고 저게 연기자이지 싶기도 했다. 촬영 때마다 인격이 돌변하는 배우를 한두 번 본 것도 아니라서 김준열은 이내 신경도 쓰지 않았다.

그사이에 우진은 권은미에게 다가가 그녀에게도 고개를 숙였다.

"오늘 죄송했습니다. 아까 제가 갑자기 던져서 어디 다친 곳은 없으세요?"

권은미에게는 오늘 여러모로 미안한 일이 많았다. 화보를 위해 연기를 하면서 그녀를 너무 막 다뤄 본의 아니게 가슴을 내보이게 했다. 거기에 마지막은 침대에다 내동댕이쳤다는 점에서 뭐라고 사과해도 부족하지 않았다.

"아, 좀 놀라기는 했지만 괜찮아요. 촬영하다 보면 그보다 더한 일도 종종 생기는걸요."

촬영이 진행될 때는 느끼지 못한 부끄러움을 새삼스레 느낀 권은미는 시트로 몸을 꽁꽁 싸매며 괜찮다고 말했다.

"오늘 제가 화보 촬영이 처음이라 이래저래 무리했는데 모두 받아주셔서 고맙습니다. 덕분에 오늘 많은 걸 배울 수 있었습니다."

"저도 오늘 우진 씨와 함께 작업하면서 많은 걸 배웠어요. 오늘같이 화보를 찍은 게 처음이라 생소하긴 했지만, 감정 이입이 깊어져서 덕분에 좋은 사진을 찍은 것 같네요. 저도 오늘 고마웠어요."

서로 마주 보며 고맙다고 인사하는 두 사람의 마음은 진심이었다.

권은미로선 처음으로 연기하는 재미를 느끼기도 했고 앞으로 화보를 찍을 때 감정 표현을 더욱 세밀하게 할 수 있는 노하우를 얻었다. 그리고 몸을 보였음에도 상대 모델이 오늘처럼 매너 있고 산뜻하게 행동하는 것은 처음이라 자연 기분이 좋아졌다.

먼저 손을 내밀어 악수를 청한 권은미는 아직은 뭐라 규정할 수 없는 자신감이 생겼다. 그녀는 지금까지 몸매를 이용해서 섹시함을 강조한 이미지만을 소비하고 있었다. 반복된 작업에 촬영 때마다 알게 모르게 자격지심을 느끼며 점점 자존감이 낮아지던 시기였다.

함께 작업했던 남자 모델들은 그녀를 성적인 대상으로 바라볼 뿐 동료라는 인식은 아예 하지 않았다.

아무리 노력해도 클라이언트들과 대중들이 그녀에게 원하는 이미지는 이미 정해져 있었다. 오늘의 화보 역시 그 연장선이었다. 이젠 화보를 찍을 때마다 옷을 입는 것보다 벗는 비율이 더 많아져 버린 그녀에게 채우진은 색다른 방식을 제안했던 거다.

첫 번째 촬영을 마친 후에 메이크업을 고치고 잠시 쉬는 동안 모니터를 통해 본 몇 장의 사진들 속에서, 그녀는 마냥 야하기만 하던 권은미가 아니었다. 이야기를 담은 사진 속에 그녀는 더는 남자의 장식품으로만 존재하지 않았다. 비록 조연이래도 사연을 가지고 화보의 내용을 채우는 모델이었다.

앞으로 자신이 나아가야 할 방향을 깨달은 권은미의 미소는 무척이나 아름다웠다. 그녀의 속내나 사연을 모르는 우진은 굉장히 친절한 파트너와 함께해 다행이라고 안심하며 마주 웃었다.

촬영은 끝났지만 우진의 일은 아직 끝나지 않았다. 화보 촬영과 겸해서 바로 잡지사와의 인터뷰까지 함께 잡혔던 것이다.

오늘 화보는 잡지에서 이미 확보한 페이지가 있던 기획에서 모델만 바꿔 다시 촬영한 작업이었다. 그러나 우진의 인터뷰는 원래 계획에 없던 일이었다. 모델이 채우진으로 바뀌자, 이번 기회를 놓치기 싫었던 잡지사가 재빠르게 추가로 제안한 인터뷰였다.

발행일을 10일 앞둔 상황에서 잡지사의 자세한 사정이야 모르겠지만 분명 쉬운 결정은 아니었을 터였다. 그만큼 채우진의 최초 독점 인터뷰는 놓칠 수 없는 매력적인 아이템이란 의미이기도 했다.

"안녕하세요. 빌트맨의 이유정입니다."

자신을 소개하는 기자에게 마주 인사한 우진은 화보를 찍을 때와는 달리 편안한 차림이었다. 편해 보인데도 다크 블루의 캐주얼 정장과 흰색 바탕에 검은 가로줄 무늬 티셔츠는 철저히 계산된 스타일이었다. 화보로 농후한 어른의 분위기를 연출했다면 인터뷰에서는 밝고 경쾌한 이미지를 강조하기 위해서였다.

의외인 점은 잡지사 사진기사가 아닌 김준열 작가가 카메라를 들고 이유정의 옆에 서 있다는 것이었다.

"내 스튜디오에서 진행하는 인터뷰 사진을 내가 찍겠다는데 무슨 불만 있어?"

거만하게 묻는 그에게 누구도 아니라고 고개를 젓지 못했다. 아닌 말로 당사자가 나서서 해주겠다니 오히려 고마운 건 이쪽이었다. 다만 황이영만이 구석에서 조용히 불만을 터뜨렸을 뿐이었다.

"누구 맘대로 우리 지니 사진을 찍는다고 나대는 거야."

"우진에겐 불리할 게 없는데 왜요?"

"불만이야 당연히 없죠. 단지 꼴 보기 싫어서 그래요."

주위에 있는 잡지사 스태프들의 눈치를 보며 황이영은 입을 삐죽이는 것으로 불만을 표했다. 좋게 끝나긴 했어도 초반에 우진을 몰아붙이던 김준열의 태도에 못내 기분이 상했던 탓이었다. 이 바닥에서 신인에게 존중과 배려까지는 바라지 않지만, 기본적인 대우라는 게 있다. 막말로 우진이 먼저 화보 찍게 해달라고 매달린 것도 아닌데 어디서 갑질인가 싶었다.

"다 경험인 거죠. 매번 좋은 사람들과 자기가 원하는 것만 할 수는 없잖아요."

강호수 역시 황이영과 마음은 같았지만 그걸 고스란히 표현할 수는 없었다.

"그런데 왠지 우진이 기분이 안 좋은 것 같지 않아요?"

"이영 씨가 보기에도 그렇죠? 아까 촬영 끝날 때부터 이상한 게 아무래도 컨디션이 안 좋은 것 같네요.”

모든 신경을 채우진 한 사람에게 초점을 맞추고 지켜보는 두 사람이었다. 그들은 누구보다도 우진의 상태에 민감했다. 분명 웃고 있음에도 지금 채우진은 그 어느 때보다 음울하고 기가 죽어 있었다.

“ ‘Death hill’ 이 데뷔작인데 연일 흥행 기록을 경신하니 매우 기쁘시겠어요.”

“그냥 신기합니다. 어릴 때 불렀던 텔레비전에 내가 나왔으면, 하는 동요처럼요. 지금까지는 그 감정이 커서 사실 다른 것은 잘 모르겠습니다.”

“요즘 길 걸어가면 알아보는 분들이 꽤 많을 텐데 그럴 때마다 실감 나지 않으세요?”

영화나 연예 관련 프로그램에서 종종 우진이 나오는 장면을 보여주거나, 예능 프로에서 사채업자 A를 흉내 낸 캐릭터들이 등장하기 시작했다. 그래서 굳이 영화를 보지 않았더라도 채우진의 얼굴을 아는 사람들이 제법 많았다.

“가끔 지하철이나 버스를 이용하는데 아직은 어쩌다가 몇 분 정도만 알아봐 주시는 정도라, 아직 실감까지는 모르겠습니다.”

“정말 알아보는 분들이 별로 없으세요? 안 그럴 텐데. 배우 채우진이라는 걸 몰라도 일단 시선을 끄는 외모잖아요.”

기자의 말에 우진은 슬며시 눈동자를 굴리며 그녀의 의중을 파악하려 노력했다. 시선을 끈다는 게 좋은 뜻인지 아닌지에 대한 고찰도 잠시, 이런 게 인터뷰 매뉴얼 교육 때 받았던 유도 질문이란 생각이 들었다. 선뜻 잘난 척하다간 어떤 식으로 반격을 당할지 모르는 게 인터뷰였다.

"아직은 많이 알려지지 않았으니까 모르시는 게 당연하다고 생각합니다. 그리고 제가 화면과 실제 외모가 많이 다르단 소릴 요즘 듣고 있거든요. 아마도 그래서 영화를 보신 분들이 저를 봐도 못 알아보시는 것 같아요. 얼마 전에 제 앞에 앉아 있던 분들이 'Death hill' 이야기를 하면서 A에 대해 언급하는데도, 정작 저는 못 알아보시더라고요. 나중에는 어떻게 될지 몰라도 지금까진 그게 굉장히 재미있고 신기했어요."

예나 지금이나 우진은 언제나 타인의 시선을 몰고 다녔지만 이를 인식한 적은 거의 없었다. 최근 그에게 던지는 시선들이 예전과는 비교도 안 되게 많아졌다고 해서 사람이 갑자기 변할 리가 없었다.

즉 우진을 알아보았으나 선뜻 다가와 아는 척을 하지 않으면, 그는 사람들이 자신을 알아보지 못한단 결론을 내렸다. 시선을 끄는 그의 외모에 관심을 가져도, 역시나 말을 걸지 않은 이상 상대는 자신에게 관심 없다고 생각했다.

이유는 다양하겠지만, 그를 알아보아도 선뜻 다가가지 못한 사람들이 뜻밖에 많았다. 덕분에 우진은 자신이 무명의 자유로움을 만끽하고 있다는 착각에 빠져 있었다.

"서운하지는 않으시고요?"

"영화가 개봉한 지도 얼마 안 됐고 무엇보다 이제 겨우 영화 한 편인데 당연한 결과죠. 사실 전 지금도 딱히 나쁘지 않다고 생각하거든요. 저는 여전히 대중교통을 이용하고 싶고, 마트에 가서 편하게 장을 보고, 가족과 친구들하고 어디든 마음대로 다니고 싶거든요. 지금처럼이요."

아무리 얼굴이 두꺼워도 대중에게 노출된 채로 자유로이 행동하고 돌아다니는 것은 우진에게도 부담이었다. 유명한 선배들이 사생활도 없이 힘들어하는 걸 보면서 우진은 지금 이 상태가 무척이나 만족스러웠다.

"우진 씨가 서운하지 않다면 어쩔 수 없지만 이해하기 힘드네요. 이렇게 명확하게 눈을 사로잡는 분을 왜 못 알아보셨을까요? 물론 오늘 실제로 뵈니 카메라가 채우진 씨의 매력을 완벽하게 잡지 못했다는 아쉬움이 드는데 본인은 어떻게 생각하세요?"

안타까운 듯 묻지만 우진은 그녀의 질문이 철저히 계산된 유도 질문이라는 걸 느꼈다.

"영화에서 채우진의 매력은 중요하지 않다고 생각합니다. 중요한 것은 A라는 캐릭터를 얼마나 잘 살렸는지, 그가 얼마나 매력적인 인물인지가 중요하니까요. 그렇게 보이지 않았다면 배우인 제 잘못이겠지요."

"채우진 씨에겐 영화에서 중요한 건 오로지 A라는 건가요? 본인의 외모가 어떻게 표현되고 어떻게 나올지가 중요한 게 아니라?"

질문이 이상했지만 우진은 침착하게 대답했다.

"영화를 보셨다면 아시겠지만 A라는 인물에게 외모는 중요한 게 아닙니다. 그가 가지고 있던 난폭한 순애와 이기적인 욕심이, 'Death hill'이 말하고자 하는 사회의 부조리한 폭력의 일부를 표현하고자 하는 장치였으니까요. 만약 A에게서 채우진을 느끼셨다면 저는 배우로서 자격상실이겠지요."

대답하면서 우진은 왜 이유정 기자가 외모를 잡고 늘어지는지 이해할 수가 없었다. 화면발이 안 좋다는 이야기를 많이 들었는데 그 정도인가 싶기도 했다. 그 얼굴로 감히 배우 할 생각을 어떻게 했는지 묻고 싶은 것을 돌려 묻는가 싶기도 했다.

하지만 질문 항목은 강호수가 미리 체크하고 적절하게 합의를 끝냈기에 무리한 질문들은 아닐 것이었다. 아무래도 외모지상주의를 표방하는 잡지사의 인터뷰니, 내용이 편향적으로 흐를 수밖에 없나 보다 하고 생각하기로 했다.

"고로 채우진 씨는 영화 속 A에게 만족하신다는 이야기이신가요?"

"만족을 떠나서 최선을 다했다는 게 맞을 겁니다. 당장은 제가 할 수 있는 최선을 다해 연기했기 때문에 다른 답은 없으니까요. 아마 나중에 다시 보면 얼굴을 붉힐지 모르죠. 아마 십중팔구 그럴 것 같지만, 일단 만족은 관객분들의 몫이고 저는 평가를 기다리는 일개 배우일 뿐입니다."

"그럼 만약에 관객들이 불만족을 표시한다면요?"

"어제의 실수는 머리로 기억하고 가슴에는 묻지 않는다지요. 실수와 실패를 잊지 않는 이상 전 계속 노력할 겁니다. 적어도 실수를 가슴에 담아두지 않고 연연해하지 않으니 지치지는 않겠죠."

우진은 자신의 말이 왠지 멋쩍어서 설핏 웃고 말았다. 이내 환하게 웃는 그의 미소가 너무 눈부셔서 이유정 기자는 그만 넋을 잃고 말았다. 미모 학살자라는 별명이 붙었고 그에 어울리는 외모를 가졌기에, 오늘의 인터뷰 주제는 자연스레 이미 정해져 있었다.

빌트맨의 주 고객층이 젊은 여성이다 보니 일차적으로 채우진에게 가지는 관심사가 그의 외모였다. 그러기에 채우진 본인이 자신의 외모에 대해 어떻게 생각하는지와 그 자신감에 대해서 알고 싶었다.

그러나 질문마다 교묘히 빠져나가고 하는 대답마다 반듯하면서 당당했다. DS가 신인들 교육을 단단히 하는 편이라 인터뷰 도중에 실수하는 경우는 거의 드물긴 했다. 그러나 사람에게서 풍겨 나오는 분위기는 가르친다고 되는 게 아니었다.

채우진에게서 흘러나오는 당당하면서 올곧은 느낌은 또래의 다른 청년들에게선 찾기 어려운 무게감이 있었다. 아름다운 첫인상에 사로잡혀 도리어 편견으로 다가간 것은 자기 자신임을 그녀는 비로소 깨달았다. 외모를 칭찬하고 추켜세우는 게 곧 채우진의 장점을 강조하는 일이라고 여겼다.

채우진은 분명 잘생기고 아름다운 외모를 가진 사람이었다. 하지만 그에 앞서 배우로서 임하는 그의 진심은 무엇보다 진실하고 아름다웠다.

이유정 기자는 자신의 실책을 깨닫고 이후로 진지하게 인터뷰를 진행해 나갔다. 'Death hill'의 오디션에 참여한 동기와 사연, 촬영 당시의 에피소드와 재촬영에 이은 이야기들도 물어보았다.

"화보 촬영은 이번이 처음이셨다는데 어떠셨나요?"

"어려웠습니다."

"김준열 작가님이 편한 분은 아니시죠."

이유정 기자는 옆에서 사진을 찍고 있는 김준열을 보며 짓궂게 웃었다. 하지만 정작 김준열은 무심하게 자신이 찍고 싶은 것에만 신경을 둘 뿐이었다.

"아니요. 오히려 김준열 작가님이 저 때문에 고생을 많이 하셨는걸요. 제가 화보 촬영을 쉽게 생각했던 게 문제였습니다."

우진은 김준열이 들고 있는 카메라를 똑바로 바라보며 고개 숙여 사과했다. 쉽게 생각했고, 위기를 모면하기 위해서 사용한 방법이 우진은 그저 부끄러웠다.

"오늘 많은 걸 배웠지만 제가 얼마나 부족한지도 깨달았습니다. 겁 없이 덤볐다가 하마터면 오늘 작업을 망칠 뻔해서 굉장히 부끄럽고요. 그래서 당분간은 화보 촬영은 절대 안 하려고요. 먼저 공부부터 해야 할 것 같습니다. 지금 생각해도 저 자신이 너무 부끄럽거든요."

우진의 대답에 김준열은 순간 카메라를 놓칠 뻔했다.

너 지금 무슨 소릴 하는 거냐고 되묻고 싶었지만 이유정 기자가 그럴 틈을 주지 않았다. 바로 이어지는 질문들 때문에 김준열은 기회를 놓쳤고, 왠지 저 근사한 피사체를 찍을 기회를 당분간 잃을 듯해서 불안해지기 시작했다.

어느 예술가의 고뇌는 뒤로한 채 인터뷰는 계속 이어졌고, 거의 막바지에 이르렀다.

"그럼 마지막으로 채우진 씨는 어떤 배우로 남고 싶으신가요?"

"이름이 많은 배우요."

선뜻 이해를 못 하는 기자에게 우진은 조금은 부끄러운 듯 미소 지으며 말을 이었다.

"드라마나 영화든 어떤 배역을 맡든지 이름이 있을 테니까요. 지금은 A 하나지만, 앞으로 계속 다른 이름들을 가진 배역을 연기할 텐데 그럴 때마다 그들의 이름이 제 이름이 되었으면 합니다. 그중에 하나의 이름만이 남아 저를 대표하는 일 없이, 채우진이란 이름만 남아버린 배우가 아닌, 수많은 이름으로 불리는 그런 배우가 되었으면 좋겠습니다. 뭐, 아직은 꿈이지만요."

마지막에 포부를 밝히고 수줍게 웃는 모습에서 비로소 23살의 청년을 찾을 수가 있었다. 김준열 작가가 누르는 셔터에 찍힌 채우진은 아름다운 외모를 가진 노련하고 당당한 배우가 아닌, 그저 수줍음이 깃든 꿈꾸는 청년이었다.

◆　　◆◆◆　　◆

"오늘 촬영 많이 힘들었죠? 그래도 처음인데 김준열 작가님과 이유정 기자님을 상대로 정말 잘하셨어요. 특히 김 작가님은 정말 까다로운 분인데, 오늘은 내내 순한 양처럼 군다고 스태프들이 굉장히 신기해했다니까요."

처음부터 끝까지 촬영과 인터뷰를 지켜보았던 강호수는 우진에게 시원한 아메리카노를 건네주며 위로 겸 칭찬을 해주었다.

"힘든 것은 둘째 치고 잘했는지 모르겠네요."

"작가님이 좋다고 했으니 괜찮을 거예요. 마음에 들지 않으면 밤샘 작업도 불사하고 끝까지 원하는 장면을 뽑아내는 분이

시거든요."

"그럼 다행이고요."

"잠시 눈이라도 붙여요. 집에 도착하면 깨워줄게요."

유독 피곤해하는 우진을 보며 강호수는 그에게 잠을 권했다. 평소 말이 많던 황이영조차도 입을 다물고 우진의 눈치를 보았다. 그만큼 우진의 상태가 좋지 않았다.

며칠 동안 밤샘 촬영을 해도 진이 빠진 적이 없었던 그였다. 그런데 오늘은 인터뷰도 그렇지만, 화보를 찍는 과정이 몸보다는 정신적으로 피곤함을 느끼는 작업이었다.

마지막 권은미와 함께한 촬영은 연기라는 명목으로 둘이 합을 맞춰서 잘 해결했지만 앞서 촬영들은 전혀 쉽지가 않았다.

전생의 인격을 끌어들여 감정을 다스리고, 스토리도 없이 그저 멋진 장면만을 만들어내기 위해 취하는 행위 자체는 지루한 작업이었다. 재미도 없고 희열도 느껴지지 않는 작업의 연속에서 거의 막바지에서야, 우진은 감을 잡을 수가 있었다. 그전까지 우진은 그저 전생의 인격에 의존해 행동했을 뿐이었다.

와인을 마시고, 책상에서 일하며 책을 읽고, 애완동물을 데리고 산책하는 등등의 모든 행위는 전생의 인격에 그대로 빙의되어 행동한 것에 불과했다. 그건 연기도 흉내도 아닌 전생의 인격 중의 하나를 가지고 와서 '나는 이런 사람이다' 라고 그냥 표현했을 뿐이었다.

자신이 모르는 영역을 이해하고 표현하기 위해 전생의 기억에 도움을 받는 것은 나쁘지 않지만, 딱 거기까지만이었다.

이런 것은 우진이 추구하는 연기와는 다른 길이었다. 새로운 영역에 대한 도전과 맞물러 창조한 배역으로 스스로 연구하고 만들어가야만 하는 게 연기였다. 이미 존재하는 것을 따라 하는 건 연기도 뭣도 아니라는 걸 자각한 순간, 자괴감이 몰려왔다.

설혹 실존 인물을 연기해야 하는 순간이 오더라도 그 안에서 자신의 감성과 이해를 첨가하지 않는다면, 그건 꼭두각시놀음에 지나지 않을 거였다.

겨우 뒤늦게야 깨달은 연기의 본질은 권은미와 함께한 촬영에서 자연스럽게 녹아내렸다. 적어도 그때만큼은 전생의 인격에 빙의된 것이 아닌 그만의 연기를 할 수 있었다.

사진 하나를 찍더라도 그 안에 자신만의 연기로 스토리를 만들고 사연을 부여해야 화보가 되고 작품이 될 수 있었다. 그저 되는 대로 찍어서야 그게 어디 채우진의 개인 사진이지 '작품'이라고 할 수 있을까.

전생을 기억할 수 있게 된 것이 행운이기는 하지만 마냥 그것들의 도움을 받아 흉내만 내라고 찾아온 기회는 아닐 것이다.

어떠한 순간에도 본연이 가지고 있는 오리지널을 무시해서는 안 되는 법이었다. 그리고 아직 가야 할 길이 먼 채우진은 시작점에서 가장 중요한 것을 깨닫고 뉘우칠 수 있었다. 행운이란 바로 이런 걸 두고 하는 소리라고, 점점 흐려지는 의식 속에서 우진은 생각했다.

자신을 지키는 것이 그가 원하는 예술을 지키는 길이었다.

그들은 많은 걸 알고 있다

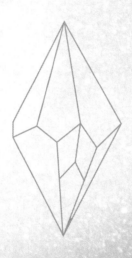

공개 카페로 전환한 지 3주 만에 DS로부터 채우진의 공식 팬카페로 인정받은 소원바라기는 어느새 3만 명의 회원을 보유하게 되었다.

처음부터 5천 명 이상의 회원을 가지고 시작한 데다, 4~5년 전 채우진이 TM에 있을 당시의 사진까지 올라와 있는 소원바라기는 난립하는 다수의 카페 중에서 단연 돋보일 수밖에 없었다.

돈이 돈을 부른다는 속설처럼 회원과 자료가 풍부한 팬카페에 더 많은 사람이 몰리는 건 당연했다. 자연히 하루에도 수많은 글과 자료들이 올라오는 선순환이 연속되면서, 굳이 팬이 아니더라도 흥미 본위로 가입한 이들도 제법 많았다.

놀라운 것은 이례적이라 할 수 있을 정도로 DS로부터 공식 팬카페로 인정받은 시기가 빨랐다는 점이었다.

DS는 본사 아티스트가 데뷔하고 카페가 만들어지면 최소 2년 이상은 지켜본 후에 여러 카페 중의 하나만을 공식 인정하는 식이었다. 이전 전례들과 비교하면 소원바라기의 공식 팬카페 인정은 확실히 파격적인 대우였다.

당연히 소원바라기에서 DS의 장수환 대표에 대한 평가는 굉장히 후한 편이었다. 하지만 정작 소원바라기에서 채우진 다음으로 인기가 많은 것은 'Mr. 강'과 '코디 황'이었다.

채우진 대신 카페에 가입한 강호수와 황이영이 누구보다 빠르고 정확한 최신 정보를 카페에 알려주는 소식통 역할을 해주기 때문이었다. 아닌 말로 소원바라기 입장에선 비공식적인 오피셜이라 할 수 있었다.

빌트맨의 화보를 찍은 다음 날, 황이영은 스튜디오에서 찍은 몇 장의 사진과 함께 화보를 촬영했음을 은근히 광고했다. 슈트로 갈아입은 후에 추가 메이크업을 받는 장면과 스스로 커프스 버튼을 끼우기 위해 집중하는 장면 등등, 몇 장의 사진들을 카페에 올렸다.

'Death hill' 이후로 채우진의 활동에 목말라하던 팬들에게는 가뭄의 단비 같은 소식이었고 단연 화제의 중심이 되었다.

슈트 입은 우진의 사진 몇 장만으로도 흥분을 감추지 못하던 카페는, 연이어 빌트맨 사이트에 올라온 몇 편의 메이킹 영상에 거의 실신 상태에 이르게 됐다. 특히 성인 인증을 받아야만 열람할 수 있었던 권은미와의 메이킹 영상은 무엇보다 큰 이슈를 만들어냈다.

한 편의 영화와 같은 영상에서 채우진은 낭만적인 로맨티시

스트였다가, 권위적인 나쁜 남자로 분하면서 다양한 매력을 보여주었다. 이미 'Death hill'에서 마초적인 남성미를 보여주긴 했지만, 그와는 다른 품격 있는 모습에 팬들은 열광할 수밖에 없었다.

이는 잡지의 선예약으로 이어졌고 급기야 매진에 이르는 사태에까지 다다랐다. 굳이 채우진의 팬이 아닌 사람들까지 메이킹 영상을 보고 잡지를 예매하게 된 것이다. 워낙에 A컷이 많이 나온 촬영이라 따로 화보를 만들어 부록으로 내놓은 계획을 발표했다. 덕분에 발행일이 이틀이나 늦어졌지만, 잡지사의 선택은 탁월했다.

잡지가 발행되자 손짓 하나하나, 발걸음과 소소한 몸짓까지 우아함과 고급스러움의 극치를 보여준다는 평이, 팬이 아닌 사람들 사이에도 자자하게 퍼졌다.

더불어 의외의 모습을 보여준 권은미에 대한 찬사 역시 빠지지 않았다. 섹시함 말고는 볼 게 없다는 말이 많았던 그녀가 이렇게 사랑스럽고 애절할 수 있는지 처음 알았다는 것이다. 이대로 둘이서 영화나 드라마 좀 찍었으면 좋겠다고 호소하는 소리도 만만찮았다.

능력 좋은 몇몇은 두 가지 버전으로 올라온 메이킹 영상을 짜깁기해서 스토리가 있는 하나의 영상으로 올리기도 했다.

그중 가장 인기가 많은 것이 영상 곳곳에 'Death hill'에서 우진이 나왔던 장면까지 더해 만든 '죽음의 연인들'이라는 동영상이었다. 서로 사랑했지만, 집안의 반대로 다른 여자와 결혼을 하게 된 우진이 그 후에도 계속 권은미를 만난다는 내용이었다.

겉으로는 냉정하게 대해도 실상 속내는 권은미를 사랑하는 남자의 절절한 후회로 끝맺는 이 동영상은, 당연하게도 소원바라기의 회원이 만든 것이었다.

─제발 권은미와 영화 한 편 찍자!

└발악 님, 그건 안 돼요! 저 이제 겨우 16살이라고요. 왠지 우리 지니 오빠가 영화 찍으면 19금이 될 것 같은 느낌적인 느낌 때문에 저는 반대요.

└아, 19금이 될 것 같다는 윗님 마음이 내 마음. 하지만 전 성인이라 그 영화 찬성입니다.

─이상하게 우리 지니 님은 여자와 붙어 있으면 케미 폭발하고 19금 망상이 터져 나옴. 팬으로서 마음이 복잡해지는데 또 그런 섹시한 모습을 보면 좋아 죽는 나란 여자.

└어차피 우리가 소유할 수 없는 남자라면 배우로서 만인의 연인이 되어 다양한 모습을 보여주는 것도 좋을… 진심인데 왜 눈물이 나지. ㅠ.ㅠ ㅠ.ㅠ

─곧 있으면 'Glooming day' 개봉한다는데 일단은 그걸로 참아보죠.

└그 영화 벌써 망작이라고 말이 많던데요.

└G&C에서 찍은 로맨스 영화치고 성공한 게 없긴 하죠. 아니, 지니는 왜 그딴 영화를 찍어서. 물 들어올 때 노 저어야 하는데 하필 DS 들어가기 전에 찍은 거라 이미 찍은 거 없앨 수도 없고 정말 속상해요.

└어차피 DS 소속인 송재희도 찍은 걸 보면 소속사와 상관없이 피할 수 없는 데스티니였을지도.

─그래도 글루밍 데이 제작진이나 주인공들 보면 진짜 짱짱하던데 설마 망할까요?

└제작진과 배우 모두 완벽한데도 지앤씨에서 여태 찍은 순로 다 망했어요. 거의 저주급이에요.

└제발 이번만은 다르기를 기도하는데… 아마 안 될 거예요. 그래도 팬심으로 전 볼 거지만요.

─그런데 지니는 우리가 모른 척해주는 걸 좋아하는 걸까요? 인터뷰 보면 왠지 그런 느낌이 오던데.

└아직 자유로운 게 좋은가 봐요. 사실 그 말이 맞긴 한 게, 연예인이라고 사생활이 없는 것도 아닌데 뭘 할 때마다 사람들이 들러붙고 귀찮게 하면 좋을 게 없죠.

└의외로 좀 둔한 구석이 있더라고요. 예전에 TM 본사 앞에서 제가 지니 보고 소리 질렀거든요. 그런데 주위를 둘러보고 뒤에 있는 아이돌 보고는 혼자서 수긍하고 그냥 가버리더라고요. 콕 찝어서 부르지 않으면 자길 가리키는 줄 몰라요.

우진의 인터뷰 내용은 그의 팬들에게 많은 고민을 선사했다. 아직 대중교통을 이용하고 싶고 친구들과 어울려 돌아다니고 싶은, 젊은 채우진의 희망을 지켜주고 싶은 마음이 컸다. 더불어 그의 사생활을 존중해 주고 지나친 팬질은 자제하자는 목소리에 힘이 실렸다.

팬으로서 그에게 해줄 수 있는 최소한의 예의는 지키자는 것이다. 대신 최소의 예의를 지킬 테니, 팬들의 최대 관심사는 충족시켜야 한다며 우진의 작품 활동에 대해서는 촉각을 세웠다.

그러나 화보 덕에 점점 다음 작품에 대한 궁금증과 기대가 높아졌을 시기에, 다음 작이 G&C에서 나오는 순정 로맨스란 소식은 기대를 우려로 바꾸기에 충분했다. 한참 주가가 올라가는 시기에 하필 망하는 게 100% 보장된 영화가 곧바로 개봉한다니, 걱정하지 않을 팬들은 없었다.

하지만 '코디 황'이 'Glooming day'를 찍으면서 송재희와 그녀의 매니저가 장 대표에게 우진을 추천했다는 뒷이야기를 전해줬다. 그로 인해 채우진이 DS와 계약하게 된 계기가 되었다는 사연을 카페에 올리자 분위기는 반전되었다.

될 놈은 무얼 해도 된다고, 'Glooming day'가 비록 채우진의 경력에 좋은 패는 아닐지 몰라도 그의 운명을 바꾸는 카드였음을 인정할 수밖에 없었다.

어느 발악의 말처럼 채우진에게 'Glooming day'는 운명이었던 거라고 받아들인 거다.

그 후로 더는 'Glooming day'에 대한 불만은 나오지 않게 되었다. 막말로 뚜껑도 열기 전에 그 안에 든 것을 걱정한다고 내용물이 바뀌지는 않았다. 사서 걱정하는 것도 어쩌면 병이었다.

그게 아니더라도 소원바라기에선 매일 새로운 이야깃거리가 넘쳐나고 있었다. 채우진 하나를 두고도 그들에겐 화수분처럼 수많은 이야기가 끊임없이 샘솟았는데, 가끔은 외부로부터 시작된 논쟁거리가 생성되기도 했다.

〈발악 님들! M사이트에서 자꾸 우리가 '슬리퍼 청년'을 지니라고 주장했다고 조롱하고 난리인 거 알고 계세요? 물론 초반에 뒷모습이 닮았다는 이야기가 나오긴 했지만, 곧 증거 없는 이야긴 자제하자면서 더는 언급하지 않았잖아요.

그래서 제가 그 이야기의 출처를 찾아보니 시작은 B사이트더군요. 언급하신 분이 우리 발악 님인지는 모르겠지만, 그곳에서 '슬리퍼 청년'을 두고 이야기하다가 댓글에 뒷모습이 지니와 비슷하다는 글이 올라왔고 몇몇이 동조하는 글을 쓰긴 했어요. 그 후로 여러 곳에서 그와 비슷한 글이 올라오기는 했지만, 정말 그뿐이었거든요.

강하게 주장한 적 없고, 우긴 적도 없는데 완전 빠순이 취급에 조롱하는 건 아니지 않나요. 사실 저도 그 사진 본 순간 '어라, 우리 지니 같다!'라는 생각은 했습니다. 하지만 정확한 증거도 없고, 그저 뒷모습이 비슷하다는 것이 사실 증명을 의미하는 게 아니라서 그냥 지나쳤어요. 아마 많은 발악 님들이 저와 같은 생각이었을 겁니다.

근거 없는 주장을 잘못하면 오히려 역공을 받는다는 걸 우린 잘 알잖아요.

또한 정확한 사실 확인을 하자면 Mr. 강 님과 코디 황 님께 물어보면 되지만 굳이 그러지도 않았습니다. 맞다고 하면 언론 플레이라고 할 것이며, 아니라고 하면 누가 물어봤냐며 관종이라고 몰아붙일 테니까요. 그래서 두 분 역시 굳이 이를 언급하지 않았겠지요.

나중에 우리 지니가 대스타가 되고 나서 과거에 이런 일들이 있었다 정도로 풀어놓을 썰 중에 하나라고만 여겼습니다. 그런데 사람들이 묻어놓은 제 전투 본능을 불사르네요.

그래서 일단 지금부터 작정하고 증거를 모을까 합니다.

이것들이 가만히 있으니까 우리가 가마니로 보이나 봐요. 이 일은 우리 발악들 몫이니 강매와 황코 두 분을 귀찮게 구는 일은 없었으면 합니다. 이건 어디까지나, 지니가 아닌 우리 발악들을 대상으로 한 명예훼손에 대한 대처라는 것도 명심하시고요.

아니면 아닌 거고, 맞으면 맞는 거다! 우리 손으로 밝히자고요. 더불어 증거 없이 우릴 음해한 것들, 캡처와 동영상 모두 찍어놨고 우선 그들 아이디와 아이피 역시 모두 수집해 놨습니다.

한 번이야 그렇다 쳐도 만약 이와 비슷한 일들이 앞으로도 계속 생긴다면 더는 실수가 아닌 고의라 여기고 우리도 철저히 대처해야 할 것 같아서요. 그래서 지금부터 우리 발악 님들의 제보를 받겠습니다.〉

―저도 그 글 읽고 어처구니가 없더라고요. 그것들이 증거라고 캡처해서 올린 글들 보니까 그냥 비슷하다는 말밖에 없던데 완전 빠순이 취급. 정말 어이 털려서! 이것들이 꺼진 불판에 다시 불을 지르더라고요. 개중에 유독 어그로 끌던 사람이 있던데 저도 수집해 놨습니다.

―제가 슬리퍼 청년과 지니 님 뒷모습을 비율에 맞춰 포토샵으로 사진 겹치기를 해봤는데 정말 똑같더라고요. 그것도 증거가 될까요?

―찾아보니까요. 그날이 부산에서 마지막 촬영 끝내고 돌아와서, 'Glooming day' 스틸컷 찍고 촬영 마무리하던 날이었더라고요. 혹

시 그날 함께했던 스태프 중에 지니 오빠 옷차림에 대해 아는 분 없을까요?

　─증거는 없어도 그냥 다 알지 않나요. 우리만 해도 가족이나 친구들 멀리서 뒷모습만 봐도 누군지 알잖아요. 예전에 운동권 중에 변절자 생기면, 모자에 마스크 쓴 학생들로 가득한 집회 사진만 보여줘도 누군지 불었다고 하잖아요. 그만큼 친한 사람은 가릴 거 다 가려도 알아볼 수밖에 없는데 말이죠.

　└운동권, 변절자… 발악 님이 사용한 단어에서 숨길 수 없는 연륜이 느껴져요. ^^;;

　─당시 슬리퍼 청년이 입은 흰색 반팔티의 왼쪽 소매 끝에 남색 얼룩이 있었어요. 그리고 캐리어에 브리티시 쇼트로 보이는 고양이 그림이 있었고요. 스티커가 아니라 직접 그린 것 같더라고요.

　─지니 동생이 제 동생과 같은 반이에요! 혹시 아는 거 있냐고 슬며시 물어보라고 할까요?

　└헉! 님 우리 친하게 지내요.

　└지니 동생이라면 얼마 전에 인터넷에 올라왔던 그 예쁜 동생 말인가요? 지니와 판박이로 생기고 카페에서 지니에게 볼 잡혀서 파닥이던?

　└그 동생이 전교 1등에 그쪽 동네에서는 예전부터 예쁘다고 소문나서 '이 구역의 예쁜 애' 라고 불린다는데 정말 사실이에요?

　사람이 모인 곳이 늘 그렇듯 하나의 주제가 나오면 파생되는 부제가 있게 마련이다. 일전에 카페에서 우희의 동급생들이 찍은 사진과 동영상이 인터넷에 올라온 후로 우진의 팬들 사이에선 그의 여동생도 관심의 대상이었다.

〈동생이 지니 여동생과 같은 반이라던 발악인데 쪽지로 물어보시는 분들이 하도 많아서 차라리 이렇게 정식으로 글 올립니다.

제 동생 이야기를 들어보면 공부도 잘하고, 예전부터 워낙에 예뻐서 꽤 유명하지만 정작 본인은 그걸 모른대요.

공부하느라 딱히 외모 꾸밀 줄도 모르고 시크한 성격이라 칭찬을 들어도 그런가 보다고 그냥 넘겨 버린답니다. 예전부터 가끔 오빠 이야기를 종종 했는데 그게 알고 보니 지니 이야기였던 거죠.

오늘은 뭘 먹고 싶다고 하면 오빠가 만들어준다고 하고, 요즘은 피아노도 쳐주는데 여동생 벨소리가 지니가 직접 쳐준 '엘리제를 위하여'랍니다.

어제는 아침에 늦어서 급하게 나오는데 지니가 붙잡고 머리까지 직접 빗겨주고 묶어줬대요. 물론 이 모든 이야기는 지니 여동생이 나서서 이야기한 게 아니라 친구들하고 나누는 대화를 제 동생이 옆에서 듣거나, 친구들 통해서 흘러나온 것들이에요. 제 동생도 소원바라기 회원은 아니지만 지니 팬이거든요. ^^;;

그리고 운영자님께 쪽지를 받았는데 이번 일에 Mr. 강 님과 코디 황 님은 개입시키지 않는 것처럼, 지니 여동생 역시 마찬가지라고 하시네요. 여동생에게도 절대 묻지 말라고 전하겠습니다.〉

—헐, 대박!!!!

—지니는 그냥 자상함 그 자체구나. 저 여기에서 그냥 누울게요.

—전에 매니저님이 지니 여동생이 만들어줬다는 샌드위치 올린

적도 있었는데. 그냥 저 집안은 돌아가면서 서로 위해주고 예쁜 짓만 하는가 봐요. 히긴 남매가 카페에서 놀던 동영상 보니까 정말 사이좋고 예쁘더라고요.

└윗님 그렇죠??!! 전혀 현실 남매 같지 않으면서 묘하게 현실 남매 같은 모습이 어찌나 좋던지. 저 그 동영상 보고 지니 님이 더 좋아졌어요.

─발악 님들, 이런 말하기가 좀 조심스럽지만 우리 지니 님 여동생 언급은 조금 자제하기로 해요. 아무래도 일반인인 데다가 고2라면 한창 공부할 땐데 일단은 우리가 지켜줘야죠. 여동생도 지니 님처럼 한국대 들어가야죠!

└아, 그 생각을 못 했네요. 듣자니 여동생은 연예계에 관심 없다던데 사람들에게 너무 노출되는 것도 좋지는 않겠네요.

└맞아요. 우리가 지니 오빠한테 해를 끼치면 안 되죠. 이제부터 여동생 이야기는 자제하기로 해요.

황이영은 소원바라기에 올라온 글들을 읽으면서 흐뭇하게 고개를 끄덕였다.

"역시 원조 멤버들이 눈치도 빠르고 일반 회원들 통제를 잘 한단 말이지."

현재 소원바라기에는 두 종류의 회원들이 있었다. 기존 원조 멤버였던 이들과 공개 카페가 되면서 유입된 새로운 멤버들이다. 원조 멤버들이 텃세를 부릴 거라는 처음의 우려와는 달리 그들은 스스로 통제하고 인내하는 법을 알고 있었다.

막말로 데뷔도 하지 않은 이를, 그리고 어느 순간부턴 얼굴조차 볼 수 없게 된 사람을 2년 동안이나 묵묵히 기다려 온 그들이었다. 참을성과 끈기와 독기로 무장한 그들은 어떻게 하면 자신들의 지니를 지킬 수 있는지 잘 알고 있었다.

동시에 배려 없고 무개념한 팬들이 자신의 스타에게 어떤 피해를 주는지도 너무나 잘 알았다.

그들은 새로운 카페 회원들에게 텃세를 부리기보단 팬으로서의 마음가짐에 대해 알려주며 조용하고 교묘하게 신입을 길들였다.

말도 안 되는 억지를 끌며 물을 흐리려는 이들에게는 가차없지만, 단순히 물정을 몰라서 헤매는 팬들은 친절히 다독이기도 했다. 앞에 나서거나 거만하게 다른 회원들에게 지시를 내리기보단 자연스럽게 분위기를 유도해 가며 카페의 정체성을 확고히 정립해 나가고 있었다.

그들에게 최우선은 이제 배우로서 시작점에 선 채우진의 앞길을 막는 팬이 되지 않을 것, 그의 주변인들을 뒤져가면서 사생활을 건드리지 않고 보호해 줄 것, 개념 있는 팬으로서 채우진과 오래오래 함께 가자는 것을 모토로 잡고 있었다.

소원바라기의 원조 멤버 중에 사생팬이었던 과거를 지닌 이들이 다수 있다는 점을 고려한다면 이는 굉장히 이례적이었다. 하지만 그 내막을 들여다보면 딱히 이상할 것도 없었다.

고기도 먹어본 사람이 안다고 사생팬을 해봤기에 그것의 폐해를 잘 알고 있었다. 사생이 자신의 스타에게 좋을 게 하나 없다는 걸 깨닫고 뉘우친 결과이기도 했다. 2년 동안 자신의 스타를 잃어본 자만이 느낄 수 있는 후회에서 나온 깨달음이 개

넘 있는 팬으로 거듭나게 된 계기를 준 것이다.

"그래도 우희 양이 계속 언급되는 게 딱히 나쁘지는 않은데 말이죠."

"왜요?"

황이영의 옆에서 카페에 올라오는 글들을 함께 체크하던 강호수는 상황이 모호하다며 난처해했다.

"우진 씨가 은근히 엄친아잖아요."

"은근히가 아니라 아주 대놓고 엄친아죠."

"그러니까요. 잘생겼지, 똑똑해서 명문대 출신인 데다가, 연기마저 잘하고 어디 흠잡을 데가 없으니 오히려 비인간적이다는 말도 있더라고요."

심각한 강호수와 달리 황이영은 조금 심드렁한 편이었다. 아이돌 코디로 몇 년 있으면서 이것저것 안 본 게 없는 그녀로선 이 정도는 아무것도 아니었다.

"그거야 악플러들이나 열등 종자들이 하는 소리잖아요."

"미미하다고 그냥 내버려 두면 언젠가는 그런 식으로 이미지가 굳어질 수도 있는 겁니다."

이제 겨우 영화 한 편과 화보 하나를 찍었을 뿐이다. 아직 대중적으로 널리 알려지지는 않았다고 해도 영화의 관객이 천만을 넘은 지금, 우진의 이름과 얼굴이 심심치 않게 공중파에서 거론되고 있었다.

이는 점점 더 다양한 나이층과 성별에 채우진이 노출되면서 각인되어 가는 과정이었다.

처음은 배우로서 채우진에 대해서만 관심을 두다가, 점차 인간 채우진에 대한 정보들이 범람하게 마련이었다. 실제 그중에 채우진에게 불리한 것은 거의 없다시피 했다. 일반인들에게는 기함할 정도로 완벽한 인간으로서 존재하는 채우진이 있을 뿐이었다.

당연히 긍정적인 효과들이 대부분이래도 일부에게는 질투를 불러일으킬 게 자명했다. 질투가 질투로 끝나면 다행이겠지만, 악플러와 안티가 생산되는 것은 어느 정도 고려할 수밖에 없었다. 그리고 현실과 인터넷에서 이런 악플러와 안티에 대항해 대신 싸워주는 이들이 바로 팬들이었다.

이때 중요한 것이 팬들의 충성도와 평소 그 연예인의 이미지였다.

채우진의 지금 이미지는 잘생긴 뇌섹남이면서 연기까지 잘하는 완벽한 남자였다. 하지만 그의 연습생 시절을 아는 오래된 팬들은 추억을 공유하면서 순수한 옛 시절의 이미지가 강렬히 남아 있었다.

당시의 사소한 기억들에 순수함을 덧대면서 우진이가 무얼 해도 좋게만 봐주는 경향이 강했다. 반면 새로 유입된 팬들에게 있어 채우진의 이미지는 오로지 영화와 화보를 통해서만 굳어진 것이었다.

아직 그들은 채우진이란 밑그림에 칠할 물감을 고르지 못한 상태였다. 그런 와중에 최근 심상치 않게 채우진의 완벽함을 비인간적인 면모로 매도하려는 이들이 생겨나고 있었다. 특히 이번 빌트맨 화보에서 그 정점을 찍었다.

'Death hill'의 성공으로 채우진에 대한 업계 관계자들의 관심이 조금씩 커지면서 영화와 드라마 제의도 적잖게 들어오고 있는 상태였다. 그런데 그 대부분이 양아치 깡패라는 게 문제였다.

사채업자 A의 이미지가 워낙에 강렬해서 사람들이 그에게 원하는 배역이 아직까진 한정되어 있다는 의미였다. 그렇기에 빌트맨의 명품 화보 제안은 의외이면서 기회였다.

예상대로 화보에 대한 반향은 엄청났고 드디어 채우진에게 고급스러운 명품 이미지가 더해졌다. 대번에 들어오는 역할도 재벌이나 전문직, 아니면 조직 보스들로 신분이 격상되고 배역의 스펙트럼이 늘었다.

이런 상황에서, 생각지도 않은 곳에서 난감한 의견들이 나오기 시작한 것이다.

채우진이 너무 완벽해서 도리어 재수 없고 인간미가 없다는 말이었다. 특히 화보 메이킹 영상을 거론하며 이게 원래 그의 모습이라고 물고 늘어졌다. 신인인데도 선배급인 권은미에게 명령하듯 상황을 주도해 나가는 게 건방졌다는 것이다.

오만해 보이다 못해 귀족이나 왕족 같아 보였던 그의 기품을, 인간성과 연결해 비난을 쏟아부었다.

그 시작점이 어디서부터 나오는 것인지 왠지 예상은 되어도 아직 대응하기엔 시기적절하지 않았다. 다른 이미지가 덧씌워지기 전에, 되도록 우진의 인간적이고 자상한 면모를 최대한 많이 사람들에게 인식시켜야만 했다.

가령 여동생 바보라는 이미지도 나쁘지 않았다. 게다가 강호수가 보기에 채우진은 여동생 바보가 맞았으니 딱히 거짓도 아니었다.

"흐응~ 그렇다는 말이죠? 그런데 정말 우진이가 슬리퍼 청년이에요?"

황이영의 물음에 강호수는 대답 대신 그냥 웃기만 했다. 무언의 긍정이었다. 그녀가 알기에 시기상으로 그때는 우진이 DS에 들어오기 전이었다. 분명 계획된 선행은 아니라는 뜻인데, 자칫하면 언론 플레이로 몰아갈 수 있는 요소가 다분했다.

몇 개월이 지난 지금까지 슬리퍼 청년이 화제인 것은 사진에 찍혔던 폐지 줍는 할아버지의 사연 탓이 컸다.

치매 걸린 부인과 어린 손자와 함께 반지하 단칸방에 살고 있던 할아버지의 사연이 알려지면서 온정의 손길이 이어졌다. 작은 선행에서 시작된 결과에 사람들은 자연 감동을 받았고 슬리퍼 청년에 대한 궁금증은 커져만 갔다.

이런 상황에서 그 청년이 채우진이라고 나선다면 과연 사람들은 순수하게 받아들일까. 황이영이 채우진을 몰랐다면 그녀역시 의심부터 했을 것이다.

"하여튼 별 거지 같은 것들 때문에 자랑할 일도 자랑 못 하고 이게 뭔 짓인지 모르겠네요."

전문적인 매니지먼트에 대해선 잘 몰라도 강호수의 설명과 태도에서 많은 걸 이해한 그녀는 비릿하게 웃었다. 아이돌 코디였다는 경력을 가진 그녀는 안티와의 싸움에는 도가 튼 상태였다.

누가 감히 내 연예인에게 돌을 던지는가. 황이영은 망설이지 않고 전화기를 들었다.

"갑자기 진화는 왜요?"

"소원바라기 카페 회장님한테요."

"서로 아는 사이예요?"

"채우진의 코디로서 모르는 사이여도 친해져야죠."

카페에 글만 올리는 강호수와 달리 친목 도모와 단합에는 아무래도 황이영이 한 수 위였다.

"회장님~!"

상대편이 전화를 받자 황이영은 자기보다 어린 카페지기 겸 회장인 마도희를 크게 불렀다. 조금은 억울하고 분한 듯한 황이영의 목소리에 마도희가 귀가 바싹 세워진 것은 당연한 일이었다.

─무슨 일이세요, 황 코디님!

"그게 말이죠, 회장님!"

강호수에게 들은 말을 고스란히 전하며 황이영은 부르르 몸을 떨었다. 자기 입으로 말하다 보니 새삼 감정이 치솟았던 거다.

차라리 우진의 성격이 고지식하고 고집이 세다고 하면 투덜거릴지언정 부정은 못 했을 거다. 되레 부끄러움도 잘 타면서 은근히 둔해 자기 잘난 것도 모르는 사람보고 비인간적이라는 건 말도 안 되었다.

─무슨 그딴 것들이 다 있대요. M사이트에서도 그렇고 이것들이 슬슬 기어 나오려고 하네요.

"내 말이! 곧 추워지는데 그냥 땅속에 있을 것이지 왜 기어

나오는지 모르겠다니까요. 지니가 부끄러움도 잘 타고 의외로 순진한 구석이 많은데 트집을 잡아도, 참!"

―알죠, 알죠! TM 연습생 때, 회사 앞 지나갈 때마다 우리 보고 얼굴 붉히면서 말갛게 웃던 모습이 아직도 생생한걸요.

그 모습에 반해 마도희가 지금까지 왔다. 아이돌 팬부터 시작한 그녀는 채우진을 발견한 순간 자신의 덕후 인생에 종착역을 찾았다고 외쳤다.

―일단 제가 알아보고 그게 사실이라면 애들에게 지금까지 숨겨왔던 썰들 풀라고 할게요.

"썰들요?"

―카페 회원 중에 우리 지니를 직접 목격한 친구들이 제법 되거든요. 너무 사생팬처럼 굴면 싫어할까 봐, 우리끼리만 알고 꼭꼭 숨겨두고 안 푼 이야기들이 제법 있어요.

우진이 군대 가 있는 동안에는 아무리 찾아도 지나가는 길에서도 볼 수가 없었다.

하지만 전역 후에 그를 목격했다는 이야기들이 소원바라기에서 소소하게 올라오기 시작했다. 워낙에 눈에 띌 수밖에 없는 외모를 가졌기에 스쳐 지나가는 길, 수많은 대중 사이에서 우연히 목격한 일이 많았다.

확인할 수 없어서 확신하지 못했지만, 소원바라기 회원들은 바싹 깎은 머리로 그가 그동안 군대에 다녀왔음을 추측하기도 했다.

그리고 몇몇은 영화 제작진으로 일하는 지인을 통해 우진이 영화를 찍고 있다는 것까지 우연히 알게 되었다. 비록 그 지인과의 대화에서 '채우진'과 '최우진'이란 발음의 벽이 있었지만, 다행히 두 사람 모두 그 차이를 깨닫지 못했다.

그랬기에 'Death hill'의 개봉일에 맞춰 빠르게 대응하고 공개 카페로 전환하는 투표를 시행할 수 있었다.

'Death hill'이 개봉하기 전에 장 대표의 지시로 평소보다 많은 곳을 돌아다녔던 우진 덕분에 그를 목격한 소원바라기 회원들도 제법 많았다.

하지만 스토커로 보이기 싫어서, 혹은 우진이 부담스러워할까 봐 애써 스스로 일반인 코스프레를 했다. 이 때문에 풀어놓지 못한 이야기들이 한가득하였다.

물론 비공개 카페였을 적에는 대부분의 이야기와 사진들이 올라왔다. 그러다 공개 카페로 전환하기 전에 일부만 남기고 삭제했다. 모두 너무 채우진의 사생활이 엿보이는 이야기들이라 스스로 자정 노력을 한 결과였다. 그 후로는 보아도 안 본 척, 알아도 조금만 아는 척해가며 수위를 알아서 조절하고 있었다.

황이영과의 전화를 끊은 마도희는 소원바라기 운영진들에게 단체 문자를 보냈다. 그리고 한 시간도 되지 않아 황이영이 했던 말이 모두 사실이라는 것을 확인한 그녀들은 일사불란하게 행동 방침을 정했다.

그날 저녁부터 소원바라기에는 채우진 목격담들이 올라오기 시작하며 조용히 여론을 조성하기 시작했다.

그중에 채우진이 여동생과 함께 편의점을 찾아 과자를 한가득 사 갔다는 이야기가 압권이었다. 채우진의 가족에 대한 언급을 자제하자는 말이 나온 지 얼마 안 돼서 올라온 내용이라 글쓴이는 굉장히 조심스러워하며 글을 올렸다.

　내용은 이랬다. 채우진이 여동생과 함께 친구네가 운영하는 편의점에 온 사연을 전해 들었다는 거다. 믿지 못해 친구네 가게 CCTV에 찍힌 채우진의 모습까지 확인하고 나서 글을 올리게 되었다고 글쓴이는 서두를 열었다.

　성능이 좋은 CCTV는 채우진의 모습을 완벽히 잡아냈고, 마침 친구가 개인적인 일로 녹음 작업을 하던 도중에 채우진의 목소리까지 함께 녹음되었다고 사정을 설명하기도 했다. 자초지종을 설명한 후에 글쓴이는 전체는 아니지만, 동영상의 캡처와 채우진의 목소리만을 추려내서 카페에다 올렸다.

　글쓴이는 친구에게 들은 우진과 여동생과의 대화 내용을 상세히 서술해 주기까지 했다.

　동생에게 무척이나 자상한 오빠의 태도와 이것저것 챙겨주고 걱정하는 것이 현실 남매에게선 도저히 볼 수 없는 모습들뿐이었다. 우진의 목소리가 녹음된 파일이 없었다면 쉬이 믿지 못했을 내용이었다.

　사실 대외적인 활동이 왕성하지 않은 채우진의 목소리를 들을 기회가 팬들에게는 굉장히 희귀했다. CCTV 캡처와 대화 내용을 녹음한 사실은 논쟁의 여지가 있음에도 팬들로선 이조차 반갑고 고마운 일이었다.

　게다가 다정하고 꿀이 떨어지다가도 동생을 놀리며 장난을 치는 채우진의 소박한 모습은, 새로 유입된 팬들에게는 그에 대한 편견을 깨뜨리는 사건이었다.

최근 작품으로만 채우진을 접한 이들에게는 아무래도 영화에서 받은 이미지가 강력하게 자리 잡고 있었다. 그래서 조금은 싸가지 없고 강한 성격일 줄 알았는데 뜻밖에 상상을 초월한다며 당황하기도 했다.

하지만 이는 나쁜 의미의 이미지 파괴가 아니었기에 모두 긍정적으로 받아들였다.

당연하게도 화제의 글을 쓴 발악에게 편의점을 하는 친구는 없었다. 바로 본인이 당사자였기 때문이다.

눈앞에서 채우진을 목격하고 그만 얼어붙어서 사인과 사진, 어느 것도 요청하지 못하고 절호의 기회를 그대로 보내 버린 바보 같은 팬이기도 했다. 성능 좋은 CCTV와 마침 눈이 나쁘신 할머니를 위해 소설책을 읽고 녹음하는 작업을 하지 않았다면, 아무것도 건지지 못하고 평생을 울화병에 시달렸을지도 모른다.

평소 하지 않았던 효도를 할 생각에 하늘에서 복을 주셨나. 머글도 아닌데 계를 탄 것이다.

하지만 그녀는 우진의 팬으로서 그의 사생활과 가족을 보호해야 한다는 나름의 규칙을 가지고 있었다. 그래서 오랜 친분을 유지하고 있던 소원바라기의 몇몇 회원들을 제외하곤 일절 소문을 퍼뜨리지 않았다.

지킬 것은 지킬 줄 아는 그녀는 오늘의 일만 없었다면 이런 글도 올리지 않았을 터였다.

그녀와 비슷한 경우였던 다른 이들도 마찬가지였다. 모르던 게 아니라 알면서도 예의를 지키고 사생의 마지노선을 벗어나지 않기 위해 노력했던 팬들이 많았다. 그러나 채우진에 대한 음해론이 불거지자마자 바로 행동을 제기했다.

그렇다고 바로 대놓고 채우진을 음해하는 이들과 맞서지는 않았다. 아직 지저에서 돌고 있는 이야기를 수면으로 올리는 바보짓을 할 만큼 이 바닥의 생리를 모르지 않기 때문이다. 아예 수면으로 올라올 생각조차 못 하도록 짓밟아 버리는 게 가장 좋은 방법이었다.

며칠 사이로 소원바라기에선 채우진 목격담이 심심치 않게 계속 올라오기 시작했다.

혼자서 버스를 타고 다닌다거나 마트에 장을 보러 온 그의 모습들이 사진과 함께 올라오기도 했다. 개중에는 3년 전에 채우진에게 받은 사인을 자랑하기도 했다. 사인 옆에는 생애 최초로 하는 사인이라는 문구까지 쓰여 있어서 카페에선 한바탕 난리가 나기도 했다.

오래된 팬들의 이야기가 솔솔 올라오자, 뉴비들 역시 하나씩 자신들의 목격담을 꺼내기 시작했다. 처음엔 눈치를 보다가 슬슬 카페에 익숙해지기도 했고 분위기에 편승하여 글을 쓰게 된 것이다.

복학 신청을 위해 친구와 학교를 찾은 채우진이 학교 근처 레스토랑에서 식사했다는 목격담과 사진들.

4월 어느 날, 카페에서 어떤 남자와 함께 있는 사진에선 상대가 유명한 캐스팅 디렉터라는 걸 알아본 누군가에 의해 이날이 무슨 날인지를 짐작케 했다.

어쩌면 배우 채우진에게 있어 역사의 한 페이지를 장식한 날의 기록일 수도 있기에, 그 사진은 어느 것보다 귀한 대접을 받기도 했다.

어느 회원은 채우진이 여동생 과외 선생으로 왔는데 어머니가 그의 얼굴을 보고 바로 잘랐다는 이야기도 했다. 당시엔 그게 당연한 선택이라 여겼는데, 이제 와서 어머니만 보면 왜 그랬느냐고 하소연한다는 사연에 웃고 말았다.

팬카페에 사연과 함께 올라오는 사진마다 변하지 않는 공통점이 있었다. 그것은 편안하고 환하게 웃고 있는 채우진의 미소였다. 영화와 화보에서 보여줬던 강렬하고 오만한 모습은 그 어디에서도 찾아볼 수가 없었다.

소원바라기에 올라온 글들은 얼마 가지 않아 다른 커뮤니티 사이트에도 옮겨갔고 사람들의 주목을 모았다.

소원바라기의 회원들은 아예 콘셉트를 정했다. 채우진이 잘난 것은 부정할 수 없는 주지의 사실. 아예 그것을 극대화하면서 가정적인 남자로서 이미지를 구축해 나갔다. 당연하게도 시비를 걸면서 인간이 차가워 보여 정이 안 간다는 댓글이 따라왔지만, 큰 영향을 발휘하지는 못했다.

편의점 CCTV 동영상과 녹음 파일을 근거로, 여동생에게 벨소리를 만들어주기 위해 피아노를 쳐주고 만화책을 사주겠다는 오빠가 차가울 리가 없기 때문이었다.

더불어 화보에서의 모습은 워낙 연기를 잘하기 때문이라고 반박했다. 그도 그럴 게 권은미와의 메이킹 영상을 보면 채우진은 처음부터 연기처럼 가겠다고 했고 그렇게 했다. 얼마나 연기를 잘하면 영상이 아닌 사진에서까지 카리스마가 넘쳐흐르겠냐며 주장했다.

절대 나대지 않고 흥분하지 말 것이며 신경질적인 반응은 자제하라는 행동 강령에 따라, 체계적으로 움직이는 원조 발악들은 치밀했다. 이에 처음에는 그저 흥미 본위로, 채우진의 얼굴에 순간 혹해서 소원바라기에 가입했던 후발 발악들은 점점 원조들에게 물들어갔다.

그도 그럴 게, 원조 멤버들은 블루핏과 TM의 안티로 카페에 가입했던 회원에게 채우진을 영업하고 성공시킨 전례가 있었다. 그렇기에 이미 채우진에게 호감을 느끼는 이들을 끌어들이는 것은 일도 아니었다.

어느 날 정신을 차리고 돌아본 순간, 라이트 팬이었던 이들은 어느새 채우진의 열성 팬이 되어 있었다.

◆　◆◆◆　◆

"이제 슬슬 예능이나 다른 인터뷰가 필요한 시기 아닐까요?"

빌트맨의 화보와 인터뷰의 반향이 굉장히 긍정적이었다. DS의 기획팀장인 송이환은 이를 놓치지 않고 채우진에 대한 청사진을 제시했다.

"예능은 아직 일러. 괜히 지금 예능에서 캐릭터가 잡히면 배우 인생 끝인 거 몰라?"

장 대표는 우진이 예능에 나가서 병풍으로 있다 올 거라는 예상 자체를 하지 않았다. 일단 나가면 뭐라도 할 것이고, 자칫 너무 잘해서 캐릭터가 잡힐 것부터 걱정했다.

"그럼 인터뷰라도 하는 게 어떨까요. 들어오는 인터뷰마다 거절하는 것도 일입니다. 빌트맨의 여파 때문에 잡지사마다 요청이 쇄도하는 상황입니다."

요청만으로 끝나면 다행이었다. 왜 우리와는 인터뷰를 안 해 주냐는 볼멘소리까지 나올 지경이었다.

"인터뷰는 'Glooming day'가 개봉한 후로 잡아. 영화 한 편으로 계속 인터뷰하러 다니는 것도 우스운 일이잖아."

"그 영화 망할 거라는데 괜찮겠습니까?"

한창 채우진에 대한 관심도가 올라가는 상황에서 'Glooming day'의 개봉은 아무래도 활활 타오르는 불에 물을 끼얹는 격이라 생각했다. 차라리 미리부터 언론에 노출 해 대중에게 어느 정도 인지도를 높이자는 게 송이환의 의견 이었다.

"어제 최고 마녀가 그 영화 최종 편집본을 보고 울었다고 하 더군, 좋아서."

"그분 취향이야……."

"아니, 여태 걔가 그런 적은 한 번도 없었어. 자기가 좋아서 만든 영화인데도 마지막까지 못 보고 그만둔 경우가 많았거든. 처음 계획했던 것과 상상 속 나래를 고스란히 표현한 것은 이 영화가 처음이라는 거야. 흥행까지는 보장 못 해도, 작품성만 큼은 어디에 내놔도 부끄럽지 않은 작품이라고 호언장담하는 걸 봐선 믿어봐야지."

개인적인 취향은 엉망이어도 객관적인 평가만은 늘 냉정하 고 정확한 그녀였다. 그마저도 없었다면 연예 사업에서 이렇듯 성공할 순 없었을 터였다.

"흥행과 작품성을 모두 잡은 배우로서 대중들에게 나서는 것도 나쁘지 않아. 그보다 광고 쪽은 어때?"

"처음엔 라면, 세제, 음료수 같은 게 주였습니다만, 요즘은 단발성이지만 마트와 통신사, 그리고 화장품 광고가 들어왔습니다."

"일단 최근에 들어온 셋 중에서 하나만 골라서 해. 들어온다고 이것저것 다 하지 말고."

장수환 대표에게 있어 광고는 '나는 이런 제품의 광고를 찍을 만큼 유명해졌다'는 걸 보여주기 위한 수단이었다. 그래서 많은 광고를 찍기보다는 이미지 좋은 것들만 몇 개 찍는 걸 강조했다.

이 때문에 가끔 소속 연예인과 트러블이 생기는 경우가 있었다. 늘 여유로운 장수환과 달리 연예인들은 물 들어올 때 노를 젓기 바랐다. 좋은 날이 언제 지나갈지 모르는데 마냥 꽃 타령만 할 수 없다는 현실주의자가 많았다. 장수환은 그 좋은 날을 조금이라도 연장하려면 광고는 자제하자는 의견이라, 합의가 어려울 때가 많았다.

다행히 채우진은 광고에 대해서는 별 관심이 없었다. 일단은 돈을 벌기보단 자기가 하고 싶은 일을 마음껏 하고 싶어 했기에, 광고 때문에 초조해하지 않았다.

"그런데 우진이는 꼭 그 역을 하겠대?"

다만 자기가 하고 싶어 하는 배역에 대해서는 절대 양보가 없었다.

"네, 드라마 내용이나 배역 모두 마음에 든답니다."

"그야 그렇겠지. 유수빈 작품이니 작품성 하나는 좋겠지만, 그 작가의 마이너한 성향이 워낙 유명해야지. 게다가 피디가 박종혁이잖아. 그 성격 더럽고 까다롭기로 유명해서 배우마다 절대 같이 일하기 싫어하는 피디! 게다가 편성표 보니까 건너편 작품이 '푸른 성의 주인'이라며? 왜 하필 박민이 주인공인 초대작 드라마와 붙는 걸 선택한 건데?"

'푸른 성의 주인'은 올 하반기 최고의 드라마가 될 거라는 기대를 한데 모으는 작품이었다. 제작비만 해도 백억 원을 넘는 데다가 캐스팅만 해도 초호화 배우들이 포진되었다. 작가에서 제작진들까지 누구 하나 빠질 게 없는 국내 최고만 모여 만드는 드라마였다.

박민이 이번 영화에서 채우진과 비교되면서 밀리기는 했어도 한류 스타였다. 그가 나온다는 것만으로 해외에선 드라마 판권을 사기 위해 벌써 협상에 들어갔다는 이야기가 있다. 연기력 논란에도 드라마에서 박민은 항상 성공이 보장되는 흥행 보증수표였다. 네임드로는 아직 채우진이 그를 따라잡을 수 없는 최고라는 뜻이었다.

거기에 드라마에 합류할 여주인공과 조연들이 이름만 말해도 모두가 알아주는 최고들로 구성됐다.

박민이 조금 연기를 못해도 그의 구멍을 메워줄 이들은 많다는 의미였다. 무엇보다 'Death hill' 후반으로 갈수록 볼 만한 연기를 보여준 덕분에 이번에는 기대해 볼만하다는 평이 많았다.

그래서 상대 방송국들은 웬만해서 '푸른 성의 주인'과는 붙지 말자는 분위기가 조성되었다. 그 기간에는 저예산에 버릴 패들을 대신하기로 했고, SBC에선 그게 바로 유수민 작의 '그림자의 도시'였다.

작가 유수민은 항상 시험적이고 마니악한 내용으로 일부 마니아층을 형성하고 있었지만 대중적이지는 못했다. 그런데도 그의 작품이 드라마화될 수 있는 것은 작품성만은 인정받기 때문이었다. 종종 해외에서 상을 받아 오니 마냥 무시할 수는 없어서 방송사에선 이번처럼 피하는 구간에 주로 편성을 잡았다.

이것까지는 괜찮았다.

시청률은 안 나오더라도 좋은 작품으로 두고두고 회자되는 것은 배우에게 좋은 커리어가 되면 됐지 나쁠 건 없으니 말이다. 다만 PD가 박종혁이라는 것이 제일 큰 걸림돌이고 문제였다. 시청자 측면에서 보면 그는 분명 실력 좋고 훌륭한 PD였다. 하지만 자기 배우를 맡겨야만 하는 장 대표로선, 그는 그냥 똘아이였다.

자기 마음에 드는 장면 3분을 위해 십여 일을 투자한 일화는 유명했다. 물론 그 장면은 드라마 역사상 한 페이지를 장식하는 명장면으로 유명했고, 배우는 그 장면 하나로 톱스타가 됐다. 하지만 그걸 찍은 배우는 몇 년을 후유증에 시달리는 골병에 걸리고 말았다.

배우와 스태프는 고려하지 않는 장인 정신은 미친 짓에 불과하다는 걸 박종혁을 보면 알 수 있었다.

박종혁 PD는 작품을 위해 도구의 희생은 어쩔 수 없다는 주의었다. 반면 장수환 대표는 배우 자체가 이미 작품이라고 주장했다. 이렇듯 두 사람 사이에는 서로 불가해한 이념적 차이가 존재했기에 장수환은 박종혁을 좋아하지 않았다.

그런데 채우진이 그의 작품을 하겠다니 입에 거품을 물 수밖에.

모든 상황이 최악인 상태에서 배역마저 킬러였다. 양아치 사채업자에서 겨우 고급스러운 이미지로 끌어올렸는데 킬러라니, 킬러라니.

장수환의 입에서 나오는 것은 한숨밖에 없었다. 그나마 'Glooming day'에서 지적인 대학 조교로 나오기에 망정이지 만약 'Death hill'에서 '그림자의 도시'로 바로 넘어갔다면 자칫 이미지가 그런 쪽으로 굳어질 수 있는 일이었다.

그렇기에 팬들은 안타까워하는 'Glooming day'의 존재를 장 대표는 환영했고 하루빨리 영화가 개봉되기만을 손꼽아 기다리고 있었다.

◆　　◆◆◆　　◆

'Glooming day'의 개봉이 가까워지자 영화의 주조연인 세 사람의 인터뷰가 잡혔다. 권성민과 송재희에게는 당연한 행사였지만, 만약 'Death hill'의 성공이 없었다면 아마 그 자리에 우진이 참석하는 일은 없었을 것이다.

"설마 둘 중에 누굴 고를 거냐는 질문은 하지 않겠죠?"

MBS의 '연예정보통'에서 나온 리포터는 송재희의 말에 순간 멈칫했다.

　　"우리 이제 그런 구태의연한 질문들은 하지 말자고요."

　　"왜 구태의연하겠어요. 이런 게 재밌고 시청자들이 알고 싶어 하니까 항상 물어볼 수밖에 없는 거잖아요."

　　송재희와 친분이 있는지 리포터는 주눅 들지 않고 오히려 천연덕스럽게 웃었다.

　　"그럼 대답할게요. 영화 속 여주인공이라면 당연하게도 권성민 씨가 맡은 '박지혁'을 택할 거예요. 그런 마음으로 사랑했고 후회 없이 모든 걸 주었으니까요. 하지만 저라면 영화에 나오는 두 남자 다 싫어요. 한 명은 현실을 모르고, 다른 하나는 너무 생각이 많거든요."

　　체념한 듯 빠르게 대답하는 송재희에게 리포터는 때를 놓치지 않고 추가 질문을 했다.

　　"그렇다면 현실의 저 두 분은 어떤가요?"

　　"제 이상형 잘 아시잖아요. 연상이고 자기 일에 신념을 가진 어른스러운 남자!"

　　"그 말은 이 두 분은 아니라는 뜻?"

　　"적어도 후배와 연하에게 어른스러운 남자의 향기가 느껴지지는 않잖아요."

　　송재희의 말에 권성민은 자신의 팔을 들어 킁킁 냄새를 맡는 시늉을 했고, 우진은 뭔가 흥미로운 듯 살짝 미소를 머금었다.

　　"채우진 씨, 지금 웃을 일이 아니에요. 그래도 권성민 씨는 한 번이라도 선택을 받았는데 우진 씨는 본인도 배역도 못 받았다고요!"

"영화 찍으면서 나미연에게 선택받을 희망 따윈 꿈도 꾸지 않아서 그런가. 별로 아무런 타격이 없는데요."

우진의 대답에 이번에는 리포터가 야릇하게 웃었다.

"이번 영화 개봉을 앞두고 사람들이 채우진 씨를 두고 뭐라고 부르는지 아세요?"

"미모 학살자 아니에요?"

대신 답을 말하며 송재희는 왼편에 앉아 있는 우진을 손으로 밀어댔다. 같이 찍히는 게 부담스러우니 저리 가버리라고.

"그것도 맞지만 'Glooming day'에서도 짝사랑 역을 맡았다는 소문이 돌아서요. 채우진 씨가 이러다 국민 짝사랑남에 등극하는 거 아니냐는 말들이 나오던데요."

리포트의 말에 우진은 잠시 생각하는가 싶더니 설핏 웃으며 대답했다.

"국민이란 타이틀을 받으려면 짝사랑만 약 서른 번 정도는 해야죠. 그때까진 정중히 사양하겠습니다."

"그렇게 말하는 걸 보면 좀 욕심은 나는 모양이네?"

권성민이 흥미로워하며 묻자 우진이 그의 눈을 피하며 조금은 부끄러운 듯 대답했다.

"그래도 '국민'이잖아요."

그게 아무한테나 붙는 게 아닌 만큼, 내용이야 어쨌든 딱히 나쁘지는 않았다. 우진의 반응에 권성민과 송재희는 동시에 웃음을 터뜨리며 '앞으로 채우진에게 다양한 짝사랑 배역을 부탁드립니다' 라고 외쳤다.

"그건 좀⋯⋯."

당황하면서 고개를 젓는 채우진을 놀리며 인터뷰는 화기애
애하게 이어졌다. 영화의 내용과 재미난 에피소드 등등을 이야
기하며 끝을 맺자, 사이좋은 세 사람을 보고 리포터는 촬영 현
장 분위기가 정말 좋았겠다며 덕담을 했다.

그러나 인터뷰가 끝나고 리포터가 떠나자마자, 권성민은 시
계를 보며 자리에서 일어났다.

"그럼 난 드라마 촬영이 있어서."

좋았던 분위기가 무색하게 웃음기 하나 없는 얼굴로 그는
별다른 인사말 없이 자리를 떴다.

"하여튼 사람이 저렇게 예의가 없어요."

"요즘 드라마 때문에 바쁘시잖아요."

"그렇긴 하지. 사실 딱히 이해 못 할 일도 아니라서 더 서글
프다."

MBS에서 월화 드라마를 찍고 있는 권성민을 위해 인터뷰
장소를 세트장이 있는 M본부로 정했다. 이에 고맙다는 말조차
없는 게 괘씸하면서도 송재희는 그의 마음이 조금은 이해되었
다. 무섭게 떠오르는 후배들을 볼 때마다 느끼는 두려움과 좌
절감을 그녀 역시 너무도 잘 알기 때문이었다.

그녀가 채우진에게 관대할 수 있었던 건 경쟁 상대가 아닌
이성이었기에 가능했던 일이었다. 선배의 위치를 위협하는 후
배인 채우진은 그녀의 말을 선뜻 이해하지 못했다. 그저 드라
마로 바쁜 권성민의 처지를 이해한다는 뜻으로 받아들이며 고

개를 끄덕였다.

"참! 너도 드라마 들어간다면서."

"네, 어제 대본 리딩 들어갔어요."

"이야기 들어보니까 너도 참 어려운 길을 골라서 가는 스타일인가 봐?"

"누나까지 왜 그러세요. 우리 드라마 정말 괜찮다니까요."

장 대표도 그렇고, 어째 '그림자의 도시'를 선택하자 주위에서 말리기에 급급했다. 그들의 말이 모두 맞기는 했지만 대본을 본 순간 이건 정말 하고 싶다는 생각이 들었다. 채우진으로선 처음으로 자신의 의지로 고른 배역이기도 했다.

하지만 고집이 세다며 황이영에게 가볍게 딱밤까지 맞을 정도로 모두 그의 선택을 싫어했다.

"유수민 작가님 건데 안 좋을 리가 없지. 단지 환경이 너무 안 좋다는 거야."

인터뷰 장소로 사용했던 세트장을 나오며 송재희는 고개를 절레절레 저었다. 배우로서 유수민 작가와 한 번쯤은 일해보고 싶다는 욕심은 그녀에게도 있었다. 그러나 편성 시기와 PD가 너무 악조건이었다.

"그러고 보니 딱 한 분만 찬성했네요. 최이건 감독님만 유일하게 좋은 작품 선택했다고 칭찬하셨어요."

"최 감독님하고 연락해? 지금 프랑스에 계신다지 않았어?"

순간 반색하며 묻는 송재희를 게슴츠레 바라보며 우진은 의미심장하게 웃었다.

"호오."

"왜 그런 시선으로 보는데? 야, 그런 거 아니야."

"그런 게 뭔데요?"

"그런 게 있어."

언제나 쾌활하고 당당한 송재희답지 않게 잔뜩 얼굴을 붉힌 그녀는 잰걸음으로 총총거리며 앞장서 걸어갔다.

"그런데요. 감독님이 누나보고……."

"뭐? 감독님이 내 이야기도 했어?"

멀어진다 싶었던 그녀가 어느새 우진의 옆으로 다가와 눈을 반짝이며 쳐다보았다. 아름다운 눈동자에 어린 기대감을 숨기지 못하는 송재희를 보며 우진은 최 감독이 지나가듯 했던 말을 꺼냈다.

"요즘 얼굴이 좋아 보이는 게 누나보고 연애하냐고 물으셨어요."

"뭐, 뭐, 뭐, 연애? 웃겨, 내가 요즘 얼마나 피부도 거칠어지고 맛이 확 갔는데! 감독님한테 전해. 좋아 보이는 거 다 화장발이라고. 연애 안 한 지 백만 년은 됐다고! 꼭 전해. 두 번 전해. 알았지? 그런데 그거 말고 또 다른 이야긴 안 했어?"

흥분을 가라앉힌 송재희는 다시 기대 어린 시선으로 우진을 보았다. 반짝반짝 빛나는 눈을 보며 우진은 최이건 감독이 했던 말을 고스란히 전했다.

"송재희, 걔는 왜 재수 없이……."

"아니, 아니, 아무것도 안 들을래. 하지 마, 아무 말도 하지 마!"

우진의 말을 듣다가 귀를 막아버린 송재희는 고개를 저으며 계속 듣기를 거부했다. 두 손으로 귀를 계속 때리며 눈까지 감아버린 송재희는 새빨리 뒤돌아가 버렸다.

마구잡이로 뛰어가 버린 송재희의 뒤를 그녀의 매니저가 서둘러 따라가며 붙잡았지만 쉽지가 않았다. 멀어져 가는 등을 향해 우진은 그녀가 듣지 못한 다음 말을 계속 이었다.

"점점 예뻐지더라, 라고 하셨는데."

하지만 들을 사람은 이미 저 멀리 떠나가 버렸다. 이래서 한국말은 끝까지 들어야 한다는 안타까움을 뒤로하고 우진은 어깨를 으쓱거렸다. 왠지 두 사람의 비밀 하나를 알아버린 것 같아서 새콤달콤한 사탕 하나를 입에 문 것 같았다.

"좋을 때다."

누군가 들었다면 비웃었을 감상을 내뱉으며 우진은 몇 발자국 떨어져서 따라오는 강호수를 기다렸다.

◆　　◆◆◆　　◆

"호오~! 저 잘생긴 남잔 누구야?"

예능국 복도를 지나던 손 PD는 훤칠하게 생긴 우진을 발견하고 걸음을 멈췄다. 생김만으로 보자면 연예인이 분명한데 누군지 얼른 기억이 나지 않았다.

"채우진이잖아요. 인터넷에 올라온 고해 동영상 보고, PD님이 조금 전까지 어떻게든 우리 프로에 부르자고 아우성쳤던."

"걔가 쟤야?"

'Glooming day'의 개봉을 앞두고 영화 스태프들은 홍보의 수단으로 채우진이 노래방에서 불렀던 고해의 동영상을 인터넷에 올렸다. 올린 지 겨우 두 시간도 안 되었지만, 음악 프로를 진행하는 PD는 누구보다 빠르게 그걸 보았다.

"보통 솜씨가 아니라서 아깝다 했더니 확실히 저 얼굴이면 나라도 배우 하겠다."

지금껏 고해를 임재범 빼고 그렇게 감성을 살리면서 완벽하게 부른 이는 처음이었다. 가수 해도 좋을 실력이라고 감탄하며 어떻게든 섭외하자고 했더니, 주위에서 불가능할 거라고 고개를 저었다. 이유는 채우진이 DS 소속이기 때문이다.

DS의 장 대표는 아무리 신인이래도 자신이 아끼는 아티스트는 웬만해서 잘 굴리지 않았다. 딱히 대단한 메리트가 없다면 굳이 예능 같은 곳에 자신의 소중한 아티스트가 나와 망가지는 걸 참지 못했다.

"우리 프로가 막 연예인 망가뜨리고 하는 프로는 아니잖아?"

"대신 가면 쓰고 노래 부르게 만들잖아요. 저 얼굴 가리고 노래시켜 봐요. 당사자나 장 대표나 퍽이나 좋아하겠습니다. 곧 드라마 촬영 들어간다는데 뭐가 아쉬워서 나오겠어요."

"그래도……."

이제는 모습도 보이지 않는 채우진이 있었던 곳을 바라보며 손 PD는 연신 한숨만 내쉬었다. 겨우 노래방에서 부른 노래만 듣고 이렇게 빠져들긴 정말 오랜만이었다.

"쟤는 일단 가수부터 되고 배우를 했으면 얼마나 좋아."

"원래는 블루핏의 메인 보컬로 데뷔할 뻔했다네요."

"블루핏?"

의문 어린 PD의 질문에 옆에 있던 AD가 자세한 설명을 덧붙였다. 손 PD가 고해 동영상에 푹 빠져 계속 돌려보는 사이에 AD는 재빠르게 채우진에 대해 알아보았다. 인터넷에는 채우진이 TM의 연습생이었다는 과거 이력만 나왔지만, 그는 아는 업계 사람에게 더욱 정확한 정보를 받아냈다.

데뷔 직전에 채우진이 빠지고 다른 멤버가 들어오면서 지금의 블루핏이 데뷔했다는 이야기에, 손 PD는 번뜩 떠오르는 게 있는지 눈을 가늘게 떴다.

"블루핏, 그 애들 데뷔곡을 메인 보컬인 민시후가 안 불렀다는 소문이 있었지?"

"한때 암암리에 퍼진 적이 있었죠. 민시후가 아이돌 하기엔 아까울 정도로 실력 좋은 보컬인 건 분명하지만. 이상하게 데뷔곡에서 보여줬던 실력과 감성을 아직도 못 살리고 있으니까요."

블루핏이 데뷔했을 때 실력파 아이돌의 등장이라며 엄청난 이목을 받았다. 정말 그야말로 대형 신인의 탄생이었다. 이제는 탄탄하게 자리 잡아 성공한 아이돌로 부와 명예를 거머쥔 한류 스타가 되었지만, 그 바탕은 데뷔곡의 엄청난 성공에서 비롯됐다는 걸 누구도 부인하지 못했다.

특히 메인 보컬이 부르는 파트는 그야말로 환상의 극치라 할 수 있을 만큼 완벽했다. 고음과 저음을 완전 자유자재로 가지고 놀며, 마지막에 비명처럼 터뜨리는 샤우팅은 듣는 이로 하여금 소름이 끼치게 만들 정도였다.

그런데 이상하게 민시후는 라이브로 절대 그 느낌을 살리지 못했다.

녹음할 때 기계의 힘을 빌렸다고 해도, 이건 아니다 싶을 정도로 아예 다른 느낌의 노래를 부를 때가 있었다. 그럴 때마다 TM은 편곡을 달리해 일부러 새로운 느낌이 나도록 부른 것이라고 주장했다.

그런 것치고는 편곡 자체를 한 것 같지는 않았지만 워낙에 팬덤이 탄탄해서 그런 주장은 이내 묻히고 말았다. 데뷔곡이 워낙에 좋아서 이례 없이 빠르게 팬을 확보한 덕을 본 셈이었다.

그와 동시에 안티 역시 만만치 않게 형성되었다. 논란이 해결될 기미가 보이지 않자 TM이 슬그머니 내민 카드가 민시후의 건강 이상설이었다. 데뷔곡을 녹음한 후에 성대에 염증이 생겨서 예전 실력을 내지 못한다고 발표했다.

핑계인지 사실인지는 모르나, 결국 민시후는 온갖 동정을 받으며 누명에서 벗어났다. 안타까운 일로 제 실력을 내지 못한 비운의 가수라는 타이틀까지 얻으면서 말이다.

분명 지금도 훌륭하고 뛰어난 실력을 갖춘 건 확실하지만 아무래도 데뷔곡에서 보여줬던 환상적인 실력에는 미치지 못했다. 많은 사람이 이를 두고 안타까워하며 다시는 들을 수 없는 민시후의 예전 목소리를 그리워하고 사랑했다.

데뷔곡에 깃들어 있던 감수성마저 되살리지 못하는 것은 조금 이상했지만 더는 보컬로서 민시후의 실력을 의심하지 않았다.

"만약에 말이야. 내가 생각하는 예상이 맞는다면 채우진에게 가면을 씌울 수 있을 것 같은데 말이지. 물론 그 전에……"

손 PD가 사악하게 웃으며 AD의 팔을 끌어당길 때, 채우진은 뭔가 불길한 기운에 몸을 부르르 떨었다.

"추워요? 에어컨 온도 좀 올릴까요?"

"추운 게 아니라 이상하게 한기 든 것처럼 몸이 싸늘하네요."

걱정하는 강호수에게 우진이 손을 젓자 옆에 있던 황이영이 무릎 담요를 그에게 덮어주며 투덜거렸다.

"그런 게 바로 춥다는 거야. 대본 리딩 하러 가는데 목이라도 아프면 어떡하려고 그래."

살뜰하게 보살펴 주는 손길을 거부하지 못한 우진은 춥지도 않으면서 담요를 그냥 덮었다. 도로를 보니 길이 막힐 것 같았다. 그 시간이 아까워 우진은 '그림자의 도시' 대본을 손에 들었다.

'그림자의 도시'에서 채우진의 배역은 '루이 안'이라는 킬러였다. 어린 나이에 해외 입양을 가서 파양당하길 반복하던 그는 결국 검은 조직의 손에 떨어져 킬러로 자라게 됐다.

어린 시절부터 시작했던 일이 너무나 당연했던 그에게 어느 날 조직이 와해되면서 자유가 주어졌다. 처음으로 맞이한 자유는 그에게 정체성의 혼란을 던져주며 자신이 태어난 나라로 돌아오게 하였다. 어떠한 의미도 목적도 없는 귀소본능이었다.

하지만 그가 할 수 있는 일이란 매우 한정적이었다. 부모도 없고 학력도 별 볼 일 없는 외국인이 한국에서 가질 수 있는 직업은 거의 없었다. 차라리 완전한 외국인이었다면 원어민 강사라도 할 수 있었겠지만, 외모는 한국인 자체였기에 인정받지 못했다.

유일한 취미로 커피를 좋아했기에 모아둔 돈으로 자그마한 카페를 차렸다. 동네 골목길에 있는 작은 카페는 오는 사람만 찾아오는 곳이 되었고, 루이에겐 감당하기 어려운 여가가 주어졌다. 한가한 시간과 생각은 서로 비례했다.

생각이 많아질수록 어둡게 침잠해 들어가던 루이가 선택한 것은 여태껏 해오던 일을 다시 찾는 것이었다. 그는 다시 킬러가 되었고 의뢰를 받아 아무 죄책감 없이 사람을 죽였다.

그러다가 어느 날 상처를 입은 그는 한 의사를 만나게 되었고 이상하게 그녀에게 끌렸다. 사랑을 모르는 그는 그 감정을 이해하지 못하고 어느 날 들어온 의뢰로 그녀의 아버지를 죽인다.

울고 있는 그녀를 보면서 처음으로 죄책감을 느낀 그는 혼란을 겪었고, 그녀의 옆에 있는 남자로 인해 질투라는 감정을 배웠다. 그리고 그녀의 남자가 자신에게 살인을 의뢰한 이라는 걸 알게 되었다.

채우진이 루이라는 배역에 매력을 느낀 것은 아무런 감정이 없던 인물이, 어느 순간부터 감정을 하나씩 깨닫고 배우면서 변화해 가는 과정이 흥미로웠기 때문이었다. 마치 갓 태어난 아기가 세상을 배워가면서 조금씩 성장해 가는 모습과 비슷했다.

16부작인 드라마의 대본은 이미 14부까지 나온 상태였다. 그래서 루이의 감정이 변화하는 과정이 고스란히 한눈에 보였다. 한 사람으로 인해 인간으로서 개화하는 루이. 하지만 여자 주인공은 진실에 다가갈수록 점점 황폐해지고 무너져 갔다.

유수민 작가는 여자 주인공에게 어떠한 구원도 주지 않을 생각인 듯, 그녀를 둘러싼 두 명의 남자 주인공 중 누구 하나도 정성인이 없었다. 모두가 그녀가 빠진 비극의 공범이자 원인이었다. 무소의 뿔처럼 혼자 가라는 의미인지 작가는 그녀에게 어떠한 구원도 돌파구도 제시하지 않았다.

처절한 로맨스는 있으나 행복은 보장하지 않는 드라마는 확실히 요즘 트렌드는 아니었다. K방송국에서 하는 초호화 대작인 '푸른 성의 주인'이 아니었다면 편성 자체가 힘들었을 것 같았다.

방송사는 시청률은 포기한 대신 작품성으로 체면치레할 작정인 듯 보였다. 그래서인지 의외로 제작진과 제작비 지원에 신경을 많이 썼다.

이른바 명품 드라마의 탄생을 기대하기 때문이었다. 하지만 PD가 박종혁이라는 점에서 많은 제약이 따라왔다.

배우들이 그와의 작업을 꺼리면서 주인공 캐스팅에 난항을 겪은 것이다. 그나마 연배와 경력이 많은 조연급 배우는 그럭저럭 캐스팅이 순조로웠지만, 젊은 주연급 배우는 하나같이 난색을 보였다.

라이벌 작이 '푸른 성의 주인'인 것도 버거운데 PD가 박종혁이라면 뒤도 돌아볼 이유가 없었다. 그 결과 주연인 세 명의 배역에는 모두 신인들이 캐스팅되었다.

신인이라고 하지만 여주인공인 박연아는 연극계에서 잔뼈가 굵은 베테랑이었다. 우진을 제외한 또 다른 남자 주인공인 강민호는 영화계에서 점차 이름을 알리고 있는 배우였다.

두 사람 모두 지상파로 진입하기 위해 PD가 누구든 기꺼이 배역을 받아들였고 각오 역시 대단했다. 본격적으로 촬영이 있기 전, 여러 번의 미팅과 대본 리딩으로 서로를 알아가면서 세 사람은 빠르게 친해졌다. 특히 32살로 동갑인 박연아와 강민호는 어느새 서로 말을 놓으며 친구가 되었고 채우진을 동생처럼 대했다.

"최준은 그냥 욕심이 많은 인물인 거야. 회사와 여자, 모두를 가지고 싶어서 방해물이라 생각하는 것들은 그냥 치워 버리는 거지."

강민호가 자신이 맡은 배역에 관해 설명하자 박연아는 어처구니가 없어 반박했다.

"자기 배역이라고 너무 미화하는 거 아니야? 난 아무리 대본을 읽어도 최준은 그냥 사이코던데?"

"사이코라면 정신적인 문제가 있는 건데 내가 보기에 최준은 지극히 정상이야. 너무 이성적이라 무서울 정도로 계산적이고 야심이 많다는 게 문제랄까. 차가운 이성을 가지고 불타는 사랑을 하는 남자가 자기 자신만 안다고 사이코는 아니지."

"그게 사이코라는 거야. 우진이 너도 그렇게 생각하지?"

두 사람이 열심히 캐릭터 분석을 하는 동안에도 한쪽에서 열심히 돼지 목살을 굽던 우진에게 박연아가 동조를 구했다.

"사이코가 사이코패스를 말하는 거라면 전 아닌 것 같아요. 최준이 나쁜 놈이기는 하지만 그러기엔 자기 감정을 분명하게 인지하면서 원하는 게 분명하잖아요. 어쩌면 최준 입장에선 교육받은 대로 모범적으로 행동했다 여길걸요. 자기 비리를 밝히려는 변호사가 사랑하는 여자의 아버지라는 부분이 그에게는 아무 걸림돌이 되지 않은 건, 감정이 없어서가 아니라 무게의 축이 다른 사람과 달랐기 때문인 거죠. 회사와 애인 모두를 잃느니 둘 다 지키려면 그로선 당연한 선택이었을 거예요."

우진의 말에 강민호는 가볍게 손뼉을 치다 엄지를 척 올렸다.

"내 말이 바로 그거야! 요즘은 까딱하면 범죄자보고 사이코패스라고 몰아가는데 난 그것도 일종의 면죄부라고 생각해. 멀쩡한 정신을 가지고도 제 이익과 욕망 때문에 저지른 범죄를 두고 정신적인 문제로 돌리는 것 같단 말이야. 다른 사람은 뭐래도 최준은 제정신을 가진 나쁜 놈이 맞아. 자기가 저지른 짓의 결과와 의미를 똑똑히 알고 있거든."

하는 짓이 개념 없이 나쁘다고 해서 모두가 사이코패스가 아니라는 강민호의 주장에, 박연아도 점점 이해가 가는지 고개를 끄덕였다.

"고로 정상적인 나쁜 놈이라는 거지? 그럼 진짜 나쁜 놈인 거잖아."

"맞아."

"우와~! 이유라는 전생에 뭔 짓을 했기에 이렇게 박복하대. 걔를 사랑한다는 남자들이 하나는 진짜 나쁜 놈, 다른 하나는 어린애 같은 킬러라니. 빠져나갈 구멍이 없잖아!"

박연아는 새삼 자신이 맡은 캐릭터의 가혹한 운명에 울상을 지었다. 우진은 위로라도 하듯 그녀의 앞 접시에 잘 익은 고기를 몇 점 올려주었다.

"남자가 인생의 다는 아니죠. 무소의 뿔처럼 혼자서 고고싱

하는 거예요."

"혼자서 가기엔 이놈들의 집착이 또 보통이 아니잖아."

"하긴… 이유라가 전생에 나라 몇 개는 팔아먹었나 봐요."

자기가 맡은 캐릭터이니 웬만해선 편을 들어주고 싶었지만, 우진이 생각하기에도 이유라를 향한 루이의 집착은 도가 지나쳤다. 각인되어 버린 사랑은 아름다움보다는 파괴를 불러오고 상대의 감정을 구걸한다. 루이가 표현하는 사랑의 감정에는 늘 피비린내가 났다.

"이거 결말이 어떻게 될지 나는 이제 점점 두렵다."

박연아는 열심히 고기를 구운 우진에게 쌈을 싸서 먹여주며 체념 어린 투정을 했다.

이미 16부작까지 모든 대본이 나왔는데도 작가와 PD는 배우들에게 14부까지만 공개한 상태였다. 엔딩에 대한 비밀 유지보다는 결말을 모르고 달려가는 배우들의 불안한 감정을 노리는 듯했다. 아마 결말을 알고 있다면 배우들의 연기에 힘이 실리지 않을 거라고 생각하는 듯했다.

우진의 생각도 같았다. 영화와 달리 긴 템포가 필요한 드라마를 연기하면서 이미 결말을 알고 있다면 뭔가 맥이 빠질 게 분명했다. 그래서 해피 엔딩이 무조건 보장되는 다른 드라마들과는 다른 긴장감이 있었다.

"혹시 그거 아닐까요. 일어나 보니 모두 꿈이었다."

"채우진, 죽을래?"

"아우, 나는 제발 그랬으면 좋겠다. 아니면 적어도 끔찍한 두 남자를 만나기 전으로 회귀하는 거야. 요즘 소설에 그런 거

많잖아."

"그리고 마지막 자막에 시즌 2 Coming soon~! 하면 좋고요."

"우진이가 은근히 욕심이 많아."

시즌 2까지 욕심을 내는 우진의 농담에 조금은 우울하던 분위기가 화기애애해졌다. 맛있게 잘 구워진 고기들을 싸 먹으며 잠시 드라마를 잊은 그들의 대화 주제는 일상으로 넘어갔다.

강민호나 박연아는 채우진에 대해 자신조차 의식하지 못한 편견이 있었다. 잘생기고 뭐 하나 부족한 게 없어 보이는 조건들을 보며 어울리기는 힘들 것으로 어림짐작했던 거다.

든든한 소속사에 잘난 외모와 연기력까지 갖췄는데 거기에 학벌까지 좋았다. 영화판에서 활동하는 강민호는 요즘 충무로에서 가장 핫한 배우가 채우진이라는 걸 알고 있었다. 한 편의 영화지만, 그만큼 임팩트가 있는 배우로서 감독들에게 인정을 받고 있단 소리였다.

같은 드라마의 주역을 맡았어도 몇 년을 무명으로 전전하다가 겨우 이름을 날리기 시작한 자신과는 다른 격을 가진 배우라 여겼다. 그런데 첫 만남에서 오늘에 이르기까지, 격을 느끼기는커녕 이런 친구가 어떻게 그런 강한 역을 소화할 수 있었는지 놀라울 따름이었다.

몇 번의 대본 리딩 결과, 루이를 연기하는 우진을 보며 기가 빨리면서 오히려 호감이 생겨 버렸다. 그리고 채우진은 호감을 호감으로 보답할 줄 아는 사람이었다.

"9월에 복학하면 촬영 때문에 힘들지 않겠어?"

'그림자의 도시'가 방영되는 시기는 10월 중반이지만 촬영은 내일모레부터 시작할 예정이었다. 그리고 한창 바쁠 시기에 우진은 복학을 해야 했다. 복학하는 처지나, 같이 일을 해야하는 다른 사람들 역시 난처할 수밖에 없는 상황이었다.

"그래서 수강 신청한 교수님들 찾아뵙고 사정드렸어요. 일단은 결석에 비례해서 그만큼 리포트로 대체하기로 합의를 봤고요. 시험은 당연히 봐야 하지만, 결석에 대한 걱정은 우선 덜었는데 결과는 모르죠."

말은 이렇게 하지만 최대한 수업 시간을 오전으로 몰아서 조정하고 금요일은 수업이 없게 겨우 빼놓았다.

어떻게든 수업에 빠지지 않도록 노력한 결과였다. 그래도 만약 수업에 빠질 경우를 대비해 같이 수업을 듣는 친구들에게 강의 녹음까지 부탁을 끝냈다. 리포트를 쓰더라도 어느 정도 강의 내용을 따라가야지 쓸 수 있으니 말이다. 그만큼 우진에게 학업은 중요한 문제였다.

유수민 작가가 직접 캐스팅 제안을 해왔음에도 처음에는 복학 시기와 얽힌다는 문제로 거절했었다. 영화라면 모를까, 드라마의 빡빡한 스케줄 때문에 도저히 학업과 함께 진행하기 무리라 여겼기 때문이다.

하지만 유 작가는 포기하지 않고 14회까지의 대본을 보내왔다. 일단 가볍게 읽어나 보라고 말했지만, 이런 식의 대본 유출은 큰 결심이 없고는 할 수 없는 일이었다. 그만큼 우진을 캐스팅하는 게 절실했고 글에 자신이 있다는 의미였을 게다.

그리고 유수민 작가의 도전 혹은 작전은 성공했다.

우진은 루이에게 빠져 버렸고 배역에 욕심이 생겼다. 채우진이 배우로서 최초로 스스로 정한 배역이 바로 '루이 안'이 된 것이다. 다행히 제작진 측에서도 채우진이 배역을 수락한다면 최대한 그의 학업에 무리가 안 가도록 촬영 스케줄을 잡기로 합의를 보았다.

촬영이 진행되고 드라마가 막바지에 이르면 이도 믿을 수 없는 일이겠지만, 적어도 초반에는 배려를 해줄 터였다. 아무리 악명 높은 박종혁 PD라도 계약서에 적시한 내용을 대놓고 어기지는 않을 거라 믿고 싶었다.

"그걸 믿니?"

회의적인 강민호의 반응에 우진은 힘없이 웃었다. 사실 그도 박종혁 PD는 믿을 수가 없었다. 이번 드라마를 반대하는 장 대표로부터 전해 들은 박 PD의 일화만도 한 편의 공포 영화였다.

"욕심 부린 것은 저니까 그 대가는 어떻게든 치러야겠죠."

"젊어서 좋다."

"맞아, 나라면 그냥 휴학계 낸다."

"가족들이랑 꼭 졸업은 한다고 약속해서 그건 안 돼요. 그럼 특히 동생이 난리 칠걸요."

만약 우진이 휴학을 하거나 학업을 도중에 포기한다면 어머니는 실망하고 슬퍼하겠지만, 결국에는 고개를 끄덕이실 거다. 우진이 어떤 선택을 하더라도 무엇이든 받아들이실 분이니까.

반면 우희는 아마 집안이 떠내려가라 난리를 피우며 우진이

하는 일을 발 벗고 나서 방해할 아이였다. 그리고 어머니는 그런 우희 역시 말리지 않을 것이다.

"여동생이라면 너랑 똑 닮은 그 아가씨?"

"누나가 제 동생을 어떻게 아세요?"

"왜 몰라. 네가 동생 볼 꼬집는 사진이 인터넷에 떴잖아."

"나도 그 사진 봤다. 옆모습만 찍혔는데도 너랑 존똑인 게 신기하더라."

두 사람의 대답에 우진은 이게 무슨 소린가 하고 당황했다. 그러자 박연아는 폰으로 검색해 문제의 동영상을 보여주었다.

"어, 어, 아~! 이게 찍혔구나."

"응, 햇병아리 채우진과 파닥파닥 삥아리라고 올라온 거야."

"이런 것까지 찍히고 신, 신기하네요."

동영상은 카페에 있던 우희의 동급생들이 찍었던 거였다. 하지만 그걸 모르는 우진은 이게 모두 소속사에서 직접 올린 거라 착각했다.

강호수에게 이미지를 여동생 바보로 잡고 가겠다는 계획은 들었지만 우진은 당황스러웠다. 이런 식으로 노출이 될 줄은 미처 상상도 못 했기 때문이다. 여동생의 초상권도 있고 아직 학생인데 과연 괜찮은지도 걱정이었다.

그래서 우진은 바로 동생에게 인터넷에 올라온 동영상에 대해 아느냐고 문자를 보냈다.

[응, 알아.]

[알아? 괜찮아?]

[아니면 어쩔 거야. 아직 오빠가 유명하지 않아서 그런지 나

한테 직접 와서 말 걸고 귀찮게 하는 애들은 없어. 걱정 마!]

[그래도 미안, ㅜ.ㅠ]

[토닥토닥! 그런 의미에서 은퇴 고려는 어때? 이제 맘 잡고 공부해야지.]

[너 이번에 수탐1에서 하나 틀렸더라? 과외 콜?]

[오빠, 촬영 열심히 해~!]

[아직 촬영 없다.]

우진이 동생과 주고받는 문자를 옆에서 지켜보던 강민호는 킥킥거리면서 건너편의 박연아에게 내용을 읽어줬다.

"남매가 재밌게 노네."

"그러게. 나는 우리 누나들하고……."

누나들을 생각하고 바로 고개를 저어버린 강민호는 고기 굽느라 수고했다며 쌈을 싸서 우진의 입에 넣어주었다.

"앞으로 고생길이 훤한데 이걸로 몸보신해라."

"돼지 목살로 무슨 몸보신?"

"박연아! 너 지금 우리 돼지 한돈을 무시해?"

"당신을 무시하고 있거든요."

주거니 받거니 하는 동갑내기를 보며 곱게 눈웃음을 치던 우진이 순간 눈살을 찌푸렸다. 강민호가 싸준 쌈에 마늘이 너무 많은 데다가 독하게 맵기까지 했다. 목을 관통하는 매운맛에 몸부림치자 옆에 앉아 있던 강민호가 맑은 시선으로 돌아보며 기쁘게 물었다.

"내가 싸준 쌈이 그렇게 맛있어? 또 해줄까?"

"으읍, 아, 아니요!"

물을 한 모금 삼키고 나서야 어느 정도 정신을 차린 우진이 격하게 고개를 저었다. 박연아는 강민호에게 젓가락을 흔들며 꾸짖었다.

"저게 맛있어하는 얼굴로 보이냐."

"당연하지! 목느님이 맛없을 리가 없고, 향긋한 들깻잎과 몸에 좋으라고 마늘도 듬뿍 넣었구먼."

강민호가 억울해하자 우진은 자신이 먹은 것과 같은 구성으로 쌈을 싸서 그의 입에 넣어줬다. 하지만 기대와는 다르게 강민호는 맛있다며 엄지를 척 내밀어 보였다.

"저건 그냥 마늘 성애자야. 아까 자기 먹을 것에도 마늘을 아예 들이붓더라."

벌써 두 번이나 리필을 받았던 마늘은 어느새 또 빈 접시가 되었다. 박연아가 비어 있는 접시를 가리키자 우진은 상에 붙은 벨을 눌렀다. 이게 몇 번째인가 싶어서, 아르바이트생으로 보이는 상대에게 최대한 미안한 표정을 지으며 말했다.

"저 마늘 좀 많이 주시면 안 될까요?"

"마늘만요?"

유독 하이 톤으로 올라가는 아르바이트생의 목소리에 움찔한 우진은 잠시 당황하다가 손가락 두 개를 들어 보였다.

"목살 2인분 추가요. 그리고 마늘도 많이 갖다주시면 고맙겠고요."

어색하게 웃어 보이는 우진을 날카로운 눈빛으로 잠시 보던 아르바이트생은 조금은 딱딱한 목소리로 주문을 확인했다.

"마늘 많이요?"

"목살도 2인분 더 주시고요."

뭔가 차가워 보이는 아르바이트생이 자리를 뜨자마자 박연아가 목청을 내리깔며 우진에게 다그쳤다.

"우리 5인분 시켰거든. 게다가 2인분은 아직 굽지도 않았다."

"요즘 마늘 값도 비싼데 계속 마늘만 달라는 게 미안해서요."

"하긴, 요즘 마늘이 비싸기는 하더라. 아까 그 알바가 '마늘만요?' 할 때 사실 나도 조금 움찔하긴 했어. 강민호 씨, 적당히 먹읍시다."

혼자 자취하는 덕에 물가에 민감한 박연아는 우진의 해명에 수긍이 되었는지 강민호를 도끼눈으로 노려봤다.

"마늘이 비싸봤자지."

"요즘 엄청 올랐어요! 어제 마트에 갔다가 가격 보고 얼마나 놀랐는데요."

"마늘뿐인 줄 알아? 우리 출연비만 빼고 다 올랐다."

장바구니 물가에서 서로 공감대가 형성된 박연아와 우진은 서로 마주 보며 비장하게 고개를 끄덕였다.

"하긴 강민호 씨는 요즘 명품 조연이라고 한창 이름값이 오르고 있어서 이런 사소한 것들은 신경도 안 쓰지?"

"야야, 부모님하고 같이 사는데 내가 장 볼 일이 있어야지. 그냥 사 주는 대로 먹는데 그게 얼만지 어떻게 알아? 그리고 말은 바로 해라. 우리 중에서 몸값 제일 비싼 것은 우진이다."

강민호가 억울하다며 우진을 물고 늘어졌다. 그도 그럴 게 일단 이들 중에서 출연료가 제일 비싼 것은 우진이 맞았다.

강민호와 박연아는 제작진들이 원하던 최고의 섭외는 아니었다. 좁은 선택의 폭에서 외양과 연기력이 가장 최상인 두 사람을 고른 것이지만, 그만큼 아쉬운 캐스팅이었고 자연스레 그에 대한 처우도 적절한 선을 유지했다.

반면 채우진은 작가와 PD가 무슨 수를 쓰더라도 꼭 캐스팅해야만 하는 1순위로 삼은 배우였다. 다행히 우진이 배역에 관심과 호감을 느껴서 오케이했지만, 문제는 장 대표였다.

그는 자신의 아티스트가 이런 소모적인 배역에 시간 낭비하는 걸 원하지 않았기에 중간에서 적극적으로 반대하고 나섰다. 그 덕분에 우진은 학업 문제에 대한 유연한 배려와 제법 높은 출연료를 받을 수 있었다.

"제 출연료가 높은 건 우리 대표님이 협상을 잘한 결과라서 저는 할 말 없습니다."

"뭐, 그만큼 작가님이 널 원했으니까. 듣자니까 영화에서 널 처음 본 순간, 상상 속으로 그리던 루이가 저기에 있다면서 소리 질렀다고 하더라. 그런데 작가님 상상 속 루이는 대체 무슨 이미지지?"

강민호가 아무리 생각해도 모르겠단 표정으로 고개를 흔들었다. 영화 속 우진은 퇴폐적이면서 무척이나 감정적인 인간이었다. 반면 '그림자의 도시'에서 루이는 언뜻 여리고 나약해 보이는 살인자였다.

배운 것이 없어 세상을 모르기에, 천진하면서 어린애의 잔인함을 고스란히 지닌 무감정한 인간이었다. 그래서 루이는 사랑에 집착하면서도 감정적으로 격정적인 성격은 아니었다. 상충하는 두 캐릭터에 비슷한 점이 하나도 없었다. 대체 유 작가는 사채업자 A에게서 무얼 본 것인지, 강민호는 당최 알 수가 없어서 궁금했다.

"복잡하게 생각할 거 없이 그냥 얼굴이야. 작가님은 단지 저 얼굴이 마음에 든 것뿐이야."

"아……."

박연아의 간단한 설명에 강민호는 고개를 끄덕였고 우진은 두 손으로 자신의 얼굴을 감쌌다. 자신의 얼굴 어디에 킬러의 이미지가 숨어 있나 싶어서 새삼 진지해졌다.

"참, 내가 이번에 기밀 정보 하나를 들었는데 말이지."

강민호가 갑자기 상체를 숙이며 작은 목소리로 속삭였다.

"여기 룸에 우리밖에 없어. 큰 소리로 말해도 돼."

"아, 그렇지."

다시 상체를 세운 강민호는 제작진에게서 나온 고급 정보라며 운을 뗐다.

"최준의 동생이 5화부터 나오잖아. 그런데 그 역을 아이돌이 맡을 거래."

"그건 아니지! 우리 드라마에 아이돌은 아니지 않아? 연기를 잘하고 못하고를 떠나서 분위기 자체가 어울리지 않는데, 무슨 아이돌!"

흥분하는 박연아의 손등을 토닥이며 강민호는 비장하게 말을 이었다.

"대형 기획사와 방송사와의 커넥션이라 어쩔 수 없어. 드라마 제작사도 앞으로 어떻게 될지 모르니까 둘의 요구를 들어줄 수밖에 없는 처지고. 현재 제작진만 죽을 맛인가 보더

라. 누구라고 말해주지는 않았는데 캐스팅은 우리보다 먼저 였나 봐."

강민호의 말에 박연아는 콜라를 술처럼 벌컥 들이마시고 잔을 쾅 소리 나게 테이블에 내려놓았다.

"캐스팅도 제일 먼저 했는데 아직 기사도 안 나고 우리한테 이야기도 안 했다면 뻔하네. 죽어라 연기 못하는 연기돌이란 말이잖아. 젠장, 아이돌이면 제 능력 살려서 일할 것이지 왜 남의 밥상까지 넘보는 거야. 난 정말 이 드라마에 내 모든 걸 걸었다고!"

단지 연극이 좋아서 스무 살부터 무대에 올랐지만 현실은 냉혹했다. 아무리 연기 잘한다는 칭찬을 듣고, 연극계에 입지를 다져도 그뿐이었다.

스크린이나 브라운관을 통해 어느 정도 유명해진 배우들이 재미 삼아, 아니면 물의를 일으키고 자숙한다면서 연극계에 들어오면 주연은 그들의 몫이었다. 아무리 몸부림쳐도 그들이 가지고 있는 티켓 파워를 이길 수가 없기 때문이었다. 아직은 포기하기 젊은 나이, 그녀는 새로운 비상을 위해 이 드라마를 선택했다.

"그런데 웬 엑스 같은 엑스엑스가 내 앞길을 막으려고 해? 드라마 망치기만 해봐, 내가 그 기획사에 불 질러 버릴 거다."

자체 필터링을 하며 욕을 하는 박연아에게 우진이 위로의 콜라를 따라주었다. 자신도 아이돌을 준비했었기에 만약 데 뷔하고 나서 연기를 했다면 들을 수 있는 욕이었다. 남 일 같지 않지만, 결국은 남의 일이라 우진도 박연아와 같은 심정이었다.

"고기 나왔습니다."

때마침 미닫이문을 열고 들어온 아르바이트생은 살짝 상기된 얼굴로 고기와 마늘을 상에 놓았다.

"우리 2인분만 시켰는데요?"

절대 2인분으로 보이지 않는 고기를 보며 우진이 잘못 왔나 싶어서 확인차 물었다.

"서비스로 드린 거예요. 더 필요한 게 있으시면 뭐든지 말씀만 하세요."

4인분 같은 2인분의 고기와 국그릇에 한가득 담긴 마늘을 본 세 사람은 잠시 평정을 잃고 불안에 휩싸였다. 이런 과도한 서비스가 무척이나 낯선 그들은 이 상황이 적응되지 않았다. 더욱이 '필요'와 '뭐든지'를 강조하며 차갑게 웃는 아르바이트생의 태도가 마냥 의심스럽고 수상할 따름이었다.

"이거 무슨 의미지?"

계산서에는 주문한 그대로 적혀 있는 것을 보면 서비스는 맞는 것 같았다. 의심 가득한 강민호의 물음에 박연아가 조심히 추측성 대답을 내뱉었다.

"혹시 두 사람 팬 아니야?"

연극배우인 자신을 알아보는 사람이 있을 것 같지 않아서 박연아는 강민호와 특히 우진을 보았다. 그들의 팬이라면 이런 친절은 충분히 이해 가는 서비스였다.

"적어도 내 팬은 아니야. 여태껏 내가 개성적인 조연들만 해와서 이렇게 평상복 입고 나돌아다니면 아무도 못 알아봐."

강민호는 단호하게 대답하며 슬며시 우진을 보았다. 신인이래도 최근 인기몰이를 시작한 우진이 셋 중에 가장 대중적이고 알아보는 사람도 훨씬 많았다.

"팬이었으면 사인해 달라거나 적어도 아는 척이라도 하지 않았을까요? 그러기엔 굉장히 담담해 보이고 좀 날카로운 것 같던데."

"하긴 그래. 거의 없다시피 한 내 팬들도 날 보면 적어도 작은 감탄성이라도 지르는데 아까 그 반응은 좀… 싸했지?"

말은 이렇게들 하지만 실상 팬과 직접 마주한 적이 거의 없다시피 한 두 사람이었다. 강민호는 최근 들어서야 명품 조연이라고 이름이 알려지기 시작했다. 그러나 지금껏 성격 강한 조연만 해온 그의 실제 얼굴은 뜻밖에 순하고 부드러웠다. 이 괴리감 덕분에 일상에서 그를 알아보는 이들이 거의 없었다.

그래도 영화를 함께 찍었던 톱스타를 옆에서 지켜본 강민호는 연예인과 팬 사이에서 보이는 상호 관계에는 익숙했다. 호들갑까지는 아니래도 팬이라면 일단 기뻐하는 낯을 감추지 못했다. 하지만 방금은 그런 게 전혀 없었다. 누군가의 팬이라기엔 오히려 경직되고 날카로운 분위기만 풍겼다.

팬과 마주한 적이 거의 없는 건 우진도 마찬가지였다.

그의 옆에는 늘 강호수가 있었다. 우진의 팬층 절대다수가 여성층이었기에 그녀들은 전직이 의심스러워 보이는 강호수의 위압감 넘치는 모습에 선뜻 다가오지를 못했다. 전생을 기억하게 됨으로써 사람에 대한 적응력이 남들보다 높은 우진조차 강호수와의 첫 만남에서 긴장했을 정도니, 남들은 오죽하겠는가.

무엇보다 우진의 열성 팬인 소원바라기의 회원들은 최대한 그를 귀찮게 하지 않으려 최선을 다했다. 개인적인 일을 보는 것 같거나 친구나 가족들과 있을 때는 철저하게 그를 모른 척해주었다. 추적은 하되 적당한 거리를 유지하라. 예전 누군가의 사생팬이었던 과거를 회개한 이들이 삼은 행동 규범이었다.

이는 빌트맨의 인터뷰가 크게 한몫했다. 아직은 대중 속에서 무명의 자유를 누리고픈 그의 심정이 느껴졌기에 팬들은 그의 소원을 들어주기로 한 거다.

반면 팬이 아닌 이들은 실제 우진을 눈앞에 두고도 그냥 지나칠 때가 종종 있었다. 실물에 멈칫하고 아무 생각도 못 하며 '어어?' 거리다가, 그가 저 멀리 가고 나서야 정신을 차리는 사람들이 적지 않았다.

솔직히 적극적인 성격이 아닌 이상, 연예인이 눈앞에 있다고 무조건 쫓아가서 말을 걸고 사인을 받기란 어려운 일이었다.

그리고 어쩌다가 알아보고 다가오는 이들은 굉장히 적극적인 성격으로 리액션이 강했다. 이런 반응에만 적응된 우진은 저 아르바이트생이 자신의 팬이라고는 상상도 못 했다.

"이게 다 강민호 너 때문이야."

아르바이트생이 누구의 팬도 아니라는 결론을 내린 박연아가 강민호를 노려봤다.

"아, 왜 또 나야?"

"너 때문에 이것저것 더 달라고 계속 부르니까 귀찮아서 이

렇게 한꺼번에 준 거잖아. 아까 필요한 거 있으면 말하라고 할
때 그 의미심장한 표정 못 봤어?"

"그럼 고기는?"

마늘까지야 그렇다 쳐도 고기가 2인분치고는 너무 많았다.
설마 주문마저 받는 게 귀찮다고 한꺼번에 준 건 아닐 테니 말
이다.

"혹시 내가 너무 잘생겨서?"

엄지와 검지로 턱을 받치며 우쭐거리는 강민호를 바라본 박
연아는 대답 대신 콜라를 벌컥벌컥 들이마셨고, 우진은 조용
히 고기를 굽기 시작했다. 고기를 모두 먹어치울 무렵 세 사람
이 어찌어찌 도출한 것은 '옜다, 먹고 떨어져라' 가 아니었을까
하는 우울한 결론이었다.

오랜 무명으로서의 삶을 살아온 배우들과 신인 배우의 자신
감은 딱 여기까지였다. 계산하고 나올 때까지 세 사람 중에 누
구에게도 사인 요청을 하지 않는 것에서 확신은 더욱 굳어졌다.

결국 어느 수줍음 많은 팬이 차마 표현하지 못한 팬심은 이
렇게 묻히고 말았다. 그리고 그날 소원바라기에는 채우진이 마
늘을 무척 좋아한다는 신빙성 있는 이야기가 올라왔다.

그 후로 오랫동안 채우진이 팬들에게 받은 선물 중에 흑마
늘 진액은 꼭 빠짐없이 들어가 있었다.

인위적인 자연스러움

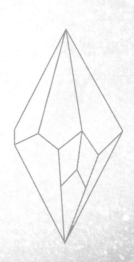

'Glooming day'의 개봉을 앞두고 대중은 비웃음을 보내거나 대체로 무심했다.

안타까워하거나 그나마 기대를 거는 건, 주조연을 맡은 배우들의 팬과 최이건 감독의 마니아층이었다.

홍보 수단으로 쓸 만한 것은 모조리 끌어다 썼어도 별 소득은 없었다. G&C에서 나온 순정 로맨스 영화가 다 그렇고 그렇지 하는 편견은 굉장히 견고했다. 우스갯소리로 채우진이 부른 고해의 동영상 조회 수의 십 분의 일만 나와도 영화는 성공한 편이란 이야기가 나올 정도였다.

개봉 전부터 보지도 않은 영화에 대한 조롱과 차가운 반응은 전염처럼 퍼져 나갔다. 누구도 이 영화에 대한 기대가 없었다. 광고 영상은 무척이나 아름답고 감각적이었지만, 이런 영화가 그렇듯 모두 예고가 전부일 거라 예상했다.

처음 언론 시사회 결과가 의외로 좋게 나왔을 때는 G&C의 적극적인 후원 때문이란 반응이 많았다. 유난일 정도로 G&C가 과하게 홍보를 했던 악영향이었다.

막대한 자본으로 언론의 사탕발림을 샀다는 냉정한 시선으로 바라보기만 했다.

과거에도 저랬는데 결국 망하지 않았냐는 소리만 듣고 결국 개봉 첫날 씁쓸한 성적으로 문을 열었다. 하지만 사실관계를 따져보면 'Glooming day'로선 억울한 면이 있었다. 현재 G&C는 지난 순정 로맨스들과는 전혀 다른 행보를 보여주고 있었기 때문이다.

예전에는 홍보가 무언가. 최대한 스크린도 적게 잡고 은근 슬쩍 영화가 빨리 내려가도록 유도하는 등, 마치 부족한 자식을 부끄러워하는 못난 부모처럼 굴었다. 하지만 대중들은 그것까진 기억하지 않고 오로지 G&C에서 나온 순정 로맨스들이 수준 이하였다는 것만 각인처럼 남아 있었다.

영화에 대한 대중들의 평들이 올라오기 시작한 것은 당연하게도 주조연 배우들의 팬들에 의해서였다.

팬심 가득한 그들의 평가는 당연히 저평가되었고 비웃음을 샀다. 대부분이 그래 봤자 하는 마음이 컸고 리뷰 글마다 달리는 댓글에는 G&C가 고용한 알바냐, 누구누구 팬이냐는 조롱들이 대부분이었다.

그런데 이런 분위기가 변하기 시작한 것은 영화가 개봉한 지 일주일 정도가 지나서부터였다.

한 치의 기대도 없이 그저 친구 따라 함께 보다가, 부모님과 마땅히 볼 영화가 없어서 본 것이, 원래 이런 장르의 영화를 좋아하는 이들부터, 한 명씩 한 명씩 영화를 보고 나서 나오는 서정적인 감상은 누구의 팬도 아닌 그저 한 명의 관객으로서 나온 감탄들이었다.

첫사랑을 떠올리게 하는 한 편의 영화는 여름의 끝자락에서 사람의 마음을 무겁게 두들겼다.

시원하지도 명쾌하지도, 그렇다고 행복하지도 않았지만, 묘한 설렘과 슬픔을 관객의 가슴에 남겼다. 아름다웠던 첫사랑이 초라하게 사그라진 현실의 삭막함은 답답하면서 입안에 달콤 씁쓸한 여운을 남겼다.

입소문은 무서웠다.

기대하지 않고 봤는데 의외로 괜찮았다는 평들이, 점차 한 번쯤은 볼 만한 영화가 되고 나중에는 꼭 봐야만 하는 영화가 되었다.

후덥지근한 한여름의 무더위는 소나기가 와도 여전히 덥고 미묘한 열기를 남긴다. 더위와 소나기, 그리고 폭풍이 지나간 후에 찾아온 가을은 스산하면서 아련한 향수를 담은 추억을 그리게 한다.

영화는 사람들에게 이야기했다. 찬란했던 어느 날의 사랑과 그 허무함에 대해서.

더욱이 영화의 영상이 무척이나 아름다웠다. 역시나 최이건 감독이란 감탄이 흘러나올 정도로 장면 하나하나가 버릴 게 없었다. 자극적인 내용은 없으나, 자연스러운 내용 전개와 개

성적인 인물 묘사는 연출의 묘미와 배우의 연기력을 돋보이게
했다.

극을 이끄는 세 명의 남녀는 그래서 더욱 애절하고 안타까
웠다. 그들의 사랑은 아름다웠으나 각자의 이유가 너무 이해가
돼서 그들의 선택을 수긍할 수밖에 없었다.

"젠장, 하나도 기대 안 하고 봤는데 이거 뭐야!"

영화가 끝나고 극장에서 나오던 관객 한 명은 손가락으로 눈
가를 꾹꾹 누르며 투덜거렸다. 애정 어린 투정은 핀잔보다는
칭찬에 더 가까웠다.

"진짜 괜찮았지? 영화가 막 재미있고 그런 건 아닌데 잔잔하
니 시간 가는 줄 모르고 빠져드는 게 있어."

"응! 사실 내용은 잘 기억이 안 나는데 지금까지도 눈앞에
아른거리는 장면들이 사라지지 않아. 아우, 배우들이 완전 미
모 폭발."

친구 때문에 강제 관람을 했지만, 불만은커녕 오히려 너무
만족스러워서 한숨과 감탄이 번갈아 나왔다. 이를 듣던 주위
에 다른 이들도 절로 수긍하며 고개를 끄덕일 수밖에 없는 감
상평이었다.

영화는 끝나고 나서도 여운이 쉬이 사라지지 않았다. 함께
관람한 친구나 가족들과 이야기를 나누는 사이에, 낯모르는
누군가의 평에 서로 공감하며 여운을 즐겼다.

"채우진은 무슨 아련아련 열매를 먹었나. 어쩜 그렇게 청순
하니 애절하고 안타깝데."

"잘생긴 줄은 알았지만 말로 표현할 수 없을 정도로 정말 아

름답더라. 종이컵 들고 창가에 기대 있던 장면 생각나? 완전 무슨 햇살이 녹아들 듯 반짝반짝 빛나는 장면이 무지 아름나왔지? 채우진은 목소리도 좋은데 대사가 한마디도 없어서 너무 아쉬웠어. 하다못해 직접 부른 고해라도 배경 음악으로 쓰지."

우진이 부른 고해 동영상을 보고 팬이 된 관객은 그의 목소리를 들을 수 없었다는 게, 영화의 유일한 단점이라 생각했다.

"대사 없었어?"

"없었잖아."

"와, 정말! 진짜로 네가 말하기 전까진 의식도 못 했어. 분명 애절하게 막 그랬던 것 같은데 정말 대사가 하나도 없었네!"

그리고 뒤늦게 다가온 깨달음에 모두 놀랐다. 한마디의 대사도 없었음에도 영화 속에서 채우진은 온갖 감정을 아무런 무리 없이 전부 보여주었기 때문이다. 영화를 본 사람들은 그가 수많은 말을 했고 대사로 그의 무수한 감정들을 쏟아냈단 착각을 했다.

그 탓에 채우진이 맡았던 차현승이 아무런 대사가 없었다는 걸 영화가 끝나고도 한참 후에 깨달은 이들이 부지기수였다. 이는 영화와는 다른 화제를 모았다.

연기에 있어 강렬한 감정을 표현하기란 어려운 것 같으면서 의외로 쉬운 면이 있다. 물론 연기를 아예 못하면 무얼 해도 우습고 유치한 감정 표현으로밖에 보이지 않았다. 그러나 격정적으로 감정을 토해내거나 노골적인 슬픔과 분노를 드러내는 건 어중간한 연기력만 가져도 충분했다. 가끔은 훌륭한 연기력으로 포장되기도 했다.

어떤 역에서는 돋보이던 연기가 전혀 다른 스타일의 배역에서는 연기력 논란이 이는 게 이런 경우였다. 원래 연기력이 부재한 배우가 캐릭터를 잘 만나 뜨면 계속 비슷한 역만 맡는 것도 같은 이유다.

채우진이 'Death hill'에서 괄목할 만한 신인으로 주목받고 있는 것은 주지의 사실이었다. 충무로의 많은 감독과 제작자들이 그를 주목하며 캐스팅하기 위해 힘을 쏟았다.

국민 미남이라 불리는 박민을 한 번에 평범한 일반인으로 만들어 버리는 외모, 그런데도 상대 여배우와 있으면 보는 이로 하여금 설레게 만드는 요소, 제법 괜찮은 연기력까지 무엇 하나 빠질 게 없으니 당연한 일이었다.

그럼에도 아직 그에게 요구하는 이미지는 제한적이었다. 'Death hill'에서의 강렬한 이미지는 위험하면서 퇴폐적이었고, 빌트맨 화보에서는 카리스마 넘치는 오만함과 섹시함을 잘 보여주었다. 한마디로 센 캐릭터에 강하다는 이미지를 사람들에게 심어주었던 거다.

이는 강한 성격의 캐릭터에 대해선 연기력을 인정받았지만, 과연 다양한 스펙트럼을 가진 배우인지에 대한 확신은 아직 없다는 의미이기도 했다.

그런데 'Glooming day'에서 채우진은 자신에게 씌워진 이미지를 다시 한번 깨부쉈다. 서정적이면서 아름다운 그의 연기는 사람들의 가슴에 잔잔한 파동을 남겼다. 원래 말을 못하는 캐릭터가 아니라, 대사 없이도 배역의 감성과 의견을 고스란히 관객들에게 주입하는 능력을 보여줌으로써 자신의 능력을 스스로 입증해 보인 것이다.

특히 비 오는 날 나미연의 집 앞에서 지었던 절망 어린 표정 연기는 온갖 미디어에서 언급하며 찬사를 보낼 정도였다.

"왜 그래?"

폰으로 인터넷 기사를 읽던 우진이 화면을 끄고 벽에다 머리를 비비는 걸 본 박연아는 의아한 듯 물었다.

"아니요. 그냥 제 수치스러운 과거의 잔재가 지금의 저를 힘들게 하네요."

"뭐가 문젠데. 요즘 영화평도 좋고 잘나가잖아."

"사람이 만족이란 걸 모르나 봐요."

쪼그리고 앉아서 한숨을 내쉬는 우진의 옆에 같은 자세로 앉은 박연아는 가볍게 코웃음을 치며 그를 놀렸다.

"뭐라고 했더라, 실수는 머리로 기억하고 가슴에는 담아두지 않는다며? 지금의 너는 아주 많이 담아두는 것 같은데?"

"담아두기 싫어도 이렇게 증거로 계속 남아 수시로 공격하는데 어떡해요. 이거 평생 절 따라다니겠죠?"

말과는 다르게 우진은 제발 아니라는 답을 원하는 얼굴로 박연아를 보았다.

"연극이라면 모를까. 영화나 드라마는 평생이 뭐니, 후세까지 남아서 나중에는 역사가 되겠지. 그래서 한번 찍을 때 최선을 다해야 하는 거야. 무덤에서 수치사 안 당하려면."

자세한 것은 몰라도 우진이 자기 기사를 보고 저런 반응을 보인다면 대충 짐작은 갔다. 아무리 좋은 소리를 듣고, 칭찬이 쏟아진다고 해도 정작 본인이 만족하지 못하면 무슨 소용이겠는가.

"나는 수치스럽더라도 기사도 좀 나고 그래 봤으면 좋겠다."

우진의 마음을 모르는 건 아니지만, 상대적으로 막연한 부러움을 느낀 박연아는 손에 쥐고 있던 커피를 마셨다.

"크윽! 맛없어."

"죄송해요."

박연아가 마신 커피는 드라마에서 카페를 운영하는 루이를 연기하면서, 우진이 직접 만든 아메리카노였다. 괜히 자신이 맛없게 만들었나 싶어서 우진이 사과하자 박연아는 고개를 저었다.

"내가 원래 커피 믹스만 마시는 사람이라 이런 시키면 물은 못 마셔. 그래도 어쩌겠어, 이유라가 아메리카노 중독자인걸."

드라마 속에서 이유라는 정말 아메리카노를 달고 살았다. 그런 취향 덕에 루이의 카페에 단골이 되면서 그와 더욱 가까워지는 계기가 되었다. 그런데 정작 박연아는 아메리카노는 못마셨다. 그래서 이렇게 틈만 나면 마시는 버릇을 들이면서 훈련 중이었다.

"하긴 너도 고생이다. 그 예쁜 손톱을 이렇게 망가뜨리다니 작가님도 너무하지."

루이는 생각이 깊어지거나 당황하면 손톱을 물어뜯는 것으로 감정을 표현하는 버릇이 있었다. 그래서 지금 우진의 왼손 손톱들은 엉망이었다. 일부러 물어뜯어서 엄지손가락은 손톱 밑의 붉은 살까지 보일 정도였다. 모두가 대본에 있는 루이에 대한 설정 그대로였다.

"아프지 않아?"

"아프지 않을 정도까지만 물어뜯어서 괜찮아요."

아무렇지도 않아 하는 우진을 보며 박연아는 피식 웃으며 그의 어깨를 토닥여 줬다. 사람이 성공하는 데는 다 이유가 있는 법이다. 운이 무척이나 좋거나, 실력과 노력이 따라와 준 결과이거나. 운도 따랐겠지만 적어도 우진의 성공에는 후자가 큰 몫을 했을 것 같았다.

우진을 보고 의욕을 다진 박연아는 미간을 찌푸리며 다시 아메리카노를 한 모금 마셨다. 무의식중에도 얼굴을 찌푸리지 않을 수 있을 때까지 이 맛없는 것에 자신을 길들일 작정이었다. 아메리카노에 시럽을 넣을 수도 있지만, 이만한 노력도 하지 않고 연기하는 건 왠지 자존심이 허락하지 않았다.

"패배자들이 여기에 옹기종기 모여 있었군."

어느새 나타난 강민호는 뻣뻣한 두 다리로 서서 구석에 쪼그리고 앉아 있는 두 사람을 깔보듯 내려다보았다.

"패배자라니! 굉장히 모욕적인 발언이군, 도전인가?"

"도전은 무슨. PD님께 욕 한 바가지 얻어맞고 세트장에서 쫓겨난 주제에 승전보에 이름을 올리고 싶었습니까?"

강민호의 야유에 우진과 박연아는 얼굴을 들지 못하고 어깨를 축 내려뜨렸다. 아메리카노를 마실 때마다 절로 미간을 찌푸리는 박연아와 이유를 알 수 없는 채로 계속 NG만 당하는 우진이었다. 패배자란 소릴 들어도 할 말이 없었다.

우진의 경우, 자신이 그렇게 연기를 못하나 싶어서 제 기사를 찾아볼 정도였다. 그러다 칭찬 일색의 기사 속에 박힌 사진을 보고 아연하게 고개를 돌려 버렸다. 무대 인사 때마다 보게 되는 영화였지만, 꼭 한 장면만은 제대로 볼 수가 없었다. 모두가 칭찬하는 '절망하던 차현승' 의 얼굴이었다.

만약에 자신이 그런 식으로 연기했다면, 그래서 박 PD가 이를 알아보고 NG를 줬다면 시인하겠는데 절대 그렇지가 않았다. 루이를 연기하면서 우진은 한 번도 자신의 감정을 끌어온 적이 없으며 다른 이의 인격을 가져온 적도 없었다.

"나야 그렇다 쳐! 난 내가 뭘 잘못했는지 알고 모두가 다 아니까. 그런데 우진은 뭘 잘못해서 계속 NG를 받는지, 댁은 알겠어?"

우진이 가장 알고 싶은 것을 박연아가 대신 강민호에게 물었다.

"내가 그걸 알면 벌써 톱스타가 됐지."

모르기는 강민호도 마찬가지였다. 객관적, 주관적인 모든 관점을 끌어다 가져와도 왜 우진이 NG를 받는지 그도 몰랐다. 알았다면 그는 이미 연기의 신일 거라며 고개를 저었다.

"그럼 박 PD님이 연기의 신이란 소리야?"

"적어도 보는 눈만큼은 그 급이잖아. 만들기도 잘 만들고."

배우가 괴로워서 그렇지 박 PD의 작품은 언제나 최상의 결과로 말을 했다. 그렇기에 웬만한 배우들은 하려고 하지 않는 이 드라마를, 조연이지만 아이돌이 방송사와 커넥션까지 하면서 굳이 나오려는 걸 테고 말이다.

커리어를 쌓는 입장에 박 PD와 함께 작업했다는 것만큼 좋은 필모그래피는 없었다.

"박 PD님 이번에 캐스팅 난조로 충격받아서 예전처럼 배우들 안 볶을 거라던 사람이 누구지?"

"나!"

당당하게 손을 드는 강민호를 노려보며 박연아는 남아 있는 커피를 원샷으로 마셨다.

"하여튼 모두가 다 엑스 같은 엑스엑스들이야!"

내내 왼손에 들고 있던 대본을 꼭 쥐며 자리에서 일어난 박연아는 크게 심호흡을 내쉰 다음에 촬영장으로 성큼성큼 걸어갔다. 전쟁터로 나서는 무장의 뒷모습 같은 그녀를 보며 우진도 따라 일어섰다.

"우리 여주인공은 까딱하면 엑스라고 하네. 아무리 자체 필터링을 해도 품위를 지켜야지."

"꽃 같은 새끼라고 해석해서 들으면 그렇게 나쁘지도 않아요."

"응?"

잠시 우진이 하는 말이 뭔 소린가 생각하던 강민호는 이내 크게 웃었다. 우진의 등을 두들겨 주면서 긍정적이어서 좋다고 칭찬했다.

"이왕 긍정적인 거, 너도 너무 신경 쓰지 마. 네 연기 정말 괜찮으니까."

"좋은데 NG를 받아요?"

"모르지. 배우와 힘겨루기하는 건지도."

한창 뜨는 배우와 작업하면서 일부러 엄하고 까다롭게 구는 감독들이 제법 있었다.

초반에 기세를 잡지 못하면 배우에게 질질 끌려가 작품을

인위적인 자연스러움 449

망치는 경우가 종종 있었기 때문이다. 더욱이 기필코 캐스팅하
겠다는 의지로 처음부터 우진에게 저자세로 나가 계약을 했기
에, 그걸 신경 쓰고 있는지도 모른다.

모두가 망할 거라는 'Glooming day'의 흥행에 견인차 구
실을 한 배우가 채우진이란 걸 누구도 부인하지 못할 것이다.

극 중에서 우진은 완벽하게 무게중심을 잡으면서 어디에도
치우치지 않았다. 감정에 호소하지도, 그렇다고 냉소하지도 않
은, 따뜻한 시선과 이성으로 주연들을 이끌어갔다.

이는 즉, 다른 말로 하자면 조연인 채우진이 주연들을 압도
했다는 의미이기도 했다. 그러기에 영화를 본 관객들의 머리에
강렬하게 남은 마지막이 모두가 채우진이 연기한 차현승이었던
거다.

이런 배우와 함께 작업하게 된 박종혁 PD로선 기선부터 잡
고자 부러 채우진에게 NG를 날리는 게 아닌가, 강민호는 추측
했다.

"그건 아닐 거예요."

하지만 우진은 단호하게 고개를 저었다. 경험이 많은 건 아
니어도 그가 함께 일했던 두 명의 감독은 모두 자기 작품을 끔
찍이도 사랑했다. 어떻게 하면 더 나은 결과가 나올까 구상하
며 과정에 공을 들였고, 이를 위해선 무엇이라도 했다.

그 모습이 지금 박종혁 PD에게도 보였다. 일을 수월하게 하
려고 하거나, 배우에게 끌려가기 싫어서 기 싸움을 거는 게 절
대 아니었다. 날카로운 눈빛 속에 깃든 것은 승부가 아닌 성공
에 대한 열망이었다.

우진을 바라보는 시선에 담긴 것은 짜증이나 노염이 아니라 기대였다.

박종혁 PD는 우진이 깨닫지 못하는 문제를 보았고 그걸 고치려고 노력 중이었다. 다만 그걸 우진 본인이 깨닫지 못해서 NG로 채점하고 있는 거였다. 대놓고 직접 말해주면 좋을 텐데, 그렇지 않은 것은 그럴 만한 이유가 있지 싶었다. 지적해도 우진 본인이 이해하지 못하는 문제거나, 말로 풀어내기 어려운 문제거나.

"정말 전쟁이구나."

우진은 힘없는 걸음으로 촬영장을 향해 걸어갔다. 강민호의 말이 크게 틀리지 않았다. 전쟁터로 다시 돌아가야 하는 우진은 패잔병 그 자체였다.

◆　　◆◆◆　　◆

9월이 되면서 드라마 촬영과 학업을 병행하게 된 우진은 정신이 하나도 없었다. 덕분에 'Glooming day'의 예상치 못한 성공을 만끽할 여유가 없었다. 단지 예전보다 그를 붙잡는 이들이 많아진 것으로 이를 실감할 따름이었다.

"우진 오빠, 영화 정말 좋았어요."

강의를 같이 듣는 후배가 우진에게 다가와 쾌활하게 말을 걸었다. 확실히 얼마 전보다 그를 알아보고 적극적으로 다가오는 이들이 늘어났다. 더욱이 학교에서는 매니저인 강호수가 없었기에 밖보다 그 빈도가 높아 당황스러울 때가 있었다.

"고마워요."

얼굴은 몇 번 보았지만 이름까진 모르는 후배를 향해 우진은 예의를 지켰다.

"오빠~! 말 편하게 놓으세요. 다른 복학생 오빠들은 보자마자 친하게 굴던데 오빤 너무 거리감 둬서 서운해요."

이름 모를 후배의 적극적인 환심에 우진은 슬쩍 웃으며 대답했다.

"내가 좀 그래요."

자신이 좋아하거나 관심 있는 사람을 제외하고, 대체로 타인에게 무관심한 편인 우진은 애써 웃으며 후배에게 최대한 친절하게 굴었다. 연예인의 길을 들어선 순간부터 예전처럼 제마음대로 굴 수가 없었다.

"사람이 고리타분해서 어색하면 쉽게 말을 못 놔요."

말하고 보니까 매니저인 강호수와 자신이 비슷한 성향이라는 걸 깨달은 우진은 괜히 웃음이 나왔다. 이럴 걸 두고 끼리끼리 논다는 말인가 싶기도 했다. 속내야 어쨌든 우진이 웃어주자 후배는 한결 편하게 그를 대했다.

"아니요! 이번에 오빠 영화 보고 정말 좋아서 어떡하든 말걸어보고 싶어서 그랬어요. 부담 갖지 않으셔도 돼요."

아직 영화의 여운이 남아 잔뜩 상기한 얼굴로 말하는 후배를 보고 비로소 우진도 조금은 경계를 풀며 그녀에게 다가갔다.

"선배한테 먼저 다가오는 게 쉽지 않은데 이렇게 먼저 말 걸어줘서 고마워요. 그런데 이름이?"

"다정이요. 박다정!"

"왠지 다정하다 했는데 이름 따라가나 봐요. 앞으로 나도 최대한 편하게 말 놓도록 노력하겠지만, 당장은 좀 봐줘요."

화사한 미소와 함께 다가오는 부드러운 목소리에 박다정은 무의식적으로 고개를 끄덕였다. 개강하고 나서 이번에 복학한 선배 중에 채우진이 있다는 걸 안 이후로 그녀는 학교 생활이 꽃밭일 거라 예상했다. 그러나 기대에 미치지 못하고 채우진과 접할 기회는 거의 없었다.

예부터 채우진 선배는 과 행사나 모임에는 잘 나오지 않는 거로 유명했다. 친하게 지내는 몇몇을 빼면 동기들하고도 거의 교류가 없다는 이야기는 전해 들었지만, 이 정도일 줄은 몰랐다. 그러기에 강의실에서 만나도 직접 대화할 기회는 적을 거라던 선배들의 말을 직접 겪고야 믿을 수 있었다.

게다가 요즘은 드라마 촬영 때문에 정말이지 수업만 참가하고 사라져 버리곤 했다. 이렇게 붙잡고 이야기할 수 있는 자체가 엄청난 기회였다.

처음 입학했을 당시, 교내 최고의 미남이 지금은 군대에 갔다는 소릴 들을 때만 해도 그러려니 했다.

웬만큼 친하지 않으면 같이 사진 찍기도 힘들다던 그 미남 선배의 사진은 남아 있는 거라곤 몰래 찍은 것들뿐이었다. 혹여 함께 찍었더라도 그와 나란히 놓인 자기 얼굴에 자괴감을 느끼고 삭제해 버렸다고 해서, 남아 있는 것들은 멀리서 흐리게 찍힌 게 전부였다.

그만으로도 충분히 훈남의 느낌이 풍기기는 했어도 당시 신입생 대부분은 비웃었다. 온갖 미디어로 인해 사람들의 눈은 한없이 높아진 상태였다. 포토샵의 힘을 빌렸다고 해도 인터넷에만 들어가도 세상에 미남들은 넘치고 넘쳤다.

선배들이 주장하는 사진발 안 받는 교내 최고 미남에 대한 전설은, 그래서 도시 괴담과 하등 다를 게 없는 취급을 받았다.

그러다 영화 속의 그분, 채우진이 그 전설의 선배란 소리에 기함하다 실물을 마주하곤 기절할 뻔했다. 그분이구나. 그분이 지금 이 앞에 있다는 감상 말고는 잠시 아무 생각도 하지 못했다.

같은 학과, 같은 학년이란 메리트가 있음에도 기대처럼 쉽게 다가가기는 어려웠다. 소문 속 채우진 선배는 사교성이 많은 사람이 아니었고, 그에게 말 한마디라도 걸기 위해서는 그만큼 용기를 쥐어짜야만 했다. 그런데 면박은커녕 오히려 다정하다며 이름까지 칭찬해 주니 목소리에 절로 힘이 묻어났다.

"요즘 드라마 찍는다면서요. 촬영에 수업까지 힘들지 않으세요?"

"힘들어요."

대번에 죽는시늉을 하던 우진은 책 한 권을 내보이며 다음 수업이 있다고 대답했다. 수업을 워낙 타이트하게 몰아서 신청했기에 사실 이렇게 한가하게 대화를 나눌 여유가 그에게는 없었다. 그제야 박다정은 아쉬운 듯 물러서며 그를 보내주었다.

"아우! 겨우 어렵게 말을 걸었는데 사인도 못 받았네."

저 멀리 사라져 가는 우진의 등을 바라보며 아쉬워하는 박다정에게 친구가 여유롭게 고개를 저었다.

"어차피 같은 학교 다니는데 급하게 굴 필요 없어."

"그래도!"

"듣자니 선배 여동생의 친구들은 사인 요구도 안 한다더라."

"그건 또 무슨 소리야?"

박다정의 의문에 친구는 순간 아차 하면서 재빨리 표정을 수습하며 아무렇지도 않게 대답했다.

"내가 다니는 사이트에, 동생이 우진 선배의 여동생과 같은 반인 회원이 있거든. 그래서 가끔 소식을 물어다 주는데, 여동생 친구들은 언제라도 받을 수 있는 사인에 별 흥미 없어 한대. 예전부터 얼굴도 자주 보고 우진 선배가 놀아주기도 해서 안달하지도 않고 느긋한가 봐."

"갑자기 세상에서 가장 부러운 게 우진 오빠 여동생의 친구들이 될 것 같아."

"걔네는 우진 선배 데뷔 전부터 봐와서 신기해하기는 해도 막 연예인 보는 것처럼은 안 구나 봐."

어린 친구들도 그러는데 성인인 우리가 그보다 못해서야 되겠냐는 친구의 말을 박다정은 수긍할 수밖에 없었다.

"그런데 너 다니는 사이트가 어디야?"

박다정은 'Death hill'은 어떻게 넘겼는데 'Glooming day'에서 그만 채우진에게 덕통사고를 당하고 말았다. 그래서 친구가 말한 사이트가 어딘지 몹시 궁금했다. 전공 수업이 있을 적마다 볼 수 있는 채우진이지만, 몇 다리 걸쳐서더라도 다른 사람을 통해 듣는 이야기도 알고 싶었다.

"그게……."

꼭 알아내고야 말겠다는 박다정의 의지에 친구는 짧게 눈동자를 떨었다. 내내 잘 숨기고 있던 덕질 생활을 밝혀야 하는 순간에는 잠시나마 갈등이 오곤 한다. 하지만 덕후로서 새로운 뉴비에게는 항상 너그러워지는 법이라, 친구의 갈등은 매우 짧았다.

"소원바라기라고……."

소원바라기의 발악 한 명이 새로이 탄생하는 순간, 우진은 교양 수업을 듣기 위해 강의실에 앉아 있었다. 자판기에서 뽑은 커피 한 잔에 피로함을 녹이며 옆에 앉은 현민의 어깨에 머리를 기댔다.

"현민아~! 나 너무 피곤하다."

"그러게 피곤할 짓을 왜 해."

현민은 어깨 무겁다며 가차 없이 우진의 머리를 손바닥으로 밀어 내쳤다. 힘을 빼고 기대 있던 우진의 몸은 정처 없이 떠밀리면서 반대편에 앉아 있던 여학생과 부딪치고 말았다.

"아, 죄송합니다."

바로 자세를 잡으며 상대에게 사과하던 우진은 순간 멈칫했다. 상대방이 어딘가 낯이 익었기 때문이다.

"딩키 커피!"

우진의 반응에 목을 쭉 내밀고 상대를 확인하던 현민이 먼저 그녀에게 알은척을 했다. 상대는 우진과 현민이 군대에 가기 전에 자주 갔으나, 전역 후에는 사라져 버린 커피숍에서 아

456 **별이 되다**

르바이트하던 여학생이었다.

"아!"

그제야 기억이 난 우진은 어색하니 고개를 끄덕이며 그녀에게 인사를 했다. 상대도 두 사람을 기억하는지 설핏 미소를 짓는 것으로 응답했다.

"딩키 커피가 문 닫아서 아쉬웠는데 여기서 보니까 또 새롭네요. 몇 학년이에요?"

"3학년이요. 그런데 딩키 문 닫은 거 아닌데."

"아, 알아요. 이 녀석이 이번에 배울 게 있어서 만난 바리스타 선생님이 딩키 사장님이었다고 하더라고요. 건물 사서 가셨다면서요. 우린 그것도 모르고 가격 경쟁에 져서 망한 줄 알았다니까요."

우진을 가운데에 두고 여학생과 현민의 대화는 교수님이 강의실에 들어올 때까지 잘도 이어졌다. 그들보다 한 살 어린 그녀의 이름이 김태화라는 것까지 알아낸 현민은 강의가 끝나고 나서 그녀에게 손까지 흔들며 인사했다.

"굉장히 정답다?"

"미인이잖아. 미인은 어떻게든 친분을 쌓아두는 게 좋아."

"그 말 네 여친에게 꼭 전해주마."

"어째 네가 내 여친보다 날 더 관리하려고 하냐? 남자의 질투는 추하단다, 친구."

하는 짓이 우스워 현민의 오금을 발로 가볍게 찬 우진은 저 멀리 걸어가는 김태화의 뒷모습을 슬쩍 돌아봤다.

현민의 말처럼 그녀는 웬만한 연예인보다 더 아름다운 미인이었다. 화장기 없는 말간 얼굴에 청바지에 흰 셔츠만 입었을 뿐인데도 몸매가 좋아 맵시가 좋았다. 하지만 왠지 우울한 얼굴이 그녀의 미모를 모두 사그라지게 했다.

저만한 외모의 여학생이라면 남학생들의 시선이 머물 만한데도 이상하게 스쳐 지나갈 뿐 붙잡지는 않았다. 아름답지만 다가가기 싫은 어둠이 그녀에게 깃들어 있어서, 현민같이 오로지 외모만 보는 부류나 희희낙락할 따름이다.

"너야말로 너무 애틋하게 바라보는 거 아니냐?"

김태화에게서 시선을 놓지 못하는 우진의 팔을 툭툭 치며 현민이 음흉하게 웃었다.

"아니, 이상하게 어딘가 좀 낯이 익어서."

"낯이야 익지. 군대 가지 전에 우리가 딩키 커피에 얼마나 자주 갔었는데 낯설면 그게 더 이상한 거지."

"그게 아니라. 뭔가 느낌이……."

말을 하려다 말고 우진은 고개를 살래살래 저었다. 이 느낌을 어떻게 표현해야 할지 지금으로선 그도 이해할 수가 없었다. 예전에는 김태화를 보아도 아무런 느낌이나 감상이 없었다. 그런데 갑자기 그녀에게서 느껴지는 친숙함에 우진은 이 상황이 무척 당황스러웠다.

"미녀는 모든 방어 체제를 약하게 만들지."

"예전에는 이러지 않았어."

"그때의 너와 지금의 네가 다른 거 아냐?"

아무 의미 없이 무심히 내뱉는 현민의 말에 우진의 표정이 굳었다. 예전의 채우진과 지금의 그가 다른 것은 오직 하나였다. 전생의 기억이 있느냐와 아니냐이다. 그리고 이는 현재에 이르러 엄청난 차이를 만들어내고 있었다.

"뭘 그렇게 심각하게 생각해? 그때의 넌 연애하다 실연당해서 주위에 미녀들에게 관심 둘 상황이 아니었고, 지금은 솔로잖아. 자유로운 솔로!"

두 팔을 휘휘 저으며 날갯짓해 보이는 현민의 우스꽝스러운 모습에, 깊게 파고들어 가려던 우진의 사고는 거기서 끊기고 말았다.

유쾌한 친구의 상황 설명에 우진은 더는 깊이 생각하지 않기로 했다. 김태화에게서 느껴지는 친숙함보다는 그녀를 외면하고 싶은 마음속 외침이 더 컸다. 여기서 더는 다가가지 말라는 경고는 육감이었다. 나중에 뒤돌아보면 이런 감정적인 결정은 대부분 옳은 선택으로 이어지곤 했다. 우진은 이내 김태화에 관한 생각을 털어버렸다.

아직도 남아 있는 수업이 하나 더 있었고 친구 따라 강의를 신청한 현민은 이 빽빽한 스케줄에 괴로움을 호소했다. 그러나 아마 다음 학기에도 그는 우진을 따라 수강 신청을 할 터였다. 우진이 수업을 듣지 못할 경우를 대비해, 강의 내용이나 리포트와 시험 정보들을 챙겨주기 위해서 말이다.

힘들다던 현민은 가방을 뒤져서 나온 영양바 하나를 우진에게 주었다. 먹고 힘내라고 준 거지만 그럴 시간조차 없었다.

영양바는 나중에 자신을 알아보고 사인을 요청한 아주머니와 함께 있던 어린이의 손에 들어갔다. 자신을 알아보고 기뻐하는 분에게 뭐라도 주고 싶었는데 가지고 있던 게 그것밖에 없었다. 주고받는 거, 갑과 을이 아닌 동등한 관계로 소소하게 나누는 마음이 그리 나쁘지 않았다. 하지만 이런 정겨운 마음은 촬영장에 도착하자마자 푸시시 사그라지고 말았다.

◆　　◆◆◆　　◆

완벽주의자로 유명한 박 PD와의 작업은 우진이 예상했던 것보다 더한 막노동에 가까웠다. 왜냐하면, 기본적으로 십수 번의 NG 없이는 다음 신으로 절대 넘어갈 수 없었기 때문이다.

두 편의 영화를 찍으면서 NG는 거의 내본 적이 없었던 우진으로선 이는 상당히 당황스러우면서 곤란한 경험이었다. PD가 원하는 장면이 나오기까지 같은 장면과 같은 대사를 수없이 반복하다 보면, 어느 순간부터 이게 연기인지 뭔지 분간이 가지 않을 때가 많았다.

"이곳은 이상한 세상이에요. 나와 비슷한 사람들이 사는데도 난 그들이 무슨 말을 하는지 알아들을 수가 없어."

"NG!"

어김없이 들리는 소리에 이젠 아예 득도한 얼굴이 되어버린 우진은 멍하니 박 PD를 바라봤다. 반면 상대역인 박연아는 대체 이 완벽한 연기에 무엇이 잘못되었는지 알아낼 수 없어 심각한 표정이 되어 굳어버렸다.

이게 NG라면 바로 이어질 자신의 연기는 어떻게 평가받을지 걱정부터 되었다.

"우진아, 네 연기는 정말 나무랄 게 없어."

박 PD의 말에 스태프와 다른 연기자들 역시 고개를 끄덕였다. 저 나이에 이토록 깊이 있는 연기를 할 수 있는 배우가 얼마나 될까. 이 사실을 부정할 사람은 이곳에 아무도 없었다.

박종혁은 잠시 주위를 둘러보다 듣는 이가 많다고 여겼는지 우진을 세트장 구석으로 데리고 갔다. 그의 의도를 눈치챈 다른 이들은 그 주변으론 아예 시선조차 주지 않았다.

"그런데 그게 바로 문제야. 분명 연기는 잘하는데 그게 느껴지거든. '우와, 저 배우 정말 연기 잘하는구나!' 라는 느낌 말이야."

"제 연기가 인위적인가요?"

"인위적인 건 아닌데 뭔가 굉장히 이성적인 느낌이 든다고 해야 하나. 몇몇 배우들 있잖아. 연기 자체는 흠잡을 게 없는데 '아, 저 사람 지금 연기하고 있구나!' 라는 느낌이 들게 하는 배우들. 우진이 너한테도 그런 느낌이 조금 든단 말이지. 뭐, 이대로도 좋아, 좋긴 한데 힘을 좀 빼고! 이왕 할 거, 연기가 아닌 정말 루이가 되어보자는 거야."

사실 박종혁도 그동안 문제점이 무언지 정확히 파악하지 못해서 우진에게 직접 언급할 수가 없었다. 분명 연기는 잘하는데 무언가 거슬리기에 NG만 주고 이유를 말하지 못했다. 그러다 보면 나중에는 결국 그가 원하던 느낌의 장면이 나왔기에 시간이 약인가 싶었다.

이유를 알게 된 것은 정말 우연이었다. OK가 난 장면들을 정리하다 보니 자연스레 알게 되었다. 자신이 원하는 게 무엇이고, 우진의 문제점이 무언지 말이다.

반면 연기가 아닌 정말 루이가 되라는 박 PD의 요구에 우진은 혼란에 빠졌다.

우진은 충분히 자신이 루이가 되어 연기하고 있다고 생각했기에 PD의 말이 더욱 이해가 되지 않았다. 여기서 더 루이가 되지 못하는 것은 연기력의 문제일 텐데 또 그건 아니란다. 차라리 너 연기 못한다는 소릴 들었다면 상황 정리가 명쾌했을 것이다.

그럼에도 불구하고 PD가 하는 말이 무얼 의미하는지는 어렴풋이 알 것 같기도 했다. 우진은 저 멀리에 있는 박연아를 슬쩍 보았다.

연극배우인 그녀의 연기는 굉장히 좋았다. 그런데 가끔 보이는 그 특유의 연기 톤이나 과장된 동작들이 눈에 거슬릴 때가 있었다. 아마도 연극 무대에서 했던 특유의 제스처와 목소리 톤을 바꾸지 못해 생긴 현상 같았다.

일상에서 묻어나는 자연스러움이 어긋나는 순간에 느껴지는 불편함을 우진은 그녀에게 느낀 적이 몇 번 있었다.

박 PD의 이야기를 들어보면 분명 자신의 연기에도 그런 부자연스러움이 있다는 거로 추측할 수 있었다.

"힘을 빼라니……."

절로 나오는 한숨에 어깨가 축 내려앉았다. 그 힘이 아닌데도 몸에서 힘을 빼며 골똘히 생각에 빠진 우진에게 다가간 PD는 그의 어깨를 툭툭 치며 말했다.

"내가 오케이 했던 신들을 잘 생각해 봐. 다 나빴다는 게 아니야. 아예 못한다면 기대도 안 하는데, 할 수 있는데도 그 감

을 몰라서 헤매는 걸 보고 그냥 넘길 수는 없잖아. 다른 신부
터 찍을 테니 잠깐 머리 좀 식히고 와라."

촬영을 계속 진행하며 배우의 진이 다 빠질 때까지 굴리는
박 PD가 예외적으로 시간을 주며 우진을 배려했다.

특별 대우처럼 보일 수 있지만, 사실은 시간을 아끼자는 차
원에서의 배려였다. 연기를 못하면 계속 찍고 찍으면서 배역이
몸에 스며들도록 기다리는 게 보통이다. 하지만 우진은 굳이
그럴 필요가 없는 배우였다.

서로 고생해 가면서 시간 낭비, 물자 낭비하며 배역을 이해
시키는 것보다는 차라리 시간을 줘서 스스로 깨닫게 해주는
게 나았다. 박 PD는 미리 준비해 둔 USB를 우진에게 건네주
었다. 안에는 지금껏 오케이 사인을 받은 우진의 연기를 모아
둔 편집본이 있었다.

보고 스스로 깨우치라는 의미였기에 USB를 받은 손의 감각
이 유독 묵직했다.

"예를 들면 'Glooming day'에서 그 절망에 빠졌던 차현
승이나, 화보 메이킹 영상에서 보여줬던 연기 같은 거. 정말
그걸 보는데 소름이 끼칠 정도로 완벽한 연기다 싶었거든. 마
치 연기가 아닌 실제 같았단 말이지. 내가 원하는 건 바로 그
런 거야."

아마 그것들을 보지 않았더라면 박종혁 PD는 지금의 우진
도 충분하다고 생각했을 거다. 하지만 이미 저 너머의 세계를
보았는데 이곳에 남아 만족할 리가 없었다. 더는 우진에게 부
담이 될까 싶어 박종혁은 촬영을 핑계로 자리를 떴다.

홀로 남은 우진만이 손에 쥐고 있는 USB를 멍하니 내려다보았다.

말로 허용할 수 없는 복잡한 심경이 그의 심장을 쥐고 흔드는 기분이었다. 한참을 아무 생각 없이 그렇게 서 있은 후에야 정신을 차린 우진은 주위를 둘러보았다. 촬영에 전념하느라 그런지는 모르겠지만, 우진에게 신경 쓰는 이는 보이지 않았다.

카페로 단장한 세트장 구석으로 간 우진은 스태프가 사용하는 노트북을 하나 빌렸다. 이어폰을 꽂고 PD의 까다로운 기준을 통과한 자신의 연기를 찬찬히 돌려보았다.

하나같이 십수 번의 NG 후에야 통과한 연기는 그가 봐도 괜찮았다. 다만 이것들과 NG를 받은 것들과의 차이를 모를 뿐.

이왕이면 NG를 받았던 것들도 함께 보았으면 비교 평가하기 좋았을 거란 아쉬움이 있었다. 그러나 박종혁 PD 성격에 이렇게 챙겨준 것도 고마운 일이라 부족함은 아쉬움으로 끝내야 했다.

박 PD가 마지막에 남긴 말로 그가 원하는 게 무언지 알게 되었지만, 그렇다고 모두가 이해되는 건 아니었다. PD의 기준을 통과한 연기는 우진의 오리지널 연기였다. 자신의 감정을 담은 것도 빙의도 아니었는데 오케이를 받았다.

그렇다면 우진이 싫어하는 방법이 아니더라도 박종혁 PD를 충족시킬 다른 수가 있긴 있다는 뜻이었다.

"내가 뭘 해줄까?"

"넌 왜 나만 보면 뭘 해주지 못해서 안달이니?"

"해줄 게 없어서."

"해준 게 없어서 해주고 싶은 게 아니라, 해줄 게 없어서 불안한 거야?"

"해준 것도 없고 해줄 것도 없고… 그런데 내가 잘할 수 있는 거라곤 하나뿐이라서 당신에게 난 언제까지나 쓸모없는 사람이었으면 좋겠어. 당신을 위해서."

"그러면서 왜 계속 뭘 해줄지 묻는데?"

"언젠간 필요할 테니까."

며칠 전에 찍은 신에서 루이는 한없이 무표정하고 무력한 태도로 여주인공에게 물었다. 사람들은 항상 그에게 '무언가'를 원했기에 루이는 자기가 좋아하게 된 사람도 똑같다 생각했다. 그래서 항상 자신이 '무얼' 해줘야 할지를 묻게 되었다.

킬러인 루이가 자신 있게 해줄 수 있는 거라곤 살인밖에 없었다. 그녀에게 자신이 필요 없기를 바라지만, 그는 언젠가 그녀에게 자신이 필요할 거라는 느낌이 들었다. 살인자의 예감은 언제나 틀리지 않았다.

감정을 모르는 루이가 미안함, 애틋함, 그리고 살인자의 본능을 모두 보이는 이 장면에서 우진은 정말이지 수십 번의 NG를 냈다.

그뿐만 아니라 여주인공 역시 특유의 연극 톤 때문에 우진과 비슷한 정도의 NG를 내었다. 나중에는 둘 다 완전히 녹초가 되어 쓰러지고 말았다. 협찬받은 옷 때문에 차마 바닥에 눕지 못한 박연아가 비틀거리며 슬라임처럼 의자에 흘러 앉았던 기억이 난다.

쏟아지는 NG 속에서 나중에는 아무 생각이 없었다. 그저 몸에 배어버린 동작과 머리에 새겨진 대사를 아무렇게나 뱉어냈다는 것만 어렴풋이 기억났다.

뇌를 거치지 않고 무조건 내뱉은 대사들이 맞는지 틀렸는지에 대한 자각이 없었다. 그저 이유라와 대화를 나누듯 말했다. 그때는 연기고 뭐고 아무 생각 없이 그냥 루이처럼 말을 하고 행동했던 기억밖에 없다.

"루이처럼. 뇌를 거치지 않고……."

돌이켜 생각해 보면 오케이 사인을 받은 연기가 대부분 그런 식이었다. 반복된 NG 후에 무의식이 자연스럽게 흘러나오던 순간들. 모두 연기하면서 연기를 하고 있다는 의식을 버린 순간들이었다.

우진은 촬영이 시작하면 최대한 배역에 빠져서 연기하지만, 카메라가 꺼지면 바로 자신으로 돌아오는 경향이 있었다. 그만큼 배역과 채우진에 대한 구분을 확실히 했고 머릿속에서 '연기 중'이라는 신호를 수시로 ON/OFF 해가면서 연기했다.

루이에 더욱더 빠져보라는 박 PD의 충고가 어쩌면 맞는 말이었는지 모르겠단 생각이 들었다.

분명 배역에 빠져 연기를 하면서도 완전히 루이가 되지는 못했다. 그 틈새를 박 PD는 보았고, 뇌를 걸쳐서 나오는 대사들과 연기가 만들어낸 자연스러움 속에 숨은 불편함을 놓치지 않았던 거다.

우진은 자신이 빠지고, 다음 신을 촬영 중인 강민호와 박연아를 보았다.

여전히 NG 소리가 세트장에 울렸지만 우진 때와는 다르게 촬영은 계속되었다. 박연아의 문제는 목소리 톤과 제스처였기에 그것만 고친다면 그녀의 연기에는 아무런 하자가 없었다. 버릇을 고치기에 반복 연습만큼 좋은 게 없었기에 그녀의 촬영은 계속되었다.

아마 우진 역시 이런 패턴의 연기가 계속되면 박연아처럼 나중에 고치려고 해도 쉽게 고칠 수 없는 습관이 될 터였다. 박종혁 PD의 지적은 시기적절하게 주어진 숙제가 분명했다.

세 주인공 중에 NG를 가장 안 내는 사람은 강민호였다. 확실히 연륜은 속일 수 없고 배신하지 않았다. 역에 가장 깊이 빠져들고 이해력이 높은 그는 촬영이 끝나고도 한동안 배역의 감정을 고스란히 유지해 나갔다. 그래서 카메라 뒤에서 우진을 만나도 날카로운 시선으로 바라보며 차가울 때가 종종 있었다.

적의 어린 시선에 매번 머쓱해지는 것은 우진이었다. 그뿐만 아니라 처음부터 제대로 배웠는지 잘못된 버릇도 없었다. 여러모로 배울 게 많은 선배였다.

박종혁 PD가 원하는 것과 자신의 문제를 깨달았기에, 더는 영상을 볼 필요가 없어진 우진은 노트북을 덮고 그 위에 엎드렸다.

전생을 기억함에도 중심을 잃지 않을 정도로 자존감과 자아가 높은 건 좋았다. 그런데 이게 연기에는 별로 도움이 되지가 않았다. 전생의 기억으로부터 채우진의 사고를 지키는 방어막이 클수록 배역에 빠져드는 게 여러모로 어려웠다.

특히 저번 화보 촬영으로 방어막이 더욱 심해졌다. 예전에는 알게 모르게 배역에 푹 빠져서 연기했었는데 지금은 그러지 못했다. 은연중에 전생의 인격을 끌어들일까 봐, 이성의 끄트머리가 한쪽에서 늘 경계를 섰다.

머리에서 연기 중이라는 신호 자체를 없애고 자연스럽게 루이에 빠져들기가 말처럼 쉽지가 않았다. 다른 연기자들이라고 자신이 연기하는 걸 인식하지 못하는 건 아닐 것이다. 그런 배우들과 자신과의 차이점이 무언지 우진은 아직 몰랐다.

사실 방법을 알아도 소용이 없는 게, 남의 노하우를 안다고 해서 따라 할 수 있다면 세상에 연기 못하는 배우는 없을 것이었다.

'그렇다고 저번처럼 전생의 인격을 가져와서 연기하는 것은 절대 안 돼. 그건 연기도 뭣도 아니라고. 그냥 푹 빠져야 하는데 그러면 꼭 하나의 인생을 더 사는 것 같잖아.'

999번의 전생들을 기억하게 된 후 그 안에서 채우진이란 오리지널을 잃지 않기 위해 우진은 늘 노력하고 신경을 써왔다. 그런데 배역에 푹 빠져 버리라면 전생의 기억에 빠져 허우적거리는 것과 별반 다르지 않을 거란 근심이 생겼다.

'이러면 전생이 999번이 아니라 천 번을 넘어서 하나씩 하나씩 계속 늘어나는 거하고 뭐가 달라.'

심통이 나서 속으로 주절거리다 우진은 순간 깨달았다.

999번이나 1,000번이나 우진에게는 큰 차이가 없었다. 기껏해야 한 번의 인생을 또 하나 살아본 것에 불과했다. 다른 전생들과 같이 참고서처럼 이용하고 끝내면 된다.

그렇게만 한다면 지금처럼 해왔듯이 오리지널 인격에 피해를 줄 일은 없을 것 같았다. 그냥 배역을 전생의 하나라 생각하고 연기한다면 말이다. 아니, 여기선 연기가 아니라 살아본다는 게 맞을 것 같았다.

'아니, 아니야! 그렇다고 촬영 내내 루이로 살 수는 없잖아. ON/OFF는 중요해.'

하나를 해결하면 바로 이어지는 또 하나의 문제에, 절로 한숨이 나왔다. 하지만 해결책은 멀리에 있지 않았다.

'그러고 보니 저번 화보 때는 전생의 기억과 인격을 가져와서 연기했잖아. 끝나고 나선 그게 연기가 아닌 임기응변이라 다시는 그러지 말자고 다짐했지만, 나쁘지는 않았지? 만약 루이라는 전생이 있다고 치면, 나는 그의 인격을 가져와서 연기하면 되는 거잖아.'

화보 촬영이 어색하고 처음이라 연기가 아닌 전생의 인격을 끌어와 대체했었다. 자아 반성의 차원으로 오리지널 인격을 유지한 채로 '연기'만 하자 결심했던 계기였다. 혹여 그 반작용이 오늘의 결과를 만든 게 아닌가 싶기도 했다.

자아를 지키려다 보니 배역의 캐릭터까지 저도 모르게 방어를 한 게 아닌가 싶기도 했다. 그렇다면 차라리 저번처럼 빙의해서 연기하는 것이 지금으로선 가장 좋은 방법 같았다. 대신 새로운 '루이'라는 전생을 만들어서 그의 인격을 가져오는 것으로 말이다.

우진은 머릿속으로 '루이'의 인생을 그려보았다.

4살의 봄, 만날 싸우던 부모님이 그날만은 유독 기분이 좋아 보였다. 루이는 새로 산 옷과 신발로 단장하고 양손에 부모님 손을 꼭 잡은 채 유원지에 놀러 갔다. 맛있는 돈가스와 아이스크림, 분홍 파스텔색의 솜사탕과 풍선을 들고 귀여운 만화 속 캐릭터들을 좇아다녔다. 즐겁고 행복한 시간이었다. 그리고 어느 순간 깨달았다.

자신이 혼자이고 그렇게 버려졌다는 걸.

미국으로 입양을 갔지만, 그 집에는 자신과 같은 아이들이 많았다. 양부모님은 국가 보조금을 타기 위해 입양한 아이들에게 나눠줄 애정은 없어 보였다. 그러던 어느 날, 경찰들이 와서 그렇게 그들의 '가짜 가족'은 해체됐다.

위탁 가정을 몇 군데 돌던 루이의 종착역은 어느 마피아의 하부 조직이었다. 그때 그의 나이 11살이었다. 그때부터 배운 살인 기술들, 살인 후에 마시던 향긋한 커피의 맛은 시고 씁쓸해서 역겨운 피 냄새를 잠시 잊게 해주었다.

그런 삶에서 처음으로 찾아온 자유에 루이는 지금 방황하고 있었다. 생전 처음으로 자신을 돌아보고, 감정을 깨닫고, 사랑을 알고 죄책감을 깨달으면서도 멈추지 못하는 살인자의 삶이었다.

우진은 루이의 인생을 하나의 전생으로 머리에 새겼다. 그리고 저번에 했던 것처럼 루이의 인격을 끌어와 감정이입을 했다. 한 번 해봤기에 이번은 조금 더 쉬웠다.

이 순간부터 그는 연기가 아닌 진짜 루이가 되는 것이다.

이러면 전생의 인격들을 고스란히 가져와 연기로 재연하지 않겠다는 다짐을 위반한 게 아니다.

새로 창조한 전생은, 전생이라 여길 뿐 진짜가 아니니 반칙이 아니고 그의 오리지널 연기가 맞았다. 저번 화보 때 경험한 바에 의하면 인격을 덧씌워도 워낙에 전생에 대한 방어벽이 단단해서인지 금방 빠져나올 수 있었다. ON/OFF가 가능하다는 말이다.

노트북 위에 엎드리고 있던 상체를 일으켜 세운 우진은 조금은 멍하고 무감정한 눈빛으로 주위를 돌아보았다.

'루이'의 인생은 언제나 회색빛이었고 그가 보는 세상 역시 무채색이다. 마치 그림자 속에 묻혀 사는 것처럼. 그런 그에게 유일한 빛으로 파고드는 존재를 향해 시선을 옮긴 루이의 눈동자가 잘게 파동을 일으켰다.

루이는 평소 몸에 힘을 빼고 언제나 축축 늘어지는 자세로 다녔다. 그가 몸에 힘을 주고 바로 자세를 잡는 건 '작업'을 할 때뿐이다.

그는 의자에 기대 맥없이 앉아 흐리멍덩한 시선으로 박연아를 보았다. 정확히는 그녀가 연기하고 있는 이유라를 보면서 보일 듯 말 듯 희미한 미소를 지었다. 윤기 없이 거친 머릿결과 창백한 피부를 한 그는 마치 소년과 같았고, 그의 정신연령 역시 외모에서 풍기는 분위기와 크게 다르지 않다.

"루이, 준비 다 됐나?"

촬영 중 틈틈이 우진을 관찰하던 박 PD는 어느새 멀뚱히 앉아서 이쪽을 바라보고 있는 그를 불렀다. 우진에게 혼자만의 시간을 준 지 4시간이 지난 후였다.

가만히 고개를 끄덕이는 품새에서 스산한 바람 냄새가 풍기는 듯해서 박 PD의 눈이 가늘어졌다.

자신을 부르는 소리에 힘없이 일어서며 걸어오는 우진의 발걸음은 가벼우면서도 간격이 정확했다. 언뜻 허우적거리는 듯 보이지만, 중심이 흐트러지지 않는 그의 걸음은 의외로 사뿐하고 반듯했다.

이곳이 모래사장이었다면 그가 지나간 자리에 흔적은 별로 남아 있지 않았을 것이다.

"아까 넘겼던 신, 다시 촬영 들어간다."

우진을 흘끗 쳐다본 박 PD는 그에게 별다른 말 없이 바로 촬영 준비를 지시했다.

•·· ◆ 별이 되다 1권 *Crank up*